Julia Kaufhold
All die schönen Tage

Julia Kaufhold

All die schönen Tage

Roman

Lübbe

Dieser Titel ist auch als Hörbuch und E-Book erschienen

Originalausgabe

Copyright © 2018 by Bastei Lübbe AG, Köln

Textredaktion: Lisa Kuppler, Berlin
Umschlaggestaltung: Sandra Taufer, München
Einband-/Umschlagmotiv: © Irtsya/shutterstock; GO DESIGN/
shutterstock; Lisovskaya Natalia/shutterstock; Curly Pat/shutterstock
Satz: Dörlemann Satz, Lemförde
Gesetzt aus der Adobe Garamond
Druck und Einband: GGP Media GmbH, Pößneck

Printed in Germany
ISBN 978-3-431-04096-8

5 4 3 2 1

Sie finden uns im Internet unter: www.luebbe.de
Bitte beachten Sie auch: www.lesejury.de

Ein verlagsneues Buch kostet in Deutschland und Österreich jeweils überall dasselbe.
Damit die kulturelle Vielfalt erhalten und für die Leser bezahlbar bleibt, gibt es die *gesetzliche Buchpreisbindung*. Ob im Internet, in der Großbuchhandlung, beim lokalen Buchhändler, im Dorf oder in der Großstadt – überall bekommen Sie Ihre verlagsneuen Bücher zum selben Preis.

13. Juli

1989: Mit Max zusammen abgehauen. Der schönste Tag meines Lebens. Für immer.

2006: Ich sitze auf dem Boden des Hotelzimmers und bin der allerglücklichste Mensch auf Erden! Mein halbes Leben habe ich auf diesen Moment gewartet – jetzt ist er da. Ich bin endlich da, wo ich hingehöre. Bei Max.

Prolog

Es war noch viel zu früh, als Stella die Bushaltestelle erreichte. Sie war die Erste an diesem Montagmorgen, dem ersten Schultag nach den großen Ferien. Das Holzhäuschen, in das sich alle bei Regen flüchteten, war leer. Obwohl es nieselte, blieb sie am Straßenrand stehen, es störte sie nicht. Sie trug ihre Nietensandalen und ein neues, weißes Sommerkleid, von dem sie fand, dass es ein bisschen aussah wie ein Brautkleid, was sie aber natürlich nie laut sagen würde. Es war kürzer als die Kleider, die sie sonst trug, und sie fühlte sich leicht und frei darin. Sie hatte sechs Wochen und drei Tage Zeit gehabt, sich zu überlegen, was sie anziehen würde. Als es dann heute Morgen wie aus Eimern goss und das Thermometer vor dem Küchenfenster sechzehn Grad anzeigte, wollte sie sich nicht mehr umentscheiden. Sie bewegte ihre Zehen in der Pfütze. Das Wasser war gar nicht kalt und erstaunlich klar, es schwappte leise. Den hellroten Nagellack hatte sie vor ein paar Stunden im trüben Schein ihrer Nachttischlampe aufgetragen. Er sah schön aus in den Wellen des Pfützenwassers.

Sie hatte nicht geschlafen. Die letzte Nacht nicht und die vorletzte auch nicht. Sie hatte gar nicht erst versucht zu schlafen. Es war zu gut gewesen, wach zu bleiben. Ihr Kopf war leicht und voll von Max. Eigentlich hatte sie gar nicht an ihn gedacht, sondern ihn gespürt, neben sich, in ihrem Bett. So war es ihr jedenfalls vorgekommen. Er war da gewesen und hatte sie angeschaut, mit diesem Blick, mit dem er sie auch vor sechs Wochen im Schein der Taschenlampe angesehen hatte.

Wieder und wieder hatte sie in den letzten Wochen seine Postkarten gelesen. Über die Dänemark-Motive hatte er Fotos geklebt, die er bestimmt mit Selbstauslöser gemacht hatte. Auf jedem der Bilder war er von hinten zu sehen, im gelben Dünengras, auf einem Holzsteg ins Meer, vor einem Leuchtturm, einem Hotel, im Sand. Und auf jeder der Karten stand die Anzahl der Tage, bis sie sich endlich wiedersähen. Sie selbst hatte genauso die Tage gezählt. Fünfundvierzig Striche hatte sie in die untere Ecke ihrer Schreibtischunterlage gemacht, gestern dann endlich den letzten.

»Stella!« Tonia fiel ihr fast in die Arme. »Bist du taub?«

Der Regen prasselte auf das Holzdach der Haltestelle hinter ihnen. Als Stella sich umdrehte, war das Häuschen bis auf den letzten Stehplatz belegt. Sie hatte keine Ahnung, wie die alle hierhergekommen waren. Hinter den Leuten war die Rückwand noch immer schwarz vom Ruß der Haarsprayflamme, die Max dorthin gesprüht hatte.

Tonia ging ein Stück auf Abstand. Sie trug ihr blaues Cape, und aus der Kapuze guckten gerade so eben ihre Augen, ihr Mund und ihre Nase heraus. Sie sah aus wie ein Alien. »Aufgeregt?«

Das Klopfen des Regens und die Stimmen in Stellas Rücken vermischten sich zu einem vertrauten Rhythmus. Der 773er, der in diesem Moment auf dem Hügel zwischen den Feldern auftauchte, die Regentropfen, die im Licht seiner Scheinwerfer tanzten, der Geruch von Nässe und Zigarettenrauch – an diesem Morgen kam ihr das alles ganz besonders vor.

»Okay, war 'ne doofe Frage.« Tonia wischte sich übers regennasse Gesicht. »Klar bist du aufgeregt.«

»Irgendwie …« Stella zog die Zehen aus der Pfütze. »Ich weiß nicht, ich kann's gar nicht fassen, dass ich ihn gleich sehe. Aber ich bin auch total ruhig. Beides gleichzeitig. Ist das normal?«

»Jetzt geht's lo-hos, jetzt geht's lo-hos«, sang Tonia und lachte.

Stella zog ihr die Kapuze über die Augen. Vor ihnen bremste der Bus, Wasser spritzte auf, wie eine Welle wich die Menge zurück, bevor sie wieder nach vorne zu den Türen drängte. Tonia schob Stella vor sich her bis zur Rückbank und weiter ans Fenster. Es gab zwei Busse, die sich auf den Fahrten zur Schule abwechselten. Der eine hatte rote Sitze, der andere blau melierte, die über und über mit Graffiti besprüht waren. Heute fuhren sie im blauen. Stella strich über das schwarze *R. I. P.* im Polster, bevor sie auf ihrem Sitz Platz nahm.

»Macht ihr da hinten mal die Türen frei?« Die Stimme des Fahrers dröhnte durch den Lautsprecher.

Ein Rucken ging durch den Bus. Rebekka Melcher drückte sich die Tasche an den Bauch, Dirk Preiß hatte die Schulterriemen seines alten Scout-Tornisters so eng geschnallt, dass das Ding unnatürlich hoch saß und seinen Nacken komplett verdeckte. Hanno Pohl sah Stella an und sagte: »Neue Frisur. Cool.«

Sie hatte ganz vergessen, dass die anderen ihre kurzen Haare ja noch gar nicht kannten. Abgesehen von Tonia und Max natürlich. Hanno, Bastian Timm und einer aus der Achten quetschten sich zu dritt in die Reihe vor ihnen. Bastian zog, kaum dass er saß, Bleistift und Skizzenblock aus seinem Rucksack und zeichnete los. Das Mädchen mit dem dunklen Pagenkopf und dem neonpink gepunkteten Regenmantel aus der Parallelklasse setzte sich bei Hanno auf den Schoß. Sören Hartmann fixierte durch seine dicken Brillengläser den Gameboy in seiner Hand, Jens Becker verschwand wie immer hinter einem Vorhang aus Haaren. Stella kannte fast alle Gesichter im Bus. Wie ein großes Familienfest war es heute. Für einen Moment hätte sie am liebsten jeden Einzelnen umarmt. Tonia kramte den Walkman aus ihrem Rucksack, entwirrte die Kabel und drückte ihr einen der Ohrstöpsel in die Hand.

»Die neue Madonna.«

Der Bus fuhr an der Post vorbei, deren gelbe Reklame durch den Nieselregenschleier strahlte. Einer aus der Zehnten rief: »Guck mal, der hat voll den Sonnenbrillenabdruck«, und zeigte auf Tommy Moschel. Ein paar andere lachten. Tommy grinste gequält.

Stella gab Tonia den Kopfhörer zurück. »Heute nicht.« Heute wollte sie all ihre Sinne beisammen halten. Sie wollte Max sehen und sie wollte ihn hören.

»Noch zwei Stationen, dann geht's lo-hos.«

Stella rutschte ein Stück nach vorn und drückte ihre Knie in den Vordersitz. Sie hatte Tonia erzählt, dass Max und sie zusammen abgehauen waren, im Gewitter über den Fluss. Sie hatte ihr erzählt, dass es erst komisch gewesen war, neben Max im Zelt zu liegen, und dann doch gut. Sehr gut sogar. Von dem Foto, das Max mit der alten Nikon von ihr gemacht hatte, hatte sie Tonia nichts erzählt. Vielleicht hätte sie es Tonia erzählen müssen, weil sie sich immer alles erzählten und weil es sich nicht gut anfühlte, ein Geheimnis vor ihr zu haben. Aber dann hatte Stella ihre Schöne-Tage-Box in den Händen gehalten und gemerkt, dass sie es nicht einmal auf eine Karte schreiben konnte. Selbst dafür war es zu geheim.

Mit einem Geräusch, als hätte jemand das Ventil einer riesigen Luftmatratze geöffnet, senkte sich die eine Seite des Busses zum Bordstein. Die Türen gingen auf, und Frank und Cord stiegen ein. Frank machte ein paar verrückte Zeichen in ihre Richtung, Cord hob die Hand. Aber der Bus war zu voll. Keine Chance, dass die beiden es bis zu ihnen nach hinten schafften. Die Türen gingen zu, im Gang schoben sich die anderen enger zusammen. Noch eine Haltestelle.

Am liebsten hätte Stella *alles* auf eine Karte der Schönen-Tage-Box geschrieben, jede Sekunde von Max' und ihrer gemeinsamen Nacht hätte sie darauf festhalten wollen. Alles war wichtig. Wie sie den Ravioli-Topf zusammen im Fluss abgewaschen hatten, wie sich ihre nackten Füße dabei unter Wasser berührten und sie einfach stehenblieben und Max weiterschrubbte, obwohl der Topf längst sauber war. Aber das passte natürlich nicht auf eine Karte. Sie hätte auswählen müssen, und das ging nicht. Und außerdem, was war, wenn ihr Haus abbrannte, wenn sie von all dem Rauch bewusstlos wurde und jemand die Box entdeckte, sie aufbekam und aus purer Neugierde darin herumstöberte? Dann wusste er alles. Ein Nadelstich in die größte Kaugummiblase der Welt, voll von Max-und-Stella-Atem, der dann einfach verströmte. Das durfte nicht passieren.

Der Bus stoppte. Die Ampel strahlte sprühregenrot. Tonia hatte die Lautstärke des Walkmans voll aufgedreht,

Madonna sang *Like a Prayer*. Die Ampel sprang auf grün, der Bus fuhr wieder an.

Ab jetzt würde sich ihr Leben in zwei Hälften teilen: in die Zeit vor den großen Ferien und die Zeit danach. Dazwischen lag der schönste Tag ihres Lebens.

Als sie in die Haltebucht am Alten Markt einfuhren, spürte sie ein Ziehen im Bauch. Sie setzte sich auf. Tonia schaltete ihren Walkman aus und zog sich die Stöpsel aus den Ohren.

»Jetzt geht's ...« Sie quetschte Stellas Hand.

Der Bus hielt, die Türen öffneten sich. Und da war er. Keine fünf Meter von ihr entfernt stand Max im Gang, in dem blauen verwaschenen T-Shirt, das sie so gerne mochte. Seine Augen mussten sie nicht suchen, sie fanden sie einfach. Sie war sofort mit ihm verbunden, als wäre da ein Tau zwischen ihnen, an dem sie beide zogen. Er lächelte kurz, und als sie zurücklächelte, entspannte sich sein Gesicht. Mit ihren Lippen formte sie ein lautloses »Max«, und er formte mit seinen ein »Stella«. Sein Lächeln wurde breiter, und sie hätte schwören können, dass ihre Münder in diesem Augenblick genau übereinander passten.

Er stand mitten im Gang, eingerahmt von Körpern und Köpfen, die eigentlich gar nicht da waren. Eigentlich war da nur Max. Er sah ein bisschen anders aus als vor den Ferien. Stella betrachtete ihn genau. Er war größer, und seine Sommersprossen waren über der Nase und den Wangen zu einer hellbraunen Fläche zusammengewachsen. Er sah so schön aus, wie er da stand mit seinen verstrubbelten braunen Haaren, die länger und heller waren als noch vor sechs Wochen. Mit einer andächtigen Bewegung zog er den Rucksack vom Rücken und ließ sie dabei nicht aus den

Augen. Stella fuhr über ihre nackten Oberarme. Gleich, wenn sie ausstiegen, würden sie sich an den Händen fassen und dann ... Ihre Finger waren warm und kribbelten. Sie hielt die Luft an und beobachtete, wie Max die Schnallen seines Rucksacks aufschnappen ließ und etwas herauszog. Sie erkannte einen braunen Umschlag, den er hochhielt, als wollte er ihr etwas zeigen.

Köpfe schoben sich zwischen Max und sie, und als sich wieder eine Lücke öffnete, hielt plötzlich Frank den braunen Umschlag in der Hand. Er zog ein Papier heraus. Stella merkte, dass sie auch Frank in den Ferien vermisst hatte, und Cord, der steif neben ihm stand.

»Brett mit Erbsen!« Franks Stimme übertönte alle. Er hatte die Angewohnheit, ständig Dinge dazwischenzurufen, die im ersten Moment völlig aus der Luft gegriffen schienen. So wie kurz vor den Ferien in Religion, als sie über das Leben nach dem Tod gesprochen hatten. Da hatte er ohne Vorwarnung angefangen, *Freude schöner Götterfunken* zu singen, sich bekreuzigt und mit einem lauten »Amen« geschlossen. Sie musste grinsen. Frank hielt das Papier in die Höhe, Sören riss es ihm aus der Hand. Frank schnappte noch danach, doch schon wanderte das Papier hoch über den Köpfen von Hand zu Hand.

»Was ist denn da los?« Tonia lehnte sich vor.

»Keine Ahnung.«

Max schwang sich auf einen der Sitze, ein Mädchen kreischte, er versuchte, einem aus der Oberstufe das Blatt abzunehmen, aber da hatte der es schon an den Nächsten weitergereicht. Es war, als ob jeder im Bus dieses Papier anfassen wollte. Jemand rief: »Oh mein Gott!«, jemand anderes lachte laut auf. Max kletterte über die Bankreihen, sein Gesicht sah jetzt völlig anders aus. Stella hätte nicht sagen können, wie anders, nur dass sie ihn so vielleicht gar nicht erkannt hätte. Alle um sie herum riefen irgendetwas, es gab ein Gerangel in der Reihe vor ihr. Wieder griff Max nach dem Blatt, aber er verfehlte es knapp. Mit der Rückseite nach oben landete es auf ihrem Schoß.

Mit einem Mal war es mucksmäuschenstill. Stella sah auf. Alle Augen waren auf sie gerichtet. Das Papier in ihrem Schoß war ein Foto. Langsam drehte sie es um. Und erstarrte. Sie sah sich selbst. Nackt.

Scharf bremste der Bus. Stella rutschte nach vorn. Sie blickte auf ihren staksigen Körper, die Storchenbeine mit den knotigen Knien, den blassen Bauch, die hervorstechenden Rippen, die viel zu großen Brustwarzen über den kaum sichtbaren Erhebungen ihrer Brüste. Das alles war so hässlich. Tränen stiegen ihr in die Augen. Und alle im Bus hatten sie so gesehen. *Alle.*

Erst kam ein Kichern von links, dann von rechts, bevor es aus allen Richtungen auf sie einprasselte. Tonias Hand schob sich in ihre. Stella schaute auf. Dirk lachte. Rebekka lachte. Hanno lachte. Bastian lachte. Das Mädchen mit dem dunklen Pagenkopf lachte. Jens lachte. Sören lachte so laut, dass es aussah, als würden seine riesigen Augen hinter den dicken Gläsern platzen. Frank brüllte vor Lachen. Cord lachte. Wo sie hinsah, nur feixende Fratzen.

Nur Max, als sie ihn endlich entdeckte, lachte nicht. Rasch drehte er sich von ihr weg. Doch sie hatte etwas in seinem Gesicht gesehen, etwas Abschätzendes. Alles in ihr zog sich zusammen. Er hatte das Foto aus der Hand gegeben. Einfach so. Er hatte ihr geheimstes Geheimnis verraten.

Stella schluckte hart. Sie hatte alles völlig falsch verstanden. Nichts von dem, was sie sich erzählt und gezeigt hatten, hatte ihm etwas bedeutet. Für sie war es alles gewesen, für ihn nichts. Sie hatte ihn geliebt! Tränen liefen ihr übers Gesicht. Sie war sich so sicher gewesen, dass Max sie auch liebte.

Das weiße Kleid klebte an ihr. Sie fühlte sich überhaupt nicht leicht und frei, nur schrecklich nackt. So weit es ging, zog sie es nach unten und schlang die Arme um ihren Körper. Tonia steckte das Foto ein und stupste sie an, aber sie schüttelte nur den Kopf.

Den Rest der Fahrt war sie wie ausgeschaltet. Sie sah nichts mehr und sie hörte nichts mehr. Nur zwei winzig kleine Geräusche waren da: das Klicken einer alter Kamera und das Platzen einer Kaugummiblase, tief in ihr.

Kaum hielt der Bus, stiegen die anderen aus und rannten los. Bestimmt konnten sie es kaum erwarten, das, was sie gerade eben gesehen hatten, bis in den letzten Winkel der Schule zu verbreiten. Nur Tonia ging neben ihr. Sie hatte sich die Kopfhörer in die Ohren gesteckt, aber Stella war sich nicht sicher, ob sie auch wirklich Musik hörte. Max war verschwunden.

Wie ausgestorben lag der Schulhof vor ihnen. Die rote Asche zwischen den Fußballtoren war zu nassen Bröckchen verklumpt, auf den Tischtennisplatten stand das Wasser. Stella fühlte sich taub. Nur ihre Finger spürte sie, kalt wie Eis. Dabei hatte sie geglaubt, dass sie jetzt, allerspätestens jetzt, ihre Hand in die von Max legen würde.

26. November

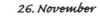

1987: Tonia und ich haben uns endlich Ohrlöcher stechen lassen. Tonia sogar zwei auf jeder Seite. Und wir haben uns schon mal Ohrringe für danach ausgesucht, so große Creolen. Meine sind silbern mit türkisen Steinchen, Tonias pink. Jetzt müssen wir sechs Wochen warten. Gemein!

Fünfzehn Jahre später
26. November

Winzige Tropfen flimmerten im Schein der OP-Leuchten, die wie Ufos über dem Tisch hingen. Der Geruch von Desinfektionsmitteln füllte die Luft. Stella zog die Haut über dem Sprunggelenk ein Stück weiter auseinander. Aus dem Augenwinkel vergewisserte sie sich, dass auf dem Rolltisch die richtigen Instrumente bereitlagen. Abdecktücher, Nierenschale, Backhausklemmen, Schere, Skalpell und Elektrokauter, scharfe Haken und Langenbeck-Haken, Raspatorium, Pinzetten, Nadelhalter und daneben die Plastikpäckchen mit den Einmalnadeln und -fäden. Alles war da, natürlich. Ellen machte das ganz wunderbar. Und trotzdem konnte sie es nicht lassen, selbst noch einmal einen Blick auf das Besteck zu werfen.

»Stella?« Arne sah sie über seinen Mundschutz hinweg an.

Sie waren zu siebt. Arne als erster Operator, sie selbst als zweite Operateurin, Assistent, Anästhesist, Anästhesieschwester, Ellen als OP-Schwester und ein Springer, der gerade am Telefon hing.

»Der steht am Tisch«, sagte der Springer in den Apparat, dann hielt er ihn ein Stück vom Ohr weg. »Die Station fragt, ob Sie später noch mal hochkommen.«

Arne antwortete mit einem kurzen Nicken. Im Hintergrund lief Status Quo. Der erste Operateur bestimmte die Musik.

Stella besah sich den Bruch auf dem Röntgenbild und verglich ihn mit dem verdrehten Knochen, der vor ihr lag. »Sieht in Wirklichkeit spiraliger aus.«

»Ganz genau. Willst du?« Arne blickte sie an.

»Gerne.«

Er kam auf ihre Seite des Tisches und nahm ihr die Haken aus der Hand. Er war der einzige Oberarzt, dem Stella jemals begegnet war, der mitten in einer OP so mir nichts, dir nichts die Rollen wechselte.

»Sauger.« Sie nickte dem Assistenten zu, der augenblicklich zur Stelle war.

Alles klappte wie am Schnürchen. Ellen reichte ihr die sterilen Tücher, und Stella drapierte sie um die Wunde herum. Sie schabte das weiche Gewebe vom Knochen, drehte und schob die gebrochenen Teile vorsichtig zusammen und ließ sich von Ellen die Platte geben. Dicht vor ihr war Arne, der die Haut mit den Haken auseinanderhielt, rechts von ihr saugte der Assistent Blut ab. Sein Name war ihr entfallen. Status Quo sang *You're In The Army Now*, der grüne Arm des Assistenten drückte sich an ihren. Sie legte sich die Platte auf dem Knochen zurecht, fixierte sie mit den Führungsdrähten und wartete darauf, dass Ellen ihr Schraubendreher, Schrauben und weitere Tücher reichte. Normalerweise musste sie nichts sagen, Ellen hatte das alles gut im Blick, und Stella war dankbar dafür, dass sie so gut zusammenarbeiten konnten, obwohl sie selbst erst seit Kurzem in der Klinik war. Jetzt allerdings passierte nichts.

»Ellen?«

Gedankenverloren hielt Ellen ihr das Besteck hin. Stella

hätte sie gerne gefragt, was mit ihr los war, aber das musste warten. Sie drückte die kleine Schraube, die wie ein Magnet am Metall hing, durch eines der Löcher in der Platte und drehte sie in den Knochen. Bei Sprunggelenksfrakturen bohrten sie nicht vor, deshalb musste sie ziemlich viel Kraft aufwenden. In solchen Momenten kam sie sich wie eine waschechte Handwerkerin vor. Nacheinander reichte ihr Ellen weitere acht Schrauben, und Stella drehte eine nach der anderen in den Knochen. Sie arbeitete zügig, wie immer.

»Vierer-Faden.«

Die Nadel war zur Sichel gekrümmt. Der Faden erinnerte Stella an eine Angelsehne, auch wenn sie erst einmal in ihrem Leben eine echte Angel in den Händen gehalten hatte.

Stand up and fight!, dröhnte es aus der kleinen Box. Stella nähte, zuerst die Muskulatur, dann die Haut. Dabei musste sie aufpassen, dass sie die einzelnen Schichten ohne Spannung zusammennähte, denn so verheilte die Wunde am besten. Als sie fertig war, trat sie zurück und überließ dem Assistenten mit Watte und Verbandszeug das Feld. Jetzt erst spürte sie den Schweiß, der sich unter ihrer Schürze gesammelt hatte. Zwanzig Kilo Blei zogen an ihr.

»Neunundzwanzig.« Ellens Stimme kam aus der Ecke des Raumes.

Der Monitor tickte in immer gleichen Abständen.

»Bitte?« Stella drehte sich zu ihr um.

Im kalten Kunstlicht sah Ellen noch blasser aus als alle anderen in diesem fensterlosen Raum. »Ich ... ich hatte dreißig Tücher, und jetzt sind es nur noch neunundzwanzig.«

Stella starrte sie an. Jedes Tuch, das dir die instrumentierende Pflegekraft gab, jeden Tupfer und jede Kompresse musste sie dir auch wieder abnehmen. Das war die Regel. Dass am Ende einer Operation genauso viele Tücher da waren wie am Anfang, dass nichts in der Wunde des Patienten verblieb, lag in Ellens Verantwortung.

Arne setzte an, um etwas zu sagen, aber Stella kam ihm zuvor. »Komm, wir zählen noch mal zusammen.«

Ellen warf ihr einen dankbaren Blick zu. Stella zog den blauen Müllsack aus dem Metallgestell und kippte ihn auf dem Boden aus. Gemeinsam knieten sie sich auf die grauen Fliesen, und Stella nahm ein blutiges Tuch nach dem anderen in die Hand. Auch zusammen kamen sie nur auf neunundzwanzig. Ellen war den Tränen nahe.

»Bist du dir sicher, dass du dreißig hattest?«

»Ich hatte fünf Pakete mit jeweils sechs Tüchern.«

»Wo sind die leeren Packungen?«

Ellen zog einen zweiten, kleineren Müllsack unter dem Rolltisch hervor und kramte die Plastikverpackungen heraus. Alle fünf waren leer. Stella konnte sehen, wie Ellen der Schweiß aus der Kopfhaube in die Augen lief.

»Okay. Ganz ruhig. Wir suchen jetzt noch mal jeden Zentimeter des Saals ab.«

Stella war sich bewusst, dass sie sich ganz und gar untypisch verhielt. Normalerweise hätte der Operateur die Schwester schon längst zur Schnecke gemacht, ihr vorgehalten, wie unfähig sie sei und dass sie den Beruf verfehlt habe. Stattdessen lag sie neben Ellen auf dem Boden und lugte unter das Metallregal mit den Infusionen.

Arne räusperte sich. »Das hier vielleicht?« Er hielt ein grünes, ziemlich sauberes Tuch in die Höhe.

Stella wäre ihm am liebsten um den Hals gefallen. Ellen wurde unter ihrer Maske knallrot. Arne stopfte das Tuch in den Müllsack und drückte den Türöffner. Das Röntgengerät wurde hereingefahren, einer nach dem anderen gingen sie aus dem Raum. Das Gerät klackte, die Tür schwang wieder auf. Erneut traten sie ein und richteten ihre Aufmerksamkeit auf das Röntgenbild.

»Gute Arbeit.« Arne lächelte Stella zu. Wie immer verließ er als Erster den Saal.

Die Anästhesieschwester fuhr den Patienten hinaus, Stella schälte sich aus dem Papiermantel, aus dem grünen Kittel und klickte die Bleischürze auf. Sie war klatschnass. Sie massierte ihr Kreuz und fühlte das vertraute Vibrieren ihrer Muskeln. Stimmen drangen von draußen herein. Jemand machte einen Witz, jemand anderes lachte. Die Uhr über der Tür zeigte zehn nach vier. Nachmittags. Genauso gut hätte es nachts sein können. Nicht ein einziges Körnchen Tageslicht schaffte es jemals in diesen Trakt. Manchmal verlor sie während des Dienstes jegliches Zeitgefühl und musste sich bewusst daran erinnern, ob sie sich gerade in einer Früh-, Spät- oder Nachtschicht befand. Bei Vierundzwanzig-Stunden-Schichten wusste sie manchmal nicht einmal mehr, ob es mittags oder Mitternacht war. Sie streifte ihre Plastikhandschuhe ab und wollte gerade gehen, als sie Ellen sah. Sie kauerte auf einem der Rollhocker und lehnte mit gesenktem Kopf an der Wand, die Steckdosenleiste im Nacken. Stella ging zu ihr hinüber. Sie wartete, bis Ellen aufsah, und hielt ihr die Hand hin.

»Na komm.«

Die Maschine war schon seit Stunden abgeschaltet, der Kaffee war kalt und beinahe dickflüssig. Stella wollte ihn gerade in die Spüle kippen, als der Assistent sie davon abhielt. Jan hieß er. Jetzt, in der engen Stationsküche, fiel es ihr wieder ein.

»Das Pulver ist alle.« Er zog drei Becher aus dem Hängeschrank. »Mikrowelle?«

»Klar.« Alles war besser als kein Kaffee.

Stella schüttete Haferflocken in Schalen – das einzige Essbare, das sich am frühen Abend noch auf der Station auftreiben ließ. Sie goss Milch über die Flocken, die sich sofort in einen pampigen Brei verwandelten, und schob eine der Schalen zu Ellen hinüber. Die verzog das Gesicht.

»Ich bestehe darauf.«

Ellen brachte ein kleines Lächeln zustande und griff nach dem Löffel. Wahrscheinlich spürte sie den Hunger schon gar nicht mehr. Stella ging es oft so. Wenn sie morgens um kurz nach sechs die Wohnung verließ, konnte sie noch nichts essen. In der Klinik angekommen war auch keine Zeit. Genau fünfzehn Minuten hatten sie, um die Visite vorzubereiten, danach ging es durch die Stationszimmer, fünfunddreißig Patienten in fünfzig Minuten. Anschließend mussten die Entlassungsbriefe auf den neusten Stand gebracht werden, weiter zur Röntgenbesprechung und von da aus in den OP. Heute hatten sie fünf gebrochene Handgelenke in Folge gehabt – die Bürgersteige waren spiegelglatt –, keine Pause, zuletzt dann die Sprunggelenksfraktur. Stella steckte sich einen Löffel in den Mund. Die Pampe war fast geschmacklos. Immerhin machte sie einigermaßen satt.

Jan stellte die dampfenden Becher auf den Tisch. »Wochenende! Ihr habt auch frei, oder?«

Drei arbeitsfreie Tage am Stück lagen vor Stella. Pläne hatte sie noch keine. Sie war erst vor zwei Monaten von Freiburg hierher gezogen und kannte noch keine Leute in Hamburg, außer den Kollegen und ihren Eltern natürlich. Die lebten noch immer in dem großen, weiß geklinkerten Haus, wo sie aufgewachsen war, im Nordwesten von Hamburg. Tonia wohnte in Berlin, aber sie besuchte sie regelmäßig.

Wasser spritzte lautstark in die Spüle. Jan hielt sein Gesicht unter den Strahl, seine roten Haare wurden nass. Ellen stocherte in ihrem Brei. Irgendetwas stimmte nicht mit ihr, aber Stella scheute sich davor, sie zu fragen. So gut kannten sie sich noch nicht. Sie selbst mochte es auch nicht sonderlich, wenn jemand, den sie kaum kannte, sie mit Fragen zu ihrer Befindlichkeit löcherte. Sie nahm einen großen Schluck von dem Mikrowellen-Kaffee. Furchtbar.

»Ich krieg Besuch aus Marburg. Die wollen das volle Programm. Sightseeing.« Jan stellte das Wasser ab und rieb sich mit einem Papiertuch übers Gesicht. »Habt ihr vielleicht noch 'ne Idee, was man mit Kindern machen könnte?«

Ellen sah ihn an, als hätte sie erst jetzt wahrgenommen, dass er auch hier war. »Wie alt?«

»Vier und fünf, glaube ich.«

»Wie Finn also.« Sie rührte in ihrem Kaffee, sagte aber nichts sonst.

Wasser tropfte ins Spülbecken. Alle zehn Sekunden ein Tropfen. Stella war sich nicht sicher, ob Ellen über Jans Frage nachdachte oder ob sie schon wieder ganz woanders war. Dunkelheit füllte das Fensterquadrat hinter Ellens Kopf. Stella hätte es gerne geöffnet, die Luft war so abgestanden wie der Kaffee, aber hier im vierten Stock waren die Griffe abgeschraubt. Zur Sicherheit. Sie gähnte hinter vorgehaltener Hand und zog den Plan für die nächste Woche aus der Tasche.

Jan nahm seine Jacke vom Haken. »Ich werd schon was finden für die Knirpse. Also dann, bis Dienstag, in alter Frische.« Er klopfte auf die graue Tischplatte und verschwand.

Normalerweise hätte Ellen die Augen verdreht und so was wie »Wir sind doch kein Stammtisch« gesagt. Doch heute rührte sie nur weiter in ihrer braunen Brühe.

Stella hielt es nicht mehr aus. »Ellen?«

»Hm.«

»Alles okay?«

Ellen rührte und rührte. Der Hahn tropfte.

»Robert ist ausgezogen«, sagte sie schließlich. Ihre Stimme war tonlos.

»Was?«

Robert war Ellens Mann. Finns Vater. Zu dritt waren sie eine kleine Familie.

»Er hat sich verliebt.«

»Oh Gott.«

»In seine Sekretärin.« Sie sagte das ohne jeden Ausdruck. »Er wohnt jetzt bei ihr.« Langsam legte sie den Kopf auf den Tisch.

Stella starrte Ellens Hinterkopf auf der Tischplatte an, ihre glatten feinen Haare, die unter der Haube strähnig geworden waren. Sie wusste nicht, was sie sagen sollte. Stattdessen drückte sie Ellens Arm und fühlte das Pochen ihrer eigenen Adern. Sie dachte an Philipp, natürlich. Daran, wie er sie mitten in der Nacht geweckt und das Deckenlicht eingeschaltet hatte. »Ich habe gerade mit einer anderen Frau geschlafen«, hatte er gesagt, eine Mischung aus Trotz und Verzweiflung in seiner Stimme. Sie war wortlos aufgestanden, hatte ihr Bettzeug zusammengerafft und war ins Wohnzimmer gegangen, weil ihr nichts anderes eingefallen war.

Durch den Gang der Station hallten Schritte. Stella drängte die Erinnerung weg und wandte sich an Ellen. »Kann ich irgendwas für dich tun? Mit Finn was unternehmen? Oder ... wenn du ein bisschen frei brauchst, ich hab noch zwölf Urlaubstage. Man kann die übertragen.«

»Wer weiß, vielleicht kommt er ja wieder.« Ellens Stimme war kaum mehr als ein Flüstern.

Die Schritte kamen näher, drehten ab und entfernten sich wieder. Bestimmt einer der Patienten, der aus seinem Zimmer kam, um zu sehen, ob der Wagen mit dem Abendessen schon da war.

»Würde dir das nicht nachhängen? Ich meine, dass er sich eine Zeitlang nicht sicher war?« Stella musste es fragen.

Sie hatte damals die Wohnzimmertür abgeschlossen und noch gehört, was Philipp gesagt hatte, aber die Bedeutung seiner Worte war nicht mehr zu ihr durchgedrungen. »... war vollkommen unwichtig.« – »... wollte immer nur dich.« – »... schläfst ja nicht mehr mit mir.« – »Sprich mit mir, Stella.« Später hörte sie ihn leise weinen, aber da war sie schon so zu wie die Tür, die zwischen ihnen lag. Als sie am nächsten Morgen ihre Sachen packte, sagte er: »Es war doch nur ein einziges Mal. Lass uns deswegen nicht alles hinschmeißen. Verzeih mir, Stella. Bitte.« Sie hätte nicht sagen können, ob es bei ihr wirklich ums Verzeihen ging. Sie hatte nur gewusst, dass sie nicht mehr weiter konnte.

Ellen zuckte mit den Schultern. »Ich könnte das irgendwann vergessen, glaube ich.«

Wieder hallten Schritte im Gang, doch diesmal steuerten sie direkt auf ihre Tür zu. Es waren ausladende Männerschritte. Stella hätte sie unter Hunderten erkannt. Sie nahm ihre Hand von Ellens Arm und stand rasch auf.

»Stella!«

Die sonore Stimme ihres Vaters füllte den gesamten Raum. Er gab ihr einen Kuss auf die Wange, wie er es immer tat, wenn sie einander in der Öffentlichkeit begegneten. Nach der Trennung von Philipp hatte er sie zurück nach Hamburg an seine Klinik geholt, auch wenn er alles andere als begeistert über die Scheidung gewesen war.

Stella zog ihren Kittel glatt. Er war zu kurz, nicht für ihre Ein-Meter-zweiundachtzig gemacht.

»Hallo.« Mehr brachte sie nicht zustande. Sie hasste es, wenn ihr Vater auf ihrer Station vorbeikam.

Ellen setzte sich kerzengerade auf. »Herr Professor Asmus.«

»Und die werte Kollegin ... Verraten Sie mir doch noch mal Ihren Namen?«

»Ellen Steenken.«

»Richtig, Frau Steenken.« Er wandte sich wieder Stella zu. »Liebes, meine Abschiedsfeier, wir haben ja schon darüber gesprochen. Es gibt jetzt einen Ort und einen Termin. Das ehemalige Hauptzollamt in der Speicherstadt, direkt am Zollkanal. Wunderschöner Bau, ausreichend Platz für die gesamte Belegschaft.«

Sie nickte. Es war so unwirklich, dass ihr Vater bald

nicht mehr arbeiten würde. Für sie war er immer der große Mann im weißen Kittel gewesen, und wenn er den jetzt an den Nagel hängte, ein für allemal, dann wusste sie gar nicht mehr, wer er dann überhaupt war. Als würde mit seinem Kittel auch er selbst verschwinden.

»Frau Steenken, merken Sie sich auch gerne den 21. März kommenden Jahres vor. Sie mögen doch Sushi?«

Ellen nickte.

»Gut.« Er schenkte ihnen beiden ein strahlendes Lächeln, gab Stella noch einen Wangenkuss zum Abschied und verschwand so schnell, wie er aufgetaucht war.

Stella lächelte Ellen entschuldigend zu. Die winkte nur ab und starrte schon wieder in ihren Kaffee.

Der Wasserhahn tropfte, alle zehn Sekunden ein hartes Knallen auf Edelstahl. Stella drehte den Hahn energisch zu, nahm die beiden Schalen vom Tisch und löffelte den zäh gewordenen Brei in den Mülleimer. Gerade wollte sie die Schalen in die Spülmaschine stellen, als Ellen aufsprang.

»Mein Gott, ich muss ja los, Finn abholen.« Sie schnappte sich ihre Tasche, umarmte Stella kurz und eilte hinaus.

Stella war allein in der Küche. Sie ließ sich auf einen der Plastikstühle fallen. Erst jetzt spürte sie, wie sehr ihr die Muskeln vom langen Stehen wehtaten. Sie streckte ihren Rücken, dann machte sie sich ganz klein. Leise gurgelte die Spülmaschine. Aus der Brusttasche ihres Kittels nahm sie den Streifen mit den Schmerztabletten, drückte eine aus der Verpackung und schluckte sie trocken. Draußen hatte es zu schneien begonnen. Jetzt hatte sie gar nicht mit Ellen über den Dienstplan gesprochen. Dicke Flocken stoben durch die Dunkelheit. Na ja, erst einmal hatten sie ja frei.

Drei Tage, in denen sie ... Das Klingeln ihres Telefons ließ sie zusammenzucken.

»Ja?«

»Hey.«

»Tonia!«

Am anderen Ende der Leitung rauschte und ratterte es.

»Wie schön, dass du anrufst.«

»Das ist Holgers Handy ... Meins finde ich gerade ...«

»Holger. Ein neuer Name!« Stella musste lachen.

Der Plastikstuhl knackte ein wenig, als sie sich zurücklehnte.

»Jaja. Aber diesmal ist es ...«

»... für immer?«

»So weit würde ich nicht gehen.« Tonia lachte auch. »Warte mal.« Es quietschte, Stimmen waren zu hören, dann wurde es ruhiger. »Entschuldige. Jetzt bin ich in der Bahn. Also, warum ich anrufe ... Es geht noch mal um das Ehemaligentreffen. Du *musst* mit.«

Stella stöhnte. Sie hatte das schon lang und breit mit Tonia besprochen.

»Du musst! Du kannst mich nämlich nicht allein lassen mit all den Nasen.«

»Dich zwingt ja keiner hinzugehen.«

»Ich bin aber neugierig. Wie die wohl aussehen, um zehn Jahre gealtert. Und was die jetzt machen. Ich meine, kannst du dir Rebekka Melcher als schnieke Anwältin vorstellen? Die wollte doch Jura studieren. Oder Bastian Timm als Vater?«

Tonias gute Laune steckte sie an. Das tat sie immer.

»Stella, ich weiß, warum du nicht mit willst.« Ihre Stimme war jetzt ernster. »Aber du kannst dich entspannen, er wird nicht da sein.« Es krachte, als würde neben Tonia etwas Schweres zu Boden fallen. »Da ging neulich so eine Liste rum. Hast du die gesehen? – Da sollte sich jeder eintragen, ob er kommt oder nicht. Max hat ›Nein‹ angekreuzt.«

Stella atmete aus. »Mail mir die Liste mal zu, ja?« Sie musste es mit eigenen Augen sehen, auch wenn das albern war. Als hätte er das Kreuz von Hand gezeichnet.

»Klar, mach ich. Aber dann kommst du mit.«

Sie streifte sich, das Handy am Ohr, den Kittel ab. Max würde nicht auf dem Ehemaligentreffen sein, und überhaupt war es unangebracht, irgendetwas von seinem Kommen abhängig zu machen. Punkt.

»Okay.«

»Yippie. Stella Asmus und Antonia Keller reisen zusammen in die Vergangenheit.«

Als sie fertig telefoniert hatten, stand Stella mit einem Lächeln auf. Welche Haarfarbe Tonia wohl gerade hatte? Sie bezeichnete ihre Naturfarbe als Papiertütenblond, was überhaupt nicht stimmte. Auf jeden Fall tönte sie ihre schulterlangen Locken seit bestimmt fünfzehn Jahren alle paar Wochen um, meistens wenn sie einen neuen Typen hatte. Oder wenn es gerade wieder einmal mit einem vorbei war. Als Stella vor sechs Wochen bei ihr in Berlin gewesen war, hatten ihre Haare ein schönes Kastanienbraun gehabt.

Stella schlüpfte in ihren Mantel, verließ die Küche, drückte den Öffner der Stationstür und fuhr mit dem Fahrstuhl ins Erdgeschoss. Der Dame am Empfang nickte sie zu, und die nickte mit einem kurzen Blick auf die Wanduhr zurück. Stella trat ins Freie und war für einen

Augenblick wie benommen. Eiskalte Abendluft füllte ihre Lunge, der verschneite Vorplatz strahlte weiß, die Welt war sehr still. Sekundenlang stand sie einfach nur da und dachte an gar nichts, als hätten sich all ihre Gedanken unter der Schneedecke zur Ruhe gelegt. Neben ihr hielt ein Taxi, Leute stiegen aus, der Blinker schickte sein orangefarbenes Licht über den Platz. Stella schlang ihren Schal um den Hals und stapfte durch den knirschenden Schnee in Richtung Bushaltestelle.

22. Dezember

1985: Juchhu, Tonia feiert dieses Jahr mit uns Weihnachten! Vorhin haben Mama, Tonia und ich schon mal den Tannenbaum aufgestellt. Wir mussten sogar ein Stück von der Spitze abschneiden, damit er passt. Ich überlege noch: Schenk ich Tonia die Live-is-Life-Single, die findet sie super, oder das Spiel des Lebens? Das hat Tommy, das findet sie auch super, ist aber vielleicht ein bisschen teuer, mal sehen. Wie ich mich freue!

1988: Max hat im Bushaltestellenhäuschen eine riesige Haarsprayflamme entzündet und dann so gesprüht, dass der Ruß aussah wie ein S. Er hat schnell drübergewischt, als ich kam, und ich hab so getan, als ob ich es nicht gesehen hätte.

22. Dezember

Sechs Minuten dauerte eine Zigarette. Zumindest bei Tonia. Der Rauch waberte im Flutlicht und vermischte sich mit Stellas Atem zu einer weißen Wolke.

»Kannst du das glauben?« Tonia wuchtete ihren riesigen orangefarbenen Rucksack auf die eisüberzogene Tischtennisplatte und setzte sich mit Schwung daneben. »Wir sind wirklich und wahrhaftig zurück.«

Im Sommer hatte sich Tonia immer auf der Platte langgemacht, während Stella im Schneidersitz neben ihr gesessen hatte. Im Winter hatten sie Tonias Parka unter sich ausgebreitet, um keinen kalten Hintern zu bekommen.

Stella konnte nur den Kopf schütteln. »Völlig irreal.«

Seit dem Abi waren sie nicht mehr hier gewesen. Über zehn Jahre war das jetzt her. Sie steckte die Hände in die Taschen ihres Wollmantels und blickte die dunkle Fassade des Schulgebäudes hinauf: Waschbeton, Fenster, Waschbeton, Fenster, Beton, Fenster, zum Abschluss wieder Beton. Sie müsste das mal ausrechnen, wie viele Male sie hier gestanden hatten – Jahre, Wochen, abzüglich der Ferien, wie viele Tage und große Pausen.

»Hey-ho.« Eine Gruppe von fünf Leuten schob sich zwischen den Tischtennisplatten hindurch und hielt aufs Schulgebäude zu.

»Kannten wir die?« Stella nahm die Hände aus den Taschen und rieb sie.

»Nicht die Spur einer Ahnung.«

»Komm.« Stella reichte Tonia die Hand und zog sie von der Platte. Die Jacke, die Tonia trug, sah den Parkas von früher frappierend ähnlich. Manche Dinge änderten sich nie.

Der Boden war mit gefrorenem Schneematsch und Streusand bedeckt. Sie liefen an den Radständern vorbei, am kleinen Schulgarten mit den Hochbeeten, die mit einer blütenweißen Schicht Schnee bedeckt waren, bis zu dem überdachten Gang, der die Toiletten mit dem Schulgebäude verband. Eine der Fensterscheiben war mit gelben Lettern besprüht. *SV*. Schülervertretung.

»Warte.«

Stella ging nah an die Scheibe heran. Sie konnte die ausrangierten Holzstühle noch vor sich sehen, den zerschlissenen Stoff des braunen Sofas, den Kicker, der zum Tor der blauen Mannschaft hin leicht abschüssig war, und die Kaffeemaschine mit ihrer fleckigen Thermoskanne. Mit den Händen an den Schläfen blickte sie ins Innere des Raumes. Ein Dutzend roter Sitzsäcke, weiße Ikea-Regale mit Aktenordnern, neben der Spüle ein Kaffeevollautomat.

Sie wandte sich ab. »Weiter.«

Vor ihnen lag die Pausenhalle. Ein rechteckiger Lichtkörper in der winterlichen Schwärze, voller Menschen, die zu alt für diesen Ort waren.

Tonia nahm einen letzten Zug und trat ihre Zigarette aus. »Also, sag schon, wen würdest du am liebsten wiedersehen? Wie wär's mit ... Dirk Preiß?« Sie setzte ein sehr ernstes Gesicht auf.

Stella grinste. Dirk Preiß war so ziemlich der uncoolste Typ der ganzen Stufe gewesen. Linkische Roboterbewegungen und Bügelfaltenjeans. Er hatte es bei ihr probiert und eine Zeitlang jeden Nachmittag mit seiner Automatenstimme bei ihr zu Hause angerufen. »Würde mich nicht wundern, wenn der bei der telefonischen Zeitansage arbeitet.«

Tonia zog ihr Handy aus der Tasche. »Beim nächsten Ton ist es zwanzig Uhr, siebenunddreißig Minuten und dreizehn Sekunden. Los geht's!«

Als sie eingehakt über das scheppernde Bodengitter liefen, schwang schon die Tür zur Pausenhalle auf. Laute Musik schlug ihnen entgegen. Vor Stella tauchte das Gesicht von Thomas Moschel auf. Der Name war da, noch bevor der dünne Haarkranz auf seinem Kopf sie irritieren konnte.

»Aber hallo! Stella Asmus und Antonia Keller! Das nenne ich mal seltenen Besuch. Hereinspaziert!« Thomas wies mit dem Arm über die Schwelle, als hätte er die Ehemaligen sämtlicher Jahrgangsstufen höchstpersönlich eingeladen.

»Tommy.« Stella zwinkerte Tonia zu.

Thomas hatte in der siebten oder achten Klasse verkündet: »Ab heute heiße ich nicht mehr Tommy.« Später dann, in der Elften, wollte er Moschel genannt werden. Das hatte sich aber nie richtig durchgesetzt.

Sie traten an ihm vorbei in die Pausenhalle, und im selben Augenblick wurde sie zurückgebeamt in eine Zeit, die es gar nicht mehr geben konnte. Als Erstes war da dieser übermächtige Geruch. All ihre anderen Sinne kapitulierten. Süßlich und muffig kroch er Stella in die Nase. Erst Sekunden später nahm sie die Menschen wahr. Hunderte, die sich zwischen Treppenaufgang links und Schwarzem

Brett rechts drängten. Gesichter schoben sich in ihr Blickfeld, eins fremder und vertrauter als das andere. Für einen Moment hatte Stella den absurden Gedanken, über jeden, der hier war, genau Bescheid zu wissen. Als wären alle die letzten zehn Jahre eingefroren gewesen und heute das erste Mal aus ihrer Tiefkühltruhe gestiegen, als hätten nur Tonia und sie in der Zwischenzeit irgendetwas erlebt. Rage Against the Machine schleuderten ihr *Killing in the Name* durch den Raum, ein paar Typen bearbeiteten ihre Luftgitarren. Jens Becker hatte noch immer lange Haare und ein Metallica-Shirt an. Mit Jens und ein paar anderen waren sie in der Oberstufe auf ein paar Demos gewesen. Am 1. Mai hatte Jens eine Mülltonne in Brand gesteckt und daraufhin eine Nacht im Knast verbracht. Tonia hatte ihm dabei geholfen, aber das hatte er der Polizei zum Glück verschwiegen.

Thomas brüllte gegen die Musik an: »Und, wohin hat's euch verschlagen? Wartet, sagt nichts!« Er überholte sie und drehte sich sofort wieder zu ihnen um.

Tonia zog sich die Wollmütze vom Kopf und schüttelte ihre Locken. Rot waren sie, mit einem leichten Einschlag ins Lilafarbene. »Verrat uns lieber, woher wir Bier bekommen.«

»Ah, das trifft sich gut.« Er zeigte in Richtung Hausmeisterkabuff. Oder dahin, wo das Kabuff einmal gewesen war. Jetzt fehlte an der Stelle die Wand, und die Pausenhalle war mindestens drei Meter länger als zu ihrer Schulzeit. »Ich mach nämlich den Bierstand. Allerdings muss ich jetzt erst mal für kleine Königstiger.« Er lief ein paar Schritte rückwärts. »Wenn euch irgendwas interessiert – zu wem auch immer –, wendet euch vertrauensvoll an mich.

Ich hab kein Treffen verpasst. Einer muss ja die Stellung halten. Übrigens, habt ihr's schon gehört? Ich bin jetzt beim Radio. Moschel am Morgen. Na, klingelt da was? Also«, er tippte sich an seinen Haarkranz wie an ein Stirnband, »ihr wisst ja, wo ihr mich findet.«

Stella sah Tonia an, und gleichzeitig prusteten sie los. Sie postierten sich mit Bierflaschen auf der untersten Stufe des Treppenaufgangs, und Stella streifte ihren Mantel ab. Früher hatten sie bei Regen immer hier gestanden. Man hatte das Geschehen in der Pausenhalle gut im Blick.

Stella half Tonia, den Rucksack vom Rücken zu bekommen. »Mein Gott, was hast du da drin?«

»Alles, was ich brauche, um mich zwei Wochen bei dir einzunisten.« Tonia stieß ihre Flasche gegen Stellas und trat auf die nächste Treppenstufe, wodurch ihre Köpfe auf gleicher Höhe waren.

Sie hatte ihre Wohnung über Weihnachten und Silvester untervermietet, was in Berlin richtig Geld brachte. Es war herrlich, dass sie dadurch zusammen etwas Zeit am Stück hatten.

Stella nahm einen großen Schluck. In kleineren und größeren Gruppen hatten sich jeweils Gleichaltrige zusammengefunden. Manche sahen aus, als hätten sie noch ein paar Jahre Schule vor sich, andere wirkten mit ihren gut sitzenden Anzügen und den dynamischen Gesten eher wie Unternehmensberater. Auf der Heizkörperverkleidung, die rund um die Halle führte, hockten die, die früher schon immer da gesessen hatten. Nur trugen die meisten jetzt Blazer.

»Der Tannenbaum war auch mal größer, oder?« Stella deutete mit der Bierflasche auf die Fichte neben der Tanzfläche. Sie hatte eine Schwäche für Christbäume, hohe, schön gewachsene mit echten Kerzen. Der hier war allerdings mickrig und kaum mehr als ein staubtrockenes Gerippe, auf dem sich das Kabel der elektrischen Lichterkette deutlich abzeichnete. Wahrscheinlich stand er schon seit dem ersten Advent hier.

Tonia drückte ihr Kinn in Stellas Schulter und nickte in Richtung einer Dunkelhaarigen mit Pagenkopf und einem schmalen, gepunkteten Halstuch. »Wie hieß die noch mal?«

»Das wussten wir damals schon nicht.«

Tonia kicherte ein Kichern, das absolut hierhergehörte. »Da drüben, ist das Rebekka Melcher? Gott, ist die alt geworden. Sieht aus wie ihre Mutter.«

»Achtung, auf zwei Uhr.« Stella taxierte die beiden Typen am Schwarzen Brett, die wie schon zu Oberstufenzeiten die meisten anderen überragten.

»Oha, Hanno Pohl und Bastian Timm. Ich glaub, die kommen rüber.« Tonia hob die Hand.

Elf, zwölf Jahre war das her, dass Tonia mit Hanno zusammen gewesen war und sie eine Zeitlang zu viert herumgegangen hatten. Tonia und Bastian waren gemeinsam im Kunst-Leistungskurs gewesen, sie selbst hatte mit Hanno und vier anderen Jungs im Mathekurs gesessen.

»Hey!« Hanno stand vor ihnen. »Schön, euch zu sehen.«

Tonia nahm ihm seine Bierflasche ab, Hanno deutete eine Kopfnuss an. Tonia duckte sich und trank einen Schluck. »Unfassbar, *euch* zu sehen!«

Bastian kam zu ihnen auf die Treppe. »Hallo Stella. Du siehst ... toll aus.« Sein Blick blieb kurz an ihrem cremeweißen Kaschmirpulli hängen, den sie über einer dunkelblauen Jeans trug. »Ich meine, du sahst schon immer toll aus, aber ...«

»Hey, schon gut.« Sie klemmte die Daumen in die Taschen ihrer Jeans. »Erzähl, was machst du? Irgendwas mit Kunst?« Früher hatte Bastian ständig sein Skizzenheft dabei gehabt.

»Grafiker. Vor allem so Corporate-Design-Zeugs, Logos, Briefpapier, immer öfter auch Websites. Is' ganz spannend, da seinen eigenen Stil zu entwickeln und trotzdem den Kunden nicht aus dem Blick zu verlieren.« Er hielt ihr eine Flasche Bier hin. »Wir haben auf Vorrat gekauft. Und du, bist du Ärztin geworden?«

Sie musste lachen. »Ganz schön vorhersehbar sind wir.«

Bastian deutete auf einen blasshäutigen Typen, der gerade ihr Blickfeld kreuzte. Sören Hartmann. Wieder so ein Name. Sören hatte früher jede freie Minute am Amiga programmiert.

»Er ist Informatiker geworden. Welche Fachrichtung machst du?«

Stella zog das Feuerzeug aus Tonias Jackentasche und öffnete die Flasche. »Unfallchirurgie.«

Bastian starrte sie an, mit dieser Mischung aus Bewunderung und einer guten Portion Ekel, die immer kam. Als würde er sich Stella plötzlich als Schlachterin mit blutverschmierten Händen vorstellen. Einen Moment später glätteten sich seine Züge wieder. »Puh. Das stell ich mir aber auch nicht so leicht vor.«

Stella zuckte mit den Schultern. »Wenn man einmal drinhängt, kommt man nicht mehr davon los.«

»Wie meinst du das?«

Sie trank den Schaum ihres Bieres ab. Das wurde sie oft gefragt, aber es wurde nicht einfacher, solche Fragen zu beantworten. »Man hält buchstäblich ein Leben in der Hand. Das treibt einen ziemlich an, auch über die eigenen Grenzen hinaus. Das hat schon was von einer Droge.«

»Wow. Das kann ich von meinem Job nicht behaupten.« Bastian machte einen Schritt zur Seite und ließ eine Gruppe jüngerer Frauen vorbei, die Pink Floyds *Another Brick in the Wall* mitgrölten.

Hannos Arm landete auf Stellas Schulter. In der Hand hielt er sein Telefon. »Tonia hab ich schon. Jetzt brauch ich noch ein Beweisfoto mit dir.« Er streckte die Hand mit dem Telefon aus. »Cheese.«

Stella schob seinen Arm sanft zur Seite. »Lass mal.«

»Komm schon.«

Tonia drängte sich zwischen Hanno und Stella und zog sie beide mit einem Ruck von den Stufen. »Leute, stürzen wir uns ins Getümmel!«

Von links drückte ihnen Jens Becker Plastikbecher in die Hand und goss aus einer Colaflasche eine klare Flüssigkeit hinein. »Prost.« Dann war er auch schon wieder verschwunden.

Stella nahm einen Schluck. Deutlich mehr Gin als Tonic. »Danke wegen gerade.« Sie nickte in Hannos Richtung, der sein Handy noch immer auf Armeslänge von sich hielt.

»Klar.«

»Jetzt erzähl mal. Wer ist dieser Holger?«

»Holger.« Tonia tat so, als müsste sie angestrengt nachdenken, zu wem dieser Name gehörte. »Der wollte, dass ich bei ihm einziehe. Da hab ich gesagt: ›Danke und tschüss‹.«

»Oh, okay.« Wenn man Tonia mit irgendwas jagen konnte, dann war es mit der Drohung zusammenzuziehen. Das lag auf einer Ebene mit dem Kauf einer Eigentumswohnung oder mit der Aussicht auf Festanstellung.

Tonia nahm ihre Zigarettenschachtel aus der Tasche, drehte sie zwischen den Fingern und ließ sie wieder zurückfallen. »Ich bin jetzt aufs Online-Dating umgestiegen. Ich zeig dir zu Hause mal ein paar Profile, und du sagst, was du davon hältst, okay?«

»Unbedingt.«

Tonia konnte sich von null auf hundert für einen Typen begeistern, das war schon immer so gewesen. Meistens verstand Stella sogar irgendwie, was sie an dem einen oder anderen fand. Auch wenn sie selbst ganz anders tickte und viel, viel länger brauchte, bis sie sich auch nur in der Fantasie auf einen Mann einließ.

»Alles klar?« Anne Schramm schob sich zwischen sie und nippte so beiläufig an einem Rotwein, als wäre es nicht zehn Jahre her, seit sie hier zusammen gestanden hatten.

Bevor Stella etwas sagen konnte, wies Anne schon mit dem Kinn in Richtung eines braun gelockten Typen, der Stella an einen etwas schlank geratenen Braunbären erinnerte.

»Was haltet ihr von dem?«

Anne sah Stella an, und Stella Tonia, und dann sahen sie beide Tonia an. Es war wie früher.

»Zu viele Haare.«

»Zu viele Haare?« Anne kniff übertrieben die Augen zusammen. »Stehst du jetzt auf Glatze?«

»Nee, ich würde nur gerne auf den ersten Blick erkennen können, was Barthaare und was Brusthaare sind.«

Stella lachte. So was konnte nur von Tonia stammen.

»Und der?« Anne zeigte ziemlich auffällig auf einen blonden Jungen in einem hellgrauen Pullunder, der wahrscheinlich letztes Jahr Abi gemacht hatte.

»Ohne Worte.« Tonia leerte ihren Plastikbecher.

Stellas Blick ging an dem Jungen vorbei hin zu einem Typen, der sich an einem der Pfeiler gerade eine Zigarette drehte. Seine Augen standen ein bisschen schräg, das sah sie sogar auf die Entfernung. »Schon eher der, oder?«

»Treffer.« Tonias Augen blitzten im Schein der Tannenbaumbeleuchtung. »Du kennst mich einfach zu gut.«

Stella fischte zwei Zigaretten aus Tonias Packung. »Komm mit.«

»Aber …«

Wie zufällig ließen sie sich durch die Lücken zwischen den Leuten treiben und standen, ehe Tonia hätte protestieren können, neben dem Typen.

»Hast du mal Feuer für uns?« Stella sah ihm direkt ins Gesicht. Er hatte wirklich schöne Augen.

Er beugte sich vor und hielt ihnen die Flamme hin.

»Stella«, sagte sie. »Und das ist Tonia, also Antonia. Sie ist Übersetzerin.«

Sie ignorierte Tonias Seitenblick. Okay, das war vielleicht nicht der geschmeidigste Einstieg, aber irgendwie musste sie das Gespräch ja zum Laufen bekommen. Außerdem war sie stolz auf Tonia.

»Hey, Übersetzerin, das klingt spannend. Was machst du da genau?«

Na, ging doch.

»Ich bin übrigens Daniel.« Er hatte eine schöne, tiefe Stimme. Die musste Tonia gefallen.

Ein paar Minuten standen sie noch zu dritt zusammen, bis Stella das Gefühl hatte, sie könnte die beiden einander alleine überlassen, ohne dass das Gespräch versiegte. Das hatten sie früher schon immer so gemacht. Unauffällig drückte sie ihre heruntergebrannte Zigarette aus und trat ein paar Schritte zur Seite. Tonias Lachen folgte ihr. Es war schön, sie entspannt zu wissen, und es war leicht, nach Feuer zu fragen, wenn man selbst gar nicht rauchte.

Wieder kroch ihr der altbekannte süßliche Geruch in die Nase. Sie ließ sich durch die Halle treiben, tauchte ein in das Bad aus Stimmen und Lichtern und Wärme, die all die Körper um sie herum abstrahlten. Es war ein schönes Gefühl, wieder hier zu sein, zwischen all den Menschen, die ihr vertraut waren, obwohl sie sie nicht mehr kannte. Schön und ziemlich verrückt. Tonia winkte ihr zu. Daniel und sie lehnten mit dem Rücken am Pfeiler, über Eck, aber ziemlich dicht beieinander. Heilig Abend würden Tonia und sie zusammen zu Stellas Eltern fahren. Am Nachmittag, bevor sie hierhergekommen war, hatte sie Tonias Geschenk eingepackt: einen Becher, auf dem *Lieblingsmensch* stand, darin eine zusammengerollte Einladung zu einem großen Frühstück im *Bento*. Tonia musste das Café unbedingt kennenlernen.

Stella blickte hinaus in die Dunkelheit. Hinter den Fenstern ringsum war es vollkommen schwarz. Aus den Lautsprechern kam jetzt ihr Abi-Song, *Those Were the Days* in der Leningrad-Cowboys-Version. Den Song hatte sie seit damals nicht mehr gehört. Sie trank den letzten Rest ihres Gin Tonics und überlegte noch, wohin mit dem leeren Becher, als es hinter ihr blitzte. Stella fuhr herum.

Er stand keine drei Meter von ihr entfernt, den Fotoapparat in der Hand.

Sein Gesicht war schmaler als früher. Er trug einen Drei-Tage-Bart. Seine Haare waren braun und wirr, wie damals. Sie hatte sich nur einmal getraut, sie anzufassen. Sie wusste nicht, warum sie jetzt daran denken musste. Die Haare waren weich gewesen, wie die eines Babys, aber auch struppig. Sie hatte gedacht, dass das gar nicht zueinander passte.

Sie starrte ihn an. Und er sie. Dabei wollte sie weggucken, aber sie konnte nicht. Sie hielt sich an dem Becher zwischen ihren Fingern fest.

Er hatte ihre Haare dreimal berührt. Im Freibad hatte er so getan, als wollte er sie untertauchen, aber seine Hand hatte gar keinen Druck ausgeübt, sondern einfach nur auf ihrem Kopf gelegen. Ein anderes Mal hatte er ihr auf dem Flohmarkt im Winter die Haare aus dem Gesicht gestrichen und ihr ganz vorsichtig einen weißen Hut aufgesetzt. Wieder ein anderes Mal hatten sie sich zusammen hinter der Kapelle geduckt, weil andere Schüler auf den Friedhof gekommen waren. Da lag seine Hand lange auf ihrem Kopf, und als er sie wegnahm, zog er sie nicht einfach hoch, sondern fuhr leicht über ihre Haare bis hinunter zu den Spitzen und noch ein Stück weiter.

Er sah sie noch immer an. Und sie ihn. Wie sie sich vor hundert Jahren angesehen hatten, auf ihrer Bank. *Wer zuerst lacht, hat verloren*, hatten sie gespielt. Aber sie hatten nicht gelacht, beide nicht, nie.

Max vier Stühle weiter im Mathe-Leistungskurs, wie er eine Theorie entwickelte, der niemand außer ihr selbst folgen konnte. Aber zugegeben hatte sie das nie.

Wie sie die ganzen Sommerferien an nichts anderes denken konnte als an ihn. Wie sie sich vorgestellt hatte, endlich wieder bei ihm zu sein. Wie sie sich ausgemalt hatte, was als Nächstes kommen würde, nach ihrer Nacht im Zelt. Sie war zu allem bereit gewesen.

Überlaut krachte der Plastikbecher in ihrer Hand. Abrupt drehte sie sich weg. Ohne zu wissen, wohin, bahnte sie sich einen Weg durch die Halle. Noch immer sangen die Leningrad Cowboys, als wäre überhaupt keine Zeit vergangen, als wäre nicht gerade eben ihr halbes Leben an ihr vorbeigezogen. Blind steuerte sie auf den Treppenaufgang zu, als Tonia mit einem Mal an ihrer Seite war und sie sanft auf eine der Stufen drückte.

Stella ließ sich gegen das Geländer kippen. Alles an ihr bebte, alles pochte, alles war Gefühl. Die schwarzen Eisenstäbe drückten ihr hart in die Seite. Vielleicht hatte sie jahrelang nicht mehr so viel gefühlt.

Tonia setzte sich neben sie und nahm ihre Hand. »Es tut mir leid.« Ihre Stimme war leise. »Ich war mir ganz sicher, dass er nicht kommt.«

»Du kannst doch nichts dafür.« Stella sah auf ihre Fußspitzen. Ihre braunen Stiefeletten hatten einen dunklen Schneerand.

Sie hatte Max gesehen.

Die Stimmen um sie herum klangen noch genauso fröhlich und unbeschwert wie vor ein paar Minuten. Als ob nichts gewesen wäre. Und es war auch gar nichts gewesen. Sie hatte Max gesehen, Herrgott noch mal. Ja, und?

Stella zog ihren Pulli glatt und stand auf. »Wollen wir noch was trinken?«

Tonia sah sie an. »Bist du dir sicher?«
»Absolut.« Sie hielt Tonia die Hand hin. »Komm.«

Vor einem Jahr
Werft euer Vertrauen nicht weg, welches eine große Belohnung hat. Stella sah noch die Bibel vor sich, die auf den Knien ihrer Mutter gelegen hatte. Zwischen einigen Seiten lugten abgerissene Papierstücke hervor, die sie als Lesezeichen benutzten.

Komm, setz dich, mein Stern. Ihre Mutter rückte auf dem Sofa ein Stück zur Seite und goss ihr Tee in eine der dünnwandigen Porzellantassen mit goldenem Rand, die sie von ihrer eigenen Mutter, Stellas Großmutter, geerbt hatte. Den ganzen Nachmittag lasen sie sich gegenseitig Bibelverse vor, und als es draußen dunkel wurde, zündeten sie Kerzen an und drehten die Stehlampe so, dass ihr Licht auf die dünnen Seiten fiel. Doch so lange sie auch lasen, sie blätterten immer wieder zum Brief der Hebräer am Ende des Neuen Testamentes zurück. Kapitel 10, Vers 35. Eigentlich hatten sie sich beide schon ganz zu Anfang, ohne ein Wort, entschieden. Und auch Philipp hatte nichts dagegen gehabt. Genauso wenig wie gegen Stellas einzigen Wunsch für die Zeremonie: keine Fotos bei der Hochzeit. In der Kirche, als sie vorne auf den blumengeschmückten Stühlen saßen, als die Sonne jeden Winkel des Kirchenschiffs ausleuchtete und die Pastorin den Trauspruch vorlas, waren Stella mit einer ungeahnten Heftigkeit die

Tränen gekommen. Nichts hatte sie sich mehr gewünscht, als dass ihr Leben ab jetzt wirklich von Vertrauen geleitet würde.

»Frau Asmus?«

Stella blickte auf. Die Richterin sah sie über den Rand ihrer Lesebrille an.

Zu dritt saßen sie an einem übergroßen Tisch, an dem gut und gerne sechzehn Menschen Platz gefunden hätten. Stella saß in der Mitte an einer der langen Seiten, Philipp ihr gegenüber, die Richterin zwischen ihnen an einer der kurzen Seiten, die weiße Wand im Rücken. Überhaupt war der ganze Raum weiß und kahl und erinnerte Stella eher an einen Konferenzraum in einem sterilen Bürogebäude als an einen Gerichtssaal. Wenn sie im Vorfeld an den heutigen Tag gedacht hatte, hatte sie Philip und sich in einer altehrwürdigen Halle vor sich gesehen, mit hohen Decken, Stuck und goldgerahmten Gemälden an den Wänden. Mit Treppenaufgängen, die mit dunkelrotem Teppich ausgelegt waren, und hinter einem Pult aus dunklem Holz einen Richter in einer schwarzen Robe. In ihrer Vorstellung war es immer ein Mann gewesen. Die Richterin trug einen grauen Hosenanzug. Das Einzige, was mit Stellas Erwartungen übereinstimmte, waren die Dokumente mit dem roten Wachssiegel, die vor ihr auf der Tischplatte lagen.

»Warum wir heute hier versammelt sind, brauche ich Ihnen ja nicht zu erklären. Trotzdem muss ich Sie der Vollständigkeit halber fragen: Verstehen Sie Ihre Ehe als gescheitert?« Die Stimme der Richterin war vollkommen monoton.

»Ja«, antwortete Philip sofort. Er klang so fest und sicher wie damals bei ihrer Hochzeit.

Stella betrachtete seinen aufrechten Körper im braunen Anzug, das weiße Hemd und die neue hellblaue Krawatte, sein Gesicht, das in der Form kantig und im Ausdruck immer weich gewesen war. In diesem Augenblick erschien er ihr vollkommen fremd, ein blonder, welliger Haarschopf vor einer Reihe von Fenstern, hinter denen ein Kirchturm zu sehen war, und ein grauer Himmel. Klamme Novemberkälte drang durch das Mauerwerk in den Raum und kroch unter ihre Kleidung. Stella legte ihre Hände im Schoß aneinander. Wahrscheinlich hielt man es nicht für nötig, für eine Scheidung zu heizen.

Die Stimme der Richterin war nur noch ein fernes Rauschen. Wie das Geräusch einer Autobahn, das sich ausblendete, je länger man fuhr.

Sie war an Philipps Hand durch den Mittelgang geschwebt, zum Kirchenportal hinaus, durch den Konfettiregen bis zur Wiese mit den blühenden Linden und Trompetenbäumen, wo Tonia ihr half, mit dem langen Rock ihres Kleides auf einem Stuhl Platz zu nehmen. Sie trug fließende elfenbeinfarbene Spitze und in der Hand einen kleinen Strauß aus zartrosa Pfingstrosen, weißen Ranunkeln und Lavendelzweigen. Tonia rückte ihren eigenen Stuhl dicht an Stellas heran. Sie verhakten ihre nackten Arme und schauten zusammen über das Meer aus Menschen, das im gleißenden Sonnenlicht wogte. Ihr Vater hatte den Arm um Philipps Schulter gelegt und lachte, ihre Mutter überquerte die Wiese mit drei Sektgläsern in der Hand. Dario, mit dem Tonia gerade zusammen war, hockte ein paar Meter entfernt im Schneidersitz auf dem Boden, zupfte an einer Gitarre und lächelte ihnen zu.

»Frau Asmus.«

Stella zuckte zusammen.

Die Art, wie sich die Richterin zu ihr vorbeugte, hatte etwas Ärgerliches. »Verstehen Sie Ihre Ehe ebenfalls als gescheitert?«

Stella blickte ins Grau, zum Kirchturm hin. Immer wieder hatte sie in den letzten Wochen und Monaten über diese Frage nachgedacht. Ob es für Philipp und sie einen anderen Weg gegeben hätte. Und, ja, in der Theorie hätte es den wohl gegeben, aber sie war einfach nicht in der Lage gewesen, ihn einzuschlagen. Dabei war es ihre eigene Schuld gewesen, denn sie selbst hatte die Frage, die alles zwischen ihnen verändert hatte, in den Raum gestellt.

Es war ein nasskalter Samstagabend im Frühjahr gewesen. Philipp hatte Holz besorgt, und der Ofen bullerte und verströmte eine heimelige Wärme. Sie hatten beide frei, was selten genug vorkam, und verbrachten den Tag im Bett. Sie aßen und lasen und, ja, sie hatten auch schon miteinander geschlafen, im Dunkeln, wie immer, weil Stella es nicht gut aushalten konnte, wenn sie beim Sex angeguckt wurde.

»Wenn du frei wählen könntest«, fragte sie, »was würdest du an mir ändern?«

Er zog sich ein Kissen unter den Kopf. »Um Gottes Willen, gar nichts.«

»Aber wenn du was sagen *müsstest*.«

»Nichts.«

»Aber wenn du gefoltert würdest, wenn sie dich nackt in einen Eisenkäfig sperren würden, wenn sie deine Handgelenke an den Gitterstäben festbänden, wenn sie Wasser...«

»Okay, okay.« Er drückte sich zum Sitzen hoch. Stella

setzte sich ebenfalls auf. »Lass mich nachdenken.« Er musterte sie im Halbdunkeln, und Stella widerstand dem Drang, sich die Decke über den Körper zu ziehen.

Spätestens in diesem Moment hätte sie die Unterhaltung abbrechen sollen. Aber sie schwieg und schob den leeren Eckzipfel ihres Bettbezugs nach innen.

»Also, wenn ich müsste, ja? Wenn ich ...«

»Ja.« Sie hielt die Luft an.

Philipp räusperte sich. »Dann würde ich vermutlich sagen, deine Knie.«

Langsam zog sie die Bettdecke über ihre Beine, über ihren Bauch und ihre Brust bis hoch zum Hals.

»Aber ich will deine Knie nicht anders, okay?«

»Schon gut. Ich mag sie auch nicht.« Sie hatte sich auf die Seite gedreht und ihre Finger zwischen Matratze und Stahlrahmen geklemmt, und irgendwann hatte sich auch Philipp wieder hingelegt.

Jetzt lagen seine schlanken Hände reglos auf dem großen Tisch vor ihr. Da, wo sein Ring mit ihrem eingravierten Namen gesessen hatte, war kein Abdruck zu sehen. Gar nichts. Sie musste schlucken.

»Ja.« Ihre Stimme klang wie die einer anderen. »Unsere Ehe ist gescheitert.«

Die Richterin atmete hörbar aus. Philipp setzte sich auf seinem Stuhl um. Stella verschränkte ihre zitternden Finger.

Sie haben eine ruhige Hand. Das war das Erste, was Philipp je zu ihr gesagt hatte. Vor vier Jahren war das gewesen, im OP. Er hatte sie über den Mundschutz hinweg angesehen, und seine Augen hatten gelächelt, während sie die Haken gehalten und die Haut so auseinandergezogen hatte, dass das Operationsfeld frei vor ihm lag. Ihre Arme und ihr Rücken schmerzten, wie manchmal, wenn sie zu lange in einer Position stand, aber sie ließ nicht zu, dass ihre Hände auch nur einen Millimeter verrutschten. Lieber nahm sie in Kauf, dass sie später, zu Hause, mit pochenden Gelenken im Bett lag. Aber so kam es nicht. Philipp und sie waren an diesem ersten Abend ins *Hemingway* gegangen, und sie hatte ihren ersten Brandy getrunken und die Muskelschmerzen einfach vergessen.

»Ich möchte Sie bitten, sich zu erheben.« Die Richterin stand bereits. Ihr Blazer hatte über dem Bauch Falten vom Sitzen.

Philipp stand auf und strich sich das Jackett glatt. Draußen begann es zu nieseln, dünne, kaum sichtbare Fäden wie eine winzige Störung vor dem Grau. Stella erhob sich.

»Im Namen des Volkes.« Die Stimme der Richterin war doppelt so laut wie gerade eben noch. Das rote Wachssiegel leuchtete vor ihr auf der Tischplatte. »In der Familiensache Philipp Friedrich Schmitt, geboren 6. Januar 1970 in Fulda, gegen Stella Asmus, geboren 12. Juni 1975 in Hamburg, erkennt das Amtsgericht Freiburg im Breisgau am 17. November 2003 unter Vorsitz der Richterin Ursula Pohl für Recht: Die am 6. August 2001 vor dem Standesbeamten der Stadt Freiburg im Breisgau geschlossene Ehe der Parteien – Heiratsregisternummer 482/01 – wird geschieden. Ein Versorgungsausgleich …«

Der Raum hatte eine Größe von gut acht mal sechs Meter, und in der Höhe an die vier. Ein Quader mit fünf vollständig weißen Flächen und einem Boden aus Parkett. Stella merkte, dass sie ihre Finger noch immer verschränkt hielt und löste sie voneinander. Sie wollte nicht den Eindruck erwecken, dass sie betete.

Die Kirchturmglocke schlug elf Mal, die Stimme der Richterin dröhnte. »Die Ehe ist zerrüttet.«

Stella fuhr zusammen. Regen klatschte gegen die Scheiben.

»Die Eheleute leben seit dem 25. Oktober 2002 getrennt. Der Antragssteller ...«

Philipp stand bewegungslos auf der anderen Seite des Tisches, als wäre er kein Mensch mehr mit Gefühlen und Gedanken, die ihm durch den Kopf gingen, sondern eine Statue. Die Richterin drückte ihm eine Ausfertigung der Scheidungsurkunde in die Hand, nickte ihm zu, und reichte das zweite Exemplar Stella. Mit schnellen Schritten durchquerte sie den Raum, hielt ihnen beiden die Tür auf und verabschiedete sich mit einem kurzen Händedruck. Sekunden später begrüßte sie das nächste Paar, das bereits im Flur wartete.

»Das war's dann wohl.« Philipp sah sie das erste Mal direkt an. Er nahm seinen Schirm aus der Ledertasche und schlug den Mantelkragen hoch. »Leb wohl, Stella.«

Sie blieb im Foyer stehen und wartete, sie wusste selbst nicht, worauf. Gedankenverloren fasste sie in einen der großen Plastiktöpfe mit den halb vertrockneten Yuccapalmen. Die Tonkügelchen knirschten in ihrer Handfläche. Schon bald musste es Philipp so vorkommen, als ob es sie nie gegeben hätte. Es existierte kein Foto aus ihrer gemeinsamen Zeit, und er besaß auch kein anderes von ihr. Darauf hatte sie immer geachtet. Wenn Philipp in ein paar Jahren die Bilder seines Lebens durchblätterte, kam sie nicht mehr vor. Stella ließ die Kügelchen zurück in den Topf fallen. Sie atmete tief durch. Jetzt also Hamburg. Ihr Vater hatte sich für sie eingesetzt, und so hatte sie schnell eine Stelle in seinem Krankenhaus bekommen. Es war ihr unangenehm, aber er hatte darauf bestanden, dass sie »zurück nach Hause« kam, und das, obwohl ihn die Trennung von Philipp tief enttäuscht hatte. Eine altbekannte Hitze stieg ihr ins Gesicht. Sie drückte ihren Daumennagel in den roten, wellenumrandeten Siegelkreis der Urkunde, aber es war harter, unnachgiebiger Lack, nicht Wachs. Schnell steckte sie das Blatt in ihre Handtasche und knöpfte den Wollmantel zu. Ohne sich noch einmal umzusehen, trat sie hinaus auf die Straße.

6. Januar

1989: Mit Tonia, Max, Frank und Cord bei Eiseskälte heimlich auf dem Dreikönigsflohmarkt Glühwein getrunken und verrückte Hüte aufprobiert. Max hat gesagt, dass ich mit dem Glockenhut aussehe wie Greta Garbo. Und so hab ich mich auch gefühlt!

6. Januar

Ich beiße nur auf Wunsch. Wer sich mit mir trifft, ist also nicht automatisch in akuter Lebensgefahr.

»Oh Gott, das ist einer von diesen Sado-Maso-Typen.« Tonia klickte das bärtige Gesicht auf dem Bildschirm weg.

Stella beugte sich vor und hob ein heruntergefallenes Sofakissen auf. »Ist das schlimm?«

Tonia hielt inne. Dann schlug sie mit der Handkante einen Knick ins Kissen. »Nö.«

Sie lachten. Aus dem Lautsprecher auf dem weißen Sideboard, das sich Stella im Zuge ihres Umzugs nach Hamburg gekauft hatte, kam die samtige Soulstimme von Norah Jones. Irgendwie hörten sie in letzter Zeit immer Norah Jones.

»Oder der hier.« Tonia drehte den Laptop ein Stück zur Seite, damit kein Sonnenlicht mehr auf den Bildschirm fiel. Sie hatten vorhin die Vorhänge zuziehen wollen, aber der eisblaue Januarhimmel und die Sonnenstrahlen, die durch die Balkontür auf das Fischgrätparkett fielen, waren einfach zu schön. Tonia klickte auf das Foto eines Brillenträgers im Karohemd, der aussah wie das Klischee eines Brillenträgers im Karohemd.

Hallo, ich bin neu in Berlin und arbeite als Controller. In meiner Freizeit fahre ich gerne Rad. Ich bin ein humorvoller Typ, mit dem man Pferde stehlen kann.

Stella drehte den Bildschirm zurück ins Licht.

»Genau. Den will keiner sehen.« Tonia zog die letzte noch unausgepackte Umzugskiste näher zu sich heran, legte ihre Füße auf den Karton und rutschte unter der Wolldecke dichter an Stella heran.

Es war mollig warm in ihrem Wohnzimmer, obwohl die Wände an die vier Meter hoch waren und Stella etwas Sorge vor ihrem ersten Winter in dieser Wohnung hatte.

Sie kreuzte ihre Füße mit Tonias. »Wie wär's mit dem?«

Nein, ich trage keine Zahnspange. Ja, es sind noch alle Zähne vorhanden. Zumindest die Grundsubstanz.

»Iih.« Tonia drückte ihn weg und bewegte den Cursor auf das Foto eines Langhaarigen mit dunkler Sonnenbrille, der Stella entfernt an Jens Becker erinnerte. Nur dass er kein Metallica-Shirt trug, sondern ein schwarzes Sweatshirt, auf dem – sie kniff die Augen zusammen – *All cops are bastards* stand.

Suche eine reiche, allzeit bereite Frau mit Traummaßen. Da ich nicht weiß, was derzeit die Traummaße sind, empfehle ich einen Blick in die Medien.

»Gähn. Da lobe ich mir doch meinen Tammo.« Tonia öffnete ihre Kontakte.

Stella verschattete den Bildschirm mit der Hand. Er sah wirklich sympathisch aus, dieser Tammo, mit seinen dunkelblonden Locken und dem offenen Lächeln. Er reiste gern und spielte Gitarre, womit er bei Tonia schon mal doppelt punkten konnte. Heute Abend, zurück in Berlin, würde Tonia ihn das erste Mal live treffen. Er war deutlich vielversprechender als all die anderen Blind Dates, die sie davor gehabt hatte.

»Sag mal, was glaubst du bedeutet ›*Ich mag Kinder*‹.« Tonia zog die Füße aufs Sofa.

Stella goss dampfenden Tee nach und stellte die Kanne zurück auf das Stövchen. Es stand unten auf dem Holzboden, weil sie noch keinen Couchtisch hatte. Der würzige Duft von frischem Ingwer breitete sich in ihrem Wohnzimmer aus. Tonia liebte Ingwer. Wenn sie zu Besuch kam, hatte Stella deshalb immer einen großen Vorrat an den knorrigen Wurzeln im Kühlschrank. Sie lehnte sich auf der Couch zurück. So ein freier Tag war einfach herrlich. Und das Beste war: Morgen hatte sie auch noch frei.

»Ich glaube«, sagte sie, »das heißt einfach: Ich renne nicht aus dem Raum, wenn Kinder da sind. Ich habe keine Probleme mit dem Geräuschpegel. Im Gegenteil, ich setz mich auch schon mal zu den Kids auf den Boden und spiel ein bisschen mit.«

Tonia wohnte seit zwei Wochen bei ihr, und in dieser Zeit hatten sie Tammos Profil unzählige Male in allen Einzelheiten erörtert. Es war wie früher, wenn Tonia zehn oder auch zwanzig Mal darüber sprechen musste, wie es wohl zu deuten wäre, dass der Typ aus der Oberstufe seinen Lederrucksack vom Nachbarsitz gezogen hatte, just in dem Moment, als sie den Bus betrat. Und ob Tonia sich das nächste Mal, wenn das passierte, neben ihn setzen solle und wo sie dann hingucken und was sie dann sagen könnte. Stella lächelte in ihren Tee.

»Aber kann das nicht auch heißen: Ich will Kinder?« Der Anflug von Panik in Tonias Stimme war unüberhörbar.

»Frag ihn.«

»Aber ich kann doch nicht beim allerersten Treffen mit der Kinder-Frage kommen. Und vor allem, was soll ich machen, wenn er Ja sagt? Aufstehen und gehen?«

»Warte erst mal ab.« Sie ließ etwas Honig vom Löffel in die Becher laufen, rührte um und reichte Tonia ihren Tee.

Das Piano setzte mit zartem Anschlag ein, und Norah Jones sang zum dritten Mal *Come Away With Me*.

Gedankenverloren pustete Tonia in ihren *Lieblingsmensch*-Becher. Sie nahm ein paar kleine Schlucke und pustete wieder. »Du hast recht. Ich mach mich verrückt. Dabei kenne ich den Kerl ja noch nicht mal.«

Ein Sonnenlichtbalken hatte sich über ihre Beine unter der Wolldecke geschoben. Einträchtig blickten sie auf das Foto. Tammo saß auf einem Holzsteg und trug ein Ringelshirt.

»Oh Gott.« Tonia stellte den Becher auf die Umzugskiste und schlug die Decke zurück.

»Was?«

»Mein Zug.« Sie sprang auf und streifte sich die dicken Socken von den Füßen. Scheinbar wahllos warf sie irgendwelche Dinge in die Öffnung ihres orangefarbenen Riesenrucksacks.

Stella verkniff sich ein Grinsen. Tonia vergaß *immer* die Zeit, egal was sie vorhatte. Das hatte durchaus auch sein Gutes: In Tonias Gegenwart konnte Stella sich der Illusion hingeben, sie hätte alle Zeit der Welt. Mit Tonia konnte sie ganz in den Augenblick eintauchen und sich auf das Hier und Jetzt einlassen.

Stella nahm ihren Laptop vom Schoß und stand auf. Sie zog die Klamotten, die von Tonia waren, vom Wäscheständer, faltete sie zügig und steckte sie ebenfalls in den Rucksack.

»Meinst du, ich krieg die Bahn?« Tonia ließ die Schnallen ihres Reisekulturbeutels einklacken.

Stella sah auf die Uhr. Tonia hatte noch knappe zwanzig Minuten. »Ich ruf dir ein Taxi.«

Während sie telefonierte, trug sie die Kanne in die Küche und füllte den Tee in eine Thermoskanne um. Sie kippte den *Lieblingsmensch*-Becher aus, wusch ihn aus und wickelte ihn in eine doppelte Lage Küchentücher, damit er in Tonias Rucksack gut geschützt war.

»Taxi kommt in drei Minuten«, rief sie durch die Wohnung. »Das klappt schon!«

Sie nahm die restlichen Ingwerknollen aus dem Kühlschrank, belegte das vom Frühstück übrig gebliebene Körnerbrötchen mit Käse und packte alles zusammen mit einem Apfel und einer Flasche Wasser in eine Plastiktüte.

Als es klingelte, stand sie mit der Tüte an der Tür und setzte Tonia, die mit zerzausten Haaren angerannt kam, den Rucksack auf den Rücken.

»Entschuldige.«

»Quatsch, alles gut.«

Tonia schlang die Arme um Stella. »Danke, danke, danke für alles.«

»Danke, dass du da warst.« Sie drückte Tonia fest. »Komm gut nach Hause. Und hab heute Abend eine hervorragende Zeit mit diesem Tammo.«

Tonia gab ein ersticktes Kreischen von sich.

»Und ruf mich an. Spätestens morgen früh. Ich will alles hören.«

»Wird gemacht.« Tonia setzte sich die Mütze auf die lila-roten Locken, drückte Stella einen Kuss auf die Wange, und schon war sie im Treppenhaus verschwunden.

Die Tür fiel ins Schloss. Stella stand allein im Flur. Norah Jones dudelte weiter leise vor sich hin, in der Nachbarwohnung spielte jemand Klavier, und trotzdem kam es ihr mit einem Mal sehr still vor.

Sie schob ihre Schuhe mit dem Fuß näher an die Wand heran, bis alle Spitzen die Fußleiste berührten. Sie richtete ihre gefütterten Lederstiefel noch etwas gerader aus und legte die Wohnungsschlüssel in die Schale zu dem Kleingeld. Einen Kassenbon, der zerknittert auf der Kommode lag, legte sie ebenfalls in die Schale und ging zurück ins Wohnzimmer. Sie drehte die Anlage lauter und die Heizung höher. Sie brachte ihren Becher und das Stövchen in die Küche, goss die Teepfützen in die Spüle und wusch das Geschirr vom Frühstück ab.

Vierzig freie Stunden lagen vor ihr. Zeitlose Stunden, in denen sie ganz in den Augenblick hätte eintauchen können. Nur fühlte sich die viele freie Zeit jetzt vollkommen anders an als vorhin mit Tonia.

An der Kühlschranktür hing das Kärtchen mit den hellrosa Lotusblüten. Ein Gutschein für eine Thai-Massage, Tonias Weihnachtsgeschenk. »Rückendehnung in der Kobra-Position«, hatte Tonia gesagt, und sie hatten es ausprobiert, Stella in Bauchlage auf dem Wohnzimmerboden, Tonia halb auf ihr. Das Massagestudio war am Hafen, zwei Gehminuten von ihrer Wohnung entfernt. Sie könnte anrufen und fragen, ob heute oder morgen noch ein Termin frei war. Doch jetzt brauchte sie erst mal einen Kaffee. Sie zog die Kühlschranktür auf, aber die runde Blechdose war leer. Stella seufzte. Dass kein Kaffee da war, kam ihr vor wie die Krönung einer Pechsträhne, dabei stimmte das gar nicht.

Sie faltete die restliche Wäsche vom Ständer und legte sie aufs Sofa. Es zog sich L-förmig ums Eck, sie hatte es erst vor Kurzem gekauft. Plötzlich kam es ihr sehr groß vor. Unverhältnismäßig groß für eine Person. Vielleicht sollte sie ihre Eltern einladen. Die würden sich sicher freuen, und sie hatten die Wohnung auch noch nicht ganz eingerichtet gesehen. Oder Ellen, wenn sie mit Finn nicht schon genug Verabredungen für die freien Tage hatte. Stella trug die Wäsche ins Schlafzimmer und sortierte sie in den Kleiderschrank und in die Schubladen der alten Kommode. Die dicken Socken, die Tonia getragen hatte, warf sie in den Wäschekorb. Sie räumte den Schreibtisch auf, machte das Bett und nahm ihr Telefon vom Nachttisch. Kein Anruf. Vielleicht sollte sie einfach in die Klinik fahren. Möglicherweise war die Notaufnahme zum Bersten voll und die Kollegen waren dankbar, wenn sie unverhofft Hilfe bekamen. Norah Jones' puderige Stimme schlängelte sich durch den Flur. Plötzlich störte Stella die Musik. Sie lief zurück ins Wohnzimmer und drückte den Powerknopf der Anlage. Schlagartig war es still.

Stella ließ sich aufs Sofa fallen. Den Kopf legte sie auf der Umzugskiste vor ihr ab. Was sollte sie bloß mit diesem Tag anfangen? Und mit dem nächsten?

Die Pappe unter ihrer Nase roch muffig. In Freiburg hatte die Kiste auf einem Dachboden gelagert, in den es bei Regen hineintropfte. Seit elf Jahren, seit sie von zu Hause ausgezogen war, schleppte sie den Karton mit sich herum. Sie hatte nie wieder hineingeguckt. Es gab Dinge, die man im Alltag nicht brauchte, die man aber auch nicht wegschmeißen konnte. Und irgendwann hatte man vergessen, was das eigentlich für Dinge waren und warum man sie nicht wegwerfen konnte.

Sie hob den Kopf. Warum nicht? Mit dem Auspacken

des Kartons hätte sie immerhin schon eine halbe Stunde dieses langen Tages hinter sich gebracht. Kurzerhand klappte sie die eine Seite des Deckels auf, die Pappe war mürbe. Dann die andere. Obenauf lag ein Glockenhut. *Der* Glockenhut. Ihr wurde heiß.

Noch immer war die weiße Krempe im vorderen Bereich hochgeschlagen. Wie damals. Sie nahm den Hut in die Hand und drehte ihn zwischen den Fingern. Melonen, Fellkappen und Hüte so groß wie Wagenräder hatten sie an jenem eiskalten Januartag aufprobiert, aber diesen hier hatte sie nehmen müssen. Schnell legte sie ihn beiseite und zog ein altes Schulheft aus dem Karton. *Stella Asmus – Physik – 9a.* Sie blätterte darin. Blaue Tinte, die Überschriften ordentlich mit dem Lineal unterstrichen. *Was ist Schwitzen?* Stella beugte sich nach hinten und drehte die Heizung wieder herunter. *Beim Schwitzen verdunstet Wasser auf der Haut des Menschen. Dazu ist Energie nötig, die dem Körperinneren entnommen wird. Die Haut kühlt sich ab.* Ihre Schrift sah noch genauso aus wie heute, irgendwie war sie schon immer erwachsen gewesen. Sie hob massenweise Kladden aus der Kiste, aus allen möglichen Jahrgangsstufen, dazu ihren uralten dunkelblau-weißen *Adidas*-Badeanzug, und legte alles neben sich aufs Sofa. Nachher würde sie das Zeug zum Altpapiercontainer bringen. Dann hätte sie wieder eine Viertelstunde totgeschlagen. Als sie nach einem weiteren Stoß Hefte griff, fühlte sie an ihrer Hand Holz. Sie stockte. Langsam zog sie die Hefte heraus und starrte auf das darunterliegende Kästchen mit den goldenen Lettern.

Mach es wie die Sonnenuhr, zähl die heitren Stunden nur.

Unten auf der Straße fuhr ein Wagen mit eingeschaltetem Martinshorn vorbei. Sekundenlang schrillte es, im nächsten Moment war alles wieder still. Vorsichtig hob Stella die Schöne-Tage-Box aus dem Karton. Ziemlich viel Staub wirbelte auf. Damals vor elf Jahren hatte sie die Box aus der hintersten Ecke ihres Kleiderschranks geholt und sie in diesen Umzugskarton gestellt. Der winzige Schlüssel steckte, das Holz in ihrer Hand war kühl. *Pitch Pine. Das härteste Nadelholz der Welt.* Unschlüssig stand sie im Raum.

Sie müsste die Box irgendwo lagern, aber zu ihrer Wohnung gehörten weder ein Dachboden noch ein Keller. Sie sah sich im Wohnzimmer um. Hier gab es als Verstaumöglichkeit nur das Sideboard, auf dem der Fernseher und ein weißer Christstern von ihren Eltern standen. Aber das war mit Vasen, Geschirr, Geschenkpapier, Büro- und Bastelzeug und den Unterlagen vom Studium, die sie auch irgendwann mal ausmisten könnte, bis auf den letzten Zentimeter belegt. Und das offene Bücherregal. Schließlich trug sie die Box mit beiden Händen wie ein Tablett ins Schlafzimmer.

Die dunkle Kommode mit den Messinggriffen hatte schon ihrer Uroma gehört. Es war ein altes, breites Möbelstück mit Schubladen, die sich nur öffnen ließen, wenn man an beiden Griffen gleichzeitig und gleich stark zog, andernfalls verkanteten sie. Stella kniete sich hin, stellte die Box auf dem Parkett ab und öffnete mit einem Ruck die unterste Lade. Sie war leer, der Boden noch immer mit geblümtem Geschenkpapier ausgelegt, das mit Reißzwecken am Holz befestigt war. Sie stellte das Kästchen hinein, dahin, wo es ganz früher, bevor sie es verbannt hatte, schon einmal gestanden hatte, schob es weiter, bis an den hinteren Rand, und schloss die Lade mit leichtem, aber bestimmtem Druck.

Jetzt brauchte sie wirklich einen Kaffee. Und sie wusste auch schon, wo sie den herbekam. Im Flur zog sie sich Schuhe und Mantel an, steckte Portemonnaie und Laptop in ihre Umhängetasche, trat ins Treppenhaus und schloss die Wohnungstür hinter sich zu.

Vor zwanzig Jahren
Ein grauer Betonklotz blieb ein grauer Betonklotz. Und doch sah die Schule an diesem Morgen vollkommen anders aus als all die Jahre zuvor. Die Oberlichter der Fenster standen auf Kipp, die langen Regenrohre blitzten metallisch, aber der eigentliche Unterschied lag in dem Glanz, dem verheißungsvollen Schimmern, das die Fassade überzog. An diesem Morgen kam die Schule Stella vor wie eine Fata Morgana.

Sie hatte erst einen kurzen Blick auf das Gebäude erhaschen können, durch die engen Lücken zwischen den Bäumen und Büschen. Eichen, Kastanien, Hagebuttensträucher und übergroße Rhododendren säumten das Schulgelände. Die Vögel pfiffen und zwitscherten wie verrückt. Sie wollte jetzt endlich dahin.

Stella ging zwischen ihren Eltern. Ihr Vater war riesig, fast zwei Meter groß, ihre Mutter nur eins achtundfünfzig. Keine zehn Zentimeter mehr, und Stella hatte ihre Mutter überholt. Sie wuchs nämlich auf der siebenundneunzigsten Perzentile, was bedeutete, dass nur drei Prozent aller Mädchen in ihrem Alter größer waren als sie. Das hatte ihr Vater ihr erklärt. Wenn sie sich bei beiden gleichzeitig einhakte, ging sie völlig krumm. Heute lief sie am Arm ihres Vaters. Sie drückte den Rücken durch. Die Sonne schien, der Himmel war blau, »dem Anlass angemessen«, hatte er beim Frühstück gesagt. Denn heute war der große Tag. Und der stand seit fast einem Jahr in der akkuraten Handschrift ihres Vaters im Familienkalender, der über der Eckbank in der Küche hing: *Stella Gymnasium*.

Neben ihnen hielt eine Frau mit einem Rauhaardackel. Mit extra hoher Stimme sprach sie auf ihren Hund ein, der probeweise ein Bein hob, es wieder absetzte, schnüffelte, es wieder anhob, absetzte, schnüffelte.

»Ist das nicht ein wundervoller Tag?«, sagte die Frau zu ihnen, jetzt in normaler Tonlage.

»Oh ja.« Stellas Mutter bückte sich, um ein paar glänzende Kastanien aufzuheben.

Stellas Vater schenkte der Frau ein nachsichtiges Lächeln und legte Stella die Hand auf die Schulter. »Lass dich mal ansehen.«

Sie drehte sich zu ihm, und er machte einen kleinen Schritt zurück, um sie zu betrachten. Stella trug ein dunkelblaues ärmelloses Kleid und darüber eine dünne beigefarbene Strickjacke. Es war immer schwer, Kleider zu finden, die ihr passten, weil sie für ihre Größe zu dünn war, aber dieses hier schlabberte nicht und ging ihr trotzdem bis über die Knie. Ihr Vater hatte das Kleid aus einer Boutique, wo es Mädchen- und Frauensachen gab. Sie lag um die Ecke von seinem Krankenhaus. Da kaufte er auch immer die Geburtstags- und Weihnachtsgeschenke für ihre Mutter. Die Strumpfhose zwickte, und die Schuhe, dunkelblaue mit Riemchen und Lochmuster, fand sie zwar etwas altmodisch, aber es war schon okay.

»Sehr schön. Nur ...« Ihr Vater nahm den schwarzen Kamm aus der Innentasche seines Jacketts, löste das Gummi aus Stellas Haaren, kämmte sie glatt nach hinten und fasste sie enger zusammen. Es zog an ihrer Kopfhaut, aber sie hielt still. Er steckte den Kamm zurück in seine Jacketttasche, machte wieder einen Schritt zurück, um sein Werk in Augenschein zu nehmen, und nickte. »Jetzt ist es perfekt.«

Ihre Mutter steckte die Kastanien in ihre Handtasche, der Dackel schnüffelte noch immer an der Erde unterm Gebüsch. Keine drei Schritte waren es mehr bis zum Tor.

Das hohe Metallgitter stand an diesem Morgen offen. Endlich konnte Stella die Schule und den Schulhof richtig sehen. Sie holte tief Luft. Da war der Bolzplatz, der mit seinem roten Untergrund und den beiden Fußballtoren zu dieser Zeit noch verlassen dalag, die eine Hälfte im Schatten, die andere schon in der Sonne. Weiter hinten die zwei Tischtennisplatten aus grauem Stein, ein kleines Areal mit Hochbeeten voll wucherndem Wurzelgemüse, links die übervollen Radständer und gegenüber, am anderen Ende des Hofs, das Schulhaus. Nur vereinzelt liefen Schüler über den Hof. Sie sahen alle furchtbar alt aus, fast wie Erwachsene. Die erste Stunde hatte bereits begonnen, nur sie, die neuen Fünftklässler, sollten eine Viertelstunde später kommen.

»Ich bin sehr stolz auf dich.« Ihr Vater strich sich durchs Haar, das voll und wellig war, wenn auch nicht mehr ganz so blond wie ihres, und rückte den Knoten seiner Krawatte zurecht. Eigentlich sah er ganz gut aus, soweit Stella das beurteilen konnte, schlank und noch gebräunt vom Griechenlandurlaub. Er ging jeden Morgen noch vor dem Frühstück joggen.

»Die erste Hürde hast du mit Bravour genommen.« Seine Stimme hatte einen vollen Klang. Sonor, sagte ihre Mutter. »Eindeutige Gymnasialempfehlung. Nichts anderes hatte ich erwartet. Und jetzt geht es mit Siebenmeilenstiefeln so weiter, und in ein paar Jahren stehen dir alle Türen offen.«

Verstohlen blickte Stella zum Schulgebäude hinüber. Beton, Fenster, Beton, Fenster, Beton, Fenster, zum Abschluss wieder Beton. Und da war wirklich ein Schimmern, ob man es glaubte oder nicht. Es umgab den gesamten Bau. Und die Luft roch auch ganz anders als sonst. Irgendwie nach reifen Birnen und nach zerquetschten roten Stachelbeeren.

Stella war schon einige Male hier gewesen. Und nicht nur, als sie sich zusammen mit ihren Eltern die Schule angeguckt und den Direktor getroffen hatte. Nein, sie war bestimmt schon zehn Mal mit Tonia hierhergekommen, heimlich, wenn an ihrer alten Schule eine Stunde ausgefallen war und sie früher los gekonnt hatten. Dann waren sie zusammen in den 773er gestiegen und hatten kurz am Eingang zum Schulhof gestanden, genau da, wo sie jetzt auch stand, und wenn sie mutig genug gewesen waren, hatte eine von ihnen leise »Los!« gesagt. Sie waren durchs Tor gegangen, hatten sich unter die Gruppen von Schülern gemischt und dabei so selbstverständlich wie nur möglich dreingeschaut, damit keiner merkte, dass sie nicht dazugehörten. Einmal waren sie sogar im Raum der Schülervertretung gewesen, hatten sich auf das braune Sofa gesetzt, Kaffee aus einer fleckigen Thermoskanne getrunken, obwohl sie beide eigentlich gar keinen Kaffee mochten, und irgendwelchen Schülern beim Kickern zugeguckt. Es war ein Spiel gewesen, und jetzt, plötzlich, war es das nicht mehr. Stella atmete aus. Jetzt gehörten sie wirklich dazu.

»... sehr wichtig. Als ich auf dem Gymnasium war, gab es einen Haufen Schüler, die das nicht verstanden haben. Und wo die heute stehen, sieht man ja. Du erinnerst dich an Herrn Möller? Ein ehemaliger Mitschüler von mir, hatte nichts im Sinn außer Mädchen und vielleicht noch seiner Gitarre.«

Das Beispiel brachte ihr Vater immer. Ihre Mutter war einen Schritt zur Seite getreten und hatte den Kopf in den Nacken gelegt. Gedankenverloren strich sie sich über den Blazer und den schmalen dunkelblauen Rock. Hinten bei dem überdachten Gang, der die Schule mit den Toiletten verband, erkannte Stella Tommy und Dirk mit ihren Eltern. Tommy Moschel und Dirk Preiß, mit denen sie zur Grundschule gegangen war. Tommy winkte wie wild, Dirk starrte auf seine Bügelfaltenjeans, die er jeden Tag anhatte. Stella winkte kurz zurück. Wenn sie ganz still stand und lauschte, konnte sie die leisen Stimmen hören, die von oben aus den gekippten Fenstern drangen.

»... das Abitur nicht geschafft, und ist dann bei *Spar* in die Lehre gegangen. Einzelhandelskaufmann. Und da hockt er immer noch. An der Kasse.« Ihr Vater klang zufrieden.

Wie immer, wenn er diese Geschichte erzählte, wusste Stella gar nicht, was sie davon halten sollte. Sollte sie diesen Herrn Möller bemitleiden? Ihre Mutter kam zurück an ihre Seite und drückte mit einem Lächeln ihre Hand.

Ihr Vater hielt ihr den Arm hin. »Bereit?«

Stella nickte.

Nebeneinander überquerten sie den Bolzplatz. Rote Asche wirbelte auf, der Boden sah aus, als ob er dampfte. Auf halbem Weg hörte Stella Schritte. Jemand kam von hinten in hohem Tempo angerannt. Ihr Vater drängte an den Rand des Platzes, genau dorthin, wo der Läufer an ihnen vorbei wollte. Dabei schien ihr Vater in die Breite zu wachsen, legte einen Schritt zu und zog Stella mit sich zum Metallzaun. Es schepperte, als der Junge gegen das Eisen gedrückt wurde, sein Rucksack fiel zu Boden, es krachte. Der Inhalt des Rucksacks landete direkt vor ihren Füßen.

»Pass doch auf!« Die Stimme ihres Vaters war scharf. Auf seinem linken Schuh lag ein zerfleddertes Karoheft, dem er mit angewidertem Blick einen Tritt versetzte.

Der Junge sah ihren Vater aus schmalen Augen an. Ein rundes schwarzes Filmdöschen kreiselte über den Boden. Der Junge, der etwas größer war als Stella, machte keinerlei Anstalten, es aufzuheben.

»Was ist, willst du hier Wurzeln schlagen?« Mit spitzen Fingern hob ihr Vater ein Schweizer Taschenmesser auf. »Dass sie die Kinder hier mit so was rumlaufen lassen.« Er schüttelte den Kopf.

Der Junge riss ihm das Messer aus der Hand.

»Ganz ruhig, ja?« Ihr Vater zog sie näher zu sich heran und hielt ihren Arm sehr fest.

Die Vögel hatten aufgehört zu zwitschern, die Stimmen aus den Fenstern waren verstummt, kein einziger Ton war mehr zu hören.

Jetzt endlich bückte der Junge sich und begann, seine Sachen zurück in den Lederrucksack zu stopfen. Er war vielleicht ein, zwei Jahre älter als sie. Seine Bewegungen wirkten wütend, und Stella konnte sehen, wie seine Wangenknochen hervortraten. Steinchen knirschten unter den Gummisohlen seiner Turnschuhe. Hefte, zwei Bücher ohne Schutzumschlag, lose Stifte, ein Inhalator mit blauer Kappe, irgendwelche Kordeln und eine Spule mit einer aufgerollten Nylonschnur – mehr konnte Stella auf die Schnelle nicht erkennen. Ihre Mutter hob die Filmdose auf, die hinter den Pfosten des Tors gerollt war, und gab sie dem Jungen.

»Ruth.« Ihr Vater zog ein Stofftuch aus der Tasche seiner Anzughose und wischte sich über die schwarzen Lederschuhe. »Können wir jetzt endlich?«

Zu dritt machten sie einen Bogen um den Jungen herum. Mit großen Schritten ließen sie den Bolzplatz hinter sich und überquerten den Schulhof. Wie eine kleine Mauer liefen sie zwischen den beiden Tischtennisplatten hindurch, an den abgestellten Fahrrädern und den Gemüsebeeten vorbei. Die Sonne schien, der Himmel war blau, und das Tor des Schulgebäudes war zwischenzeitlich geöffnet worden. Stella drehte sich noch einmal um. Der Junge stand im Schatten des Fußballtors. Stella glaubte, dass er in ihre Richtung sah, aber sie konnte sein Gesicht nicht erkennen. Schnell blickte sie wieder nach vorn.

Es war früh am Abend, und die untergehende Sonne tauchte ihr Zimmer in rötliches Licht. Ihr erster Tag auf dem Gymnasium neigte sich dem Ende zu. Durchs gekippte Fenster drangen das träge Bellen des Nachbarhundes und das gleichmäßige Surren eines Rasensprengers herein. Das Licht flimmerte, und für einen Augenblick lösten sich all ihre Möbel und Sachen in tanzende Formen und Farben auf. Links an der langen Seite der Kleiderschrank und das Bett mit dem Drei-Fragezeichen- und dem Connemara-Pferde-Poster darüber, rechts die alte Kommode mit den Messinggriffen, darauf die Kassetten und der Rekorder, weiter hinten das Bücherregal. Stella stand im Türrahmen und zwinkerte, bis die Bücher wieder Bücher waren und der große farbige Würfel hinten in der Ecke wieder ihr altes Puppenhaus.

Ihre Mutter hatte das Puppenhaus vor Jahren selbst gebaut. Die kleinen Räume waren mit hellbraunem Teppich ausgelegt, genau wie ihr richtiges Zimmer, das Wohnzimmer hatte Parkett, wie ihr echtes Wohnzimmer auch, und der Flur schwarz-weiße Fliesen, auch wie in echt. Vielleicht sollte sie das Puppenhaus jetzt wegräumen, wo sie auf dem Gymnasium war. Oder aber sie ließ es noch ein bisschen da, mal sehen.

Ihre Mutter kam die Treppe hoch, die Hände hinter dem Rücken, als würde sie dort etwas verstecken. »Mach mal kurz die Augen zu, ja?«

Stella hörte, wie sie an ihr vorbei durchs Zimmer lief, auf dem Tisch unter dem Fenster etwas zur Seite schob und etwas anderes abstellte. Etwas, das ein gewisses Gewicht hatte, denn es gab beim Absetzen eine winzige Erschütterung.

»Jetzt kannst du sie wieder aufmachen.«

Mitten auf ihrem Schreibtisch stand ein Geschenk. Es hatte die Größe eines Schuhkartons und war in cremeweißes Papier eingeschlagen – das handgeschöpfte, das ihre Mutter so liebte. Drum herum war eine hellgelbe Schleife.

»Für mich?«

»Aber natürlich.« Ihre Mutter lachte.

Sie hatte so ein kratziges Lachen, wie Ernie aus der Sesamstraße, was lustig war, denn ihr Vater hieß ja Bert. Es war total ansteckend, dieses Lachen, besonders jetzt, denn auf dem Geschenk stand unübersehbar STELLA. Mit einem Stern hinter dem A. Immer wenn ihre Mutter ihren Namen schrieb, malte oder zeichnete oder druckte sie einen kleinen Stern dahinter.

»Komm schon, mach es auf.«

Stella ging über den Teppich, der nur in eine Richtung gesaugt werden durfte, sonst stellten sich die Fasern auf. Auch ihre Füße hinterließen Spuren. Das meiste in ihrem Zimmer war aus Holz, wahrscheinlich weil ihre Mutter einmal Tischlerin gewesen war. Das war vor Stellas Geburt gewesen. Es gab ein Foto, da stand ihre Mutter mit einer übergroßen Schutzbrille an einer Kreissäge. Stella hatte sich das Foto immer wieder angucken müssen, bevor sie geglaubt hatte, dass die Frau auf dem Bild wirklich ihre Mutter war. Der Schreibtisch unter dem Fenster war das Meisterstück ihrer Mutter gewesen, aus Nussbaumholz, mit einer Schublade, die so lang war wie die gesamte Tischplatte und beim Öffnen quietschte. Er sah irgendwie verzogen aus, ohne dass Stella hätte sagen können, was genau an dem Tisch schief war. Ihr gefiel das.

Langsam zog sie die Schleife vom Paket und löste das Papier. Es war nicht festgeklebt, nur umgeknickt. Knick um Knick faltete sie es auf, ein leichter Geruch von frisch gesägtem Holz stieg ihr in die Nase. Sie zog das Papier ganz ab und blickte auf ein Holzkästchen. Es war in etwa so lang wie ihre beiden Hände, wenn sie die Finger spreizte und ihre Daumen einander berührten. Seine Maserung erinnerte sie an freundliche runde Tieraugen. Es hatte ein Schloss, in dem ein winziger Schlüssel steckte. In goldenen Buchstaben stand auf dem Deckel: *Mach es wie die Sonnenuhr, zähl die heitren Stunden nur.* Stella erkannte die geschwungene Schrift ihrer Mutter.

»Weißt du, was das ist?«

Stella schüttelte den Kopf. Vor dem Fenster wiegten sich die Zweige der Birken und schickten Wellen von Licht über den Schreibtisch.

»Das ist ein Schatzkästchen für schöne Augenblicke. Deine Schöne-Tage-Box.«

Meine Schöne-Tage-Box. Das klang himmlisch. Stella legte die Hand auf das Kästchen. Es fühlte sich an, als hätte es die Wärme eines ganzen Sommers gespeichert.

»Was ist das für ein Holz?«

»Pitch Pine. Das härteste Nadelholz der Welt. Ich wollte schon immer mal was aus Dielenbrettern zimmern.«

Mit einem leisen Quietschen drehte Stella den Schlüssel, der kaum größer war als ihr Daumennagel, im Schloss der Box und klappte den Deckel hoch. Blütenweiße Karten tauchten vor ihr auf, ein dicht gedrängter Stoß, der das Kästchen ganz ausfüllte. Sie wollte schon eine herausziehen, die erste von links, doch dann überlegte sie es sich anders. Um den Augenblick ein wenig hinauszuzögern, fuhr sie die Kanten der Karten ab. Schließlich nahm sie eine aus der Mitte. Sie konnte kaum glauben, was da mit schwarzer Tinte notiert war.

»Mama, da steht ja der 12. Juni drauf.«

»Das ist ...«

»Wie kann das sein?«

Ihre Mutter lächelte.

»Ist das alles mein Geburtstag?« Probeweise nahm sie eine andere Karte heraus. Der 2. Oktober diesmal. »Dann war das Zufall?«

»Das kann man so oder so sehen.« Ihre Mutter beugte sich vor und strich Stella eine Haarsträhne aus dem Gesicht. »Schau. Für jeden Tag des Jahres gibt es eine Karte. Auf den Karten stehen keine Jahreszahlen. Wenn du nun etwas Schönes erlebst – das kann ein besonderer Moment sein oder auch ein ganzer toller Tag –, irgendetwas, bei dem du dich so richtig wohlfühlst, dann schreibst du es auf eine Karte. Am besten setzt du noch eine Jahreszahl davor.«

»Dann stehen auf manchen Karten irgendwann vielleicht sogar zwei oder drei oder noch mehr Dinge drauf, richtig?«

»Genau. So sammelst du ein Leben lang all deine schönen Tage und Augenblicke.« Ihre Mutter sah ihr direkt ins Gesicht. »Und wenn du einmal traurig bist, Stella, dann ziehst du eine Karte. Oder mehrere. So viele, wie es braucht, bis das Traurige neben all den Glücksmomenten ganz klein wird.«

Sonnenfunken glitzerten und sprenkelten auf dem weißen Papier wie auf der Oberfläche eines Sees. Ja, von jetzt an würde sie die kleine Truhe mit Schätzen füllen, mit den wertvollsten, die sie besaß. Sachte klappte Stella den Deckel der Box zu, drehte den kleinen Schlüssel im Schloss und zog ihn heraus. Einen Augenblick stand sie nur da, den goldenen Schlüssel in der Hand. Nachttisch, Kleiderschrank, Kommode. Laue Abendluft hüllte sie ein, der würzige Duft von Gräsern und ein sanftes Säuseln vom Wind. Kurzerhand kniete sie sich auf den Boden.

Die dünnen Vorhänge des Puppenhauses flatterten, als sie hineingriff, die hellgelbe Decke des Kinderzimmerbettchens zur Seite schob und den Schlüssel auf das kleine Schaumstoffrechteck legte. Sorgsam deckte sie ihn zu.

Die *Pastelaria Bento* lag nur vier Stockwerke unter Stellas Wohnung, im Erdgeschoss des Altbaus. Das blau-weiße Bodenmosaik glänzte in der kühlen Wintersonne. Bis auf Bento, der hinter dem Tresen stand und rauchte, und den vier älteren Männern, die an dem Tisch rechts hinten in der Ecke Karten spielten, war das kleine Café leer.

»Ah, Dona Stella.« Bento lächelte unter dem grauen Schnauzer.

Genau über seinem Kopf baumelte der eingestaubte Ventilator. Er hing so tief, dass er wie ein Heiligenschein aussah. Die Wand hinter dem Tresen überspannte ein breites Poster vom Benfica-Stadion in Lissabon, darüber hingen ein roter Schal und ein brauner von St. Pauli.

»Du kommst genau richtig.« Er aschte in einen Becher, der übervoll mit Zigarettenstummeln war, und nickte in Richtung Küche. »Raquel fängt gerade an zu backen. Du bleibst doch, *certo*?«

Die meisten der gerahmten Fotos, die an der Rückwand des Tresens hingen, zeigten Bento, zusammen mit irgendwelchen Männern, die aussahen wie er. Auf einem stemmte er ein Baby mit einem Arm in die Höhe, in der anderen Hand hielt er ein Schnapsglas, neben ihm stand ein lachender Jugendlicher. Dazwischen pinnten ausgeblichene Postkarten aus Porto und Madeira. Stella hatte eigentlich nur eben ihren Kaffee trinken und auf dem Laptop die Artikel von der letzten Jahrestagung der Unfallchirurgen überfliegen wollen.

»Musst du noch arbeiten?« Bento strich sich durch die drahtigen Haare.

Stella schüttelte den Kopf. »Heute nicht und morgen auch nicht.«

»Wunderbar.« Er drückte seine Zigarette aus und kam um den Tresen herum. »Komm, komm.« Damit winkte er sie zu einem der beiden quadratischen Tische am Fenster. Er war einen guten Kopf kleiner als sie, aber das hielt ihn keineswegs davon ab, ihr den Mantel abzunehmen und sie anschließend sanft auf den Holzstuhl zu drücken. »Ich bring dir jetzt erst mal deine *Cafezinhos*.« Schon verschwand er wieder hinter der dunklen Holztheke.

Stella musste lächeln. Irgendwie hatte sie diesen alten Portugiesen mit seiner unnachahmlichen Mischung aus Untätigkeit und plötzlicher Geschäftigkeit in den wenigen Monaten, die sie hier wohnte, schon richtig ins Herz geschlossen. Sie schob die kleine Vase mit der Plastikrose ein Stück zur Seite und stellte ihren Laptop auf den Tisch. In Ordnung, dann blieb sie eben erst mal. Immerhin gab es hier frischen Kaffee.

»*Merda!*« Bento ruckelte am Kabel der Espressomaschine.

Es war einfach immer dasselbe: Bento stellte die Becher unter die Öffnung, drückte den Knopf, nichts passierte.

Dann fluchte er und ruckelte am Kabel, und einen Moment später fing das Gerät an zu zischen.

Es zischte. Einer der Männer am Ecktisch lachte und hustete. Es waren immer dieselben vier Männer, die dort hockten, qualmten und Karten spielten. Stella hatte noch nie mit ihnen gesprochen, aber wenn sie plötzlich von einem Tag auf den anderen nicht mehr da säßen, wäre das auch seltsam. Sie klappte den Laptop auf. Pfeifend stellte Bento zwei Glasbecher Galão vor ihr ab, Espresso mit aufgeschäumter Milch. Sie nahm immer zwei Kaffees. Nach einer Tasse war eindeutig erst die eine Hälfte ihre Körpers versorgt.

»Hübscher Junge.« Bento beugte sich vor.

Der Bildschirm ihres Computers zeigte das freundliche Gesicht eines Typen im Ringelshirt. Tammo. Tonia hatte sich nicht aus dem Dating-Portal ausgeloggt.

Stella merkte, dass sie rot wurde. Was albern war, aber sie konnte es nicht verhindern. »Mit dem trifft sich meine Freundin heute Abend.«

Bento öffnete die Vitrine neben der Eingangstür, in der sich auf knittriger Tortenspitze kleine Gebäckstücke in unterschiedlichen Formen drängten. In ihren ersten Wochen in Hamburg hatte sich Stella einmal quer durch alle zuckertriefenden Biskuit- und Blätterteigschichten gegessen und war schließlich bei den Pastéis de Nata hängengeblieben. Seitdem genehmigte sie sich jeden Tag mindestens eins dieser Törtchen, die mit einer goldgelben Creme aus Eiern, Zucker und Sahne gefüllt waren. Es war ihre selbst verordnete Medizin.

»Deine Freundin, soso.«

Stella lachte und schloss den Tab.

Bento stellte ein Pastel de Nata auf einem kleinen Tellerchen vor ihr auf den Tisch. »*Bom apetite*, lass es dir schmecken, Stella.«

Sie lehnte sich auf dem Stuhl zurück und nippte an ihrem Milchkaffee. Eisblumen glitzerten am Fenster. Vom Hafen her war das Tuten eines Schiffes zu hören. Der Kaffee war köstlich. Bentos Kaffee war wirklich der beste, den sie je getrunken hatte.

Durch die fedrigen Eiskristalle konnte sie die drei Masten der Rickmer Rickmers erkennen, die hinter der Kaimauer in den blauen Himmel stachen. Es war wundervoll, dass sie eine Wohnung gefunden hatte, die direkt am Hafen und dazu noch über einem Café lag. Sie öffnete die Seite der Deutschen Gesellschaft für Unfallchirurgie und klickte die beiden Vorträge ihres Vaters an. Er war Vorsitzender der Gesellschaft, und eigentlich hatte er sie mitnehmen wollen zu der Tagung in Berlin. Aber dann hatte sie just am Morgen der Abfahrt einen fiesen Hexenschuss gehabt, und er war mit Arne gefahren. Was sowieso viel besser passte, denn Arne war Kniespezialist wie ihr Vater und würde in wenigen Wochen, wenn ihr Vater in Rente ging, dessen Nachfolge als Leiter der Orthopädie und Unfallchirurgie antreten.

Sie biss in ihr Törtchen und überflog den ersten Artikel: *Verhalten des Knorpelvolumens im Kniegelenk unter Dauerbelastung*. Es handelte sich um eine Studie mit dreißig Langstreckenläuferinnen, deren Knorpelvolumen vor und nach dem Lauf gemessen worden war. Stella unterdrückte ein Gähnen und griff nach ihrem zweiten Galão. Vielleicht sollte sie erst mal in den anderen Artikel reinlesen: *Die Korrektur der schweren Varusdeformität bei Knie-TEP mit-*

tels Downsizing. Sie scrollte sich durch den Text. ... *konnte durch ein indirektes Release des medialen Bandapparates bei knochensparender Resektion trotz ausgeprägter Varusfehlstellung ...*

Was roch es denn hier plötzlich so gut? Stella sah auf. Bento stand neben der Küchentür, die er mit ausgestrecktem Arm aufhielt. Raquel erschien mit strahlendem Gesicht und einer großen Platte in den Händen im Türrahmen. Auf der Platte thronte eine Art ringförmiger Weihnachtsstollen.

»Bolo Rei!«, rief Bento, und an Stella gewandt erklärte er: »Portugiesischer Dreikönigskuchen von der weltbesten Bäckerin.«

Raquel stellte die Platte auf dem Tresen ab und lief einmal quer durch den Raum, um Stella zu drücken. Sie duftete wunderbar nach Gebäck, und ihre grauen Haare waren von einer feinen Schicht Mehl überzogen. Ihr Körper unter der roten Schürze fühlte sich weich an, ihr Griff war fest. Stella mochte es, von ihr umarmt zu werden. Sie zog Stella mit sich, rückte die Barhocker ein Stück von der Theke ab und bedeutete ihr, Platz zu nehmen. Bento legte eine CD in den portablen Player, der neben der großen elektrischen Orangenpresse stand, die Stella immer an eine Mischung aus Flipperautomat und Jukebox erinnerte. Ein Chor setzte ein und sang etwas, das wie ein Weihnachtslied klang, auf Portugiesisch mit Gitarrenuntermalung. Die Männer in der Ecke legten ihre Karten nieder und kamen ebenfalls herüber. Einer von ihnen hatte einen Gehstock, auf den mehrere gelbe Plaketten genagelt waren, ein anderer mit schlohweißem Haar, einem weißen Nadelstreifenhemd und Hosenträgern, gab Stella die Hand und stellte sich als Anibal vor. Die beiden anderen standen in der Mitte des Cafés und begleiteten das Weihnachtslied aus voller Kehle. Raquel schnitt den Kranz auf, der mit jeder Menge Walnüssen, Rosinen und kandierten Früchten verziert war, und legte die Stücke auf gelb gemusterte Servietten.

»Greift zu!« Mit einem Lächeln drückte sie Stella ein besonders großes Stück in die Hand.

Der Kuchen war noch warm und sah ausgesprochen saftig aus. Stella biss hinein. Sie schloss die Augen. Das war einfach nur himmlisch. Und das, obwohl sie normalerweise kein großer Freund von Zitronat und Orangeat war. Aber diese kandierten Früchte – Orangen, Feigen, Birnen, soweit sie das richtig herausschmeckte – hatten absolut gar nichts mit dem zu tun, was sie als Früchtebrot und Stollen kannte. Wahrscheinlich hatte Raquel die kleinen Obststücke selbst in Zucker köcheln lassen und anschließend mit viel Ruhe und Liebe getrocknet. Sie probierte gleich noch einmal. Der leichte Hefegeschmack erinnerte sie an eine saftige Brioche. Doch dann hielt sie inne. Da war etwas Hartes. Und es war keine Nuss. Hinter vorgehaltener Hand nahm sie das Ding aus dem Mund und legte es auf ihre Serviette. Es war eine kleine Figur. Ein Engel? Stella sah auf und stellte fest, dass alle Augenpaare auf sie gerichtet waren. Plötzlich redeten alle durcheinander. Bevor sie wusste, wie ihr geschah, setzte Bento ihr eine goldene Pappkrone auf den Kopf und nahm ihre Hand. Er drehte sie auf dem Bodenmosaik im Kreis.

»Dona Stella, du bist unsere Königin!«

Raquel und die Männer klatschten. Aus den Boxen kam ein schnelles Akkordeonstück. Stella war es ein wenig unangenehm, dass sie so gefeiert wurde, aber das Klatschen, Lachen und Stampfen mit dem Plakettenstock feuerten sie an. Wärme stieg ihr in die Wangen, eine angenehme, trunkene Hitze.

Irgendwann konnte sie nicht mehr und ließ sich auf ihren Stuhl an dem kleinen Fenstertisch fallen. Raquel füllte ihr ein großes Glas mit Wasser und bugsierte ein weiteres Riesenstück Kuchen auf ihre Serviette. »Weißt du, das ist bei uns in Portugal am 6. Januar Tradition. Wer die Porzellanfigur in seinem Stück hat, ist für einen Tag König. Oder Königin. Das ist dein Glückstag, Stella!« Sie zwinkerte Stella zu, als Bento sie an der ausladenden Taille fasste. Im nächsten Moment tanzten die beiden eng umschlungen durch den Raum.

Stella trank das Glas in einem langen Zug leer und wischte ein paar Krümel von dem kleinen Porzellanengel. Eigentlich konnte sie nicht noch mehr essen, aber dieser Kuchen war einfach zu köstlich, also steckte sie sich ein Stückchen mit einem dicken Walnusskern in den Mund. Ihr Laptop war noch immer aufgeklappt, auf dem Bildschirm prangte der Artikel ihres Vaters. Anibal und die anderen zogen sich in ihre Ecke zurück und nahmen die Karten wieder auf. Sie schloss den Artikel und öffnete die Suchmaschine ihres Browsers. Über den Bildschirm hinweg sah sie Raquel und Bento, die wie in Zeitlupe durch die Raummitte schwebten. Die Musik war langsamer geworden, die Stimme der Sängerin klang sehnsüchtig. Stella tippte: *Max Stormarn*. Das Ziehen in ihrem Bauch ignorierte sie. Die Suchmaschine spuckte neuntausendeinhundert Ergebnisse aus. Ohne nachzudenken klickte sie auf den ersten Link. Es war die Ankündigung einer Ausstellung.

Danach – Fotografien von Max Stormarn. 1. Dezember 2004 bis 31. Januar 2005. Galerie Nordgren, Alsterufer, Hamburg-Rotherbaum.

Die Ausstellung lief seit fünf Wochen. Stellas Hand schloss sich um den weißen Glücksengel mit seinen angelegten Flügeln und den winzigen betenden Händen. Raquel summte. Ein angenehm tiefer Ton legte sich über die Musik und über all die winzigen Geräusche. In ihrer roten Schürze drückte sie sich beim Tanzen an Bento. Stella musste wegschauen, so privat schien ihr der Moment. Draußen wurde es bereits dunkel, und durch die fedrigen Eiskristalle sah alles weich und fließend aus. Stella verstaute den Laptop in ihrer Tasche und schlüpfte in ihren Mantel. Das Futter schmiegte sich an ihren Körper, als sie hinaus in die kühle Dämmerung trat.

Stella stand da und schaute auf die zugefrorene Alster, ein stiller See inmitten der Stadt. In ihrem Rücken lag – nur einen Fahrstreifen und Bürgersteig entfernt – die hell erleuchtete Galerie.

Dicke Flocken fielen vom Himmel, der so dunkel war, dass man meinen könnte, es wäre tief in der Nacht. Dabei war es gerade mal fünf, wie ihr die Schläge einer Kirchturmuhr verrieten. Vor ihr glänzte die Oberfläche der Alster, angestrahlt von den Lichtern der Stadt, schneeweiß wie die Fassade des Hotel Atlantic am gegenüberliegenden Ufer. Dass die Ausstellung genau hier war! Schon als Kind, als sie mit ihren Eltern das erste Mal in Hamburg gewesen war, hatte das Grandhotel am Wasser sie fasziniert. Ihr Vater hatte ihr erklärt, dass es Anfang des zwanzigsten Jahrhunderts für die Passagiere der Hamburg-Amerika-

Linie gebaut worden war, bevor sie in See stachen und den Atlantik überquerten. Als Stella gesagt hatte, dass sie auch einmal dort übernachten wolle, hatte er nur gelacht.

Sie drehte sich um. Das Plakat füllte die goldgerahmte Schaufensterscheibe der Galerie beinahe aus. In großen schwarzen Lettern stand dort der Titel, den sie schon im Internet gelesen hatte: *Danach – Fotografien von Max Stormarn*. Es würde sie ehrlich gesagt schon interessieren, was es mit diesem *Danach* auf sich hatte. Und wenn es ein *Danach* gab, musste es doch auch ein *Davor* geben. Oder gegeben haben. Sie wartete auf eine Lücke zwischen den vorbeifahrenden Autos und überquerte die Fahrbahn.

Helles Licht fiel aus dem Inneren der Galerie auf den Gehweg. Um einen Blick hineinwerfen zu können, musste sie sich mitten in dieses leuchtende Rechteck stellen, in dem die Flocken nur so tanzten. Möglichst unauffällig lugte sie am Plakat vorbei durch das Schaufenster und sah in einen verwinkelten Raum, der ziemlich groß war. Groß, aber nicht riesig. Sie hätte gerne die Quadratmeterzahl geschätzt, aber mit den Ecken und Ausbuchtungen war das schwierig.

Zwei Menschen standen in der Galerie. Ein Mann, Mitte vierzig vielleicht, im karierten Anzug, und eine Frau in Stellas Alter, also um die dreißig, mit knallrot geschminkten Lippen. Kein Max. Sie atmete aus. An den Wänden hingen großflächige, viereckige Schwarz-Weiß-Fotografien. Auf allen waren Gesichter abgebildet, die die Quadrate fast vollständig ausfüllten. Den Ausdruck der Gesichter konnte sie durch die Scheibe nicht erkennen, auch nicht, ob es sich um Männer oder Frauen handelte. Dafür spiegelte das Glas der Scheibe zu sehr.

Stella gab sich einen Ruck. Sie würde da jetzt reingehen, sich kurz umsehen und dann wieder abhauen. Was war denn schon dabei? Sie zog die Glastür auf und zuckte zusammen, als das Bimmeln eines Glöckchens ihr Kommen ankündigte. Schnell grüßte sie mit einem Nicken, das Herz klopfte ihr in der Brust. Der Raum war überhell ausgeleuchtet. Ohne dass sie sich von der Stelle rührte, ließ sie ihren Blick über die Wände mit den Fotografien gleiten. Zuallererst musste sie sich einen Überblick verschaffen. Sie zählte neunzehn plus drei Fotos in der Ecke links und zwei in der Ecke rechts. Vierundzwanzig Fotos. Sie würde gleich hier vorne links beginnen, im Uhrzeigersinn einen Halbkreis beschreiben, die Ausbuchtungen des Raumes mitnehmen und flugs wieder hier, am Ausgang, landen.

Ihre Schritte hallten auf dem marmornen Boden, bis sie das erste Bild erreichte. Ein schlafender Mann, nicht jung, nicht alt, schmales Gesicht, Vollbart. Der rote Klebepunkt neben dem Bild verriet ihr, dass es verkauft war. Schnell wandte sie sich der nächsten Fotografie zu. Eine schlafende Asiatin, nicht jung, nicht alt, schmales Gesicht, drei markante Muttermale, eins unter dem Auge, zwei auf der Stirn. Wieder ein roter Punkt. Sie wollte schon zum nächsten Bild übergehen, aber da stand bereits die Frau mit den knallroten Lippen und blickte gebannt auf die Abbildung eines schlafenden Kindes. Stella umrundete die Frau, die einen schwarzen Vintage-Mantel mit Fellkragen trug. Mit einem Mal kam sie sich in ihrem eigenen dunkelblauen Wollmantel unpassend bieder vor. Nicht nachdenken, nächstes Bild. Schlafende Frau, nicht jung, nicht alt, schmales Gesicht, pergamentene Haut. Stella trat näher an das Foto heran. Die Haut war wirklich ausgesprochen dünn, fast durchscheinend. Ihre Wangen sahen hohl aus und ihre Lippen wie eingefallen. Stella machte einen Schritt zurück. Das waren keine schlafenden Menschen!

»Ja, es macht schon etwas mit einem.« Der Mann im Anzug war neben sie getreten. Er zupfte am Einstecktuch seines braun-blau karierten Jacketts. »Wir sind mit der eigenen Endlichkeit konfrontiert. Mit unserer Angst vor dem Unbekannten, dem Unausweichlichen.«

Max fotografierte Tote. Nichts anderes konnte sie denken. Aus all den Motiven der Welt hatte er sich ausgerechnet Leichen ausgesucht. Leichen! Das war doch ... abartig. Mit den Lebenden konnte er es wohl nicht aufnehmen. Klar, sie selbst arbeitete auch an der Schwelle von Leben und Tod, aber doch auf der richtigen Seite. Sie rettete Leben, während er ...

»Max!« Der Mann im Karojackett wandte sich ab und durchquerte mit hallenden Schritten den Raum.

Stella erstarrte.

»Was für eine Überraschung.«

Sie musste weg.

»Zweiundzwanzig verkaufte Bilder. Was sagst du?«

Sie konnte hören, wie Max sich räusperte. »Das ist ... gut.«

Wie eingefroren stand sie vor dem Foto der dünnhäutigen Frau. Elf Jahre. Elf Jahre hatte sie seine Stimme nicht gehört.

»Gut?«, polterte der Galerist los. »Max, das ist nicht gut. Das ist überwältigend!«

Wie sollte sie hier bloß rauskommen, ohne dass er sie sah? Schritte klackten hinter ihr auf dem Marmor. Stella ging noch ein Stück dichter an das Bild heran, sodass sie es fast berührte. Sie konnte die dünnen Härchen auf der Oberlippe der toten Frau und die feinen Äderchen auf ihren Wangen erkennen.

»Du bist der Künstler?« Das musste die Frau mit dem Fellkragen sein.

»Ja.«

»Ich …«, die Frau rang nach Worten, »ich bin echt unglaublich berührt. Ich kann's gar nicht ausdrücken. Ich … ich will dir einfach danke sagen.«

Und gleich fragst du ihn, ob ihr nicht noch etwas zusammen trinken gehen könnt. Ein bitteres Lachen wollte in Stella aufsteigen. Das Licht der Deckenstrahler brannte heiß auf ihrer Kopfhaut.

»Wie bist du eigentlich darauf gekommen, Leichen zu fotografieren?« Die Stimme der Frau bekam etwas Schmeichelndes.

Leichen, dachte Stella, sind weiter weg als Verstorbene. Dabei war *Leiche* so ein weiches Wort. Sie spürte Max' Schulterzucken in ihrem Rücken.

»Man denkt ja erst mal, da liegt nur eine Hülle. Aber … ich glaube, dass der Tod etwas freisetzt. Wenn alles Körperliche keine Rolle mehr spielt. Und manchmal – nicht immer – kriege ich es hin, dieses Etwas einzufangen.« Seine Stimme war noch immer so rau, wie sie sie in Erinnerung hatte. »Ich fotografier zum Beispiel nie mit Blitz. Der wirkt bei Toten unheimlich brutal. Wie ein Schlag ins Gesicht.«

Stella schloss die Augen. Es war wie früher. Wenn sie zusammen auf der Bank saßen und der Wind durch die Baumkronen strich, wenn sie Max zuhörte oder er ihr, wenn alles, worüber sie sprachen, so groß war wie das Leben selbst. Sie öffnete die Augen wieder und setzte eine Fuß vor den anderen. Langsam bewegte sie sich in Richtung Ausgang, den Blick auf die Wand gerichtet.

»Die Toten sehen nicht einfach aus, als würden sie schlafen. Manche Gesichter sind friedlich, ja, aber längst nicht alle. Manche sehen erschöpft aus. Andere wirken zerbrechlich oder auf eine seltsame Art ironisch oder demütig oder erstaunt. Oder so, als hätte sich in ihrem Kopf ein letzter Gedanke festgesetzt, eine letzte Idee, die sie mitnehmen. Kein Toter sieht aus wie der andere. Ich bin überzeugt, dass sich in ihrem letzten Gesicht der Kern ihres Menschseins zeigt. Die Essenz.«

Sie hatte die Tür erreicht. Sie hätte einfach gehen können, leise und unbemerkt. Aber sie konnte nicht aufhören, Max zuzuhören.

»Es geht darum, den Augenblick festzuhalten, in dem alles vorbei ist.« Er sprach leise, wie zu sich selbst. So als wiederholte er ein Mantra. »Durch das Bild kann man sich immer wieder vergewissern, dass jemand wirklich tot ist. Vielleicht«, er räusperte sich wieder, »vielleicht kann man dann irgendwann damit abschließen.«

Sie drehte sich um. Sie wusste nicht, warum, aber auf einmal musste sie ihn sehen.

»Sag mal, hättest du gleich noch Lust ...« Die Frau mit den Marilyn-Monroe-Lippen machte eine Kunstpause.

Stella stand einfach nur da, und Max sah sie an.

»Ich kenne da eine kleine ...« Die Stimme der Frau war wie ein Rauschen, das immer leiser wurde und schließlich verschwand.

Max kam langsam auf sie zu.

Sie wollte einfach nur stehenbleiben und ihn anschauen. Fast meinte sie, es zu sehen, das unsichtbare Seil, das sich zwischen ihnen spannte.

Sie wurde ruhig. Und sie merkte, wie sie sich wiedererkannte in dieser Ruhe, die er bei ihr auslöste.

Seine Haare waren zerzaust und die Bartstoppeln bestimmt älter als drei Tage. Sein Gesicht hatte etwas Kantiges, Härteres, das sie nicht kannte. Er trug einen dunkelgrauen Parka und eine Jeans. Quer über seine Brust spannte der Riemen einer schwarzen Tasche. Einer Fototasche. Max wirkte wie ein Fremdkörper in diesem überhellen, vornehmen Raum.

»Du hast lange Haare«, flüsterte er. Dieses fremde, vertraute Flüstern.

»Ich hatte immer lange Haare.« Sie hätte das lauter sagen wollen, aber sie flüsterte auch.

Seine Lippen waren noch immer spröde, im Winter mehr als im Sommer. Daran erinnerte sie sich.

»Fast immer«, sagte er.

Sie sahen sich an. Das Seil war straff gespannt, das Licht so grell, als stünden sie auf einer Bühne. Um sie herum war es vollkommen still. Sommersprossen im Januar, dachte sie. Sonst nichts.

Als er wieder sprach, klang seine Stimme belegt. »Wollen wir vielleicht woanders hin?«

Stella biss sich auf die Lippe. Als sie es merkte, hörte sie damit auf. »Ich muss noch arbeiten.« Ganz bestimmt war es besser zu lügen.

Das Glöckchen über der Tür bimmelte, ein kalter Luftzug streifte sie.

»Okay.« Er verschränkte die Arme. »Schade.«

»Vielleicht ... vielleicht ein andermal.« Sie musste das Seil straff halten und wusste nicht, warum.

Max sah sie an. Seine Augen sahen genauso aus wie früher, blau mit hellgrauen, fast weißlichen Schlieren, die sich von der Pupille bis hin zum schwarzen Rand zogen.

»Gibst du mir deine Telefonnummer?« Seine Stimme klang fest.

Sie nickte.

Er zog ein zerknittertes Stück Papier und einen Bleistift aus der Jackentasche und legte den Zettel auf seine Handfläche. Die Haut seiner Hände sah rau aus. Ziffer für Ziffer nannte sie ihm ihre Nummer. Vor der letzten Zahl hielt sie inne. Es wäre so einfach. Sie könnte ihm die falsche Nummer geben, dann hätte sie ihren Standpunkt klargemacht. Sie vergrub ihre Hände in den Taschen ihres Mantels und spürte an der Linken etwas hartes Kühles. Ihre Blicke trafen sich. Sie schloss ihre Hand um den kleinen Porzellanengel und nannte Max die letzte, die richtige Ziffer.

Er ließ den Zettel in seine Tasche gleiten. »Ich rufe dich an.«

»Ja.«

Sie spürte, wie er ihr nachsah, als sie die Glastür der Galerie mit einem hellen Klingeln aufzog und hinaustrat in die kühle Dunkelheit. Es hatte aufgehört zu schneien. Der Boden, über den sie lief, war weiß bedeckt. Auf der anderen Straßenseite hielt sie inne und sah über den zugefrorenen See hinüber zum Hotel Atlantic. Die weiße Fassade war von Scheinwerfern angestrahlt, und oben auf dem Dach thronte, wie eine Kuppel, die leuchtende Weltkugel. Noch als sie hinaufsah zu den beiden steinernen Frauenfiguren, die die Welt auf ihren Schultern trugen, spürte sie in ihrem Rücken Max' ruhigen Blick.

Vor sechzehn Jahren
Sie kamen aus mindestens drei Richtungen, wenn sie sich nach der Schule im Maisfeld trafen. Strahlenförmig bewegten sie sich auf einen Mittelpunkt zu. Stella hatte es nicht weit. Ihr Garten grenzte direkt ans Feld. Meistens klingelte Tonia vorher bei ihr, und sie mussten nur zusammen über den niedrigen Holzzaun am Ende ihres Gartens klettern und schon standen sie inmitten der Maispflanzen. Frank und Cord kamen von der Landstraße, die auf der gegenüberliegenden Seite an dem Feld vorbeiführte. Max kam mit seinem Mountainbike von irgendwoher. Oft hörten sie das Rumpeln seines Rades auf dem harten Boden erst im allerletzten Moment, wenn er direkt vor ihnen abbremste.

Er war erst seit diesem Schuljahr in ihrer Klasse und schon sechzehn, während alle anderen erst fünfzehn waren. Sitzengeblieben, wegen Französisch und Religion. Stella hätte nicht gedacht, dass irgendjemand wegen Religion sitzenblieb. Gesehen hatte sie ihn davor natürlich auch schon, auf dem Schulhof, aber da hatten sie nie ein Wort miteinander gewechselt.

Gebückt schlichen Tonia und sie zwischen zwei Reihen hindurch. Der Mais stand noch nicht sehr hoch, aber er war schon so trocken und ockerfarben, dass man meinte, er hätte längst abgeerntet werden müssen. Wenn man die harten Blätter vom Kolben löste, waren die Körner aber noch gelb und prall. Die Sonne brannte, und wenn sie die Köpfe in den Nacken legten und in den Himmel hinaufsahen, war da keine einzige Wolke, nur ein diesiges, flirrendes Blau.

Wenn die Pflanzen, wie hier, besonders eng standen, liefen sie seitlich wie Krebse, damit das Rascheln der Blätter sie nicht verriet. Das Spiel ging nämlich so: Wer es schaffte, die anderen im Feld zu überraschen, hatte gewonnen und durfte bestimmen, was am Nachmittag gemacht wurde.

»Stopp.« Tonia zog sie zwischen die Pflanzen. »Da hinten.« Sie zeigte die Furche hinunter, die sie gerade entlanggelaufen waren.

Etwa zwanzig Meter entfernt kreuzten Frank und Cord. Die beiden hatten sie offensichtlich nicht bemerkt. Lautlos rannten Tonia und sie weiter, bis sie ungefähr auf Höhe der Jungs waren. Ein paar Reihen entfernt blitzte der neongrüne Stoff von Franks T-Shirt durch die Halme.

»Der lernt es nie.« Tonia kicherte leise.

Sie trug von Kopf bis Fuß beige, ein ärmelloses beigefarbenes Oberteil und einen beigefarbenen Rock. Stella hatte eine lange graue Jeans an, dazu ein blau-weiß gestreiftes T-Shirt. Nicht optimal aus Tonias Sicht, aber allemal besser als Neon. Sie hörten Franks Stimme und sein Lachen, das ihn früher oder später immer verriet, und kreuzten nun ebenfalls die Reihen. Sie waren den beiden dicht auf den Fersen.

»Schau mal.« Stella hielt Tonia am Arm.

Keine zehn Meter von ihnen war Max. Er stand mit dem Rücken zu ihnen und schien sich irgendetwas anzusehen.

»Komm, den nehmen wir uns zuerst vor.«

Bevor Stella etwas sagen konnte, war Tonia schon durch eine Lücke zwischen zwei dicken Maisstängeln hindurch in die Nebenreihe geschlüpft, damit Max sie nicht sah, falls er sich umdrehte. Stella ging ihr hinterher. Von der Landstraße zog das Knattern eines Mofas zu ihnen herüber, hoch über ihren Köpfen rauschte ein Segelflugzeug. Dann war es wieder still, bis auf ein kaum wahrnehmbares Pochen von unten, als würde der Acker unter ihren Füßen leben.

Tonias Schritte wurden langsamer, bis sie vor Max' Rad stoppte. Quer lag es vor ihnen, die silberne Farbe des Rahmens war unter dem getrockneten Dreck kaum mehr zu erkennen. Stella atmete flach durch die Nase, doch das Geräusch kam ihr immer noch viel zu laut vor. Schweigend beobachteten sie, wie Max sein rotes Taschenmesser aus dem Rucksack zog und eine Kordel, die mit herausgekommen war, wieder zurückstopfte. Er klappte das Messer auf und hielt es gegen das Licht. Die Klinge glänzte hell in der Sonne. Max kniete sich hin, schnitt nacheinander drei Maispflanzen knapp über der Erde ab und legte sie neben seine schwarze Kameratasche. Er hielt kurz inne, dann drehte er sich abrupt zu ihnen um und grinste sie an.

»Mann!« Tonia machte einen großen Schritt auf ihn zu und schlug ihm gegen die Brust. »Jedes Mal denke ich, du bemerkst uns nicht. Und dann ...«

»Hi.« Seine Stimme war tiefer und rauer als die der anderen Jungs in ihrer Klasse.

Tonia schraubte den Verschluss ihrer Wasserflasche ab und reichte sie Stella. Erst jetzt merkte Stella, wie trocken ihr Mund war. Sie strich sich die langen, feuchten Haare hinters Ohr, trank einen Riesenschluck und gab Tonia die Flasche zurück. Die Luft stand, zwischen dem Mais flimmerte der Staub. Ein satter Duft füllte die Luft.

Stella krempelte ihre lange Hose bis zu den Waden hoch. »Was machst du da eigentlich?«

»Ich schaff uns etwas Platz zum Sitzen.« Max schnitt weitere Halme ab und legte sie zur Seite.

Tonia nahm einen der abgetrennten Stäbe und drehte ihn zwischen den Fingern. Eine Zeitlang hatten sie beide das mit einem Stift geübt, aber Tonia hatte schnell die Geduld verloren. Stella zerbröselte ein lehmgelbes Blatt, es knisterte wie Herbstlaub. Nicht weit von ihnen knackten und krachten Pflanzenstängel. Im nächsten Moment schossen unter lautem Gejohle Frank und Cord auf sie zu.

»Leute!«, rief Frank und griff, kaum dass er vor ihnen stand, nach den abgeschnittenen Halmen. Er holte weit aus und warf sie wie Speere hoch über das Feld.

»Hallo.« Cord hob die Hand.

»Hi, Cord.« Max nickte ihm zu.

Mit einem lauten Ächzen ließ Frank sich auf den Boden fallen. »Schweineheiß.« Er zerrte sein neongrünes T-Shirt über den Kopf und knüllte es zusammen.

»Danke«, sagte Tonia. »Bei der Farbe kriegt man ja Augenkrebs.«

Sie setzten sich und bildeten einen Kreis. Stella saß zwischen Tonia und Frank, neben Frank hockte Cord, die Knie ans Kinn gezogen, und daneben Max. In den ausgedörrten Gräsern, die den Boden büschelweise bedeckten, zirpten die Grillen. Ein gleichbleibendes Geräusch, das sich wie ein unsichtbares Dach über das Feld legte. Eine angenehme Trägheit machte sich in Stella breit.

»Puh, jetzt brauch ich erst mal 'ne Kippe.« Wie in Zeitlupe kramte Tonia in ihrem orangefarbenen Batikbeutel. Die aufgenähten runden Spiegelchen strahlten wie kleine Sonnen. Schließlich zog sie eine Zigarettenschachtel heraus.

»Du rauchst?« Cord sah Tonia ungläubig an.

Sie zuckte mit den Schultern. »Ab und zu.«

Stella hatte Tonia noch nie rauchen sehen. Aber sie klang ziemlich überzeugend und sah auch so aus, als sie sich die Zigarette in den Mundwinkel schob. Da hing sie, bis Tonia die Streichholzschachtel gefunden hatte und eines der Hölzer angezündet und an die Zigarettenspitze hielt. Sie nahm einen Zug, wedelte das Streichholz aus und ließ es vor sich auf die Erde fallen. Beiläufig stellte Max seinen Fuß darauf.

»Oh Gott, du rauchst *Kim*. Voll die Frauenfluppen.« Frank schüttelte sich.

Tonia reagierte gar nicht, sondern zog noch einmal. Die Glut leuchtete orange auf. Sie stieß den Rauch aus, als hätte sie das schon hundertmal gemacht, und hielt Stella die Zigarette hin. Im ersten Augenblick wollte sie ablehnen. Sie wusste überhaupt nicht, wie man das machte. Aber Tonia nickte ihr kaum merklich zu.

Stella fixierte einen hellen, runden Punkt am Boden und nahm einen tiefen Zug. Sie hatte sich nicht vorgenommen, so doll einzuatmen, es passierte einfach. Ihre Luftröhre brannte von null auf hundert, sie wollte gegen das Zeug anwürgen, stattdessen blickte sie starr auf den Punkt, der sich vor ihren Augen langsam bewegte. Es war eine Schnecke, die sich mit ihrem braun-weißen Haus über den Acker schob.

»Wow.« Frank sah sie von der Seite an. »Ihr macht das öfter, oder?«

Ohne einander anzusehen, stießen Tonia und sie sich genau im selben Moment unauffällig mit den Ellbogen an. Tonia kicherte. Stella hielt Frank die Zigarette hin.

Er lehnte sich weit nach hinten. »Hey, ich bin doch nicht schwul.«

»Okay, Frank traut sich nicht. Wie sieht's mit dir aus?« Tonia sah Cord an, der zusammenzuckte.

»Gib schon her.« Mit einem Kopfschütteln hielt Frank die schmale Zigarette gegen die Sonne. »Jetzt rauch ich *Kim*, oder was?« Er drückte sie sich an die Lippen, während er den kleinen Finger abspreizte, als wäre er eine englische Lady mit einer winzigen Porzellantasse in der Hand.

Tonia lachte. »Los.«

Immerhin nahm er einen ordentlichen Zug. Einen Augenblick später hustete und würgte er wie verrückt. Dann keuchte er übertrieben und spuckte mehrmals hinter sich auf den Boden. »Frauenfluppen.«

»Is' klar.« Tonia versetzte ihm mit ausgestreckten Beinen einen kleinen Tritt vor die nackte Brust.

»Aua!« Er stemmte sich gegen Tonias Füße.

Stella nahm die Schnecke und setzte sie sich auf den Handrücken. Ihr feuchter Körper war angenehm kühl. Frank hielt die Zigarette Cord hin.

»Ach, gerade nicht.« Cord stocherte mit der Spitze eines Maiskolbens in der Erde herum.

»Komm schon, Junge.« Frank schob ihm die Zigarette zwischen die Finger.

Cord hielt sie weit von sich weg. Die Schnecke glitt über Stellas Handrücken und legte sich wie eine Armbanduhr um ihr Gelenk. Nacheinander zog sie erst den einen, dann den anderen Fühler ein und streckte sie wieder heraus. Stella hielt den Arm schräg, um sie besser sehen zu können. Vier Fühler hatte die Schnecke, zwei lange und zwei kurze. Am Ende der langen waren winzige schwarze Punkte. Tonia krabbelte durch den Kreis und quetschte sich zwischen Frank und Cord. Sie legte Cord die Hand auf den Arm. Der lief rot an. Max rutschte zu Stella hinüber, ohne dass er zu ihr hinsah, in die Lücke, die Tonia hinterlassen hatte. Er roch nach Holz, wie wenn man mit der Nase ganz dicht an einen Baumstamm heranging, irgendwie frisch und schwer und lebendig.

»Guck, ist gar nicht schlimm.« Tonia hielt sich Cords Hand mit der Zigarette an den Mund und inhalierte.

»Aber ...«

Sie stieß den Rauch in die Luft. »Wir machen das alle, oder?« Sie sah ihn verschwörerisch an.

Cord seufzte. Dann steckte er sich den Filter zwischen die Lippen und nahm einen überraschend tiefen Zug.

»Huuuch, Mama kommt!«, rief Frank und lachte.

Cords Augen tränten, Rauch kam ihm aus der Nase. Er sah aus, als würde sein ganzer Kopf qualmen. Aber er hustete kein Stück.

»Respekt, Mann.« Frank schlug ihm auf den Rücken.

Mit roten Augen blickte Cord auf die Zigarette, als könnte er nicht fassen, was er da zwischen den Fingern hielt. Schließlich nahm Tonia sie ihm ab und hielt sie Max hin. Max zog an der Zigarette, und es dauerte lange, sehr lange, bis der Rauch wieder aus seinem Mund herauskam. Stella hatte gar nicht gewusst, dass er rauchte, aber es war offensichtlich, dass er Erfahrung damit hatte. So richtig gut fand sie das nicht. Er nahm noch einen Zug und gab die Zigarette Tonia zurück, griff nach einem abgefallenen Maiskolben und zog die trockenen Blätter Lage um Lage ab. Mit der stumpfen Seite nach unten drückte er sein Messer zwischen die saftigen Körner, bis es hielt, ohne dass er es festhalten musste. Die scharfe Seite der Klinge zeigte nach oben.

»Darf ich?« Max zeigte auf die Schnecke, die sich langsam die Innenseite von Stellas Unterarm hinaufbewegte.

Sie nickte und streckte den Arm ein wenig vor. Behutsam schob Max seine Finger unter den Körper der Schnecke. Einen Moment blieb er so. Die Adern an ihrem Unterarm pulsierten unter seiner Hand. Das kleine Tier zog sich in sein Haus zurück, Max nahm es hoch und setzte es auf die Handfläche. Verstohlen fuhr Stella die dünne Schleimspur nach, die auf ihrer Haut zurückgeblieben war. Max setzte die Schnecke der Länge nach auf die Klinge.

»Nein!« Tonias Hand schoss vor, aber Max hielt den Kolben ein kleines Stück von ihr weg.

»Warte.«

Stella starrte wie gebannt auf die Schnecke, deren fleischiger, feuchter Körper langsam, Stück für Stück, aus seiner Schale herauskam und dabei aussah, als würde er immer weiter wachsen. Sie hielt ganz still, sie konnte gar nicht anders. Der Länge nach glitt die Schnecke über die Klinge, zog sich zusammen und streckte sich.

»Du schlitzt sie auf!« Tonias Stimme war schrill.

»Meine Oma schneidet Schnecken mit der Schere durch, damit sie den Salat nicht auffressen.« Frank lachte.

Tonia schrie. Die Zigarette in ihrer Hand war bis auf

den Filter heruntergebrannt. Cord nahm sie ihr ab und drückte sie auf einem Maisblatt aus.

Stella beugte sich vor und berührte Tonia am Knie. Sie hatte nicht die geringste Sorge, dass der Schnecke etwas passieren könnte. Max würde das nie zulassen, da war sie sich sicher.

»Sie berühren das Messer nicht wirklich, sondern kriechen auf ihrem eigenen Schleim.« Mit der freien Hand zog Max die Kameratasche zu sich heran, öffnete den Reißverschluss und nahm den Apparat heraus.

Es war eine Nikon, deren silber-schwarzes Gehäuse eine tiefe diagonale Schramme unterhalb des Auslösers hatte. Überhaupt sah sie ziemlich alt und abgenutzt aus. Max hatte sie immer bei sich.

»Hältst du mal?«

Stella nahm den Maiskolben und drehte ihn so, dass ihre Hand keinen Schatten warf und das Messer mit der Schnecke zu Max hinzeigte. Sein Gesicht verschwand hinter dem Fotoapparat, er kniff das linke Auge zu und drückte den Auslöser. Stella fiel auf, wie trocken seine Fingerkuppen waren. Wie die Erde, auf der sie saßen. Er knipste, spulte, knipste und spulte. Die Schnecke glitt jetzt quer über die Klinge. Klinge und Schnecke bildeten ein Kreuz.

»Du hast eine ruhige Hand«, sagte Max, als er die Kamera sinken ließ.

»Woher wusstest du, dass sie sich nicht schneidet?« Stella reichte ihm den Maiskolben.

Er zog die Schnecke vom Messer ab, ganz langsam und vorsichtig, aber sein Mund nahm einen harten Zug an. »Von meinem Vater.« Er klappte das Messer ein. Die Nikon legte er zurück in die Tasche und zog den Reißverschluss zu. Als er wieder aufsah, entspannte sich sein Gesicht.

»Sie möchte zurück zu dir.« Mit einem Lächeln setzte er die Schnecke wieder auf Stellas Unterarm ab und hielt noch für einen Moment ihr Haus, bevor er seine Hand zurückzog.

Stella legte ihren Arm auf den Boden. Die Schnecke kroch langsam hinunter auf die Erde.

»Boah, Rauchen macht echt hungrig.« Frank sprang auf, klopfte sich auf den nackten Bauch und stopfte den grellgrünen T-Shirt-Ball in die hintere Tasche seiner Hose.

»Klar, der eine Zug.« Tonia lachte und packte ihre Sachen in den Beutel.

»Wer zuerst an der Straße ist!« Schon rannte Frank los.

Die Sonne war eine Etage tiefer gerutscht und legte sich weich über das Feld. Durchscheinend, fast pergamenten sahen die oberen Blätter der Pflanzen aus. Tonia, Frank und Cord sprangen gleichzeitig nach rechts in die hohen Halme und waren im nächsten Augenblick verschwunden. Vor Stella lag ein langer, leuchtender Gang.

Sie rannte los. Im Laufen streckte sie die Arme aus und streifte die Blätter. Rascheln, Knacken und unter ihren Füßen noch immer das leise Pochen des Ackers. Irgendwann hörte sie hinter sich ein Rumpeln. Sie drehte sich nicht um, sondern rannte einfach weiter – die warme Sonne im Gesicht, ein satter, frischer Duft in der Nase und im Rücken das gleichmäßige Rattern des Rades.

21. März

1987: Heute Abend mit Tonia die ganze NDR-2-Hitparade aufgenommen. Die hören wir morgen früh im Bus! Voyage, voyage ...

1989: Bei Cords Geburtstag mit Max Blues getanzt. Bestimmt zehn Lieder. Eigentlich haben wir uns gar nicht bewegt. Schön!

21. März

Stella sah zur Glasfront hinaus auf den Zollkanal, einen der vielen Fleete der Speicherstadt, dessen Oberfläche im Dämmerlicht grau schimmerte. Zweihundert Gäste hatte ihr Vater angekündigt. Und wahrscheinlich waren es auch so viele, obwohl die fabrikartige Halle mit dem gläsernen Dach und den Wänden aus rotem Backstein gut gefüllt, aber keineswegs voll aussah. Rechts vom Eingang befand sich die lange weiße Bar, davor eine freie Fläche, die als Tanzfläche für später gedacht war. Ringsherum standen Stehtische, alle dicht besiedelt, und etwas weiter hinten im Saal rund zwanzig Tische mit blütenweißen Decken und Hussen über den Stühlen, an denen bislang nur vereinzelt Gäste saßen. Das ehemalige Hauptzollamt war die Idee ihrer Mutter gewesen. Inmitten von Wasser, hatte sie gesagt, das sei doch schön.

Jemand nahm Stella den dünnen Mantel ab, eine Kellnerin reichte ihr ein Weinglas mit Strohhalm. Der Drink schmeckte frühlingshaft, nach Rhabarber und irgendetwas Blumigen. Sie entdeckte ihren Vater an einem der Stehtische, umringt von einer Gruppe von Kollegen, darunter auch Arne, und ihre Mutter stand ebenfalls dabei. Es war *sein* Abend. Sein letzter Auftritt als Leiter der Unfallchirurgie. Seine Verabschiedung.

»Da bist du ja!« Ellen fiel ihr in die Arme. »Unfassbar, dass ich mal wieder aus bin!«

Stella gab ihr einen Kuss auf die Wange. Ellen roch gut, so ähnlich wie der Drink, den sie in der Hand hielt. Sie trug ein zitronengelbes, knielanges Kleid, das ihre frische Ausstrahlung noch unterstrich. Die feinen braunen Haare hatte sie mit weißen Spangen hochgesteckt, und in der Hand hielt sie eine ebenfalls weiße, perlenbestickte Clutch. Stella stieß ihr Glas leicht gegen das von Ellen.

»Robert ist jetzt bei Finn, oder?«

»Ja.«

»Und, ist es okay für dich, dass er jetzt in eurer Wohnung ist?«

Ellen zuckte mit den Schultern. »Es geht. Aber Finn bei ihm und dieser Isabella übernachten zu lassen, das wäre schon mal gar nicht gegangen.«

Stella nahm Ellen am Arm. »Komm.«

Zusammen durchquerten sie die Halle. Leise Elektromusik drang aus den Boxen, die alle Stimmen und Schritte auf dem dunklen Holzboden zu einem Klangteppich verband. Alle paar Meter grüßte sie jemand: Mitarbeiter ihres Vaters, die sie noch von früher kannte, Kolleginnen und Kollegen aus der Unfallchirurgie, die Dame vom Empfang, Leute, die sie ein paar Mal im Fahrstuhl der Klinik gesehen hatte und andere, an die sie sich nur vage erinnerte. Ellen stellte ihr leeres Glas auf einem der Tabletts ab und nahm sich ein neues. Die Stimme von Stellas Vater war nicht zu überhören.

»... spätestens beim Kongress. Sprecht mich noch mal wegen der Endopro... Stella!« Im schwarzen Smoking trat er aus der Menschentraube heraus. Sie spürte die kraftvolle Präsenz seiner Umarmung, bevor er sich mit lauter Stimme an die Umstehenden wandte. »Meine Tochter, Stella Asmus. Eine hervorragende Chirurgin. Eines Tages ...«

»Papa.«

Er gab ihr einen Kuss auf die Wange, dann trat er einen Schritt zurück und betrachtete sie. »Du siehst großartig aus. Wie immer. Die Farbe schmeichelt dir.«

Sie hatte gewusst, dass ihm das Kleid gefallen würde. Immerhin hatte sie es in der kleinen Boutique neben dem Krankenhaus erstanden, in der ihr Vater schon früher immer die Geburtstagsgeschenke für sie und ihre Mutter gekauft hatte. Es war einfacher gewesen, von der Arbeit aus dorthin zu gehen, statt extra in die Innenstadt zu fahren. Außerdem hätte sie gar nicht so genau gewusst, in welchen Läden sie dort hätte suchen sollen. Verstohlen strich sie über den fließenden Stoff. Wüstensandfarben hatte die Verkäuferin die Farbe des Kleids genannt.

Ihre Mutter schob sich an Arne vorbei. »Wie schön, dass du da bist. Komm, stell dich zu uns.«

Stella zog Ellen mit an den Stehtisch.

»Ist das wirklich okay?«, flüsterte Ellen. »Ich meine, dein Vater ...«

»Mach dir keine Gedanken.«

Sie sah die kurze Irritation im Blick ihres Vaters, bevor er Ellen die Hand schüttelte. »Frau Steenken. Es ist mir eine Ehre.«

Arne nickte ihnen mit einem Lächeln zu und griff über den Tisch zum Mikro. Dann klopfte er an sein Glas. Er wartete, bis Stille einkehrte und alle in der Halle zu ihm hinsahen. »Liebe Kolleginnen, liebe Kollegen, liebe Freunde, mein lieber Bert. Ich freue mich, dass wir heute in so großer Runde zusammengefunden haben. Auch wenn der Anlass eigentlich ein trauriger ist. Ich glaube, ich spreche für alle hier, wenn ich sage, dass wir dich vermissen werden, Bert.«

Applaus brandete auf. Mit seinen knapp zwei Metern sah es aus, als hätte ihr Vater den ganzen Raum im Blick.

Arne wartete, bis es wieder ruhig war. »Selten habe ich einen Menschen getroffen, bei dem ich mir so sicher sein konnte, dass er stets im Sinne des Gemeinwohls agieren würde. Einen Menschen, dem ich blind vertraue. Wobei ich den Ausdruck ›blind‹ mit Bedacht wähle: In den letzten acht Jahren ist es mir nicht gelungen, dich, Bert, auch nur ansatzweise zu durchschauen.« Es wurde gelacht und wieder geklatscht.

Noch immer verzog ihr Vater keine Miene.

»Das meine ich«, sagte Arne etwas leiser.

Stella sah ihren Vater von der Seite an. Er lächelte. Aber es war ein kleines Lächeln, das sich den Blicken entzog. Ihre Mutter war einen Schritt zurückgetreten, ihr blonder Scheitel lag auf Höhe seiner Schulterblätter. Wenn Stella an ihre Eltern dachte, stellte sie sich die beiden immer genau in dieser Position vor: ihre Mutter ein, zwei Schritte hinter ihrem Vater, verdeckt von seinem breiten Kreuz. Früher, als Jugendliche, hatte Stella insgeheim gedacht, dass sie selbst eigentlich besser zu ihm passen würde als ihre Mutter, weil ihre und seine Augen auf gleicher Höhe waren. Sie war gut eins achtzig, ihre Mutter über zwanzig Zentimeter kleiner. Erst später erkannte sie, dass ihre Eltern perfekt zueinander passten. Dass ihr Vater ihre Mutter nicht einfach verdeckte, sondern dass er sie genau dort brauchte, ein unsichtbarer Halt in seinem Rücken.

Arne stand mit erhobenem Glas da. »Auf Bert!«

Der Applaus wollte nicht enden, und ihr Vater verbeugte sich leicht. Als er zum Mikro griff, war es binnen Sekunden still. Nur draußen gab ein Schiff ein langes, tiefes Tuten ab.

»Ich fasse mich kurz, denn wir haben alle Hunger.«

Lachen.

»Fünfundzwanzig Jahre war ich an der Uniklinik. Und wie in einer Ehe gab es gute Zeiten und weniger gute. Da muss man durch. Jetzt räume ich das Feld, denn ich habe noch ein paar andere Dinge mit meinem Leben vor.« Er lächelte seiner Frau zu.

Noch immer konnte sich Stella nicht vorstellen, dass er ab jetzt, ab diesem Moment, tatsächlich nicht mehr arbeiten würde. Natürlich würde er weiterhin den Vorsitz der Deutschen Gesellschaft für Unfallchirurgie innehaben und als emeritierter Professor Vorträge halten und an Tagungen teilnehmen, aber er musste nicht mehr jeden Morgen zeitig aufstehen, um als Erster in der Klinik zu sein. Er musste überhaupt nicht mehr in der Klinik sein. Stella sah zu ihm hoch. Seine Gesten waren kraftvoll, seine grauen gewellten Haare noch immer voll, sein Körper schlank und voller Spannung, seine Haut wie immer gebräunt. Alles an ihm strahlte Energie und Entschlossenheit aus. Er schien die Veränderung weit weniger seltsam zu finden als sie.

»… übergebe ich hiermit den Staffelstab an Arne Kopper. Ich könnte mir keinen besseren Nachfolger wünschen. Behandelt ihn gut.« Die Hand ihres Vaters lag auf Arnes Schulter. »Und jetzt«, das Klatschen verstummte, »jetzt erkläre ich das Buffet für eröffnet. Auf die Zukunft!«

Er legte das Mikrofon beiseite, zog die Flasche *Moët &*

Chandon aus dem Kühler und schenkte ihnen ein. Als sie anstießen, sah er Stella besonders lang an.

Ellen flüsterte: »Ich hab noch nie Champagner getrunken.« Sie nahm einen Schluck und verzog das Gesicht. »Staubtrocken.«

Arne, der links von ihr stand, trat einen Schritt zur Seite, um eine Gruppe von Kollegen durchzulassen. Jan, der Assistenzarzt aus ihrer Abteilung, rief im Vorbeigehen: »Wir sehen uns später auf der Tanzfläche!«

»Weißt du, wie lange ich schon nicht mehr getanzt habe?«, flüsterte Ellen. »Mindestens ein halbes Jahr nicht!«

Stella grinste. »Na, dann würde ich sagen: Nutze die Nacht.« Sie nippte an ihrem Champagner. Sie konnte sich nicht erinnern, wann sie selbst das letzte Mal getanzt hatte. Ganz sicher war es länger her als sechs Monate.

Arne wandte sich an ihren Vater. »Und, was habt ihr zwei vor, du und Ruth?«

Wahrscheinlich sah es für ihn wieder so aus, als würde ihr Vater keine Miene verziehen. Aber Stella erkannte das hauchfeine Lächeln, von dem sie nicht einmal sagen könnte, wo genau in seinem Gesicht es sich abspielte.

»Wir wollen reisen. Viel reisen. Vielleicht kaufen wir uns ein Wohnmobil und nehmen uns ein Land nach dem anderen vor. Norwegen, Kanada, die Toskana …«

»Island.« Ihre Mutter trank einen großen Schluck Champagner.

»Richtig, Island. Vielleicht fange ich auch an, für den Marathon zu trainieren.« Jetzt lachte er richtig.

Ihre Mutter tippte sie an, damit sie sich ein Stück hinunterbeugte. »Ich habe ihn zu einem Lauftreff angemeldet.«

»Papa zwischen Hausfrauen und Rentnern?«

»Er ist doch jetzt selbst einer.«

Ihr Vater hielt ihnen beiden den Arm hin, wartete, bis sie sich eingehakt hatten, und führte sie in Richtung Buffet. Stella gab Ellen ein Zeichen, damit sie ihnen durch den Saal folgte.

»Wow.« Ellen starrte auf die lange Tafel. »Das sieht noch besser aus als das Running-Sushi, bei dem ich mal mit ... bei dem ich mal war.« Sie nahm sich einen der rechteckigen Teller vom Stapel.

Beladen mit skurrilen Dingen – Reispäckchen belegt mit Lachsrogen, Oktopus, gegrilltem Aal, feuerroten Hokki-Muscheln und ominösen Häppchen, die Stella nicht benennen konnte – setzten sie sich an den runden Tisch, wo bereits ihre Eltern und Arne Platz genommen hatten. Es war einer der vorderen Tische im Raum, unweit der Tanzfläche.

»Ich hab ihm sein Lieblingsessen gekocht. Spaghetti Bolognese.« Ellen trank den Rest ihres Champagners aus und ließ sich von der Bedienung ein Glas Weißwein einschenken.

»Wem?«

»Robert. Als er vorhin kam, um auf Finn aufzupassen.«

»Okay.«

»Er sah total abgemagert aus. Normalerweise hat er einen kleinen Bauch, der war jetzt weg. Bestimmt kriegt er bei ihr nur Salat. Ohne Dressing. Und dazu ein stilles Wasser.« Ellen stopfte sich eine California Roll in den Mund.

Stella tunkte ihre Maki-Rolle in das kleine Schälchen mit der Sojasoße. »Was hat er gesagt?«

»Wozu?«

»Zu den Spaghetti.«

Ellen zuckte mit den Schultern. »Nichts so richtig. Ich denke ... Ich glaube, er hat sich gefreut.«

Ihre Mutter lachte gerade über irgendetwas, das Arne gesagt hatte. Ihr Lachen war laut und kratzig wie immer, so als hätte sie in der Nacht zuvor Unmengen von Whisky getrunken. Ihr Vater warf ihrer Mutter einen missbilligenden Blick zu. Sie ignorierte ihn und nahm mit ihren Stäbchen ganz selbstverständlich Reis auf.

Stella zog ihre Rolle durch das Wasabi. »Du würdest ihm also wirklich verzeihen.«

Es war keine Frage, und Ellen antwortete auch nicht.

»Ich könnte das nicht. Der muss doch nur einmal abends länger arbeiten, und sofort stellst du dir wieder wer weiß was vor.« Der grüne Meerrettich brannte ihr in der Nase. Es zog bis in die Stirnhöhle.

»Wenn man jemanden liebt«, Ellens Stimme war leise, »wenn man jemanden will, unbedingt will, dann kriegt man das hin.« Sie stellte ihr Weinglas ab und stand auf. »Komm. Wir tanzen.«

Das Brennen vom Wasabi war verschwunden. Stella legte den Kopf in den Nacken und blickte durchs Glasdach in den unwirklich blauen Himmel. Die blaue Stunde, dachte sie, wenn die Sonne bereits untergegangen war, aber die Schwärze der Nacht noch auf sich warten ließ. Sie atmete tief durch die Nase ein und sah Ellen an. »Geh ruhig schon mal vor.«

»Okay. Ich nutze die Nacht.« Sie drückte Stella ihre Clutch in die Hand und zwinkerte ihr zu.

Stella steckte das Täschchen in ihre eigene Handtasche und sah Ellen nach. Das Licht war inzwischen gedimmt, die Musik lauter geworden. Vor ihr auf der Tanzfläche drehte sich Ellen zu dem alten Beach Boys-Song *Good Vibrations* langsam im Kreis. Der Rock ihres zitronengelben Kleides bauschte sich wie ein Petticoat. Sie tanzte allein, hatte die Augen geschlossen, und auf ihrem Gesicht lag ein Lächeln.

Eine Hand landete auf Stellas Arm. »Schmeckt es dir, mein Liebes?« Ihr Vater stand neben ihr.

»Sehr gut. Danke.«

»Du musst unbedingt noch die Abalonen probieren.« Schon ließ er ein mit hellem Fleisch belegtes Reispäckchen auf ihren Teller gleiten. Ein Algenstreifen hielt beides zusammen. »Seeschnecken. Eine Spezialität.«

Ihre Mutter war neben ihn getreten und berührte seinen Arm. »Entschuldigt, Ihr beiden. Bert, hier ist der Herr vom *Abendblatt*.«

Sein Ausdruck bekam etwas Unwirsches, aber ihre Mutter, die Hand immer noch auf seinem Unterarm, nickte ihm ruhig und bestimmt zu.

Sein Gesicht entspannte sich. »Gut, gut. Ein Interview also. Fangen wir doch vielleicht mit dem Foto an.« Er schüttelte dem Reporter, einem jungen Mann in Jeans und Lederjacke, die Hand. »Arne, stell dich doch bitte dorthin.« Er wies auf die Backsteinwand neben der Bar. »Stella, komm am besten zwischen deine Mutter und mich.«

Stella nahm einen Schluck Wasser und behielt ihn für einen Moment im Mund. Sie schob das Abalonen-Reis-Päckchen mit den Stäbchen auf ihrem Teller hin und her. Das würde sie nicht essen. Nicht weil es sie ekelte. Das war es nicht. Sie fand es einfach unpassend, Schnecken zu essen.

»Stella.« Die Stimme ihres Vaters duldete keinen Widerspruch.

Sie legte die Stäbchen ab und drückte einer vorbeilaufenden Kellnerin ihren Teller in die Hand. Jan war jetzt ebenfalls auf der Tanzfläche und wirbelte Ellen von einer Drehung in die nächste. Ihr Vater ergriff ihre Hand und zog sie mit sanfter Bestimmtheit vom Stuhl hoch.

»Meine Tochter«, wandte er sich entschuldigend an Arne und den Reporter, »sie denkt immer, sie wäre unfotogen.« Er lachte.

Widerwillig stellte Stella sich mit dem Rücken an die Wand. Sie spürte ihren Vater neben sich wie einen Körper aus Metall und den rauen Backstein an ihrer Handfläche. Automatisch fing sie an zu zählen. ... *sieben, acht, neun* ... Sie fixierte die weißen Lilien in der durchsichtigen Vase auf dem weißen Tischtuch. ... *achtzehn, neunzehn* ...

Ihr Vater drückte sich von der Wand ab. »War es so schlimm?«

Stella setzte sich wieder. Ellen tanzte jetzt direkt vor ihr. Haarsträhnen hatten sich aus den weißen Klammern gelöst und fielen ihr ins Gesicht. Jan hatte sie an der Taille gefasst, seine roten Haare sahen nass aus.

»Möchtest du noch Champagner?« Arne setzte sich neben sie und zog die Flasche aus den klirrenden Eiswürfeln im Kübel.

»Gerne.«

Er schenkte erst ihr, dann sich selbst ein und wartete, bis Stella ihr Glas in die Hand genommen hatte. »Cheers.«

Ein Kellner in weißem Hemd, schwarzer Weste und Fliege ging von Tisch zu Tisch und zündete die Kerzen in den silbernen Leuchtern an. Draußen war es inzwischen dunkel geworden, nichts als Schwarz hinter der gläsernen Front. Sie würde das mit dem Foto jetzt vergessen.

Sie hatte es schon vergessen.

Sie stieß ihr Glas gegen das von Arne. »Herzlichen Glückwunsch, Arne.«

»Danke.« Er lächelte. »Ich werde zwar deinen Vater nicht ersetzen können, aber ich gebe mein Bestes.«

»Du wirst das hervorragend machen.«

Sie war wirklich froh, dass Arne sein Nachfolger geworden war. Es hatte noch einen Kandidaten von außen gegeben, aber den hatte Stella einmal in Freiburg am Uniklinikum erlebt. Sie war Studentin gewesen und er Oberarzt, und bei einer Röntgenbesprechung hatte er mit hochrotem Kopf und pochender Halsader auf das beleuchtete Bild gezeigt und mit eisiger Stimme gefragt: *Wer hat das operiert?* Ein jüngerer Arzt hatte sich zaghaft gemeldet und wurde übel von ihm beschimpft. Noch Wochen später hatte Stella sich dafür geschämt, dass weder sie noch einer ihrer Kollegen den Mut aufgebracht hatten einzugreifen.

»Du wohnst im Portugiesenviertel, richtig?« Arne zog das Sakko seines schmal geschnittenen dunkelblauen Anzuges aus und hängte es über die Stuhllehne.

»Ja.«

»Fühlst du dich wohl dort?«

Sie hatte sich diese Frage noch gar nicht gestellt, aber ja, sie fühlte sich tatsächlich ziemlich wohl dort, beinahe heimisch, soweit das nach sechs Monaten möglich war. Sie erzählte von dem kleinen Café im Erdgeschoss des Altbaus, in dem sie wohnte, von Bento und Raquel, dass sie die beiden richtig ins Herz geschlossen hatte und dass sie seitdem für jedweden anderen Kaffee verdorben war, weil

Bentos einfach unschlagbar war, keine Ahnung, wie der alte Portugiese das machte. Sie sprach von dem Aufprall der Container, wenn die Kräne am Hafen sie auf den Schiffen absetzten, und dass sie das nächtliche Knallen geradezu als beruhigend empfand. Sie kam richtig ins Reden, was sonst gar nicht ihre Art war. Arne lauschte. Er war wirklich ein guter Zuhörer.

»Im Sommer«, sagte er, »habe ich in deiner Ecke häufig Fisch gegessen. Dorade, Sardinen. Da stellen sie die Grills auf die Straße. Das hat mich an einen Urlaub in Porto erinnert.«

»Zum Glück ist mein erster Sommer nicht mehr weit.«

Der Champagner prickelte fein an ihrem Gaumen. Sie roch Arnes Aftershave, einen unaufdringlichen, frischen Duft, den sie noch nicht an ihm kannte. Immerhin standen sie ja im OP oft sehr dicht beieinander. Wahrscheinlich hätte sie die allermeisten ihrer Kolleginnen und Kollegen mit verbundenen Augen am Geruch erkannt.

Arne schenkte ihr die letzten Tropfen des Champagners ein. »Ich finde, wir müssten jetzt eigentlich einen Portwein hinterher trinken.«

»Meinst du, den haben die hier?«

»Das kriege ich heraus.«

Sie trank ihr langstieliges Glas leer und sah, dass Ellen ihr von der Tanzfläche aus irgendwelche Zeichen machte. Es sah völlig verrückt aus, wie sie mit den Zeigefingern wilde Kreise beschrieb, allerdings hatte Stella keine Ahnung, was sie ihr damit sagen wollte. Sie musste lachen. Ellen sagte etwas zu Jan, der nickte, dann kam sie zu ihnen herüber.

Sie nahm Stellas Hand und wandte sich an Arne. »Ich muss dir die Frau kurz entführen.«

Stella warf ihm einen entschuldigenden Blick zu.

»Kein Problem. Ich sollte mich eh mal wieder unters Volk mischen. Wir sehen uns später.«

Schon zog Ellen sie an den Tanzenden vorbei zur Bar mit der matten Glasverkleidung, die von innen heraus in einem warmen Goldton leuchtete. Viele Leute drängten sich an dem Tresen, auf dem jede Menge Longdrinks mit schwarzen Strohhalmen und Limettenspalten standen. Sie platzierten sich in der einzigen freien Lücke in der Mitte der Bar, und Stella legte ihre Handtasche aufs Glas.

»Caipirinha?«, fragte Ellen.

»Perfekt.« Stella spürte den Champagner schon ein wenig im Kopf, aber sie kannte ihre Grenze und wusste, dass ein Cocktail noch drin war.

Ellen ließ sich auf einem Barhocker nieder. Die Träger ihres Kleides waren ein Stückchen verrutscht, sodass ein Streifen ihres weißen BHs zu sehen war. »Ha! Wir lassen die Männer warten.«

Bevor Stella etwas sagen konnte, stellte die Bedienung die Cocktails auf kleinen Servietten vor ihnen ab und Ellen prostete ihr zu. Dankbar umschloss sie das eisige Glas mit der Hand.

»Jan hat mich gefragt, ob ich mit zu ihm nach Hause komme.«

Stella sah in Ellens gerötetes Gesicht. Sie strahlte und sah wunderschön aus. »Und, was hast du geantwortet?«

»Dass ich es mir überlege.«

»Hast du es dir überlegt?«

Jetzt blitzten Ellens Augen. Sie sagte nichts, sondern sog mit übertrieben eingezogenen Wangen an ihrem Strohhalm.

Stella musste grinsen. »Bleibt Robert über Nacht bei Finn?«

»Das wird er dann wohl müssen.«

»Sehr gut.«

Sie meinte es so. Sie hatte Ellen schon lange nicht mehr so sorglos und glücklich erlebten. Sie sollte diesen Zustand unbedingt verlängern. Bloß keinen Gedanken an den Morgen danach verschwenden.

»Und du?« Ellen rührte in ihrem Glas. Durch den aufgewirbelten Rohrzucker wurde die Flüssigkeit nach und nach immer bräunlicher.

»Ich?«

»Wirst du mit Arne nach Hause gehen? Oder ihn zu dir mitnehmen?« Sie hatte ihre verschwörerische Miene aufgesetzt.

»Nein!«

»Warum nicht?«

»Weil ...« Stella stockte. Das kam in ihrem Denken einfach nicht vor.

»Weil du es langsam angehen willst? Kann ich verstehen. Ihr würdet wirklich ein schönes Paar abgeben.«

Stellas Blick wanderte durch die Halle. Die Menschen standen in Grüppchen zusammen, ihre Gesichter glänzten im bernsteinfarbenen Schein der Bodenstrahler. Ein paar Frauen hatten den Kopf an die Brust ihres Tanzpartners gelegt und wiegten sich kaum merklich zu den langsamen Klängen. Ein paar Meter von ihnen entfernt stand Arne und unterhielt sich mit ihren Eltern. Seine blonden Haare sahen aus wie frisch geschnitten. Sie erkannte seine hellen Augenbrauen über den blauen Augen, die sie fast täglich über der OP-Maske sah. Er hatte eine gerade, klassische

Nase und geschwungene Lippen, deren Mundwinkel immer ein wenig nach oben zeigten, auch jetzt. Das weiße Hemd spannte leicht über seiner Brust, er war wirklich gut trainiert.

Was dachte sie hier eigentlich? Es war völlig gleichgültig, wie gut oder schlecht Arne trainiert war. Sie spießte mit ihrem Strohhalm ein Stück Limette auf und stieß es ein paar Mal durch die Eiskrümel. Es piepte. Sie brauchte einen Moment, bis sie begriff, dass das Geräusch aus ihrer Handtasche kam. Sie zog ihr Telefon hervor. Eine Nachricht, von einer Nummer, die sie nicht kannte. Sie öffnete sie.

Stella ...

Das Licht im gläsernen Tresen leuchtete auf. Die Halle wurde überhell. Überhell und menschenleer. Es gab nur noch sie und das Gerät in ihrer Hand.

Stella, ich war die letzten Wochen im Ausland, deshalb melde ich mich erst jetzt. Hättest du – Achtung, das ist jetzt sehr spontan – vielleicht morgen Abend Zeit? Max

»Alles klar?«

Stella zuckte zusammen.

Ellen schob den Barhocker zur Seite und stellte sich neben sie. »Was Schlimmes?«

Stella machte eine Bewegung, von der sie selbst nicht wusste, ob es ein Nicken oder ein Kopfschütteln war.

»Ein Mann?«

Eiswürfel klackerten im Shaker. Ein sanftes stetiges Rasseln, wie in einem Musikstück.

»Max.«

Es war seltsam, seinen Namen laut auszusprechen. In den letzten Wochen hatte sie ihn so oft gedacht. Er war in ihren Gedanken herumgesprungen, während sie auf einen

Anruf von ihm gewartet hatte. Ja gut, sie hatte gewartet. Auch wenn es vollkommen absurd war. Und jetzt hatte sich sein Name aus ihrem Kopf herauskatapultiert und stand im Raum. Drei Buchstaben, die sich dehnten, als wären sie eine lange Zeit eingeklemmt gewesen.

Sie räusperte sich. »Wir sind zusammen zur Schule gegangen. Er war ...« Wie sollte sie erklären, wer Max für sie war? »Wir waren in der Mittelstufe kurz zusammen, wenn man das so nennen kann. Er hat mich damals ziemlich enttäuscht.«

Sie spürte ihren Worten nach. Ja, so war es gewesen, und doch drückte es nicht annähernd aus, wie tief ihre Enttäuschung gewesen war, wie existenziell und nachhaltig sie die Geschichte mit Max verunsichert hatte.

»Und jetzt? Was ist das jetzt zwischen euch?« Ellens Stimme war leise und ernst.

»Nichts. Gar nichts. Ich hab ihn vor Kurzem das erste Mal wiedergesehen. Das erste Mal seit dem Abi.«

»Und da habt ihr Nummern ausgetauscht?«

»Ich hab ihm meine gegeben.«

Ellen schwieg. Und Stella war ihr dankbar, dass sie nicht fragte, warum sie das gemacht hatte.

»Er will mich treffen. Morgen Abend.«

»Und?«

»Da hab ich Dienst.«

»Und an einem anderen Abend?«

Durch das gläserne Dach der Halle schien der Mond. Für einen Augenblick sah sie Max und sich in einem silbrigen Streifen sitzen, der den Waldboden überzog.

»Ja, an einem anderen Abend.« Ihre eigene Stimme hörte sich an, als käme sie von weit her.

Ellen berührte ihren Arm.

Mit zitternden Fingern fing Stella an zu tippen: *Morgen habe ich Nachtdienst. Ginge es übermorgen bei dir?*

Binnen Sekunden piepte ihr Telefon erneut.

Sagen wir 20 Uhr in dieser neuen Bar am Fischmarkt?

Sie schrieb: *Okay. Bis dann.*

Kaum hatte sie auf *Senden* gedrückt, leuchtete ihr Handy abermals auf. *Bis dann, Stella. Ich freu mich.*

Sie ließ das Telefon in ihre Tasche gleiten. Das Eis im Shaker klimperte noch immer leise. Sie war vollkommen ruhig. Wie vor ein paar Wochen in der Galerie, zwischen all den Fotos der Toten, als Max vor ihr gestanden hatte, den Riemen der Fototasche quer über seiner Brust.

Ellen betrachtete sie von der Seite. »Du siehst ziemlich glücklich aus.«

Sie fühlte es selbst, das Lächeln, das irgendwo tief in ihrem Inneren seine Quelle hatte und sich von dort in alle Richtungen ausbreitete. Wie etwas Altes, Ursprüngliches, von dem sie gar nicht mehr gewusst hatte, dass es noch in ihr schlummerte. Jetzt, in diesem Augenblick, trug sie Max nichts nach. Als wäre ein Schalter umgelegt worden. Sie konnte es sich selbst nicht erklären.

Ihr Vater, ein Schemen zwischen Arne und ihrer Mutter, winkte ihr zu. Die Erinnerungen kamen schneller, als sie denken konnte. Max und sie bei einer Radtour mit ihren Eltern – sie hatten ihn unbedingt kennenlernen wollen. Er fuhr vor, bremste, wendete und postierte die Nikon auf seinem Lenker. Als sie den Hügel hinuntergesaust kam, drückte er ab. Auf den Fotos, die er ihr ein paar Tage später gab, waren die Baumstämme und das Gras unter ihren Reifen gestochen scharf, nur sie und die Speichen ihrer Räder waren leicht verwischt in einer fließenden Bewegung.

»Hey.« Ellen deutete auf Stellas Handtasche.

»Was?«

»Du hast noch eine Nachricht bekommen.«

Stella zog das Telefon wieder hervor, aber da war nichts. Plötzlich fiel ihr ein, dass ja Ellens Clutch in ihrer Tasche lag und dass sie beide denselben Mitteilungston hatten. Sie reichte Ellen das perlenbestickte Täschchen.

Ellen fingerte ihr Handy heraus und warf einen Blick auf die Nachricht. Schlagartig war sie bis in den Ausschnitt ihres Kleides krebsrot. Sie knallte ihr Glas auf den Tresen. »So ein verdammtes Arschloch!«

»Wer?«

»Robert. Er muss weg. Irgendwas mit dem Job.«

Um halb zwölf nachts? Stella schwieg.

Ellen ließ sich auf den Hocker fallen. Alle Energie schien aus ihr herauszusickern. Mechanisch griff sie nach ihrem Strohhalm und stocherte in den trockenen Limettenstücken.

Als sie aufblickte, war ihr Gesicht fahl. Sie sah sehr müde aus. »Ich muss zu Finn.« Umständlich kam sie zum Stehen und drückte Stella einen Kuss auf die Wange.

Stella sah noch, wie sie sich am anderen Ende der Halle von Jan verabschiedete. Dann war sie weg.

Stella zog ihre Tasche von der Bar. Sie würde jetzt ebenfalls nach Hause gehen. Sie strich ihr Kleid glatt und ließ ihr halbvolles Glas auf dem Bartresen zurück.

Die Halle war leerer geworden, das Lachen der Gäste lauter und gelöster. Vereinzelt tanzten noch Paare, leise Saxofonmusik begleitete ihre Schritte durch den Saal.

Arne drehte sich zu ihr um. »Stella.« Ein Lächeln huschte über sein Gesicht. »Ich habe mich erkundigt. Die haben hier tatsächlich Portwein.«

»Ein andermal«, sagte sie, bevor sie es sich noch anders überlegen konnte. Sie sah die Enttäuschung in seinen Augen. Natürlich, sie hätte ihm den Gefallen tun können, aber es wäre nicht richtig gewesen. Sie musste, wenigstens für diesen Moment, bei sich bleiben – draußen am Hafen, wo die Schiffe anlegten. Schiffe, die vom Meer kamen, aus allen Himmelsrichtungen, die sich bei Cuxhaven trafen, um gemeinsam in die Elbe einzufahren, an Glückstadt vorbei, alle mit demselben Ziel.

»Liebes. Soll ich dir ein Taxi rufen?« Ihr Vater war an ihre Seite getreten. In seinem schwarzen Smoking und mit dem glatt rasierten Gesicht sah er noch genauso frisch aus wie zu Beginn des Abends.

»Danke. Aber ich hab's ja nicht weit.«

Er hauchte ihr einen Kuss auf die Wange.

»Mein Stern.« Ihre Mutter nahm sie fest in die Arme. »Pass gut auf dich auf.«

Stella durchquerte den Raum und trat durch die Glastür ins Freie. Übermorgen. Mit winzigen Sprüngen lief sie die Holzstufen zum Wasser hinunter und folgte dem dunklen Kanal. In der Ferne leuchteten die Kräne des Hafens wie futuristische Spielzeuge, und vor ihr dehnte und streckte sich die Elbe breit aus.

Vor einem Jahr
Max Stormarn streifte schon eine ganze Weile um den Block aus weiß getünchten Einfamilienhäusern. Sie hatten mehr Abstand zueinander als die Häuser bei ihm in Hamburg und auch mehr als in dem Ort nordöstlich von Hamburg, wo er aufgewachsen war. Daran musste er komischerweise denken. Hier, in dieser Siedlung über den Dächern Málagas, trennten schneeweiße Holzzäune die Grundstücke, und in den Vorgärten wuchsen Palmen, Mandel- und Orangenbäume, die jetzt im Februar bereits blühten. Ihr Duft hatte etwas Berauschendes, er füllte die Straßenzüge, die Max wieder und wieder abschritt.

Schon etliche Male hatte er in die Sackgasse hineingespäht, an deren Ende das Haus von Nurias Eltern stand. Doch statt die schmale Straße zu betreten, hatte er lieber noch eine weitere Runde gedreht. Dieses Mal blieb er am Eingang zu dem Sträßchen stehen, ging in die Hocke und fotografierte eine Pflanze mit fleischigen Blättern, die zwischen zwei Bodenplatten wuchs. Mit dem Daumennagel fuhr er den langen Kratzer unterhalb des Auslösers seiner Kamera nach. Es war ein seltsames Gefühl, die Nikon nach all den Jahren wieder in den Händen zu halten. Aber für diesen Anlass war es ihm so unbedingt richtig erschienen, sie bei sich zu haben.

Die letzten zehn Tage hatte er noch mit der Olympus fotografiert. Es gab kaum eine Ecke in dieser Stadt, die er nicht zu Fuß abgelaufen war. Er hatte einfach nicht stehenbleiben oder sich irgendwo hinsetzen können, während er auf Nachricht wartete. Er hatte Unmengen von Fotos geschossen, aber jetzt, wo er hier am Eingang zu dieser staubigen Straße stand, wusste er schon gar nicht mehr, was er in den vergangenen Tagen eigentlich alles gesehen hatte.

Vor ihm bog ein kastenartiger roter Nissan um die Kurve und fuhr scheppernd in eine Garageneinfahrt. Nuria hatte ihn am Samstag angerufen, als er bei einem Job gewesen war und Fotos auf einer Hochzeit gemacht hatte. Das Telefon hatte ewig in seiner Hosentasche vibriert, bis er es sich schließlich zwischen Schulter und Ohr geklemmt hatte. Am anderen Ende der Leitung wurde gesprochen, aber Max verstand nichts. Der Bräutigam, der gerade vom DJ-Pult zurückkam, hatte offenbar mal eine Heavy-Metal-Phase gehabt, und die ganze Gesellschaft headbangte zu verzerrten Gitarren-Riffs. Selbst die Großmutter schüttelte tapfer ihre weißen Locken, was als Fotomotiv um Längen besser war als die ewigen Reden oder das »Wir-halten-gemeinsam-das-Messer«-Anschneiden der Torte.

»Einen Moment.«

Er verstaute die Olympus, gab Olaf, seinem Chef, ein Zeichen, dass er gleich wieder da wäre, und bahnte sich einen Weg zum Ausgang. Im Slalom lief er um ein paar eng geparkte Kinderwagen herum, in denen Babys trotz Iron-Maiden-Beschallung den Schlaf der Gerechten schliefen. Als die Tür des Lokals hinter ihm zufiel, war nur noch der dumpfe Beat und das Knirschen des Kieses unter seinen Schuhsohlen zu hören. Das Abendrot am Himmel wurde bereits matt und gräulich, aber es war noch warm. Max lehnte sich an die Backsteinwand des Restaurants, krempelte die Ärmel seines Hemdes hoch und nahm das Telefon wieder ans Ohr.

»Hallo?«

»Hola, Max.«

Er brauchte ein paar Sekunden.
»Nuria?«
»Sí.«
Seit Mai hatte er sie nicht mehr gesehen. Jetzt war der Sommer schon fast vorbei. Er hatte Nuria überhaupt nur ein einziges Mal gesehen, am Strand von El Palo in der Nähe von Málaga. Es war sein Geburtstag gewesen. Er hatte mit dem Kopf auf seinem Rucksack gelegen und mit geschlossenen Augen der Brandung und den Stimmen der Frauen gelauscht, die rau und stolz und immer ein wenig aggressiv klangen, und festgestellt, dass er genau das an der spanischen Sprache mochte. Nuria kam in ihrem langen hellblauen Kleid zu ihm herüber und bot ihm einen Joint an, und später blieben sie zu zweit am Strand. Er sagte ihr nicht, dass er Geburtstag hatte, aber er war froh, nicht alleine zu sein. Am nächsten Morgen, als es langsam hell wurde und alles von einer feuchten Schicht überzogen war, tauschten sie Nummern aus, aber weder er noch sie riefen an. Es hatte ihn erleichtert, dass Nuria sich nicht mehr meldete. Wenn er später die Fotos aus seiner Interrail-Zeit durchsah und ihn die Erinnerung an sie streifte, war da immer als Erstes die Verwunderung über die Schwere ihrer Haare. Als sie neben ihm im Sand eingeschlafen war, hatten ihre langen dunklen Haare quer über seiner Brust gelegen. Er hatte ihr Gewicht ganz deutlich gespürt, sie vorsichtig angehoben und wie einen Gegenstand zur Seite gelegt.
»Wie geht es dir, Max?«
Sie hatte Deutsch in der Schule gehabt, daran erinnerte er sich jetzt. Er selbst hatte ein bisschen Spanisch gelernt, an den Abenden in den Hostels.

»Gut. Und dir?«

Er schaltete die Olympus wieder ein und ließ die Bilder der letzten Stunden durchlaufen. Überhitzte Gesichter, die er im Moment des Ablichtens schon vergessen hatte.

»Du wirst Vater.«

Die Tür des Lokals öffnete sich und spuckte eine Frau im langen schwarzen Kleid und mit ihr einen Schwall harter Gitarrenklänge aus. Auf dem Bildschirm seiner Kamera tanzte die Braut mit einem älteren Mann.

»Max?«

»Ja.« Neben sich hörte er das Ratschen eines Feuerzeugs.

»Hast du verstanden, was ich gesagt habe?«

September, August, Juli, Juni … Bist du dir sicher, dass es von … Willst du es wirklich … Die Olympus in seiner Hand schaltete sich ab. Er starrte auf das schwarze Display. Schlagartig wurde ihm klar, wie wenig diese Fragen mit ihm zu tun hatten. Überhaupt gar nichts.

»Ich wollte nur, dass du weißt …«

»Wann ist es so weit?«

Er hörte, wie Nuria ausatmete. »Am 18. Februar. Der errechnete Termin.«

»Gut, ich werde da sein.«

»Du musst nicht …«

»Doch.« Er drückte sich von der Mauer ab. »Ich muss.«

Als er das Telefon in seine Hosentasche gleiten ließ, merkte er, dass die Frau im schwarzen Kleid ihn beobachtete. Ihre rot geschminkten Lippen schlossen sich um den Filter der Zigarette, Glut leuchtete auf. Sie sah ihn an, als erwartete sie etwas von ihm. Er lief an ihr vorbei und zog die Tür zum Lokal auf.

Der Raum war von den leisen Tönen einer Klavierballade erfüllt, die ihn normalerweise in die Flucht geschlagen hätte. Jetzt fand er die Melodie auf eine seltsame Art angenehm. Als er in die Lücke zwischen die Kinderwagen trat, blieb er stehen. Das Licht im Lokal war dunkler und um einige Grade wärmer als zuvor. Mit seinem dunkelblauen Lederbezug, den großen weißen Reifen und den Metallstreben wirkte der Wagen direkt vor ihm wie aus der Zeit gefallen. Max schaute hinein und sah in das winzig kleine Gesicht des schlafenden Babys. Die Unterlippe des Säuglings war ein Stückchen vorgeschoben, die Augen sahen aus, als wären sie noch nie geöffnet gewesen. Max ging in die Hocke. »Ich werde Vater«, flüsterte er. Und er war sich ganz sicher, dass sich der Mund des Babys in diesem Augenblick zu einem kleinen Lächeln verzog.

»Max?«

Eine Frau, Mitte fünfzig, in einem hellgrauen, fein gestrickten Poncho und weißer Hose kam die Stufen zwischen den Säulen herunter. Max nahm die Hand vom Zaunpfahl. Er hatte gar nicht gemerkt, dass er in die Sackgasse hineingelaufen war und bestimmt schon seit einiger Zeit vor dem Haus von Nurias Eltern stand. Es lag weit von der Straße zurückgesetzt. Nadelbäume mit schirmartigen Kronen säumten den übergroßen Vorgarten. Begleitet von einem Schwall spanischer Wörter und mit einem breiten Lächeln kam die Frau auf ihn zu. Sie war schlank und hatte ein spitzes Kinn, das ihn sofort an Nuria erinnerte. Er hatte gar nicht mehr richtig gewusst, wie sie aussah. Irgendwie hatte er die letzten Monate immer nur ihr eingefrorenes Fotogesicht vor Augen gehabt, halb liegend im Sand, in Schwarz-Weiß. Aber jetzt, plötzlich, spürte er wieder ihre nackten Zehen an seinen und hörte ihr tiefes Lachen, als sie ihm erzählte, wie sie sich einmal überraschend in einem englischen Pub bei der Weltmeisterschaft im Zehen-Wrestling wiedergefunden hatte und seitdem eisern für ihre Teilnahme trainierte. Er sah die grünen Sprenkel in ihren braunen Augen wieder vor sich, die blitzten, als sie mit aller Kraft seinen Fuß mit ihrem in den Sand drückte.

Nurias Mutter öffnete das Gartentor und umarmte ihn. Er hätte sie nicht für den Typ Frau gehalten, der einen überschwänglich in die Arme schloss, aber es machte ihm überhaupt nichts aus. Wenn er ehrlich war, fühlte sich die Umarmung sogar genau richtig an.

»Inés«, sagte sie.

Sie durchquerten den Garten, der von überwucherten Mauern und Treppchen durchsetzt war. Zwischen den Steinen wuchsen Büsche von Rosmarin, Lavendel und Thymian, den Max fast nicht erkannt hätte, weil er mit weißen und hell violetten Blüten übersät war. Mittendrin, zwischen Gartentor und Haus, umrundeten sie eine Terrasse. In einem hellen Sonnenflecken stand dort ein Metalltisch, auf dem eine angebrochene Packung Cracker lag, auf dem Boden ringsherum abgeholzte Äste und Baumstammteile, vor einer Art Schuppen war Brennholz aufgeschichtet.

In der Haustür trat Inés zur Seite, um ihn vorbeizulassen, überholte ihn dann aber wieder. Sie lotste ihn in einen Wohnraum und auf einen dunkelroten Zweisitzer mit überdimensionierten Kissen, der vis-à-vis einem exakt gleich aussehenden Sofa stand. Dazwischen fand sich ein dunkler, quadratischer Couchtisch und zur Wand hin ein offener Kamin, umrandet von einer weißen Konsole, auf der Bilderrahmen einander überlappten. Max sank tief in die Kissen, was er eigentlich nicht mochte, aber er wollte nicht unhöflich sein, indem er sich vorne auf die Kante des Sofas hockte, als könnte er jeden Moment wieder aufstehen und gehen. Die Nikon stellte er neben sich aufs Sofa. Inés nahm ihm gegenüber Platz und legte die schmalen Hände in den Schoß. Durch ein Fenster schräg hinter ihrem Kopf konnte Max hinaus in den Garten sehen. Der Wind stellte die dünnen Bäume schräg. In einem Nebenraum tickte leise eine Standuhr.

Eigentlich war er davon ausgegangen, dass er hier auf Nurias weit verzweigte Sippe treffen würde, Onkel und Tanten, Cousins und Cousinen, Nichten und Neffen, ratterndes Spanisch in allen Winkeln. Sogar Nurias Stöhnen hatte er sich dazugedacht und sich ausgemalt, dass alle Anwesenden schon zig Hausgeburten mitgemacht hatten, dass in großen Töpfen gekocht wurde und eine Gruppe älterer Frauen in einer schaukelbestuhlten Ecke rote Hemdchen für das Neugeborene strickte. Gegen den bösen Blick, davon hatte er gelesen. Jetzt, in der Stille des Hauses, kamen ihm diese Gedanken ziemlich albern vor.

Er blickte die Treppe hinauf, die ins obere Stockwerk führte. Dort war ganz sicher das Zimmer, wo in diesem Augenblick ... Er rutschte nach vorn, als er merkte, dass Inés ihn beobachtete. Diese Frau, dachte er, diese Frau mit den klaren, zarten Gesichtszügen, den festen dunklen Haaren, die ihr mädchenhaft auf die Schulter fielen, diese Frau war die Großmutter seines Kindes. *Seines Kindes.* Die Standuhr gongte. Sekundenlang sahen sie einander in die Augen. Sie nickte kurz, nicht mehr als ein Lidschlag, und

Max war sich sicher, dass ihr Ähnliches durch den Kopf gehen musste. Fragend deutete sie auf eine Karaffe mit bernsteinfarbenem Inhalt, die neben ein paar Flaschen auf einem Servierwagen stand. Sie füllte zwei kristallene Gläser und reichte ihm eines über den Tisch hinweg. »Vino de Jerez.« Sie tranken schweigend, und Max dachte, dass er selten ein so übereinstimmendes Schweigen erlebt hatte.

Mit einem Rumpeln wurde die Haustür aufgestoßen, begleitet von einer dunklen Männerstimme. »Ah, Sherry. Hat Inés dir erzählt, dass wir den im Schuppen brennen?« Er hatte dunkle, wettergegerbte Haut und rund um die Augen Falten. An seinem dicken Wollpulli hingen Holzspäne. Er zog die Arbeitshandschuhe ab, ließ sich von seiner Frau ein Glas füllen und streckte Max die breite Hand entgegen. »Sergio. Nurias papá.«

Max wollte aufstehen, doch Sergio ließ sich neben ihm aufs Sofa fallen. »Bleib sitzen, *hijo*.«

In einem der Fotorahmen, die auf dem Kaminsims standen, hatte Sergio noch schwarzes Haar und einen dichten Schnauzbart. An seiner Seite stand ein Mädchen. Nuria. Zusammen hielten sie einen Fisch, der fast so groß war wie das Mädchen. Braun gebrannt lachten sie in die Kamera. Auf dem Bild daneben war Nuria schon etwas älter, zehn vielleicht, Sergio stand noch immer an ihrer Seite. *Hijo. Sohn.* Max zog die Nikon auf seinen Schoß.

»Komm.« Sergio stellte sein Glas auf den Tisch und stand auf. »Nützt ja nichts, hier rumzusitzen.« Er reichte Max ein Paar feste graue Handschuhe und eine dicke karierte Weste, wechselte ein paar Worte mit Inés auf Spanisch und hielt Max die Haustür auf.

Gemeinsam gingen sie hinüber zu der Terrasse, die

noch immer im Sonnenlicht lag. Sergio steckte sich eine Zigarette an und hielt Max das zerknitterte Päckchen hin.

»Gerade nicht. Danke.« Er hatte mal eine Weile geraucht, aber das war schon Jahre her und es war ihm nicht sonderlich gut bekommen.

Sergio lehnte sich an die Schuppenwand. »Ich habe gedacht, wir hacken ein wenig Holz. Dann geht die Zeit schneller rum, und später machen wir den Kamin an, dann hat euer Baby es schön warm. Was meinst du?«

Max packte den Fotoapparat in die Tasche und stellte sie auf den Tisch. Er zog sich die Handschuhe über und platzierte einen schmaleren Baumstumpf auf einem breiteren. Mit beiden Händen fasste er die Axt. Er hatte das Gefühl, als Darsteller in einem Film mitzuspielen, von dem er nicht einmal das Drehbuch kannte. Er ließ die Axt aufs Holz hinabsausen und spaltete es in der Mitte.

»Muy bien.«

Wieder stellte Max ein breites Aststück auf den Hackklotz. Die Sonne wärmte seinen Nacken.

»Moment.« Sergio schob den Ast noch ein Stück nach hinten. »Falls du daneben schlägst, triffst du so auf jeden Fall den Klotz und nicht dein Bein.«

Max nickte. Normalerweise hatte er ein Problem mit Ratschlägen, aber von diesem Mann konnte er sie gut annehmen. Er hieb auf den Holzklotz ein, und während Sergio die Spalte stapelte, machte er einfach weiter. Wenn ihm die Sonne seitlich ins Gesicht fiel, änderte er seine Position, damit er sie wieder im Rücken hatte.

Er war schon ein ganzes Stück um den Hackklotz herumgewandert, als Sergio ihm eine Plastikflasche mit Wasser hinhielt. »Pause.«

Max zog sich die Handschuhe und die Weste aus. Ohne abzusetzen trank er die Flasche leer und merkte erst jetzt, wie durstig er gewesen war. Er ließ sich auf einem der Stühle nieder, die Sergio aus dem Schuppen geholt hatte, und legte seine von der Anstrengung pochenden Finger auf die metallenen Lehnen.

»Gut, oder?« Sergio sah ihn an und zog das Zigarettenpäckchen aus der Tasche seines Hemdes.

»Sehr gut.«

Sie lehnten sich zurück und sahen gemeinsam über den blühenden Garten zum Haus hinüber, das vollkommen friedlich dalag. Dünne Vorhänge waren hinter den Scheiben zu erkennen, auf halber Höhe zwischen Erdgeschoss und erstem Stock ein Buntglasfenster mit einem rautenförmigen Mosaik in Pastelltönen. Max lauschte den unzähligen kleinen Geräuschen, die er nicht benennen konnte, die aber in diesem Moment so natürlich waren wie die Sonne am Himmel, der Boden unter seinen Füßen und das Holz, das sich vor der Schuppenwand stapelte. Selbst die Vögel klangen hier anders, selbstverständlicher. Zu Hause in Hamburg überraschte es ihn jedes Mal, wenn er ihr Zwitschern bemerkte.

Er schirmte die Augen mit der Hand ab. »Wieso sprichst du eigentlich so gut Deutsch?«

Sergio schnippte Asche auf das Beet vor ihm und verteilte sie mit der Spitze seines Schuhs in der Erde. »Weißt du, ich habe einfach immer mitgelernt. Wenn Nuria eine Klassenarbeit vor sich hatte, Sprachen, klar, Englisch und Deutsch, aber auch Geschichte, Geografie, egal was, dann habe ich mich zu ihr gesetzt und in die Bücher geguckt, wie sie auch. Ich dachte: So eine Chance kriegst du nie wieder. Ich kann dir immer noch eine discusión de la curva ... Wie sagt man?«

»Kurvendiskussion?«

»Richtig. Keine Ahnung, wofür ich die jemals brauche.« Sergio lachte, zog an seiner Zigarette und drückte sie aus. »Vielleicht ist das das Beste am Leben: zusammen mit seinem Kind alles noch einmal neu zu entdecken.« Er schob sich einen der Cracker in den Mund. »Und du?« Er nickte in Richtung Kamera. »Fotograf?«

Max zog die Tasche mit der Nikon über den Tisch sich zu heran. Er würde sich nie daran gewöhnen, sich selbst einen Hochzeitsfotografen zu nennen. Auch wenn die meisten Aufträge, die Olaf an Land zog, aus dieser Ecke kamen. Bei dem Wort *Hochzeitsfotograf* stellte er sich unweigerlich einen Typen vor, der seinen einzigen Anzug Woche um Woche aus dem Schrank holte, ihn kurz ins Licht hielt, sich die Knitterfalten vom letzten Wochenende besah, halbherzig über einen Fleck wischte und zu sich selbst sagte: *Geht schon noch.* So einen Typen wie Olaf. Olaf war allein und trank zu viel, und vielleicht wünschte er sich insgeheim, dass etwas von dem Glück der Menschen, die er Woche um Woche fotografierte, an ihm hängenblieb.

»Ich arbeite für einen Fotografen, aber eigentlich«, er ließ die leere Plastikflasche auf der Tischplatte kreisen, »eigentlich experimentiere ich mit anderen Sachen rum.«

Sergio beugte sich auf seinem Stuhl vor.

Max stoppte die Flasche. »Weißt du, vor ein paar Monaten ist in der Wohnung unter meiner ein alter Mann gestorben. Seine Tochter hatte mich gebeten, ob ich einmal die Woche nach ihm gucken könnte. Er lag in seinem Bett, und ich wusste sofort, der Mann ist tot. Vorher hab ich gedacht, Tote sehen aus, als würden sie schlafen. Aber das stimmt nicht. Er hatte so ein triumphierendes Lächeln, das ich gar nicht von ihm kannte. Und zugleich war es total stimmig. Es passte zu ihm.« Max stellte die Flasche wieder hin. »Ich hab lange überlegt, ob ich ihn wohl fotografieren kann. Ob das geht. Am Ende habe ich seine Tochter gefragt. Die war nicht sonderlich begeistert, sie wollte ihn möglichst schnell weghaben. Ich hatte zwanzig Minuten, bis sie ihn abgeholt haben. Später hab ich der Tochter einen Abzug von dem Bild gegeben. Sie hat mir erzählt, dass sie dieses Bild von ihrem Vater lieber mag als alle, die ihn lebend zeigen.«

Sonnenlicht fiel auf die stählerne Klinge der Axt, die vor ihm im Hackklotz steckte. Sergio sah ihn aufmerksam an, aber er sagte nichts.

»Ich hab das seitdem ein paar Mal gemacht. Tote fotografiert. Über ein Bestattungsunternehmen. Es geht darum, den Augenblick festzuhalten, in dem alles vorbei ist.« Max räusperte sich. »Ich glaube, durch so ein Bild kann man sich immer wieder vergewissern, dass jemand wirklich tot ist. Vielleicht ...« Er musste sich noch einmal räuspern, bevor er mit fester Stimme weitersprach: »Vielleicht kann man dann irgendwann damit abschließen.«

Sergio hielt ihm das Zigarettenpäckchen hin. Max ließ sich von ihm Feuer geben. Der Rauch brannte in seiner Lunge, Wind strich durch die Gräser, ein lang gezogenes Rauschen und Knacken, als könnte er Knospen platzen hören. Für einen Moment war der Schrei, der aus dem Obergeschoss des Hauses kam, nicht mehr als ein weiteres Gartengeräusch im ersten Frühling, bis ihm schlagartig klar wurde, was er da hörte.

Sergio stand auf und packte einen Stoß Brennholz. »Los geht's, *hijo*.«

Max drückte die Zigarette aus und griff nach der Fototasche. Inés und eine zweite Frau standen schon in der Haustür. Sie redeten laut und schnell, Inés strahlte. Max hörte nur ein einziges Wort: *hija*. Tochter.

Inés, Sergio und die Hebamme blieben am Fuß der Treppe stehen und bedeuteten ihm, allein nach oben zu gehen. Sonnenlicht fiel durch das Buntglasfenster und warf das Rautenmosaik vor seinen Füßen auf die rötlichen Kacheln der Stufen. Er trat hindurch, zog den Reißverschluss seiner Kameratasche auf und nahm die Nikon heraus. Oben am Treppenabsatz blieb er stehen und spannte den Verschluss. Probehalber sah er durch den Sucher und richtete den kleinen Kreis auf die angelehnte Tür. Eine leise Stimme drang zu ihm in den Flur und ein Geräusch wie von einem kleinen Tier. Er würde eine relativ große Blende wählen. Schärfentiefe war nicht wichtig, er brauchte keine Hintergründe. Und eine kurze Belichtungszeit, weil er kein Stativ dabei hatte. Als er schließlich ins Zimmer trat, hielt er den alten Apparat seines Vaters fest umklammert.

Als Erstes sah er Nurias Haare, die wie ein schwerer Fächer auf dem hellen Laken lagen. Als sie ihn hereinkommen hörte, hob sie den Blick. Im selben Moment entdeckte er unter einer leichten Decke auf ihrer Brust den kleinen zusammengerollten Körper. Max senkte die Hände mit der Kamera. Wie im Traum durchschritt er den Raum, als wandelte er auf den Dutzenden von Kissen, die frisch aufgeschüttelt auf Bett und Boden lagen. Er ging in die Hocke, stellte die Nikon zur Seite und legte seine Hände auf die Bettkante.

Nuria lächelte ihn an. »Hola, Max.«

»Nuria.«

Das Zimmer war erfüllt von einem süßlichen Geruch, das Bündel auf ihrer Brust schmatzte leise. Der dünne Vorhang sandte das Licht in Wellen über das breite Mahagonibett. Sie lauschten, ohne etwas zu sagen. Langsam drehte Nuria das Baby so, dass Max sein Gesicht sehen konnte. Tränen sammelten sich in seinen Augen. Das war sie. Seine Tochter. Er erkannte sie sofort.

»Mira, Marta, esta es tu papá.«

Dein Papa. Die Tränen flossen aus ihm heraus.

Er hatte noch nie zuvor ein so kleines Baby berührt. Aber als er seine Tochter in den Armen hielt, war es, als wäre sie schon immer bei ihm gewesen. Er legte seine Wange an ihr feuchtes Haar. Sie schmiegte sich an ihn.

»Marta«, flüsterte er, sein Mund so dicht an ihrem kleinen Ohr, dass er den weichen Haarflaum an seinen Lippen spürte. Sie roch nach Orangenblüten. Wieder und wieder küsste er ihre Stirn.

»Marta«, flüsterte er noch einmal und drückte sanft ihre winzige, verschrumpelte Hand. »Ich werde immer bei dir bleiben. Das verspreche ich dir.«

23. März

1986: Marlies, Mamas Cousine, hat ein Baby bekommen. Laura. So süß und so winzig! Ich hatte sie ganz lange auf dem Arm und durfte sie baden und wickeln. Am liebsten hätte ich jetzt schon ein eigenes Baby.

23. März

Die Elbe glitzerte noch vor Stellas Augen, als sie dem Wasser schon längst den Rücken zugekehrt hatte. Die Sonne ging gerade auf, und sie selbst würde gleich einfach ins Bett fallen. Die Nachtschichten brachten ihren Schlafrhythmus ziemlich durcheinander, besonders wenn, wie letzte Nacht, ihr Pieper ging, kaum dass sie sich in dem kargen Klinik-Schlafraum hingelegt hatte. Am aufwändigsten war die Operation eines Rennradfahrers mit mehrfacher Ellenbogenfraktur in Kombination mit einem Oberschenkelhalsbruch gewesen, der nicht etwa in voller Fahrt gestürzt war, sondern im Anhalten, weil er nicht aus seinen Klickpedalen herausgekommen war. Stella überquerte die Straße und sah Bento durch die Scheibe der *Pastelaria* hinterm Tresen stehen und rauchen. Sie drückte die Glastür auf.

»Dona Stella.« Schon hatte er zwei Pappbecher in der Hand und platzierte sie unter der Espressomaschine.

Untätigkeit und plötzliche Geschäftigkeit – die eigentümliche Mischung entlockte ihr jedes Mal ein Grinsen, selbst wenn sie so müde war wie jetzt. Umso mehr, als Bento einen Moment später ein lautes »*Merda!*« ausstieß und am Kabel der Maschine ruckelte. Es zischte, und schon strömte Kaffee in die beiden Becher. Jedes Mal roch es in dem kleinen Café für einen Moment nach frisch gerösteten Toast, bis sich das Aroma wieder verflüchtigte und sich ein samtiger Geschmack vorfreudig auf ihre Zunge schlich: kräftig, aber nicht bitter, mit einer leicht nussigen Note. Es war egal, ob sie kurz vom Zubettgehen Kaffee trank oder nicht, mal schlief sie gut, mal weniger gut. Sie hatte noch keinen Zusammenhang feststellen können. Ob sie heute zur Ruhe kommen würde, bezweifelte sie. Und das lag sicher nicht an Bentos Kaffee. Bis jetzt hatte sie jeden Gedanken an den heutigen Abend verdrängt, sie war ja auch immer in Bewegung gewesen. Aber sie konnte sich ausmalen, was passierte, wenn sie gleich in ihrem Bett lag. Und später musste sie auch noch Tonia anrufen, bevor sie sich auf den Weg zum Fischmarkt machte. Eigentlich war es lächerlich, deswegen extra anzurufen, schließlich war es kein Date, was Max und sie hatten, lediglich ein Treffen. Aber sie musste es Tonia natürlich sagen.

Der Milchaufschäumer toste. Stella merkte, dass sie mit dem Fuß das blau-weiße Kachelmuster nachzeichnete.

»Viel zu tun bei der Arbeit?« Bento drückte die Deckel auf die dampfenden Becher und stellte sie in einen Papphalter. Die Zigarette hing ihm lose im Mundwinkel. »Du siehst heute so – wie sagt man – abwesend aus.«

»Nein, alles gut, ich bin nur ...«

Mit schief gelegtem Kopf musterte er sie. Fast erwartete sie, dass er ihren Satz mit einem *müde* beendete, aber er sagte nichts und öffnete stattdessen die Vitrine mit dem süßen Gebäck. »Eins oder zwei?«

»Zwei.«

»*Muito bem.*«

Er drückte seine Zigarette in einer benutzten Espressotasse aus und bugsierte zwei Pastéis de Nata in eine Papiertüte, die er oben am Rand umklappte. Die Geste rührte sie, vielleicht weil sie ihr inzwischen so vertraut war. Bento war in den letzten Monaten zu ihrem Verbündeten geworden, in den frühen Morgenstunden, wenn die Straßen noch leer und außer ihnen beiden nur ein paar vereinzelte Gestalten auf den Beinen waren.

Er hielt ihr die Glastür auf. »Schlaf gut, Stella.« Unter seinem dichten grauen Schnauzer lächelte er ihr zu, und die Fältchen rund um seine Augen breiteten sich strahlenförmig aus.

Als sie in ihrer Tasche nach dem Schlüssel kramte, hörte sie es dreimal hupen. Bento klopfte einem Mann, der eine silberne Hupe mit Gummiball aus dem Fenster eines Lieferwagens hielt, fröhlich auf die Schulter. *Bebidas* stand auf dem Heck des Wagens, darunter waren drei Flaschen abgebildet, auf der Seite des Transporters leuchtete die portugiesische Flagge in Rot und Grün. Marcos, Bentos Getränkelieferant, kam immer mittwochs.

Nur wenig Licht fiel so früh am Morgen ins Treppenhaus des Altbaus. Im Halbdunkel drückte sich Stella an zwei Kinderwagen vorbei und stieg die Stufen zu ihrer Wohnung hinauf, den Papphalter mit dem duftenden Galão in ihren Händen. Sie würde sich jetzt gleich Kaffee schlürfend die alten Klamotten ausziehen, das graue Sweatshirt, das sie sich nach dem Dienst übergezogen hatte, sie würde kurz duschen und vielleicht schon mal die Anziehsachen für später rauslegen. Ein Kribbeln lief durch ihren Körper. Sie hielt inne und balancierte den Papphalter auf dem geschwungenen Holzgeländer. Himmel, es war *wirklich* kein Date. Leises Babyweinen drang aus der Wohnung neben ihr. Das Kribbeln war sogar an ihren Haarwurzeln zu spüren. Sie schüttelte den Kopf und lief weiter, nahm die letzte Treppenbiegung und stoppte abrupt. Auf dem

Boden vor ihrer Wohnungstür regte sich ein Schatten. Ein Schatten in dunklem Parka und dunkler Jeans.

Langsam richtete er sich auf. Seine Stimme war rau. »Du hast mir Kaffee mitgebracht.«

»Eigentlich ...« Sie fasste nach dem Geländer. »Was machst du hier überhaupt?«

Sie wollte ungehalten klingen, aber es misslang ihr. Wie schon bei der Abschiedsfeier ihres Vaters, als sie seine Nachrichten gelesen hatte, fühlte sie dieses seltsame Lächeln in sich aufsteigen. Wie etwas, das schon immer in ihr gewesen war. Die Wärme des Kaffees kroch durch die Pappe in ihre Fingerspitzen. Wortlos hielt sie Max einen der Becher hin. Sie sah ihn an, sein Gesicht war nicht mehr als eine Armlänge von ihrem entfernt. In dem wenigen Licht, das durch das schmale Fenster kam, wirkten seine Augen rauchig. Über dem linken erkannte sie die kleine Narbe, die seine Augenbraue teilte. Sie hatte noch genau dieselbe, leicht gebogene Form wie früher. Er nahm ihr den Becher ab, und ihre Finger streiften sich. Stella lief ein Schauer über den Rücken. Sie drehte sich weg und schloss die Wohnungstür auf.

»Komm.«

Sie ließ den Schlüssel aufs Schränkchen fallen, zog die Schuhe aus und schob sie mit dem Fuß zur Wand. Das Lächeln in ihr wurde immer breiter. Sie konnte und wollte es nicht stoppen. Ohne zu zögern ging sie hinüber ins Schlafzimmer, stellte Becher und Tüte auf die Kommode und setzte sich aufs Bett, einfach so. Als wäre das der logische Weg, die logische Abfolge ihrer Schritte und Bewegungen, als gäbe es tief in ihr ein unerschütterliches Wissen, was richtig war.

Ohne dass sie etwas sagten, fielen sie in eine Umarmung. Stella wunderte sich nicht einmal mehr darüber. Ihr Körper schmiegte sich an seinen, und Max nahm sie so entschlossen auf, als hätte er schon sehr lange auf diesen Moment gewartet. Sie rührten sich nicht, sondern lagen nur da und hielten sich.

Sachte flatterte der Vorhang im Luftzug. Der schiefe Schreibtisch sah vom Bett aus noch schiefer aus. Die Schiebetür des Kleiderschranks stand einen Spalt offen, das dünne taubenblaue Shirt, das sie heute Abend hätte tragen wollen, blitzte hervor.

Max zog sie auf sich und sah ihr in die Augen. Seine Wangenmuskeln spannten sich, seine Erektion drückte an ihr Schambein, und sie dachte: Das ist alles für mich. Es kam ihr gar nicht albern vor, das zu denken. Er zog ihren Kopf ein Stück näher zu sich heran, und seine Lippen berührten ihre Lippen unter einem Schirm aus Haaren. Etwas explodierte. Etwas explodierte so selbstverständlich, dass es sich schon wieder ruhig anfühlte. Alles war da, wo es hingehörte, alles war im Urzustand. Das Universum war erschaffen. Vielleicht wurde sie verrückt.

Seine Lippen waren warm. Ihre Zungen tasteten nacheinander, und Max und sie sahen sich immer noch an. Seine Augen waren ein blau-grauer Strudel, der sie vollkommen aufsog. Ihre Körper pressten sich aneinander. Stella klammerte sich an seine Oberarme und fühlte sein Stöhnen in ihrem Mund. Sie nahm nichts mehr wahr, außer Max und sich und sie beide zusammen.

Irgendwann starrten sie einander schwer atmend an. Wieder fiel ihr auf, dass sein Gesicht mit den Bartstoppeln kantiger war als früher, aber als sie genauer hinsah, erkannte sie darunter etwas Jungenhaftes, Verletzliches, so vertraut, dass sie wegschauen musste. Vor der vorhangfreien Fensterhälfte türmten sich die Wolken. Eine nach der anderen zogen sie aus dem Rahmen.

Stella legte ihren Kopf an Max' Hals. Sein Brustkorb hob und senkte sich unter ihrer Wange, auf und ab, auf und ab, immer langsamer und immer ruhiger. Er roch noch genauso wie früher, frisch und schwer und lebendig. Sie drückte sich enger an seine Haut.

»Das war kein Kuss.« Sein Atem streifte ihr Ohr.

»Nein.«

»Hast du schon mal so geküsst?«

Sie lachte und drückte ihre Nase in seinen Kehlkopf.

»Was?«

»Nichts. Die Frage ist nur so absurd. Natürlich nicht. So kann man gar nicht küssen.«

Er schob ihren Kopf ein Stück hoch und sah sie an. »Nur wir.«

»Nur wir.«

Er sah ihr in die Augen, und sie ihm. Sein Blick war sehr klar. Sie sah ihn so lange an, bis sie es nicht mehr aushielt und von ihm herunterrollte. Er griff nach ihrer Hand, und sie lagen auf dem Rücken nebeneinander, und Stella lauschte seinem Atem und ihrem Atem, die sich wie von alleine einander anpassten. Immer wenn sie einatmete, atmete auch Max ein, und sie war sich ganz sicher, dass auch er sich nicht anstrengen musste, um im Takt zu bleiben. Wie früher.

Unten auf der Straße wurde gehupt. Nicht ungeduldig, eher wie eine Begrüßung.

Sie würden es nicht tun. Sie würden nicht miteinander

schlafen. Auch wenn sie nichts mehr wollte, als Max zu spüren. Alles von ihm. Aber dieser Kuss durfte nicht mit etwas anderem überdeckt werden. Und sie wusste, dass Max dasselbe dachte. Dieser Kuss musste für sich stehen. Sie drehte sich zu ihm.

Er drückte ihre Hand. »Alles okay?«

»Ja.«

»Du musst müde sein.«

»Ja, das müsste ich. Bin ich aber nicht.« Sie lächelte. »Sag mal, hast du eigentlich Hunger?«

»Nicht wirklich.«

Ihr eigener Magen knurrte leise. Sie stand auf und nahm die Papiertüte von der Kommode. Kurz fiel ihr Blick auf die unterste Schublade. Sie erinnerte sich noch an den Ruck, mit dem sie die Lade zuletzt geschlossen hatte. Wer weiß, vielleicht würde sie sie später aufziehen, in die hinterste Ecke greifen und die Schöne-Tage-Box hervorholen. Vielleicht war heute der richtige Tag, um da weiterzumachen, wo sie vor Jahren aufgehört hatte.

Fast stolperte sie über Max' Turnschuhe. Sie hatte gar nicht mitbekommen, wie er sie ausgezogen hatte. Sie setzte sich wieder aufs Bett, zog eines der Blätterteigtörtchen aus der Tüte und biss hinein. Köstlich.

»Ich hätte noch eins.« Sie hielt ihm die Tüte hin.

Er lachte. »Iss du.«

Irgendwo im Haus schleuderte eine Waschmaschine. Kinderstimmen mischten sich unter das Rumpeln. Sie ließ das zweite Natas langsam zwischen Zunge und Gaumen zerschmelzen. Als sie den letzten Krümel hinuntergeschluckt hatte, merkte sie, dass Max sie noch immer beobachtete.

»Was?«

Er fuhr mit dem Zeigefinger über ihre Lippen. »Du isst, wie du küsst.«

Sie drückte ihn aufs Bett. »Ich glaube, ich geh mal duschen.«

Max rutschte tiefer ins Kissen und schloss mit einem Lächeln die Augen. Duschen, dachte sie und betrachtete seine dunklen Wimpern, die sie früher immer an Sonnenstrahlen erinnert hatten. Duschen und dann da weitermachen, wo sie gerade aufgehört hatten.

Warmes Wasser lief Stella über den Kopf und über den Rücken. Das Fenster ihres winzigen Badezimmers war beschlagen, der hellgrün gekachelte Raum neblig vor Dampf. Sie nahm den Duschkopf aus der Halterung und drückte ihn sich an die Brust. Mit beiden Händen hielt sie ihn fest. Max und sie. Sie musste kichern, und es klang wie ein Unterwasserglucksen. Niemals hätte sie sich das auch nur *vorstellen* können. Warmes Wasser rann ihr zwischen die Beine. Es schüttelte sie richtig, dieses Kichern, während sie den Duschkopf noch fester an sich presste. Sie begann zu zittern und da merkte sie, dass sie gar nicht mehr kicherte, sondern schluchzte. Max und sie. Tränen liefen ihr über das Gesicht. Sie glitt in die kleine, quadratische Wanne und schlang die Arme um ihre Knie. Nach so vielen Jahren.

Sie hatte schon lange nicht mehr an das Foto gedacht, jetzt sah sie es glasklar vor sich. Alle um sie herum waren verstummt, als es im Bus auf ihrem Schoß gelandet war. Unter den Blicken der anderen hatte sie es umgedreht und auf ihre eigene staksige Gestalt gestarrt, auf ihre Storchenbeine mit den knotigen Knien, die hervortretenden

Beckenknochen und Rippenbögen, die spitzen Schultern, die Brustwarzen über den kaum sichtbaren Schwellungen. Alle hatten über sie gelacht. Stella drückte ihr Gesicht zwischen die Beine und schluchzte laut auf. Wochenlang war das Foto Thema gewesen, jeden Morgen und jeden Mittag im Bus, jede kleine und jede große Pause. Sie selbst hatte steif und mit ausdrucksloser Miene neben Tonia gestanden und zum ersten Mal in ihrem Leben Rückenschmerzen bekommen. Die Lehrer hatten sie einzeln zur Seite genommen, um Worte ringend oder mitleidig, und gesagt, dass sie selbst schuld sei. Das hatte sie so oft in diesen Wochen hören müssen. An dem Abend, als ihr Klassenlehrer bei ihnen anrief, hatte ihr Vater vor Wut und Enttäuschung zitternd den Raum verlassen und sie fast ein halbes Jahr lang nicht mehr angeschaut.

Sie musste mit Max sprechen. Sie musste ihn fragen, wie er es hatte zulassen können, dass alle Welt sie *so* gesehen hatte, wieso er ihr Geheimnis, das ihr größtes und wichtigstes gewesen war, so einfach hatte aus der Hand geben können. Jetzt sofort musste sie ihn fragen.

Stella stand auf, steckte den Duschkopf zurück in die Halterung und schaltete den Hahn ab. Das Wasser beschrieb einen weiten Wirbel, bevor es im Abfluss verschwand. Sie stieg aus der Dusche und zog das kleine Fenster auf. Klare, kühle Luft strömte ins Badezimmer, zusammen mit dem zarten Duft des Frühlings. Schnell trocknete sie sich ab und schlüpfte in die frischen Sachen.

Ihr graues Sweatshirt lag noch auf dem Rand des Waschbeckens. Sie nahm es in die Hand und drückte ihre Nase hinein. Es roch überhaupt nicht mehr nach Krankenhaus, sondern einzig und allein nach Max. Oh, es war so gut, dass sie ihn geküsst hatte, gut und richtig und längst überfällig. Sie vergrub ihre Nase noch tiefer im Stoff. Und trotzdem musste sie das mit dem Foto jetzt klären. Das war auch überfällig. Sie öffnete die Tür. Kein Laut drang aus dem Schlafzimmer in den Flur. Vielleicht war Max in der Zwischenzeit eingeschlafen? Leise lief sie durch den Gang und blieb in der Tür zum Schlafzimmer stehen.

Kein Luftzug bewegte den Vorhang vor dem Fenster. Auf dem Boden vor der Kommode lag die fettdurchtränkte Papiertüte, genau dort, wo Max' Turnschuhe gestanden hatten. Ein Teil der Bettdecke hing ebenfalls auf dem Boden, als wäre sie in Eile zurückgeschlagen worden. Ihr Bett war leer.

Reglos stand Stella im Türrahmen.

Sie machte ein paar unsichere Schritte zurück in den Flur.

Er war einfach gegangen. Er hatte sie geküsst, und das war's. Und sie hatte geglaubt, dass das hier ein Anfang gewesen war. Sie hatte es wieder geglaubt.

Wie in Trance bewegte sie sich durch den Flur, griff mechanisch nach dem Schlüssel auf dem Schränkchen und ließ ihn in die Schale fallen. Es klirrte wie von ferne. Der Kuss, diese plötzliche, vertraute Nähe, hatte ihm nichts bedeutet.

In der Küche stand die Tasse, aus der sie gestern getrunken hatte, noch auf dem Abtropfgitter. Das Kärtchen mit den hellrosa Lotusblüten, der Gutschein für die Thai-Massage, hing noch uneingelöst an der Tür des Kühlschranks. Wieder hatte sie anders und mehr gefühlt als Max, und wieder hatte sie es nicht gemerkt.

Im Wohnzimmer starrte sie auf ihr übergroßes graues

Sofa mit der leeren Fläche davor. Das Parkett unter ihren nackten Füßen war kalt. Sie öffnete die Balkontür. Unten auf der Straße wurde lautstark gehupt. Sie schloss die Tür wieder und ging langsam zurück ins Schlafzimmer.

Die türkisfarbene Bettdecke war eingedrückt, ihre Körper hatten tiefe Mulden hinterlassen. Rasch zog sie die Decke glatt, als ihr Blick auf einen Zettel fiel, der auf dem Kopfkissen lag. Das Papier war knittrig, die Bleistift-Buchstaben neigten sich mal nach rechts und mal nach links. Sie hätte seine Schrift unter Tausenden erkannt.

Stella, es tut mir leid, ich musste weg. Ich ruf dich nachher an. Max

Sie nahm den Zettel vom Kissen und setzte sich auf die Bettkante. Die Schiebetür des Kleiderschranks stand noch immer einen Spalt offen und gab den Blick auf das taubenblaue Shirt frei, das sie gestern vorsichtig gebügelt hatte. Vielleicht sollte sie erleichtert sein. Oder verärgert. Oder in Sorge. Oder alles auf einmal. Sie saß aufrecht auf dem Bett, hielt das Papier in der Hand und wartete.

Max war drauf und dran, die gläserne Tür mit den Fäusten zu bearbeiten. Mit quälender Langsamkeit drehte sie sich um die eigene Achse, bis sie sich endlich zur großen Halle hin öffnete. Er drückte sich durch den Spalt und rannte hinüber zur Anzeigetafel, die sich über acht große Monitore erstreckte. Blitzschnell überflog er die Zeilen. Es gab drei Abflüge innerhalb der nächsten Stunden. Die

Schalter von *Iberia* und *KLM* waren hier im Terminal 1, der *Lufthansa*-Schalter im Terminal 2. Er bahnte sich einen Weg zwischen Reisenden mit Rollkoffern, Männern in Fußballtrikots und einem herumstehenden Reinigungswagen, bis er den Schalter entdeckte. Blaue Schrift auf weißem Grund, keine Wartenden. Gut. Er stoppte vor dem Tresen, die Frau mit dem hochgebundenen Zopf und dem blauen Halstuch telefonierte. Der *KLM*-Flug ging in einer Dreiviertelstunde, Gepäck zum Abgeben hatte er keines. Er war direkt von Stellas Wohnung aus hergekommen, ohne noch einmal bei sich zu Hause vorbeizufahren.

Stella. In den Fliesen am Boden spiegelte sich der Himmel.

»Entschuldigung.«

Die Frau am Telefon sah nicht einmal auf. Noch zweiundvierzig Minuten. Wenn die Schlange bei der Security wirklich so lang war, wie es von hier aus aussah, wurde es knapp. Ungeduldig trat er von einem Fuß auf den anderen. *Komm schon*. Ein kleiner blonder Junge, kaum älter als ein Jahr, drängte sich mit schnellen, wackligen Schritten an ihm vorbei. Seine Mutter empfing ihn mit ausgebreiteten Armen. Nuria hatte erzählt, dass Marta auch schon laufen konnte. Er merkte, dass er auf den Tresen klopfte. Die Frau legte auf, notierte etwas auf einem Zettel und sah schließlich fragend zu ihm auf.

»Ich brauche ein Ticket für den Flug nach Málaga.«

Die Frau richtete ihr Tuch so, dass die beiden Zipfel nun seitlich am Hals saßen. Es sah aus, als wollte sie gleich abheben. Sie tippte auf ihrer Tastatur. »Tut mir leid, der Flug ist voll belegt.«

»Gibt es nicht noch irgendeinen Notsitz?« Er würde *überall* sitzen, auch auf dem Boden.

»Unsere Maschinen verfügen nicht über«, sie machte eine Pause, »Notsitze.« Damit griff sie erneut zum Telefonhörer.

Max ballte die Fäuste in den Taschen seines Parkas und wandte sich ab. Okay, ganz ruhig. Es gab immerhin noch zwei Fluggesellschaften.

Er rannte weiter zum nächsten Schalter. Die Fliesen auf dem Boden hatten einen gelben Unterton. Sein Telefon klingelte, er zog es auch der Innentasche seiner Jacke. *Nuria* stand auf dem Display. Das Flughafendach wölbte sich hoch über seinem Kopf, oben auf der Galerie erkannte er einen Kinderspielplatz mit einer raketenförmigen Rutsche. Unerbittlich läutete sein Telefon.

Er räusperte sich und ging ran. »Nuria.«

»Max? Wann kommst du?«

»Ich bin am Flughafen. Hamburg. Wie …« Seine Brust wurde eng. Er zog den Reißverschluss seiner Jacke auf. »Gibt es etwas Neues?«

»Sie ist noch auf der Intensivstation, aber sie ist außer Lebensgefahr.«

Er fühlte die Tränen kommen und ging ein Stück zur Seite.

»Marta hatte Fieber. Deshalb habe ich ihr ein Zäpfchen gegeben. Aber weil sie immer so viel hustet … Die glauben, sie hat Asthma. Und manche … *asmaticós* haben eine Allergie gegen Schmerzmittel. Ich wusste das nicht.« Ihre Stimme klang gepresst.

»Hör zu.« Er wischte sich mit dem Unterarm übers Gesicht. »Du kannst nichts dafür.«

Wenn überhaupt konnte *er* etwas dafür, weil er nicht da gewesen war. Weil er überhaupt nie da war und Martas Husten gar nicht kannte. Im Grunde kannte er nicht einmal Marta selbst, jedenfalls nicht so, wie ein Vater seine Tochter kennen sollte. Er hatte sie sechs Mal gesehen. Sechs Mal in dreizehn Monaten. Und jedes Mal, wenn er bei ihr gewesen war und sich so etwas wie Vertrautheit zwischen ihnen beiden eingestellt hatte, wenn sie es sogar zuließ, dass er sie ins Bett brachte, was nicht einmal Inés und Sergio durften, hatte es ihn schier umgebracht, wieder abzureisen. Weil Olaf ihn bei den Hochzeiten brauchte, weil Ausstellungseröffnungen anstanden, weil er sich in Nurias Welt wie ein Fremdkörper fühlte, von dem keiner genau wusste, was er hier eigentlich verloren hatte.

Männer in Anzügen und Frauen in Kostümen eilten an ihm vorbei und hinterließen eine undefinierbare Wolke an Parfüm. Eine der Frauen balancierte einen aufgeklappten Laptop auf dem Unterarm. Sie alle zwängten sich zwischen zwei voll beladenen Gepäckwagen hindurch.

»Ihre Luftwege sind komplett zugeschwollen. Sie konnte nicht mehr ausatmen. Sie wäre fast erstickt.« Nuria schluchzte am Telefon.

Er hätte sie gerne in den Arm genommen. »Ich bin bald bei euch.«

Als er aufgelegt hatte, hielt er das Telefon noch einen Moment umklammert. Zum ersten Mal fühlte es sich so an, als hätte er eine Familie, eine richtige Familie. Drei Menschen, die miteinander verbunden waren, komme, was wolle.

Schnell steckte er das Handy weg und lief hinüber zum *Iberia*-Schalter. Weiße Schrift auf rotem Grund, davor eine

Frau, die mit dem Mitarbeiter im roten Jackett sprach. Er reihte sich hinter ihr ein. Eine Lautsprecherdurchsage schepperte über ihn hinweg. Der Flug ging in anderthalb Stunden, trotzdem war er unruhig. Die Frau vor ihm war um die Sechzig und trug eine Batikhose mit aufgedruckten Geckos, bunte Armbänder und jede Menge Silberschmuck. Mit einem Lächeln drehte sie sich zu ihm um. Er konnte förmlich hören, wie sie ein *Entspann dich* dachte, und Max spürte seine Kiefermuskeln. *Meine Tochter kratzt fast ab, und da kommst du mir mit deinem Hippie-Zeug.*

»Möchten Sie vor?« Die Frau lächelte noch immer.

In Gedanken sandte er ihr eine aufrichtige Entschuldigung zu. Ihr Gesicht war runzliger, als er gedacht hatte. Runzeln, die eine Geschichte erzählten. Im selben Moment wurde ihm klar, dass er seinen Fotoapparat nicht dabei hatte. Er hatte ihn nicht mit zu Stella genommen, weil er sich nicht sicher gewesen war, wie sie auf die alte Kamera reagieren würde. Jetzt war es zu spät, noch einmal nach Hause zu fahren und ihn zu holen. Er klopfte seinen Parka ab, was völlig überflüssig war. So mussten sich Menschen fühlen, die ihre Brille vergessen hatte. Max steckte die Hände in die Manteltaschen. Möglicherweise sah er selbst sogar mehr, wenn er die Kamera nicht dabei hatte. Er konnte sich dann weniger von der Welt abschirmen.

»Kommen Sie, bei mir dauert es länger.« Die Frau trat zur Seite.

»Danke.«

Er wandte sich an den Mitarbeiter und wiederholte seinen Spruch.

Der Schalterbeamte brauchte nicht einmal nachzuschauen. »Der Flug ist ausgebucht.«

»Gibt es noch irgendeine Möglichkeit ...«

»Leider nein. Aber auf der Maschine morgen früh hätten wir noch Platz.«

»Das ist zu spät.«

Er musste *heute* bei Marta sein.

Im Gehen nickte er der Frau mit den Runzeln noch einmal zu und folgte den Schildern in Richtung Terminal 2. Noch eine Chance hatte er. Im Laufschritt passierte er den Übergang zwischen den beiden Abfertigungshallen, rechts die Schlange zur Sicherheitskontrolle, links die Wache der Bundespolizei. Davor, mitten im Weg, stand wieder ein Reinigungswagen. Schon von Weitem erkannte Max den Schalter der *Lufthansa*. Dunkles Blau auf dottergelbem Grund, ein nach links aufsteigender Kranich, keine Wartenden. Völlig aus der Puste kam er vor dem Tresen zum Stehen.

Die Mitarbeiterin im dunkelblauen Blazer mit gelbem Halstuch tippte auf ihrer Tastatur. »Wir hätten noch einen Platz in der Business Class. Das ist der einzige.«

Er wäre ihr am liebsten um den Hals gefallen.

»803,43 Euro inklusive Steuern, Gebühren und Zuschlägen.«

Die Zahl hörte Max gar nicht richtig. Er hätte jeden Preis gezahlt, wenn er nur so schnell wie möglich bei Marta im Krankenhaus sein konnte. Und seit der Ausstellung im Januar, der weitere in Berlin und Köln gefolgt waren, hatte er deutlich mehr Geld zur Verfügung als in den Jahren zuvor.

»Den nehme ich.«

Die Mitarbeiterin tippte. »Dann bräuchte ich als Erstes Ihren Personalausweis.«

Max zog sein Portemonnaie aus der Hosentasche und klappte es auf. Der Ausweis war nicht da, wo er hätte sein müssen. Ihm wurde heiß. Mehrmals ging er jedes einzelne Fach durch, bis in seinem Kopf langsam eine Erinnerung Form annahm: wie er den Personalausweis vor zwei Wochen Olaf in die Hand gedrückt hatte, weil der ihn für irgendetwas im Zusammenhang mit der Steuer brauchte. Er fluchte. Das gelbe Schild mit der Aufschrift *Caution. Wet Floor* fiel klatschend vom Reinigungswagen, und ein seltsam verdrehtes Strichmännchen lag neben ihm auf den Fliesen. Das war's. Er würde zu spät kommen, gerade dann, wenn seine Tochter ihn am meisten brauchte.

Das Lächeln der Schalterbeamtin bekam etwas Martialisches. Das konnte sie sich sonst wohin stecken.

»Und einen Führerschein?«, fragte sie.

»Ja, aber ...«

»Damit können Sie sich mit ziemlicher Wahrscheinlichkeit im Büro der Bundespolizei einen Reiseausweis als Passersatz besorgen. Wissen Sie, wo das ist?«

Er nickte. Er war gerade eben daran vorbeigerannt.

»Allerdings«, sie spielte mit einem Kugelschreiber, »kann ich Ihnen den Platz nicht reservieren. Sie müssten ...«

»Ich beeile mich.«

Er rannte durch die Halle in Richtung der Sicherheitskontrollen. Sein Atem ging deutlich schneller, als es bei diesem kleinen Sprint hätte sein müssen. *Einfach ignorieren.* Kurz vor der Polizeiwache musste er abbremsen, weil er keine Luft mehr bekam. Er stützte die Hände auf die Oberschenkel und hörte sich keuchen.

»Kann ich Ihnen helfen?«

Ohne aufzusehen, schüttelte er den Kopf. Die Hosenbeine vor seinem Gesicht entfernten sich wieder. Er streifte seine Jacke ab und zog sich den Kapuzenpulli ungelenk über den Kopf. Die Enge in seiner Brust wurde langsam weniger.

In der Polizeiwache ließ er sich auf einen der Plastikstühle fallen. Er sprach zu schnell und wusste einen Moment später nicht mehr, was er genau gesagt hatte. Alles zerfiel in Einzelbilder: das Adlerwappen auf dem Hemdsärmel des Polizisten, die weiße Schirmmütze, die den Mann wie einen Schiffskapitän aussehen ließ, das verdrehte Kabel des altmodischen Telefons in seiner Hand, das lederne Waffenholster, sein eigenes graues Gesicht im Spiegel der Glasfassade.

Auf dem Rückweg zum Schalter wollte er langsam laufen. Er versuchte es, aber kaum dachte er an Marta, wurden seine Schritte schneller, bis er doch wieder rannte. Er legte das Papier auf den Tresen, die Frau tippte, nickte, er gab ihr seine Bankkarte, und einen kurzen Moment später hielt er das Flugticket nach Málaga in der Hand.

Max kaufte sich eine Cola und setzte sich auf eine der Stufen neben der Rolltreppe. In leuchtenden Bahnen hing das Glas hoch oben in der stählernen Dachkonstruktion. Den Kopf in den Nacken gelegt zählte er sieben Lichtbahnen. Er hatte noch gut zwei Stunden Zeit. Die Steinfliesen zu seinen Füßen schimmerten rosa-gold. Er nahm sein Telefon aus der Jackentasche und stellte sich vor, wie Stella seinen Zettel gefunden hatte. Vermutlich verstand sie die Welt nicht mehr. Er könnte sie anrufen und ihr alles erklären. Er könnte ihr sagen, dass er eine Tochter hatte. Rollkoffer zogen mit einem lauten Rattern an ihm vorbei.

Sie würde sich von ihm hintergangen fühlen. Schon wieder. Dabei war es das Letzte, was er wollte. Max starrte auf seine Turnschuhe. Wenn er in Spanien war, wenn er bei Marta im Krankenhaus gewesen wäre, würde er sie anrufen. Wenn alles in Ordnung war. Er steckte sein Telefon weg und leerte die Dose in einem Zug.

Begleitet von einem durchdringenden Piepen klappte die rot-weiße Fähre die Rampe herunter. Stella umrundete die wartenden Fahrgäste, die zurückgetreten waren, um Platz für den Aufgang zu schaffen. Sie war lange nicht mehr gelaufen. Ihre Gelenke waren steif, und sie spürte jeden Schritt auf dem harten Asphalt in ihrem unteren Rücken. Obwohl sie gerade einmal die Straße hinunter zum Hafen und ein kleines Stück die Uferpromenade entlang gejoggt war, war sie außer Atem.

Die Segel der vor Anker liegenden Schiffe waren eingeholt, die Elbe zu ihrer Linken warf windige Wellen. Im Laufen tastete sie nun schon zum dritten Mal nach ihrem Handy. Diesmal zog sie es heraus. Nichts. Vor sechs Stunden hatte sie Max' Zettel auf ihrem Kopfkissen gefunden, seitdem wartete sie auf seinen Anruf.

Die Kräne auf der anderen Flussseite beluden die Frachter mit dumpfen Schlägen, eines der Containerschiffe fuhr als haushohe Wand an ihr vorbei. Warum hatte er nicht wenigstens kurz an die Tür zum Badezimmer geklopft, statt sich einfach zu verpissen? Sie ballte die Fäuste in den

Taschen ihrer Windjacke. Dann hätte sie wenigstens gewusst, was Sache war. Sie setzte zu einem Sprint an und lief die Treppe hinunter zum Fischmarkt.

Möwen kreisten in Schwärmen hoch über ihr, stürzten sich auf die Müllberge, die von den Ständen übrig geblieben waren, und zerhackten mit ihren Schnäbeln die herumliegenden Plastiksäcke. Pappkartons und Styroporkisten wehten übers Kopfsteinpflaster. Der Geruch von Fischabfällen fuhr Stella beißend in die Nase. Für einen Moment passte sie nicht auf und schlitterte über etwas Matschiges. An einem Bauzaun fing sie sich ab. Das Metall schepperte.

Stella drückte ihre Stirn gegen die Streben. Und wenn wirklich etwas passiert war? Etwas, das Max ihr in der Eile nicht an der Badezimmertür hätte erklären können? Der Wind pfiff um einen Mauervorsprung, sie hob den Blick. Nur wenige Meter entfernt führten drei breiten Steinstufen hinauf zum Eingang der Bar. Hinter der Glastür ließ sich ein schwerer dunkler Vorhang erahnen. Dort drin hätten sie sich heute Abend getroffen.

Sie drückte sich vom Zaun ab. Wieder zog sie ihr Telefon hervor. Nicht dass es zu leise eingestellt war. Das Display zeigte fünf Balken, maximale Lautstärke. Die rotweiße Fähre legte hinter der Fischauktionshalle an. Stella richtete sich auf und rannte weiter.

Beim Museumshafen musste sie erneut anhalten. Sie hatte Seitenstechen und zog ihre Knie abwechselnd zur Brust. Komischerweise, das fiel ihr jetzt auf, hatte sie als Ärztin diese Bewegung nie hinterfragt. Sie half auch nicht richtig gegen das Seitenstechen, stattdessen merkte sie es jetzt zusätzlich im linken Knie. Langsam ging sie den steinernen Steg zum Anleger hinunter. Direkt vor ihr klappte die Fähre ihre Rampe herunter, Fahrräder wurden an Land geschoben, es piepte und klingelte. Das Läuten kam aus ihrer eigenen Jacke. Schon im Herausziehen drückte sie den grünen Knopf ihres Telefons.

»Ja?«

»Früher nannte man am Telefon seinen Namen.«

Sie atmete durch. »Papa.«

»Wobei störe ich dich?«

»Ich jogge.«

»Ausgleich zur stehenden Tätigkeit. Hervorragend. Wenn du es nicht übertreibst. Mit einem Iliotibialband-Syndrom ist weiß Gott nicht zu spaßen. Sobald du den geringsten Schmerz im Knie verspürst, hörst du auf, verstanden?«

»Verstanden.«

»Gut. Warum ich anrufe, deine Mutter und ich fragen uns, ob wir dich Ostersonntag erwarten dürfen.«

Sie löste das Gummi aus ihren Haaren, fasste die herumfliegenden Strähnen und band sich einen neuen, strafferen Zopf. »Ich muss arbeiten, Papa.« Das hatte sie ihm schon vor Wochen gesagt.

»Davon wusste ich nichts.« Sein Ton hatte etwas Empörtes, aber darunter hörte sie die Enttäuschung. Doch sofort fing er sich wieder. »Wie sagt man so schön: Ohne Fleiß kein Preis.«

Zu beiden Seiten des Steges lagen restaurierte Schiffe im Wasser. Historische Schlepper, altertümliche Fischkutter, hölzerne Segel- und Dampfschiffe. Stella stellte ihren Fuß auf einen niedrigen Poller, an dem ein schwarz-grünes Schiff vertäut war. *Tiger* stand auf seinem Bug.

»Ich muss weiter.«
»Gut, gut. Aber vergiss nicht, hinterher zu dehnen.«
»Mach ich. Bis bald.«

Sie steckte ihr Telefon zurück, zog den Reißverschluss ihrer Jacke bis zum Kinn zu und lief los.

Lang streckte der Strand sich vor ihr aus. Stella sog die frische Luft tief ein und schmeckte einen Hauch von Salz. Wenn sie um die Kurven gucken könnte, in denen sich die Elbe durchs Land schlängelte, würde sie sehen, wie der Strom immer breiter wurde und sich am Ende in die Nordsee ergoss. Sie dachte ans Meer, sonst an nichts, und lief ganz vorne am Wasser, dort, wo der Sand am härtesten war und kleine Wellen vor ihre Füße gespült wurden. Von Zeit zu Zeit musste sie spielende Kinder und deren Wassergräben umrunden, was ihr immer ein Lächeln entlockte, sogar jetzt. Vor zwei Wochen hatte sie hier mit Finn, Ellens vierjährigem Sohn, im Sand gebuddelt, während Ellen sich mit Robert getroffen hatte, um irgendetwas zu besprechen. Den matschigen Sand zwischen ihren Fingern war sie sofort in eine nostalgische Stimmung verfallen, wie ein Zurück-Erinnern oder ein Sehnen.

Sie löste ihr Haargummi, schob es sich übers Handgelenk und fühlte den Wind an ihrer Kopfhaut. Der Himmel war aufgebrochen, hier und da ließ sich ein Stück Blau sehen. Ihr Telefon klingelte. Ruhig umschloss sie es mit der Hand. Die rot-weiße Fähre überquerte die Elbe und nahm Kurs aufs Alte Land. Ein einzelner Sonnenstrahl folgte ihr übers Wasser. Stella brauchte nicht aufs Display zu schauen. Instinktiv wusste sie, dass es Max war.

27. März

1985: Meine Erdbeeren wachsen! Vor drei Wochen hab ich die Samen in eine Schale mit Erde gestreut und auf die Fensterbank gestellt, und heute Morgen guckten da die ersten winzig kleinen grünen Pflänzchen raus. Im Juni back ich Erdbeerkuchen!

1989: Wir, also Tonia, Max, Frank, Cord und ich, sind mit der Fähre von Hamburg rüber nach Finkenwerder gefahren. Ich weiß nicht, wie oft wir die Elbe überquert haben, hin und zurück, stundenlang. Wir standen die ganze Zeit an Deck in der Sonne. Jetzt prickelt mein Gesicht.

27. März

Zwischen täuschend echt aussehenden Betonfelsen kurvte die Rutsche in wilder Fahrt den Hang hinunter. Stella hörte die Kinder bis hierhin johlen. Sie beobachtete ein Mädchen, das den gleichen dunkelblau-weißen *Adidas*-Badeanzug trug wie sie selbst und sich immer wieder mit dem Kopf zuerst die Rutsche hinabstürzte. Angst schien sie nicht zu kennen. Ihr selbst pinkelte derweil ein lebensgroßer Triceratops auf den Rücken. Finn kreischte und klammerte sich an sie, als sie sich so drehte, dass der Wasserstrahl des Dinosauriers über ihre Köpfe floss. Das Prasseln des Wassers und die fröhlichen Stimmen gaben eine tosende Geräuschkulisse ab. Stella konnte sich nicht erinnern, wann sie das letzte Mal in einen solchen Lärm eingetaucht war. Einen Moment später versiegte der Strahl.

»Jetzt spuckt er. Immer abwechselnd.« Schon watete Finn los.

Mit seinen orangefarbenen Schwimmflügeln nahm er Kurs auf die Mundöffnung des Urzeitwesens. Seine normalerweise lockigen dunklen Haare klebten ihm platt am Kopf, was die Ähnlichkeit zu seinem Vater noch verstärkte. Stella hatte Robert nur ein einziges Mal getroffen, und da hatte er mit seinen nach hinten gegelten Haaren ein bisschen wie ein Mafioso ausgesehen. Ellen hatte ihr versichert, dass die Frisur nur eine vorübergehende Geschmacksverirrung sei. Stella hoffte sehr, dass Ellen oben in der Sauna etwas zur Ruhe kam und wenigstens für diesen Nachmittag einmal alle Sorgen loslassen konnte. Sie wünschte es ihr sehr.

Zusammen mit Finn platzierte sich Stella unterhalb der riesigen papageienähnlichen Schnauze des Triceratops, und jedes Mal, wenn sie »Igitt, Spucke!« rief, lachte Finn schallend.

Als das Wasser wieder ausblieb, verkündete er: »Jetzt will ich rutschen.«

»Wollen wir nicht erst noch mal in die Grotte?« Auf dem Schild neben der Rutsche stand *Ab sechs Jahren*, und Finn war ja gerade mal vier.

»Nein!« Finn versuchte, einen Wasserstrudel mit vollem Körpereinsatz niederzudrücken. »Papa nimmt mich immer auf den Schoß.«

Das Mädchen mit dem *Adidas*-Badeanzug schoss noch immer mit dem Kopf voran um die Kurven.

»Okay. Komm.«

Finn führte einen Freudentanz auf und hängte sich an ihre Hand. Gemeinsam kletterten sie aus dem Becken und stiegen die nassen Stufen zur Rutsche hinauf. Ein leichter Pommes-frites-Geruch wehte vom Bistro herüber. Noch drei Kinder waren vor ihnen dran. Finn hüpfte von einem Bein auf das andere. Es war lächerlich, aber Stella bekam doch einen gewissen Respekt vor der Geschwindigkeit. Dabei war die Rutsche noch nicht einmal sonderlich steil. Als sie an der Reihe waren, setzte sie sich in die lehmfarbene Mulde und wartete, bis Finn auf ihren Schoß geklettert war.

»Du musst uns abstoßen.« Finn lehnte sich mit dem

Rücken an ihren Körper und griff nach ihren Knien, als wären es Steuerknüppel.

Sie verkrampfte sich. Es war ihr unangenehm, dass jemand diese Knubbel berührte, aber sie widerstand dem Drang, seine Hände wegzunehmen. Finn dachte sich ganz offensichtlich überhaupt nichts dabei. Stella drückte sich an der Seitenwand ab, eher leicht als stark, und trotzdem nahmen sie sofort Geschwindigkeit auf. Sofort wurden sie in einer Tour von links nach rechts und von rechts nach links geschleudert. Stella probierte, mit den Beinen gegenzuhalten, ohne dabei Finns Hände zu quetschen. Gleichzeitig fasste sie nach dem oberen Rand der Rutsche.

»Nicht bremsen!«, schrie Finn, aber da waren sie schon unten und bekamen beide einen mächtigen Schwall Wasser ins Gesicht.

Am Beckenrand angekommen, blickte sie in Finns ernstes Gesicht, der mit Schwimmflügeln und Elefantenbadehose unter dem vorgewölbten Bäuchlein vor ihr stand.

»Weißt du«, sagte er, »du musst loslassen.«

Über ihren Köpfen schwebte ein Flugsaurier mit weiten Schwingen. Langsam nickte sie. Loslassen, das war es wohl. Wenn das nur so einfach wäre.

Schon stapfte Finn erneut die Treppe zur Rutsche hinauf. »Komm!«

Wieder nahmen sie in der lehmfarbenen Mulde Platz. Der kleine Jungenkörper drückte sich an ihren, die Badehose rutschte ihm ein Stück herunter. Stella zog ihren Badeanzug an den Seiten zurecht. Was gäbe sie für einen Funken seiner Unbeschwertheit.

»Bereit?« Er griff nach ihren Knien, so selbstverständlich, dass sie eine Gänsehaut bekam.

»Bereit!« Sie stieß sich ab, etwas kräftiger diesmal.

Gemeinsam segelten sie in die erste Kurve, und diesmal tat Stella einfach nichts. Ihr Körper passte sich der Bewegung an, als ob er sich an etwas erinnerte. An etwas von früher. Es war ein ganz ähnliches Gefühl wie das, was sie vor ein paar Wochen beim Buddeln im nassen Sand verspürt hatte. Finn stieß einen Jubelschrei nach dem anderen aus, und Stella musste schlucken und zog ihn noch fester an sich. Schon öffnete sich die Rutsche vor ihnen zum Becken und spuckte sie aus. Für einen Moment war sie unter Wasser. Stille umfing sie, ihr Schatten waberte über den Grund. Bis Finn sich auf ihren Rücken setzte und sie hochzog.

Als er ihr ins Gesicht blickte, sah er besorgt aus. »Weinst du?«

Sie musste in Finns Alter gewesen sein, als sie beschlossen hatte, nie mehr vor ihrem Vater zu weinen. Im Hallenbad war sie damals mit ihrem Schädelknochen gegen Berts Nasenbein geprallt, und seine Augen waren mit einem Mal wässrig und rot gewesen. *Vom Chlor*, hatte er behauptet. Seine tonlose Stimme klebte ihr noch im Ohr.

Sie wischte sich übers Gesicht und lächelte Finn an. »Noch mal?«

»Noch mal!«

Im Umkleidebereich roch es noch stärker nach Chlor als im Bad selbst. Automatisch hielt Stella ihre Füße unter die Desinfektionsdusche. Seit sie im Krankenhaus arbeitete und ihre Hände und Unterarme dort so gut es ging keimfrei hielt, konnte sie an keinem Desinfektionsmittelspender vorbeigehen. Finn lief über die grauen Kacheln auf Ellen zu, die schon angezogen am Eingang zur Sammel-Umkleide stand. Sie trug ein hellblau-weißes Fifties-Sommerkleid, das ein bisschen zu luftig für den noch unentschlossenen Hamburger Frühling war. Aber sie sah umwerfend darin aus.

»Weißt du, Mama, Stella und ich sind *so* schnell gerutscht!« Finn machte eine blitzartige Bewegung mit der Hand.

Ellen drückte ihn an sich. Über seine nassen Locken hinweg formte sie mit ihren Lippen ein lautloses »Danke«.

Stella schüttelte den Kopf. »Danke an dich. An euch beide.« Sie meinte es von Herzen. »War es schön in der Sauna?«

»Es war herrlich. Ich weiß nicht, wann ich das letzte Mal einfach nur rumgelegen und in Zeitschriften geblättert habe. Und diese Wärme.« Ellen strahlte. »Man kann da oben auch rausschwimmen. Frische Luft, während man auf so einer Art Massageliege im molligwarmen Wasser liegt.« Sie hielt ihnen die Tür auf und streifte Finn die Badehose ab.

»Ich kann mich schon alleine anziehen.« Er sagte das in Stellas Richtung.

»Alles klar.« Ellen nahm seine Sachen aus dem Spind und legte sie für ihn bereit. Ihr Schminketui platzierte sie auf der Ablage vor dem Spiegel. Mit einem breiten Pinsel verteilte sie zartrosa Rouge auf ihren Wangen.

Stella schlüpfte aus dem nassen Badeanzug und schlang sich das Handtuch um den Körper. Sie war froh, dass sie nur zu dritt in der Umkleide waren.

»Sag mal«, Ellen sah sie im Spiegel an, »wie war eigentlich dein Treffen mit diesem Max. Er hieß doch Max, oder?«

Stella nickte. »Anders als erwartet.«

Sie atmete durch und erzählte Ellen, was zwischen ihr und Max passiert war. Es kam ihr jetzt, da sie davon sprach, fast irreal vor.

»Ja, und, wie war das?« Ellen zog das Bürstchen aus der Wimperntusche. »Also der Kuss?«

Aus der Nachbarkabine kam ein Knistern wie von Alufolie. Stella setzte sich im Handtuch auf die schmale Bank vor den Garderobenschränken. Welches Wort, dachte sie, könnte auch nur im Entferntesten ausdrücken, wie sie sich gefühlt hatte, als Max' Lippen auf ihren Lippen lagen? Sie erinnerte sich daran, wie sie nach dem Kuss unter der Dusche gestanden und gedacht hatte, Max läge noch immer auf ihrem Bett. Seitdem war alles anders, und trotzdem stimmte es noch.

»Richtig«, sagte sie. »Der Kuss war richtig.«

Es klang, als würde die Alufolie nebenan glatt gestrichen.

»Das ist ... großartig.« Ellen fiel ihr spontan um den Hals. Sie duftete nach einem Fruchtduschgel, Pfirsich oder Aprikose.

Es war schon verrückt. Normalerweise waren ihr Menschen nicht gerade schnell vertraut, doch bei Ellen war das anders. Sie konnte gar nicht genau sagen, warum das so war. Vielleicht lag es an Finn.

Der wedelte mit seiner Unterhose. »Mama, hilfst du mir beim Anziehen?«

Ellen löste sich aus der Umarmung. »Ich dachte, du kannst das schon alleine.«

»Kann ich auch.« Er zog sich die Unterhose auf den Kopf und über die Augen. »Wenn ich Lust habe.«

Ellen lachte und hielt sie ihm so hin, dass er hineinsteigen konnte. Stella trocknete sich ab und zog sich ihr Shirt über.

»Und jetzt?« Ellen sah sie an.

»Jetzt ist er bei seiner Tochter und deren Mutter in Spanien.«

»Was?«

Stella zuckte mit den Schultern. Sie wusste ja auch nicht, was das zu bedeuten hatte.

»Mal ganz langsam. Wie alt ist seine Tochter?«

»Eins.«

»Und mit der Mutter ist er nicht mehr zusammen.«

»Wenn ich das richtig verstanden habe, nein. Waren sie wohl auch nie.«

»Okay, also ein Ausrutscher.«

In der Nachbarkabine wurde eine Schranktür zugeknallt.

»Aua, du hast mich gekratzt.«

Ellen pustete gegen Finns Unterarm. »Jetzt musst du mal kurz ruhig sein. Stella und ich müssen was Wichtiges besprechen.« Sie kramte in einer prall gefüllten türkisfarbenen Reisetasche und drückte ihm eine Banane in die Hand. »Und die beiden leben also in Spanien.«

»Ja, in Málaga.«

»Aber das sind doch beste Voraussetzungen.«

»Wofür?«

Finn ließ die Bananenschale auf den Boden fallen, und Ellen hob sie auf. »Na ja, die Frau ist aus dem Blickfeld, die Tochter ... wie heißt sie überhaupt?«

»Marta.«

»Marta ist wahrscheinlich auch nicht gerade jedes Wochenende hier bei ihm. Du hättest also freie Bahn.«

Stella stöhnte.

»Was?«

»Freie Bahn, das klingt so ...«

»Wann seht ihr euch wieder?«

Wieder zuckte Stella mit den Schultern. »Er ist noch in Málaga. Marta liegt im Krankenhaus. Sie hatte einen schweren Asthmaanfall, nachdem ihr jemand aus Versehen Acetylsalicylsäure gegeben hat. Das hat ihre Bronchien so weit verengt, dass sie nicht mehr ausatmen konnte und sich immer weiter vollgepumpt hat mit Luft, bis kurz vorm ...« Sie verstummte mit Blick auf Finn. »Na, du kannst es dir ja denken.«

»Okay, das ist schrecklich.«

Finn zog mit einem Ratschen den Klettverschluss seiner Schuhe auf. »Weißt du, dass Papa mich gleich abholt?«

Stella schlüpfte in ihre Stiefeletten und lächelte ihm zu. »Ja, das hat mir deine Mama erzählt.«

Sonst war sie es immer gewesen, die zuhörte, während Ellen ihr das Herz ausschüttete. Jetzt war es plötzlich andersherum, und erstaunlicherweise fühlte sich das ziemlich gut an.

»Wir fahren zur Ostsee.« Finn zog sich die Schuhe verkehrt herum an, aber das schien ihn nicht im Geringsten zu stören.

Drei Tage wollten Vater und Sohn Urlaub machen, nur sie beide. Sie verbrachten nicht oft Zeit miteinander, weil Robert andauernd arbeitete und weil Ellen nicht wollte, dass Finn bei ihm und seiner Neuen in der gemeinsamen Wohnung war.

Ellen sah wieder in den Spiegel und trug Lipgloss auf. »Übrigens, kurzer Themenwechsel. Neulich, nach der Feier von deinem Vater.« Sie sah Stella über die Spiegelbande an. »Robert musste da wirklich noch arbeiten.«

»Um halb zwölf in der Nacht?« Mist. Jetzt hatte sie es doch gesagt.

Ellen zog den Reißverschluss ihres Etuis zu. »Er ist ja Partner in dieser Reederei. Und plötzlich, mitten in der Nacht, hat das Hauptschiff gebrannt. Nichts Schlimmes, aber er musste natürlich hin.«

»Ach so.« Stella ließ es dabei bewenden, denn sie spürte, wie wichtig es für Ellen war, Robert trotz allem zu glauben. Er hatte sie hintergangen, ihre Liebe verraten, aber Ellen verteidigte die Basis, den guten Kern. Weiß der Henker, wie sie das machte.

Stella kämmte sich die nassen Haare und band sie zu einem Knoten. Sie setzte Finn die Mütze auf und nahm ihn an die Hand. Ellen schaute noch einmal in den Spind und folgte ihnen mit der Reisetasche bewaffnet aus der Umkleide heraus. Die Haartrockner surrten, das Drehkreuz ratterte, zu dritt verließen sie das Foyer.

Draußen war es dunkel. Der Verkehr rauschte über die vierspurige Holstenstraße, die Scheinwerfer der Autos, je zwei unscharfe helle Kreise, verzogen sich zu schnurgeraden Lichtbändern. Unterhalb der Wiese vor ihnen scherte ein silberner Wagen aus und hielt, halb auf dem Gehweg, an. Er hatte die Warnblinkanlage eingeschaltet.

»Robert.« Ellens Stimme war leise.

»Papa!« Finn lief quer über die Wiese auf das haltende Auto zu.

Die Tür wurde aufgerissen, als könnte der Fahrer es kaum erwarten, endlich bei dem kleinen Jungen mit den dunklen Locken zu sein. Er lief auf Finn zu, fasste ihn an den Händen, wirbelte ihn herum, dann nahm er ihn auf den Arm und drückte ihn fest an sich. Ein Radfahrer klingelte, aber Robert blieb stehen, wo er war.

Ein halbes Dutzend Polizeiwagen fuhren mit lärmenden Martinshörnern vorüber. Finn hielt sich das eine Ohr zu, Robert ihm das andere. Stella blickte zu Ellen hinüber. Sie hatte erwartet, dass sie angespannt oder traurig aussehen würde, aber zu ihrer Überraschung lag ein feines Lächeln auf Ellens Lippen. Ihr Gesicht schimmerte im Blaulicht, der ausgestellte Rock ihres Kleides flatterte leicht in der abendlichen Brise.

Robert kam mit Finn auf dem Arm zu ihnen herüber. Er nickte Stella kurz zu.

»Hallo, Ellen.« Mit der freien Hand fuhr er sich durchs gegelte Haar, und für einen Moment sah es so aus, als wunderte er sich darüber, dass seine Finger in etwas Hartes, Verklebtes griffen.

Ellen reichte ihm die türkisfarbene Reisetasche und wechselte ein paar organisatorische Worte mit ihm. Sie stellte sich auf die Zehenspitzen und flüsterte Finn etwas ins Ohr, worauf dieser lachte und seine Stirn an Ellens Stirn drückte.

»Habt viel Spaß, ihr Lieben.« Ellen winkte, als die beiden ins Auto stiegen.

Die Warnblinkanlage ging aus, der silberne Wagen fädelte sich langsam in den fließenden Verkehr ein. Stella konnte den Blick nicht von Ellen lösen. Sie sah ihrem Sohn und ihrem Exmann nach und lächelte. Sie lächelte sogar dann noch, als sie die Rücklichter von Roberts Wagen bestimmt schon längst nicht mehr erkennen konnte.

30. März

1988: Tonia ist aus dem Krankenhaus raus. Endlich! Ihr rechter Arm ist komplett eingegipst, den durfte ich bemalen. Sieht fast aus wie Graffiti.

30. März

Stella trat aus der Haustür. Sie blinzelte. Es war zwar nicht sonderlich sonnig hier draußen, aber sie hatte die letzte Stunde in ihrem Bett bei zugezogenem Vorhang verbracht. Sie hatte versucht zu schlafen, aber irgendwie war sie nicht zur Ruhe gekommen. Als sie dann unten auf der Straße Marcos' Ballhupe hörte, hatte sie kurzerhand entschieden, dass sie erst einmal bei Bento Kaffee trinken würde.

Direkt vor ihr stand der Lieferwagen mit der Aufschrift *Bebidas*. Er war frisch geputzt, der Lack strahlte weiß, die Flaschen auf dem Heck blau, die Flagge auf der Seite leuchtete in sattem Rot und Grün. Es war Mittwoch, und Marcos brachte die Getränke. Gerade klopfte er Bento mit einer beruhigenden Geste auf den Rücken. Bento sagte etwas auf Portugiesisch und kramte sein zerschlissenes schwarzes Portemonnaie aus der Hosentasche. Wie zum Beweis drehte er es um. Nichts. Marcos klopfte ihm erneut auf den Rücken und machte sich daran, die Getränkekisten und Weinkartons auszuladen. Stella betrat die Pastelaria und ließ sich an einem der beiden quadratischen Tische am Fenster nieder.

Das Café war leer bis auf Anibal und die drei anderen, die hinten in der Ecke Karten spielten und qualmten. Sie nickten freundlich in Stellas Richtung. Anibal trug wie immer eine ausgebeulte Anzughose, dazu ein Nadelstreifenhemd und Hosenträger. Das Spiel, das sie spielten, hieß Sueca, und neulich hatten sie alle vier versucht, es ihr beizubringen. Irgendwann hatten sie es aufgegeben und stattdessen mit ihr zusammen Medronho getrunken, einen schwarz gebrannten Obstschnaps. Jetzt trug Bento die Getränkekisten durchs Café. Dabei half ihm ein junger Mann in Sportklamotten, der Stella vage bekannt vorkam.

»Dona Stella, bin gleich bei dir.«

Sie sah, dass Bento schwitzte. Die beiden verschwanden in der Küche. Marcos schloss die Türen am Heck seines Lieferwagens und fuhr ab. Stella schob die kleine Vase mit der Plastikrose von einer Seite zur anderen. Der Tisch kippelte. Eigentlich könnte sie kurz nach oben ihren Laptop holen und ein paar Entlassungsbriefe vorformulieren. Dann würde sie morgen früh in der Klinik Zeit sparen. Sie pustete ein paar Krümel vom Tisch und sah hinüber zur Vitrine mit den süßen Gebäck. Sie dachte an die fetttriefende Papiertüte, die auf dem Boden ihres Schlafzimmers gelegen hatte. Wer sagte ihr, dass Max in diesem Moment tatsächlich in Spanien war? Es war schon so viel Zeit vergangen seit ihrem Kuss.

Laute Stimmen drangen aus der Küche. Bento sagte irgendetwas auf Portugiesisch, und eine andere Männerstimme antwortete in einem Mix aus Portugiesisch und Deutsch.

»Absolut nicht mehr zeitgemäß«, sagte die jüngere Stimme, dann klatschte etwas auf den Boden, und Bento erschien im Türrahmen.

Er machte sich sofort an der Espressomaschine zu schaffen, fluchte lauter als sonst und ruckelte am Kabel, dass Stella schon Sorge hatte, er würde die ganze Maschine herunterreißen. Es zischte. Und augenblicklich duftete es nach frisch geröstetem Toastbrot. Der Milchaufschäumer toste, und einen Moment später stellte Bento zwei Gläser mit Galão vor ihr auf den Tisch. Mit einem Stofftaschentuch fuhr er sich über die Stirn.

»Danke.« Sie schaffte es gerade eben, ihm das winzigste aller Lächeln zu entlocken.

Er öffnete die Vitrine, bugsierte zwei Natas von der knittrigen Tortenspitze auf einen Teller und platzierte ihn ebenfalls vor ihr. »*Bom apetite.*«

Stella rührte den Milchschaum unter den ersten Kaffee und nahm einen großen Schluck. Kräftig, nussig und köstlich wie immer. Daran konnte auch Bentos schlechte Laune nichts ändern. Diego oder Diogo, einer von Anibals Kumpanen, klatschte triumphierend seine Karten auf den Tisch, drehte eine kleine tänzelnde Runde übers Mosaik und ließ sich anschließend wieder auf den knarrenden Stuhl fallen. Stella dachte daran, wie Bento und Raquel hier getanzt hatten, an dem Tag, als sie zu Max' Ausstellung gegangen war. Sie rührte in ihrem Kaffee. Was wusste sie schon über Max. Es konnte doch sein, dass er sie einfach nicht wiedersehen wollte.

Die Glastür wurde aufgedrückt. Ein Mann im Anzug trat in den Raum, sah sich um und hielt dann auf den Tresen zu. Alle Augenpaare waren auf ihn gerichtet, auch Stella beobachtete ihn. Sie hatte den Mann noch nie hier gesehen. Er studierte die grüne Tafel, die links von dem Benfica-Stadion-Poster hing. Stella biss in ihr goldgelbes Puddingtörtchen, dessen Oberfläche perfekt karamellisiert war.

»Könnte ich bitte einen frisch gepressten Orangensaft bekommen?«

Bento rührte sich nicht vom Fleck. Die Zigarette hing ihm lose im Mundwinkel. »Kaputt.«

»Wie bitte?«

Bento nahm einen tiefen Zug von seiner Zigarette und drückte sie bedächtig im übervollen Ascher aus. »Die Maschine ist kaputt.«

Die übergroße elektrische Orangenpresse, die Stella mit ihren runden Scheiben immer an eine Mischung aus Flipperautomat und Jukebox erinnerte, hatte sie eigentlich noch nie in Betrieb gesehen.

»Okay«, der Mann studierte wieder die Tafel, »dann nehme ich einen Cappuccino.«

Bento stieß einen Schwall portugiesischer Worte aus. Er hob den Aschenbecher hoch und knallte ihn auf den Tresen. Asche wirbelte auf, und Dutzende Zigarettenstummel verteilten sich auf Holz und Boden. »Sieht das hier etwa aus wie ein verdammtes *café italiano*? Hä?«

Mit einem Kopfschütteln verließ der Mann die Pastelaria.

Stella wagte nicht, in ihr knisterndes Blätterteigtörtchen zu beißen, und auch Anibal und die anderen starrten reglos auf ihre Spielkarten. So hatte sie Bento noch nie erlebt. Lautlos öffnete sich die Holztür hinter der Theke, und der junge Mann in Sportklamotten zog Bento ruhig, aber bestimmt am Arm in die Küche.

Ihr Telefon klingelte. Als wäre das Klingeln ein Signal, auf das sie gewartet hatten, setzten sich die vier Männer am Ecktisch wieder in Bewegung, husteten mehr oder weniger unisono und verschoben ihre Stühle scharrend auf den Fliesen. *Tonia* stand auf dem Display ihres Handys.

»Hey.« Stella flüsterte. Irgendwie traute sie sich nicht, in normaler Lautstärke zu reden, wie sonst.

»Alles klar bei dir? Du klingst so ... zurückhaltend.«

»Hier unten bei Bento war gerade so eine komische Stimmung.« Sie rieb ihren Rücken. Heute schmerzte er besonders.

»Kannst du sprechen?«

»Doch, ja.«

»Also, sag schon, was gibt's Neues?«

Natürlich wusste sie, worauf Tonia anspielte.

»Nichts.«

»Marta ist noch immer im Krankenhaus?«

»Sieht so aus.«

Seit Max bei ihr gewesen war, waren sieben Tage vergangen. Seitdem hatten sie einmal telefoniert und sich ein paar Nachrichten geschrieben. Sie rührte in ihrem zweiten Kaffee. Der Tisch kippelte noch immer. »Wenn das mal alles so stimmt.« Sie hatte es nicht sagen wollen, aber bei Tonia rutschte es ihr einfach raus.

»Wie meinst du das?«

»Na ja, der kann mir doch viel erzählen.«

»Ach, Stella.« Tonias Stimme wurde sanft. »Glaubst du wirklich, er erfindet eine Tochter? In Spanien? Und zur Tochter eine Mutter, die aber nicht seine Freundin ist? Und dann lässt er seine Tochter auch noch fast an Asthma abkratzen? Das wäre schon eine ziemlich aufwändige Ausrede, dafür dass man jemanden nicht wiedersehen will.«

So wie Tonia es ausdrückte, klang es wirklich *sehr* abwegig. Stella bückte sich nach einem herumfliegenden Bierdeckel und schob ihn unter das hölzerne Tischbein. Das Kippeln hörte auf. Sie trank den Galão aus, und wie jedes

Mal, wenn das zweite Glas leer war, war ihr inneres Gleichgewicht wieder hergestellt. Beide Hälften waren versorgt, ihr Denken wurde ein bisschen intuitiver, ihre Gefühle klarer. Tonia hatte über ihre Kaffeetheorie gelacht.

Sie nahm das Telefon wieder dichter ans Ohr. »Und bei dir? Wie läuft es mit Tammo?«

Die beiden trafen sich jetzt schon seit fast vier Monaten. Tonia hatte ihr letztens ein Foto von Tammo und ihr aus irgendeinem Laden in Kreuzberg geschickt. Tammos dunkelblonder Lockenkopf neben Tonias, in einer Farbe, die ihrer natürlichen Haarfarbe schon recht nahe kam. Das würde sie ihr aber nicht sagen, sonst fing Tonia wieder mit ihrem Papiertütenblond an. Auf jeden Fall sahen die beiden auf diesem Foto ziemlich glücklich aus. Stella biss von ihrem zweiten Törtchen ab.

»Ich hab's beendet.«

»Was?« Stella hielt im Kauen inne.

»Wir hatten unterschiedliche Vorstellungen.« Tonia sagte das vollkommen ungerührt.

»Tonia!«

»Du erinnerst dich an das *Ich mag Kinder* in seinem Profil? Ich hab mir echt Mühe gegeben, ihn nicht darauf anzusprechen. Aber dann kam er selbst damit um die Ecke. Er sei jetzt sechsunddreißig, bla, bla, bla.«

»Was heißt das denn? Will er jetzt sofort loslegen?«

»Nein, aber halt irgendwann mal.«

»Ja, und?«

»Ich will den ganzen Scheiß nicht. Zusammenziehen, Kinder kriegen. Ich will einfach meinen Spaß haben.« Sie sagte das mit so viel Nachdruck, als müsste sie sich selbst davon überzeugen.

Die Tür zur Küche schwang auf, und Bento und der andere Mann traten heraus. Mit einem fröhlichen Pfeifen wischte Bento die herumliegenden Kippen auf und fummelte anschließend an dem CD-Player neben der Orangenpresse herum. Ganz so, als wäre nie etwas gewesen. Eine samtige Frauenstimme schlängelte sich in die Ecken und Winkel des kleinen Cafés.

»Seit wann singt Norah Jones auf Portugiesisch?« Tonia hatte sich wieder gefangen.

Stella wischte sich ihre Hände an der Serviette ab. »Sag mal, kann ich dich heute Abend noch mal anrufen?« Sie musste in Ruhe mit Tonia sprechen.

»Ja klar.«

»Okay, bis später dann.«

Als sie ihr Telefon wieder in der Jackentasche verstaut hatte, standen Bento und der junge Mann vor ihrem Tisch. Bento hatte den Arm um ihn gelegt. Unter dem dichten grauen Schnauzer strahlte er.

»Dona Stella.« Seine Stimme war kraftvoll. »Ich möchte dir jemanden vorstellen. Tiago, der Sohn meines Bruders. Mein Neffe. Er ist aus *Lisboa*, aber er studiert hier in Hamburg. Wirtschaft.« Mit einer stolzen Geste drückte er Tiagos Schulter.

Der lächelte ein wenig beschämt.

»Hallo Tiago.« Stella stand auf und reichte ihm die Hand.

Er war einen guten Kopf kleiner als sie, genau wie Bento, und hatte auch dieselben drahtigen Haare wie sein Onkel. Allerdings waren seine pechschwarz, aber die Lachfältchen um die Augen deuteten sich schon an. Stella schätzte ihn auf höchstens zwanzig. Und jetzt fiel ihr auch ein, weshalb er ihr bekannt vorgekommen war. An der Rückwand der Pastelaria hing ein Foto, auf dem Bento einarmig ein Baby in die Höhe stemmte, umgeben von einer Gruppe von Verwandten. Tiago war auf dem Bild noch ein paar Jahre jünger als jetzt.

»Stella hat auch studiert. Sie ist *médica*.« Bento sagte das regelrecht ehrfurchtsvoll.

Tiago grinste.

»Ihr beiden Gelehrten habt euch sicher viel zu erzählen.« Damit verschwand Bento wieder hinter dem Tresen und fing mit einer plötzlichen Geschäftigkeit an, Gläser zu polieren.

»Wie mein Vater.« Tiago stellte seine Sporttasche ab und nahm sich ein kleines Gebäckstück aus der Vitrine, das Stella an siruptriefende Baklava erinnerte. »Die beiden sind Zwillinge.«

»Bento hat einen Zwillingsbruder?«

»Yep. Benício. Mein Vater ist Bauunternehmer, in Lissabon, also was ganz anderes als Bento. Aber eigentlich sind die beiden völlig gleich. Gleiche Stimme, gleiche Bewegungen, die gleiche Art, von null auf hundert zu schalten. Und genauso schnell wieder auf null.« Er lachte.

Sie schauten beide hinüber zu Bento, der gerade ein überaus fleckiges Glas gegen das Licht hielt und gedankenverloren darauf starrte, als hätte er vergessen, was er damit vorhatte. Stella musste grinsen und spürte im selben Moment ein starkes Ziehen im Rücken. Sie stützte sich auf die Tischkante.

»Schmerzen?« Tiago deutete auf ihr Kreuz, genau dorthin, wo es sich manchmal, wenn sie zu lange im OP stand, anfühlte, als würde ein Keil zwischen ihre Wirbel drücken.

Sie nickte.

»Also, ich hab ein sehr gutes Rezept gegen Rückenschmerzen, aber du als Ärztin ...«

Sie winkte ab. »Sag.«

»Klettern. Das trainiert den ganzen Oberkörper, immer im Verhältnis zum eigenen Körpergewicht. Man bekommt viel Kraft bei wenig Masse, also das Gegenteil vom Bodybuilding. Ach ja, und es macht natürlich total Spaß.«

Vorsichtig setzte Stella sich zurück auf ihren Stuhl. Klettern. Irgendwie hatte sie das nie als einen richtigen Sport angesehen. Klettern war etwas, das Kinder machten.

»Du hast sogar die optimale Kletterfigur. Bei meiner Größe brauch ich viel mehr Technik, damit ich an die Griffe komme.«

Die Stimme der Sängerin hing auf einem kratzenden Ton fest. Bento beugte sich über den Player und drückte ein Lied weiter. Stella rieb sich das Kreuz. Vielleicht sollte sie das mit dem Klettern wirklich mal ausprobieren.

»Ich treff mich jetzt gleich noch mit ein paar Kumpels zum Klettern am Bunker im Florapark. Wenn du Lust hast, komm doch mit.«

Hinten im Raum stand Anibal auf, hielt seine Karten in die Höhe und ließ einen seiner Hosenträger flitschen. Einer der anderen klopfte mit seinem Gehstock ans Tischbein. Sie warf einen kurzen Blick auf die staubige Uhr über der Küchentür, in deren Mitte in grellem Hellblau und Rosa das Gesicht einer Heiligen abgebildet war. Sie musste ja noch die Entlassungsbriefe vorbereiten.

»Ein andermal«, sagte sie.

»Kein Problem. Ich geh jeden zweiten Tag. Frag einfach Bento nach meiner Nummer.«

Stellas Telefon piepte. Tiago schulterte seine Sporttasche und rief ein »*Adeus!*« in den Raum. Die Frau sang mit samtiger, sehnsüchtiger Stimme. Die Nachricht kam von Max, da war Stella sich sicher. Das kleine Gerät fest in der Hand klickte sie auf *Lesen*.

Marta ist wieder zu Hause. Endlich!

Sie las die Nachricht noch einmal. Und noch mal. So oft, bis das Display vor ihren Augen schwarz wurde.

Marta ist wieder zu Hause. Und was hieß das jetzt?

4. April

1987: Heute habe ich beim Schwimmen einen Kopfsprung vom Dreier gemacht. Mit Anlauf! Und danach direkt noch einen. Das ist wie Fliegen!

4. April

Stella konnte erst einmal nur dastehen und schauen. Als Tiago vom Bunker gesprochen hatte, hatte sie sich einen grauen Betonklotz vorgestellt. Ein fensterloses, deprimierendes, vielleicht sogar Furcht einflößendes Gebäude, in jedem Fall eines, das dunkle Erinnerungen weckte. Die senkrechte Wand, vor der sie jetzt stand, hatte rein gar nichts mit ihrer Vorstellung gemein. Sie war ein Kunstwerk. Ein meterlanges und viele Meter hohes Graffiti in Blau- und Grüntönen, das Stella an Wasser denken ließ und in das sich die zahlreichen Klettergriffe einpassten wie farbenfrohe Wellenkämme. Und obendrüber, wie eine Verlängerung des Bildes, strahlte der tiefblaue Himmel mit ein paar vereinzelten weißen Wolken.

»Schön, oder?«

»Ja, sehr.« Sie legte den Kopf in den Nacken. Ein leichter Wind blies ihr ins Gesicht. »Wie viele Meter sind das?«

»Zwanzig.«

Tiago reichte ihr einen der Gurte, die er aus einem Schuppen ein paar Schritte weiter geholt hatte. Mit seiner Hilfe stieg Stella in die Beinschlaufen hinein und zurrte den Gurt oberhalb der Hüftknochen fest. Sie kam sich ein wenig unbeholfen dabei vor, wie häufig, wenn sie Sachen anzog, die ungewohnte Stellen ihres Körpers betonten.

»Erst klettern oder erst sichern?«

»Sichern.« Sie wollte noch ein wenig hier unten stehen und zuschauen, wie die anderen kletterten.

Das Seil lief ganz oben am Bunker durch einen Metallring. Tiago knotete es an seinen Gurt, hängte einen großen Karabiner vorne in die Schlaufe ihres Gurtes ein und schloss das Seil an den Haken. Jetzt waren sie verbunden. Ruhig erklärte er ihr die verschiedenen Seilkommandos, das Sicherungsgerät und was es mit der Brems- und Führungshand auf sich hatte. Die Kommandos kamen Stella wie eine eigene kleine Sprache vor, die sie in Gedanken auswendig lernte.

»Wir haben alle Zeit der Welt. Also, falls du nicht irgendwann weg musst.«

Sie schüttelte den Kopf. Ein Punk mit schwarzem Irokesenschnitt setzte sich auf einen der großen, bunt besprayten Steine, die rings um den Bunker verteilt waren. Zischend öffnete er eine Bierdose.

»Und wenn du Fragen hast«, fügte Tiago hinzu, »oder irgendwie unsicher bist, Katha ist auch noch da.«

Eine Frau mit blonden, kurzen Haaren, etwa in Tiagos Alter, winkte ihr zu. Sie sicherte an der Nachbarroute eine andere Frau, die etwa auf halber Höhe an der Wand hing. Neben der Tonne, in die das Seil lief, das sie in der Hand hielt, stand ein Gettoblaster.

»Normalerweise machen wir noch einen Partnercheck, aber ich hab alles doppelt kontrolliert bei uns beiden, das sollte reichen. Also«, er sah ihr ins Gesicht, »alles klar?«

»Alles bestens.«

Das Seil lag rau in ihrer Handinnenfläche, und Tiago kletterte schnell. Er nahm die gelbe Route, das konnte sie sehen, denn er ignorierte alle Klettergriffe und Tritte, die eine andere Farbe hatten. Kontinuierlich holte sie das überschüssige Seil ein, damit es zu jedem Zeitpunkt unter Zug stand. Schon war er über dem schwarzen Traktorreifen, der als Kletterelement etwa in der Mitte der Bunkerwand befestigt war. Sie kniff die Augen zusammen. Von hier unten aus hatte Tiago etwas von einem wendigen Tier in Schwarz und Grün. Wenn sie ihn da oben so sah, zehn Meter über dem Erdboden, war ihr schon ein wenig mulmig zumute. Wenn er jetzt abrutschte, hatte sie sein Leben in der Hand.

»Du machst das aber nicht zum ersten Mal, oder?« Katha drückte mit der Fußkante auf die Play-Taste des Gettoblasters. Ruhige Elektromusik ertönte. Die Frau, die sie sicherte, saß knapp unterhalb des Bunkerdaches auf einem Metallvorsprung in der Sonne.

»Eigentlich schon.«

»Sieht ziemlich routiniert aus.«

»Danke.« Sie ging etwas dichter an die Seiltonne heran. »Fühlt sich aber noch nicht wirklich so an.«

»Das kommt.« Katha lächelte.

Es war seltsam. In der Klinik war es für sie selbstverständlich, dass sie die Verantwortung für das Leben des Patienten trug, der vor ihr auf dem Tisch lag. Manchmal wurde ihr diese Verantwortung während einer OP blitzartig bewusst. Dann konzentrierte sie sich einfach umso mehr auf die Handgriffe. Und die Handgriffe saßen. Hier beim Sichern mit dem Seil fühlte sie sich dagegen noch ziemlich unbeholfen.

»Zu!« Tiagos Stimme kam von ganz oben. Er war auf Höhe des Ringes, durch den das Seil lief, knapp unterhalb einer silbernen Regenrinne.

Stella holte das Seil noch straffer ein, wie Tiago es ihr

erklärt hatte. Sie lehnte sich richtig hinein. Die Steine unter ihren Fußsohlen knirschten.

»Ab!«

Langsam und kontrolliert gab sie Seil aus. Tiago stieß sich mit den Füßen Stück für Stück von der Wand ab, Meter um Meter kam er zu ihr hinunter, bis er grinsend vor ihr auf dem Boden stand.

»Super gemacht.« Er hielt ihr die Hand hin, und Stella schlug ein.

Der Punk öffnete eine weitere Dose mit leisem Zischen und Klacken. Tiago machte sich an den Knoten zu schaffen.

»Am besten, du achtest erst einmal gar nicht auf die Farbe. Nimm einfach die Griffe, an die du gut rankommst.«

»Okay.«

»Na dann. Viel Spaß.« Er hielt das Seil bereits stramm.

Stella fasste nach dem ersten Griff. Er war rot und hatte die Form eines Schmetterlings. Ohne weiter nachzudenken, kletterte sie los. Es ging leicht, viel leichter, als sie gedacht hatte. Binnen Sekunden erreichte sie den ersten Absatz. Sie hielt nicht an, sondern machte einfach weiter, kletterte über ein silbrig glänzendes Graffiti hinweg und vorbei an dem riesigen Traktorreifen. Die Bewegung fühlte sich vertraut an, wie etwas Ursprüngliches, an das sich ihre Muskeln erinnerten. Sie musste an Bento denken, der ihr einmal erklärt hatte, dass das portugiesische Wort *nostalgia* nicht bloß Vergangenes meinte, sondern neben Heimweh und Wehmut auch eine diffuse Sehnsucht nach etwas, das in der Zukunft lag.

Über ihr war alles blau, und mit einem Mal kamen ihr die Griffe und Tritte wie Stufen einer Himmelsleiter vor.

Sie fühlte die Kraft ihres Körpers wie schon lange nicht mehr, in jedem Muskel, jeder Sehne. Sie kletterte immer höher, ihr Körper dicht am Beton, als neben ihrer Hand vollkommen unerwartet der metallene Ring der Umlenkung aufblitzte. Bis hierhin und nicht weiter, hatte Tiago gesagt. Stella stoppte.

Die Luft hier oben war frisch. Sie spürte den Wind über ihre nackten Arme streichen und blickte in die Ferne, über die Dächer der Häuser und die Schlote vereinzelter Fabriken. Ein Flugzeug zog einen langen Kondensstreifen hinter sich her, die Sonne stand tief, nicht mehr im Süden und noch nicht im Westen. Sie stellte sich vor, sie könnte bis nach Málaga sehen. Übermorgen kam Max zurück. Die feinen Haare ihrer Unterarme stellten sich auf. Übermorgen würde sie ihn wiedersehen. Er würde nur für drei Tage bleiben, dann flog er wieder nach Spanien, zu seiner Tochter. Der weiße Streifen löste sich vor ihren Augen auf, und zum ersten Mal schaute sie hinab.

Die Wand schwankte. Stella klammerte sich an die Griffe. An der Wand vor ihr verschwamm eine grüne Graffitiwelle.

Sie sah sich auf einem grauen Betonbrett stehen, zehn oder elf war sie gewesen, siebeneinhalb Meter unter ihr das Wasser, ein grelles türkises Leuchten, ihr Vater eine merkwürdig kleine Figur am Beckenrand, die zu ihr hochsah. Sie hätte sich gerne am Geländer festgehalten, aber sie wusste, dass es für ihn nicht dasselbe gewesen wäre. Vielleicht hätte sie es sich dann sogar anders überlegt, hätte sich umgedreht und wäre die Leiter wieder hinabgestiegen. Ein letztes Mal sah sie hinunter zu ihrem Vater, meinte ein Nicken zu erkennen, *Komm schon, trau dich!* Sie hatte keine Wahl. Gerade wie eine Kerze, die Arme an den Körper gelegt, die Füße durchgestreckt sprang sie. Als sie später neben ihm stand, fühlte sie sich taub. »Jetzt bist du wieder ein Stück gewachsen«, hatte ihr Vater gesagt.

Ihr Atem ging flach. Sie würde einfach hinunterklettern, Schritt für Schritt, wie sie hinaufgekommen war. Auf keinen Fall würde sie loslassen und darauf vertrauen, dass irgendein Seil sie hielt. Sie gab Tiago ein Zeichen, und er schien zu verstehen. Mit der Fußspitze tastete sie nach den Ausbuchtungen unter ihr. Hinabzuklettern war etwas anderes als hinauf. Nicht weit von ihr fuhr eine S-Bahn ratternd über eine Brücke. Sie fühlte, wie die Kraft in ihren Gliedern zurückkehrte. Sie hatte die Wahl. Sie allein konnte entscheiden, auf welche Weise sie nach unten kam, das war es, was zählte. Beim Traktorreifen überlegte sie kurz, ob sie sich hineinsetzen sollte, aber dann kletterte sie doch weiter, fasste nach dem roten Schmetterling und stand auf festem Grund.

Sie fühlte den Beat aus dem Gettoblaster unter ihren Füßen. *Wenn ich nicht hier bin, bin ich aufm Sonnendeck.* Der Boden vibrierte, die Kiesel knirschten. Tiago drückte ihr eine Flasche Astra in die Hand. In ihrem Rücken zischte es. Sie wandte sich um, der Typ mit dem Irokesenschnitt prostete ihr mit seinem dritten Bier zu. Katha hielt ihr die Hand hin. Ihre blonden, kurzen Haare standen in alle Himmelsrichtungen ab. Mit einem breiten Grinsen schlug Stella ein.

Tiago hatte die Scheiben heruntergelassen, der VW-Bus klapperte übers Kopfsteinpflaster des Schanzenviertels. Sie fuhren langsam und schlängelten sich zwischen Gruppen von Menschen hindurch, die den lauen Frühlingsabend mit Eiswaffeln und Getränken in der Hand auf der Straße verbrachten. Auf den Gehwegen standen dicht gedrängt Tische und Bierbänke, Fetzen von Musik zogen zu ihnen herein. Tiago hatte angeboten, sie nach Hause zu fahren, er wollte eh noch bei Bento und Raquel vorbei. Stella zog eine kleine Plastikflasche mit Desinfektionsmittel aus ihrem Rucksack, spritzte sich etwas davon auf die Handflächen und verrieb es. Klettergriffe waren ein Tummelplatz für Keime, da war es besser, auf Nummer sicher zu gehen. Sie verfrachtete den Rucksack auf die Rückbank, wo auf dem zerschlissenen Polster auch Tiagos Sporttasche, seine Kletterschuhe und eine ganze Sammlung von Seilen und Karabinern lagen. Er bremste, der lange Kupplungsstab pendelte. Einen Moment später stellte er den Motor ab und sprang aus dem Wagen.

»Komm.«

»Was?«

»Komm mal kurz raus, ich muss dir was zeigen.« Er zog die Beifahrertür auf, und Stella kletterte heraus.

Der Duft von frisch Gegrilltem stieg ihr in die Nase, dazu ein Hauch von etwas Zitronigem.

»Was sagst du dazu?« Er zeigte auf ein Schaufenster.

Stella umrundete einen Gitarrenspieler und trat näher an die Scheibe heran. Der Laden stand leer. Links war noch ein heller Tresen zu erkennen, vielleicht war es einmal eine Bar oder ein Café gewesen.

»Perfekte Lage, perfekte Größe, haufenweise junge Leute.« Tiagos Gesicht glühte. »Ich seh es schon vor mir«, er beschrieb einen weiten Bogen mit der Hand, »das *Bento 2*!«

So langsam dämmerte es Stella. »Du überlegst, ein portugiesisches Café aufzumachen?«

»Bingo.« Er lehnte sich an einen Laternenpfeiler, der von oben bis unten mit Flyern beklebt war. »Dieselben Azulejos, also die gemusterten Kacheln, auf dem Boden wie bei Bento, Raquels Gebäck, die alten Familienrezepte, derselbe Kaffee, den mein Vater Bento immer aus Portugal schickt, den gibt's hier nämlich nicht. Das alles natürlich in modern.«

Sie blickte noch einmal durch die Scheibe und plötzlich sah sie es vor sich: das großflächige blau-weiße Bodenmosaik, strahlend in den letzten Sonnenstrahlen des Tages, Wiesenblumensträußchen auf hellen Tischen, Bilder von Lissabonner Straßenzügen, Pastéis de Nata in einer hohen Etagere. Sogar das nussige Aroma von Bentos Espresso konnte sie für einen Augenblick riechen, als zöge es durch den feinen Schlitz unter der Glastür.

»Das ist gar keine schlechte Idee.« Sie bückte sich und legte dem Gitarrenspieler ein paar Münzen in den offenstehenden Koffer. Er nickte ihr freundlich zu.

Tiago drückte sich von dem Pfeiler ab. »Ich hab auch schon mit dem Inhaber gesprochen und einen Businessplan geschrieben. Mein Vater würde mir das Geld leihen, er ist sogar dankbar für so eine Kapitalanlage. Nur ...«, er fuhr sich mit der Hand durchs schwarze Haar, »Bento stellt sich quer.«

»Bento?«

»Ich will das nicht ohne ihn machen. Er und Raquel sind seit über dreißig Jahren in der Gastronomie. Sie haben die Erfahrung, ich das wirtschaftliche Know-how. Wir wären das perfekte Team und dazu ein Familienbetrieb.

Das ist es, was mir vorschwebt. Bento führt weiter seine Pastelaria, genau wie jetzt, aber er wäre am *Bento 2* beteiligt. Das Problem ist, dass er kein Geld von seinem Bruder will.« Er fummelte an einem der Flyer herum. »Er war schon immer irgendwie argwöhnisch gegenüber dem, was Benício mit seinem Bauunternehmen verdient. Nicht missgünstig, um Gottes Willen, er will nur nichts damit zu tun haben. Und schon gar nichts annehmen. Vielleicht ist das so eine Zwillingsgeschichte. Außerdem«, er ließ den Flyer los, der nur noch an einem Tesafilmstreifen hing, »will er auch nichts mit all diesem Neumodischen zu tun haben. Aber ich glaub ihm das nicht. Er hat einfach Angst. Auch weil es bei ihm nicht so gut läuft. Mein Vater würde ihm auch Geld für eine Sanierung geben, aber davon will er erst recht nichts hören.«

Stella dachte an Bento, wie er manchmal reglos hinter seinem Tresen stand, während die Zigarette zwischen seinen Fingern unbemerkt herunterbrannte. Zum ersten Mal fragte sie sich, welchen Gedanken er dann wohl nachhing. Sie dachte an die vergilbten Postkarten und die alten Fotografien, an die sehnsüchtige Stimme der Sängerin, die aus den staubigen Boxen kam, und wie Bento Raquel in ihrer roten Schürze beim Tanzen an sich gezogen hatte. Sie fühlte den Kloß in ihrem Hals, sie verstand ihn ja. Er wollte, dass die Zeit in seinem Café stillstand und alles so blieb, wie es war.

Der Gitarrenspieler blies in eine Mundharmonika, die in einer Metallhalterung steckte, während er gleichzeitig weiter schrammelte.

Stella dachte daran, wie Bento neulich aus dem Nichts den Gast, der einen Cappuccino wollte, angefahren hatte.

Wie er sein leeres Portemonnaie umgedreht und Marcos ihm trotzdem die Bierkästen und Weinkartons dagelassen hatte. Lange konnte das nicht mehr gut gehen.

»Mein Vater sagt immer, er und Bento sind doch sowieso eins. Und wenn's dem einen schlecht geht, kümmert sich der andere. Dafür ist man doch eine Familie, *certo*?« Tiago hielt ihr die Wagentür auf.

Stella setzte sich. Tiago schwang sich auf den Fahrersitz und mit einem Lächeln startete er den Motor. »Aber weißt du, irgendwie krieg ich das schon hin.«

Sie warf einen letzten Blick auf die Menschenansammlung vor dem leeren Lokal und stellte sich vor, wie dort ebenfalls Tische auf dem Gehweg standen und wie Tiago, beladen mit Sagres und schwarz gebranntem Medronho von einem zum nächsten lief, immer ein freundliches Wort auf den Lippen. Sie konnte sich das gut vorstellen.

Vom Rückspiegel baumelte ein kleiner Engel. Der Bus rumpelte durch die abendliche Stadt, Stella sank tiefer in ihren Sitz. Der Engel hing an einem roten Faden. Er sah so ähnlich aus wie der, der in ihrem Dreikönigskuchenstück gesteckt hatte. Seine winzigen Hände waren ebenfalls gefaltet, nur die Flügel waren nicht angelegt, sondern ausgebreitet. Außerdem war er durchsichtig und hatte eine kleine Öse am Kopf. Sie dachte daran, wie sie sich zum Klatschen der anderen minutenlang im Kreis gedreht hatte. Sie dachte an die fedrigen Eiskristalle an der Fensterscheibe der Pastelaria und sah aus dem Fenster des Busses hinaus auf die vorbeiziehenden Lichter.

Wo war *ihr* Engel eigentlich abgeblieben?

6. April

1989: Heute hat es den ganzen Tag geregnet. Tonia und ich haben in unserem Garten Schnecken gesammelt. Einunddreißig. Max hat mit einem Edding rote Punkte auf die Schneckenhäuser gemalt, und dann haben wir sie zusammen auf das Feld hinterm Garten getragen. Mal sehen, ob sie nach Hause zurückkommen.

6. April

Windböen schoben Stella über das nasse Pflaster des Fischmarktes. Die Elbe zu ihrer Linken trug Hochwasser, lautstark brandeten die Wellen an die Kaimauer. Der Himmel changierte zwischen Dunkelblau und Braun, die Lichter der Laternen spiegelten sich auf dem schwimmenden Untergrund. Klatschend hallten ihre Schritte in der Häuserschlucht zwischen Fischauktionshalle und Hafenspelunken, der Bauzaun zu ihrer Rechten schepperte und rasselte im Wind. Sie war froh, als sie endlich die breiten Steinstufen der Bar erreichte. Ohne zu zögern, lief sie hinauf. Sie zog die Glastür auf und stoppte vor dem schwarzen Vorhang. In ihrem Rücken schloss sich mit einem Klacken die Tür.

Es war beinahe still. Nur gedämpft drangen die Stimmen aus dem Inneren der Bar durch den schweren Samt zu ihr hinaus. An diesem Ort zwischen drinnen und draußen war es erstaunlich dunkel. Lediglich der dünne Ausläufer eines einzelnen Lichtstrahls fiel in den winzigen rechteckigen Raum und warf rechts und links Schatten auf das nackte Mauerwerk. Es roch nach der Feuchtigkeit, die sie von draußen mitgebracht hatte.

Stella streifte sich die Kapuze vom Kopf und zog ihre Jacke auf. Sie hatte überlegt, das taubenblaue Oberteil anzuziehen, wie sie es ursprünglich vorgehabt hatte, als Max und sie sich zum ersten Mal hier verabredet hatten. Sie hatte es vorhin zu Hause vom Bügel gezogen und minutenlang unschlüssig in der Hand gehalten, es dann aber doch wieder zurückgehängt und sich stattdessen für ein schwarzes Shirt mit einem breitgezogenen Ausschnitt entschieden. Das taubenblaue war ihr irgendwie falsch vorgekommen. Sie betastete den weichen Stoff des Vorhangs und strich über die raue Naht, die sich von oben nach unten zog. Und jetzt? Woran knüpften sie jetzt an?

Sie hatte keine Ahnung, wie sie Max begrüßen sollte. Sie konnte ihn ja schlecht einfach küssen. Immer wieder musste sie daran denken, dass sie doch eigentlich nur kurz hatte duschen wollen. Duschen und dann da weitermachen, wo Max und sie Minuten vorher aufgehört hatten. Und dann waren zwei Wochen vergangen, zwei Wochen, in denen er in einem völlig anderen Film gewesen war als sie.

Ihre Hand lag noch immer am Vorhang. Es war so ruhig hier und alle Geräusche so leise. Unvorstellbar, dass sich hinter dem Stoff tatsächlich eine Bar befand. Sie musste jetzt rein, sonst würde sie gleich darüber nachdenken, dass Max die letzten zwei Wochen mit der Mutter seiner Tochter verbracht hatte, und dann würde sie vielleicht ewig in diesem engen Zwischenraum bleiben. Entschieden schob sie den Vorhang zur Seite.

Laute Musik schlug ihr entgegen. Der ganze Raum war in ein dunkelrotes Licht getönt. Es war heiß und brechend voll. Dicht an dicht drängten sich die Leute zwischen Eingang und Tresen. An den Wänden standen Sofas, ebenfalls übervoll besetzt, von der Decke hingen runde Leuchten auf verschiedenen Höhen. Direkt vor ihr tanzte eng umschlungen ein Paar. Stella streifte ihre Jacke ab und packte sie in ihre Tasche. Das Knie des glatzköpfigen Mannes drückte sich zwischen die Beine seiner weißblonden Frau. Stella schaute weg, und im selben Moment sah sie Max. Er stand an der Bar und blickte sie an.

Die Geräusche verebbten, Ruhe breitete sich aus. Wie von alleine bewegte sie sich auf ihn zu. Es war wie früher, wenn er auf der Bank auf dem Friedhof hinter der Schule saß und auf sie wartete und sie durch einen Tunnel aus Baumkronen und windschiefen Grabsteinen auf ihn zulief. Als zöge er langsam, aber entschlossen an einem Seil, dessen Ende um ihre Taille geknotet war. Nichts, was rechts und links von ihnen lag, hatte mehr eine Bedeutung.

Er trug ein schwarzes Hemd, dessen obere Knöpfe offen standen. Sein Bart war länger als noch vor zwei Wochen, und unter seinen Augen, die groß und dunkel aussahen, erkannte sie Ränder. Als sie bei ihm war, schloss er sie wortlos in seine Arme.

Sie fühlte die Kraft seines Körpers, er zog sie noch ein Stück dichter an sich. Sie schmiegte sich an ihn.

»Stella.« Seine Stimme war leise.

Sie vergrub die Nase in seinem Hals. Sein Geruch ließ sie taumeln. Als könnte sie das Wachsen einer Pflanze nach dem Regen riechen. Das war so sehr Max.

Er streichelte ihr über den Rücken. »Ich hatte schon Angst, du kommst nicht.« Seine Stimme klang noch rauer als sonst.

Sie schüttelte leicht den Kopf.

»Ich hatte Angst, dass du ...« Er machte eine Pause und griff nach ihrer Hand. »Dass du sauer bist, weil ich so überstürzt weg bin. Und weil ich dir nicht direkt gesagt hab, dass ich ...«

Sie sah ihm in die Augen. »Wie geht es ... Marta?«

Es war seltsam, ihren Namen vor ihm auszusprechen. Aber wenn sie es jetzt nicht tat, dann würde das Gespenst immer größer zwischen ihnen.

Links von ihnen saß ein schweigendes Paar auf Barhockern, den Tresen im Rücken, den Blick auf ein und denselben Punkt in der Menge gerichtet, als würden sie sich dort treffen.

Max verschränkte seine Finger zwischen ihren. »Es geht ihr wieder gut. Es hat mich nur so ... kalt erwischt, dass das eigene Kind ... dass Marta plötzlich in Lebensgefahr war. Dass ich nicht bei ihr war, als es passiert ist.«

Das Paar sah aus, als säße es immer an dieser Stelle. Er mit einer Flasche Bier in der Hand, sie mit einer Flasche Cola, reglos wie eine Kunst-Installation. Rechts von ihnen zog ein Mann mit lautem Scharren einen Barhocker zu sich heran. Stella erkannte in ihm den Tänzer von vorhin. Seine weißblonde Partnerin nahm Platz und schlang die Arme um seinen Hals. Ihre roten Fingernägel krallten sich in sein durchgeschwitztes Hemd.

Max umschloss ihr Handgelenk. »Ich wäre so gerne häufiger bei Marta.«

Unweigerlich dachte sie an Max' Vater. Wie sehr er sich als Junge gewünscht hatte, dass sein Vater bei ihm geblieben wäre. Und jetzt, jetzt war er selbst nicht bei seiner Tochter. Es war etwas völlig anderes, natürlich, und trotzdem, es musste ihm ähnlich vorkommen. Wie eine Fortschreibung seiner eigenen traurigen Geschichte. Ihr Hals wurde eng. Unisono hoben der Mann und die Frau auf den Hockern ihre Flaschen an die Lippen und setzten sie gleichzeitig wieder ab. Es musste schrecklich für Max sein.

Er strich sich durch die Haare, die schon früher immer ungekämmt ausgesehen hatten, auch wenn sie frisch gekämmt waren. »Und ich hab Angst, dass es noch mal passiert. Dass sie wieder so einen Anfall hat.«

Stella schob die Gedanken an früher beiseite. »Ist sie denn jetzt medikamentös eingestellt?«

Er spielte mit ihren Fingern und drehte ihren Silberring hin und her. Als wäre es ganz selbstverständlich, dass sie zusammen in diesem roten Halbdunkel standen und einander berührten. Einmal, vor sehr langer Zeit, hatten sie zusammen in einem Reisebus gesessen. Es war eine Klassenfahrt nach Rügen gewesen. Ihre Beine hatten sich die ganze Fahrt über berührt, und es hatte sich völlig selbstverständlich angefühlt, dass sie das taten. Und zugleich war es überhaupt nicht selbstverständlich gewesen, und sie hatte in den ganzen drei Stunden Fahrt an nichts anderes denken können, als dass sein Bein ihres berührte. Ungefähr so war es jetzt auch.

Er drückte seine Fingerkuppen sacht gegen ihre. »Nuria inhaliert jetzt immer morgens und abends mit ihr, mit Kortison, glaube ich. Und sie wird komplett durchgecheckt.«

Stella nickte. Nuria. Sie musste auf sicherem Terrain bleiben.

»Oft ist es ja so, dass das Asthma in der Pubertät von alleine verschwindet.« Sie sagte nicht, dass das nur bei jedem zweiten oder dritten Kind der Fall war und dass die Krankheit oft im Erwachsenenalter zurückkehrte. Eiswürfel landeten klackernd in Gläsern.

»Hast du eigentlich noch Asthma?«

Max schüttelte den Kopf. »Das hat sich tatsächlich

ausgewachsen. Irgendwann, noch in der Schulzeit, ist mir aufgefallen, dass ich schon ziemlich lange keine Probleme mehr damit hatte. Und es kam auch nicht mehr wieder.«
Seine Finger strichen über die Innenseite ihrer Hand.
»Das ist gut.«
Er streichelte sie weiter. »Ja.«
Der glatzköpfige Mann hatte die Bluse der weißblonden Frau hochgeschoben. Mit festem Griff massierte er ihren nackten Rücken.
Max sah sie unverwandt an. »Was möchtest du trinken?«
Sie hatte nicht den Hauch einer Ahnung.
Er lächelte. »Ich bestell uns Gin Tonic, okay?«
Sie nickte.
Er wandte sich an den Barkeeper, und einen Moment später standen zwei schmale Gläser mit glasklarer Flüssigkeit und einer Zitronenscheibe vor ihnen. Max stieß sein Glas leicht an ihres, und Stella nahm einen Schluck. Eiskalt und bittersüß. Zusammen wurden sie ein Stück zur Seite geschoben, von einer Gruppe, die von hinten an den Tresen drängte. Max legte die Hand auf etwas, das auf der Bar lag, und zog es mit sich. Im ersten Moment erkannte sie nicht, was es war, aber dann sah sie das silber-schwarze Gehäuse und die tiefe diagonale Schramme unterhalb des Auslösers.
Die Musik und die Stimmen kamen Stella plötzlich sehr laut vor, beinahe schneidend, das rote Licht war nicht mehr warm, sondern fahl, wie die Beleuchtung einer Dunkelkammer. Ein Plastiksack voller Eis landete krachend in einem Kübel. Sie zog ihre Hand aus der von Max. Er sah sie fragend an.

Sie musste sich räuspern. »Warum hast du die dabei?« Mit einem Kopfnicken deutete sie auf die Nikon.

»Warum ich ...« Er versuchte ihren Blick aufzufangen, aber sie sah weg. »Ich komm gerade von einem Job. Der Kunde wollte analoge Farbfilter, Retrobilder, deshalb hab ich die Nikon genommen. Ich war gerade mal zehn Minuten zu Hause zwischen Flughafen und diesem Job, da hab ich auf die Schnelle die Tasche nicht gefunden, nur den Apparat.«

Das war also der Grund, warum er aus Spanien zurückgekommen war. Ein Job. Wie hatte sie sich einbilden können, dass er ihretwegen seinen Málaga-Aufenthalt unterbrochen hatte, dass er sie genauso dringend wiedersehen musste wie sie ihn. Neben ihnen küssten sich der glatzköpfige Mann und die weißblonde Frau, der Barhocker wankte.

Sie spürte Max' Finger an ihrem Silberring.

»Ich hatte den Flug schon gebucht, bevor der Auftrag reinkam.« Er drehte ihr Gesicht in seine Richtung. »Stella?«

»Hm.«

»Alles okay?«

Sie zuckte mit den Schultern. Sie wusste auch nicht genau, was mit ihr war. Dieser Fotoapparat weckte so viele Erinnerungen und Gefühle, die sie überhaupt nicht sortiert bekam. Sie wollte ja mit Max darüber sprechen, unbedingt sogar, aber vielleicht sollte sie doch erst mal alles in Ruhe und für sich ordnen, keine Ahnung. Sie atmete aus. Max hielt ihre Hand sehr fest, während er die Nikon vom Tresen nahm. Er hielt sie anders als früher – bestimmter. Nicht mehr so, als müsste er sie beschützen. Sie erinnerte sich daran, wie sie manchmal eifersüchtig gewesen war auf seine Nikon. Dass er etwas anderes als sie so sacht berührte. Dass er um etwas anderes Angst hatte.

Er wiegte die Kamera in seiner Hand. »Ich hab sie jahrelang nicht angefasst. Irgendwann habe ich nämlich kapiert, dass er sie nicht dagelassen hat, weil er mir etwas von sich dalassen wollte. Etwas Wichtiges, weil *ich* ihm wichtig war. Daran hatte ich mich meine ganze Kindheit über geklammert: dass ich ihm trotz allem etwas bedeute. Irgendwann ist mir klar geworden, dass er sie schlicht und einfach vergessen hat. Ein wertloser Gegenstand, den man ohne Probleme zurücklassen kann. Genau wie er mich ohne Probleme zurücklassen konnte.«

Früher hätte seine Stimme bei solchen Sätzen hart geklungen. Er hätte sie hart klingen lassen wollen. Jetzt war seine Stimme ruhig.

»Sie hat bestimmt zehn, fünfzehn Jahre in einem Umzugskarton gelegen. Es war komisch, aber mit Martas Geburt wollte ich sie plötzlich wieder benutzen.«

Das Paar stand noch immer wie eingefroren neben ihnen, die Flaschen in ihren Händen waren leer. Sie sahen einander nicht an, sie sprachen nicht miteinander, und trotzdem hätte Stella nicht sagen können, dass sie unglücklich miteinander waren.

Max trank sein Glas in einem Zug leer. »Er ist nie mehr aufgekreuzt. Und ich habe auch nicht nach ihm gesucht.«

Die Frau mit den weißblonden Haaren stöhnte auf. Die Glatze des Mannes glänzte im Rotlicht. Max klemmte einen Geldschein unter sein Glas.

»Komm.« Er zog sie von der Bar weg, als wollte er sie allem, was rechts und links war, abschirmen.

Gemeinsam bahnten sie sich einen Weg durch die

Menge. Am Ausgang schob Max den Vorhang beiseite und trat hinter ihr in den engen Vorraum. Der schwere Vorhang schloss sich hinter ihnen, es war beinahe still.

Max stand dicht vor ihr. Die Tür zum Fischmarkt lag in seinem Rücken, der hauchdünne Schein der Straßenlaterne fiel durch das Glas. Sein Gesicht war im Dunkeln. Sie hörte seinen Atem, schnell und flach, als wäre er gerannt. Er nahm ihr die Tasche aus der Hand und legte sie zusammen mit der Nikon auf den Boden. Sie konnte hören, dass er sie mit dem Fuß noch ein Stück zur Seite schob. Der Samt des Vorhangs streifte ihren nackten Arm, er fühlte sich an wie weiches Katzenfell. Max strich langsam über ihr Schlüsselbein und fasste sie an der Schulter. Mit sanfter Kraft drehte er sie zur Seite und drückte sie an die Wand. Es war ein leises, hartes Drücken, sie spürte das Mauerwerk in ihrem Rücken. Die eine Hälfte seines Gesichts lag jetzt im fahlen Licht. Sie erkannte eine kleine, kaum sichtbare kahle Stelle in seinem Bart, unterhalb des linken Wangenknochens, und weiter oben, in der Braue, die winzige sichelförmige Narbe. Sie war der hellste Punkt in seinem Gesicht. Wortlos presste er seinen Körper gegen ihren. Er griff nach ihren Handgelenken und fixierte sie an der Mauer. Ihr Silberring klackte gegen den Stein, der rau über ihre Handrücken schrappte. Wie gefesselt lagen ihre Arme über ihrem Kopf. Sie hielt gegen, und je mehr sie das tat, desto stärker drückte Max zu. Es schmerzte, aber etwas in ihr wollte das. Max, die Wand, seinen harten Griff in der Dunkelheit. Etwas in ihr wollte genau das spüren.

Licht fiel auf seine trockenen Lippen, sie bäumte sich auf. Sie wollte ihn zu sich heranziehen, aber Max presste ihre Hände nur fester an die Mauer. Ein feuchter Geruch stieg ihr in die Nase. Für einen Moment sahen seine Augen glasklar aus. Vielleicht hätte sie Angst haben sollen, vielleicht hätte es sie wundern oder warnen sollen, dass Max sie so hielt, aber sie fühlte nichts dergleichen. Sein Gesicht kam näher, sie roch den Gin und presste ihre Lippen auf seine. Seine Kiefermuskeln spannten sich, die Luft im Raum wurde dünn.

Sie wollte in seine Haare fassen, das Widerborstige zu packen bekommen, das Widerborstige und das Weiche, aber er ließ sie nicht. Mit einem Ruck machte sie ihren Kopf frei und drückte ihre Wange gegen seine. Sein Bart rieb an ihrer Haut, sein Herz klopfte an ihrer Brust. Sie drückte ihre Wange noch ein wenig fester gegen seine und fühlte ein winziges Zittern. Sein ganzer Körper presste sich an ihren. Wieder roch sie den Alkohol, diesmal stärker. Alle ihre Muskeln waren gespannt, als er ihre Stirn mit den Lippen streifte. Langsam wanderten sie hinunter zu ihrem Mund. Er küsste sie, zaghaft und tastend. Nach und nach lockerte er den Griff um ihre Handgelenke.

»Stella.« Er zog sie zu sich heran und umfing sie mit seinen Armen.

Ohne dass er sie losließ, bückte er sich nach ihren Sachen. Stella drückte die Glastür auf. Heulend schlug ihnen der Wind entgegen. Max legte den Arm um ihre Schulter. Der Himmel war noch immer dunkelblau und rauchig braun, auf dem Kopfsteinpflaster stand das Wasser. Immer mehr spritzte von der Elbe herüber, die Lichter der Laternen schwammen auf dem Boden.

»Ich zähl bis drei, dann rennen wir. Eins, zwei«, er packte sie fester, »drei!«

Zusammen sprangen sie die Steinstufen hinunter. Sie

rannten durch die Dunkelheit, stemmten sich gegen die Böen und die peitschenden Tropfen, als vor ihnen mit einem Krachen der Bauzaun zu Boden fiel. Lachend stapften sie durch die Lücken im Metall.

»Zu dir oder zu mir?« Nass und platt hingen Max die Haare ins Gesicht.

»Zu dir!«

Die Finger fest verschränkt schlitterten und glitten sie über das Pflaster wie durch einen nächtlichen See.

7. April

1989: Im Bus nach Rügen haben Max und ich nebeneinander gesessen, wir haben beide geschlafen, also ich hab nur so getan. Stattdessen hab ich heimlich seine Sommersprossen gezählt, das wollte ich schon lange machen. Ich hab mir vorgestellt, dass sie erhaben sind wie Blindenschrift mit einem Inhalt, der nur für mich bestimmt ist. Ich hätte sie gerne angefasst, aber das hab ich mich nicht getraut. Dafür haben sich unsere Beine die ganze Fahrt über berührt. Hilfe!

(Bin übrigens bis 271 gekommen, dann musste ich aufhören, weil Max sich bewegt hat und ich Angst hatte, dass er wach wird.)

7. April

»Kannst du noch, Max?«
»Klar.«
»Angeber.«
»Das liegt an dir.«
»Das war jetzt aber billig.«
»Stella?«
»Ja?«
»Ich hab so was noch nie erlebt.«
»Oookay …«
»Hey, bleib hier … Ich hab so was *wirklich* noch nicht erlebt.«
»Ich auch nicht.«
»Ich find's ziemlich verrückt jetzt … du und ich … Stella?«
»Hm.«
»Kannst *du* noch?«
»Klar.«
»Okay. Warte kurz.«
»Ha!«
»Komm schon, gib mir dreißig Sekunden.«
»Einundzwanzig, zweiundzwanzig, dreiundzwanzig …«
»Dann schlaf ich so lange mit dir, bis du einschläfst. Und wenn du aufwachst, schlaf ich wieder mit dir. Oder immer noch.«

»Schlaf schön, Max.«
»Du auch, Stella.«

Wenn er schlief, sah er aus wie früher. Er lag auf dem Rücken, und Stella beugte sich vorsichtig über ihn, damit sie ihn nicht weckte. Sein Gesicht war schmaler, weicher, weniger kantig, als wenn er wach war. Seine Haut war leicht gebräunt, als würde er immer noch die meiste Zeit auf seinem Mountainbike über ausgetrocknete Feldwege fahren. Draußen vor dem gekippten Fenster seines Schlafzimmers prasselte der Regen in einem gleichmäßigen Rhythmus. Der dunkle Vorhang bewegte sich ganz leicht im Luftzug. Über Nacht musste sich der Sturm gelegt haben.

Sie lagen auf einem Lattenrost mit Matratze direkt auf dem Boden. Neben ihr auf dem hellen Parkett stand eine hohe Lampe mit einem geschwungenen Lampenschirm aus hauchdünnen hölzernen Lamellen. Möbel gab es keine außer einem breiten Holzschrank mit rechteckigem Spiegel und einem Stuhl, über dem Klamotten hingen. Dafür türmten sich Stapel von Büchern auf dem Boden, vor allem Bildbände, wenn sie das richtig erkannte, und Stöcke lagen herum, mit Kordeln zusammengebunden, sodass sie Arme und Beine hatten wie kleine Menschen. Die Wände waren von Schwarz-Weiß-Fotos bedeckt, Landschaften und Gesichter, Schemen im Halbdunkel.

In Gedanken fuhr Stella Max' leicht geöffnete Lippen nach und den dichten Kranz seiner Wimpern. Die Ränder unter seinen Augen hatten sich im Schlaf geglättet. Sie schob den Vorhang mit dem Fuß ein Stück zur Seite, ohne ihren Blick von Max zu lösen. Ein wenig mehr graues Licht fiel auf sein Gesicht und die Sommersprossen, die sich über seine Nase und seine Wangen zogen. Sie erkannte die winzige kahle Stelle im Bart unterhalb des linken Wangenknochens, die sie gestern Abend zum ersten Mal gesehen hatte. Am liebsten hätte sie ihren Finger darauf gelegt. An den kleinen Wirbel am Haaransatz rechts über Max' Stirn hatte sie gar nicht mehr gedacht. Stella spürte wieder das Lächeln, das sich tief in ihr breitmachte.

Das Licht war nicht optimal für das, was sie vorhatte, aber sie musste ihre Chance nutzen. Sie ging dicht an Max heran und begann zu zählen.

Es war gar nicht so einfach, denn die Sommersprossen hingen zusammen wie kleine hellbraune Inseln. Würde sie nur die Inseln zählen, käme sie auf eine Zahl unter zehn, und das wäre vollkommen albern. Behutsam strich sie über seinen Nasenrücken. Wenn sie die Augen schloss, konnte sie die Pünktchen fühlen, wie kleine Landmassen, knapp über dem Meeresspiegel.

»Ja, das ist meine Nase.«

Stella öffnete die Augen. Max grinste.

Wenn er wach wurde, sah er am schönsten aus. Sein Blick war noch dämmrig, aber seine Augen strahlten bereits in wolkigem Blau.

Er nahm ihre Hand in seine. »Wie sehr ich mir das gewünscht habe. Dass ich neben dir aufwache.«

Sie sah ihn an, und er sie, und es fühlte sich vollkommen neu und vollkommen selbstverständlich an. Stella drückte mit dem Daumen in Max' Handfläche, und er drückte zurück. Sie musste ihn anfassen, damit sie wusste, dass sie wirklich hier lagen, mit wirren Haaren und schlafglasigen Augen, nebeneinander. Vielleicht gab es nichts Intimeres, als miteinander aufzuwachen.

Mit dem Finger strich Max über ihre Lippen, die ein bisschen wund von seinen Bartstoppeln waren, ihren Nasenrücken hoch und über ihre Stirn. »Ich finde ... Es ist schrecklich, dass ich dich nicht habe altern sehen.«

»Altern!« Sie ließ sich zurück auf die Matratze fallen.

»Du weißt, was ich meine. Dass ich die letzten zehn Jahre verpasst habe. Dass ich nicht mitbekommen habe, wie diese kleine Falte dazugekommen ist.« Er beugte sich über sie und fuhr mit dem Daumen über ihre Nasenwurzel. Dann schlug er die Decke zurück. Sie wollte sie sofort wieder über sich ziehen, aber er hielt ihre Hände fest und küsste die Narbe oberhalb ihrer rechten Leiste. »Oder die.«

»Blinddarm.« Sie zog die Decke über ihren Körper.

»Das hilft mir jetzt auch nicht weiter. Ich war nicht dabei. Ich ... Ich hätte dich einfach gerne ins Krankenhaus gefahren.« Unter der Bettdecke zeichnete er den leicht gewölbten Strich auf ihrer Haut nach. »Ich will gar nicht wissen, wer dich ins Krankenhaus gebracht hat. Ich hasse ihn jetzt schon.« Er hielt inne. »War es ein Er?«

»Ach Max.«

»Zehn Jahre! Das ist ein Drittel deines Lebens. Und das erste Drittel hab ich auch schon verpasst! Das fand ich schon damals schrecklich. Dass ich dich nicht schon immer kannte. Von Anfang an. Dass du Sachen ohne mich erlebt hast. Dass du die geworden bist, die du bist, ohne dass ich dabei war. Macht das Sinn?«

»Ich schätze schon.«

»Also, Stella Asmus, erzähl mir: Was habe ich verpasst? Was war zum Beispiel deine wichtigste Beziehung?« Er kam zu ihr unter die Decke.

Der Regen strömte immer weiter, wie an einem gemütlichen Abend im Herbst. Sollte sie ihm sagen, dass sie überhaupt erst eine ernstzunehmende Beziehung gehabt hatte? Max griff über sie hinweg und knipste die hölzerne Lampe an. Sofort war alles im Raum warm und weich, als lägen sie vor einem Kaminfeuer. Die Fotografien an den Wänden bekamen etwas Bräunliches, Sepiafarbenes. Unter der schlafwarmen Decke berührten sich ihre Arme.

»Sag einfach.«

Er kannte sie so gut, obwohl er so wenig von ihr wusste. Sie verhakte ihren kleinen Finger mit seinem. Nein, das stimmte so nicht. Er wusste nicht, wann sie wo gewohnt und wie lange sie studiert hatte, wie ihr Dienstplan aussah und was sie in ihrer Freizeit tat, wenn sie mal welche hatte. Aber abgesehen von diesen völlig unwichtigen Dingen wusste er ziemlich viel von ihr.

»Philipp. Ein Kollege von mir in Freiburg. Wir waren verheiratet und jetzt sind wir geschieden.«

Max hörte nicht auf, ihren kleinen Finger zu streicheln. »Du warst verheiratet?«

Sie war ihm dankbar, dass er so beiläufig fragte, nicht so, als hätte sie etwas vollkommen Absurdes getan. Es kam ihr selbst oft genug befremdlich vor, dass sie Philipp so schnell, keine zwei Jahre nach ihrem Kennenlernen, das Ja-Wort gegeben hatte.

Sie zuckte mit den Schultern. »Ich wollte wohl eine Garantie.«

So klar hatte sie das bislang noch nie formuliert, aber ja, das kam der Sache wohl am nächsten. Sie hatte sich absichern wollen, bevor sie sich auf einen anderen Menschen einließ.

Max rückte noch etwas näher an sie heran. Seine

Schläfe drückte sich an ihre, und es war, als flössen über diese Verbindung ihre Gedanken ineinander. Sie war sich sicher, dass auch er an früher dachte, an das, was zwischen ihnen geschehen war.

Seine Haare kitzelten ihr Ohr. »Und dann?«

»Dann ...« Sie ließ ihre Hand hinunter aufs Parkett wandern. Es war überraschend warm. Und ein wenig staubig.

Es wäre zu einfach gewesen, wenn sie es als Philipps Schuld dargestellt hätte, weil er ein einziges Mal fremdgegangen war. Für viele Frauen, die sie kannte, wäre das kaum ein Grund gewesen, sich scheiden zu lassen.

»Dann«, sagte sie, »hat er mit einer anderen Frau geschlafen.« Sie strich übers Parkett und bekam eines der Stockmännchen zu fassen. Die Stöcke hatten überall Verdickungen, besonders die Beine des Männchens fühlten sich knotig an. Sie drehte sich die überstehende faserige Kordel ums Handgelenk, rollte sie wieder ab und legte es beiseite. »Und ich konnte nicht mehr.«

Max zog sie zu sich heran. Wortlos hielt er sie fest. Sie wusste, dass er sie verstand. Vielleicht sogar mehr, als sie selbst es tat.

Er drückte ihr einen Kuss auf die Stirn. »Kaffee?«

Er kannte sie noch viel besser, als sie gedacht hatte. »Unbedingt.«

Er stand auf, zog sich einen Pulli über und verließ das Zimmer. Mehrere Sekunden starrte sie in die leere Türöffnung und rollte sich dann auf den Bauch. Sie war wirklich und wahrhaftig hier. Bei Max.

Draußen prasselte der Regen. Das Licht, das durch die dünnen Holzlamellen der Lampe schien, flimmerte leicht.

Wenn sie die Augen schloss, war es, als prasselte und flackerte in ihrer Nähe wirklich ein Feuer. Als sie sich wieder auf den Rücken drehte, fiel ihr Blick auf die Fotografien an den Wänden. Es war komisch und auch ein bisschen beängstigend, hier allein zwischen all den abgelichteten Menschen zu liegen. Zwischen all den Toten, dachte sie und stand auf.

Die Decke um den Körper geschlungen ging sie dichter an die Schwarz-Weiß-Bilder heran. Mit Heftzwecken waren sie an die weiße Wand gepinnt. Sie musste sich erst einmal einen Überblick verschaffen, bevor sie sich einem einzelnen Gesicht zuwenden konnte. Die Menschen hatten alle geschlossene Augen. Jedes Härchen war zu erkennen, jede Falte, ein feuchter Fleck im Mundwinkel, ein anderer unter dem Auge, schlaffe Haut unterm Kinn, die aussah, als wäre sie warm. Trotz der harten Kontraste hatten die Fotografien nichts Sezierendes. Und alle Gesichter, das erkannte sie jetzt, hatten einen unterschiedlichen Ausdruck. Manche sahen erleichtert aus, andere hochkonzentriert, bei zwei, dreien glaubte sie sogar einen amüsierten Zug zu erkennen.

Brodeln und Zischen kam aus der Richtung, in der Max verschwunden war, ganz sicher von einer dieser achteckigen Espressokannen. Jetzt blieb sie doch stehen. Eine alte Frau, in weiße Laken gebettet, war kaum von einem Neugeborenen zu unterscheiden. Ihre Nase war winzig und platt, ihr kleiner Mund scharf konturiert, als wollte er sich jeden Augenblick öffnen und an irgendetwas nuckeln. Im Tod war sie wieder zum Kind geworden. Das nächste Bild zeigte das Gesicht eines Mannes um die siebzig mit schiefem Mund. Er hatte etwas Triumphierendes, als könnte der Tod ihm nichts anhaben. Max erschien neben ihr und reichte ihr einen Becher. Er legte sein Kinn auf ihre Schulter, schob die Hände unter ihre Decke und umarmte sie. Der Duft von dampfendem Kaffee stieg Stella in die Nase.

»Das war mein erster Toter.« Er nickte in Richtung des Mannes mit dem schiefen Mund. »Peter Petersen. Er war mein Nachbar. Sah allerdings ganz anders aus, als er noch gelebt hat. Müde, erschöpft, ich fand ihn ehrlich gesagt immer ziemlich langweilig. Und dann plötzlich dieses Gesicht: kraftvoll, ein strahlender Sieger. Oh hallo!, hab ich gedacht, freut mich, dich kennenzulernen, alter Junge. Der Unterschied hat mich echt umgehauen.«

Stella betrachtete den Mann, Peter Petersen. Sie konnte verstehen, dass Max diese Verwandlung nicht mehr losgelassen hatte. Sie trank einen Schluck von dem Kaffee, den Max genau mit der richtigen Menge Milchschaum zubereitet hatte. Der Kaffee hatte eine leichte Kakaonote. Sie nahm noch einen Schluck. Perfekt, mindestens so gut wie der bei Bento, vielleicht sogar noch besser, auch wenn das theoretisch überhaupt nicht möglich war.

»Mein Nachbar, er liegt jetzt übrigens …«, Max trank ebenfalls von seinem Kaffee, »er liegt auf unserem Friedhof. Warte mal …«

Er lotste sie zur Matratze, über der eine Reihe von Wassermotiven an der Wand hingen: die wogende See. Gischt, die in Fetzen über den Strand wehte. Senkrecht ins Meer fallende Klippen. Eisschollen, die über die Elbe trieben. Und eine Schneise, die den Blick auf einen Fluss freigab. Stella trat auf die Matratze und näher an das Bild heran. Sie erkannte die Weiden, jede einzelne am rechten und am linken Bildrand, und zwischen den Bäumen die Flucht, die zum Wasser hinabführte. Es war *ihr* Blick. Ihr Blick und der Ort, an dem sie sich eine Zeitlang jeden Tag getroffen hatten.

Sie sah Max an, der sich auf die Matratze gesetzt hatte. »Wo liegt dein Nachbar genau?«

»Zweite Reihe, schräg hinter Harry Keilson.«

Stella war Jahre, anderthalb Jahrzehnte sogar, nicht mehr auf dem Friedhof gewesen, aber sie sah alles genau vor sich. Den Kies, der sich von der Bank bis dicht vor Keilsons Grab zog, das liegende Kreuz, das immer so aussah, als wäre es bei einem Sturm umgefallen, den Saum aus violettem Heidekraut, dahinter der Rasen bis zur zweiten Reihe.

Max nahm ihr die Kaffeetasse aus der Hand und stellte sie auf den Boden. Langsam streifte er ihr die Decke ab, ein kühler Luftzug strich ihr über Bauch und Brüste. Wie ein Reflex griff sie nach einem der Kopfkissen und hielt es sich vor den Körper. Sanft, aber bestimmt nahm Max es ihr wieder ab. Noch immer stand sie, während er saß. Sie stand vor dem Foto und hörte den Wind in der Schneise. Die Weiden rauschten, Äste und Zweige peitschten über ihr in der Luft. Max rutschte näher an sie heran und griff nach ihren Handgelenken. Sie sah sich selbst mit abgeschnittenen Haaren den Hügel hinab aufs Wasser zulaufen. Er hielt ihre Hände sehr fest und küsste ihre Knie.

Am Arm zog er sie zu sich hinunter. Er fasste ihr Becken und hob sie auf seinen Schoß. Sein Schwanz drückte sich gegen ihre Scham, sie spürte ihre Muskeln im Inneren pulsieren. Sie griff nach seinen Oberarmen, seinen Schultern, seinen Schulterblättern, sie konnte nicht anders. Irgendwie musste sie sich vergewissern, dass er wirklich aus

Fleisch und Blut war. Er zog sie noch enger an sich. Seine Haut war warm und roch nach Holz und ganz leicht nach Schokolade, wie der Kaffee, den er ihr gekocht hatte. Widerstandslos glitt er in sie hinein.

Vor sechzehn Jahren
In wabernden Streifen fiel die Sonne durch die Lamellenschlitze, das kleine Papierpaket blitzte im Licht. Ungeöffnet lag es auf Stellas Mathebuch.

Sie fixierte die Tafel. Als hinge ihr ganzes Glück davon ab zu erfahren, wie viele Telefonanschlüsse es in einer Ortschaft gab, wenn 499 500 gegenseitige Gesprächsverbindungen möglich waren. Dabei wusste sie die Antwort schon, als Herr Arnold das Fragezeichen mit einem Quietschen hinter die Textaufgabe setzte. Am liebsten hätte sie ihre Hand sofort auf das kleine Papierpaket gelegt und es fest umschlossen. Stattdessen lauschte sie dem Kippeln des Stuhls in ihrem Rücken. Es klang, als würde immer aufs Neue etwas von einer klebrigen Unterlage abgezogen.

Es war heiß im Klassenzimmer. Die Luft stand, daran änderten auch die gekippten Oberlichter nichts. Kein Laut drang vom Schulhof herein. Es war ihr unbegreiflich, wieso Herr Arnold am letzten Tag vor den Ferien noch richtigen Unterricht machte. Tonia neben ihr zog die Kappe von der blauen Seite ihres Tintenkillers und malte einen Galgen.

»Wie wäre es mit dir, Cord?« Herr Arnold wischte sich

mit dem Unterarm über die Stirn. Seine fusseligen grauen Haare klebten ihm am Kopf.

»Ich ...« Cords Stimme war dünn. Es folgte ein Flüstern, dann wieder Cord: »Tausend?«

Drei der vier Köpfe in der Reihe vor ihr lagen auf der Tischplatte. Bastians, Hannos und daneben Annes Kopf mit den hochtoupierten Haaren, nur Rebekka saß wie immer kerzengerade da. Die Uhr über der Tür tickte. Tonia kritzelte ein Galgenmännchen.

Herr Arnold stützte die Hände aufs Pult. »Es freut mich, dass Max die Antwort kennt, aber die Frage ist: Wie kommen wir auf die Tausend?«

Cord räusperte sich. »Na ja.« Er räusperte sich noch einmal. »N mal n minus eins geteilt durch zwei.« Es klang, als ob er die Gleichung von einem Zettel ablas.

Max' Blick bohrte sich in ihren Rücken. Das merkte sie immer, ganz gleich ob sie gerade etwas aufschrieb, mit Tonia quatschte oder irgendeinem Gedanken nachhing, der nichts mit dem Unterricht zu tun hatte. Jetzt wollte er sie ganz sicher dazu bewegen, endlich den Zettel auseinanderzufalten. Aber den Gefallen würde sie ihm noch nicht tun.

Es war eine Art Spiel zwischen ihnen, auch wenn sie nie darüber gesprochen hatten. Wie morgens, wenn Max in den 773er stieg und extra nicht zur Rückbank hinguckte, die sie und Tonia schon zwei Haltestellen zuvor in Beschlag genommen hatten. Dann drückte sie ihre Knie in den Vordersitz und steckte sich einen Stöpsel von Tonias Walkman ins Ohr. Wenn Max sich dann weiter vorne im Ziehharmonikakreis mit Frank und Cord auf das Geländer schwang und Rucksäcke von einer Seite zur anderen flogen, wenn er lachte, dann versuchte sie, mit gleichgültiger Miene aus dem Fenster zu sehen. Manchmal trafen sich ihre Blicke in der Spiegelung der Scheibe, dann verkehrten sich die Spielregeln: Wer zuerst weggguckte, hatte verloren.

Wenn sie sich jetzt umdrehte, würde er ganz bestimmt an ihr vorbei nach vorne blicken, aber sie würde das Zucken bemerken, das durch seinen Körper ging. Und er würde wissen, dass sie es bemerkt hatte, und sie beide würden in Gedanken einen Strich hinter ihren Namen setzen. Acht zu zwei für Stella.

»Hitzefrei!«, rief Frank von hinten.

Ein paar andere kicherten.

»Frank, möchtest du uns vielleicht erklären ...«

Es klingelte. Die Uhr über der Tür sprang auf halb zwölf.

»Sag ich doch.« Frank schnellte hoch.

»Hausaufgaben!« Die Stimme von Herrn Arnold verlor sich bereits im Tumult.

Dirk wischte mit dem Schwamm über die Tafel. Die Bügelfalten seiner Jeans zogen sich über die hinteren Taschen hoch bis zum Bund. Weißes Wasser tropfte in die Kreideablage.

Tonia packte ihre Sachen. »Soll ich dir was mitbringen?«

Normalerweise gingen sie in der großen Pause zusammen zu dem kleinen Kiosk gegenüber der Aula, kauften sich Gummizeug oder standen einfach mit den anderen zusammen herum. Aber seit ein paar Wochen hatte Stella in der zweiten großen Pause etwas anderes vor.

»Ich hätte ja schon gern ein Wassereis, aber das ist dann bestimmt geschmolzen.« Unauffällig nahm sie den Zettel vom Mathebuch.

»Ich guck mal, was sich machen lässt.« Tonia grinste. »Bis später.«

Stella spürte den Knick des Papiers an ihrer Handfläche. Ohne sich noch einmal umzudrehen, lief sie die Treppen hinunter ins Freie, den überdachten Gang entlang bis zum Schulklo, sperrte die Kabinentür hinter sich zu und lehnte sich gegen die Trennwand. Sie atmete aus. Im grünlichen Licht der Neonröhre, zwischen abgeplatzten Kacheln und Schlieren von schlecht entferntem Edding faltete sie Max' Zettel auseinander.

Traust du dich? Darunter hatte er drei Kästchen gezeichnet: *Ja – Nein – Vielleicht.*

Stella umklammerte den Pelikan in ihrer Hosentasche. Sie traute sich, vom Zehner zu springen, als Einzige aus der Klasse. Sie traute sich, gegen Erwachsene im Schach anzutreten. Aber das hier … Sie klappte den Klodeckel herunter, setzte sich darauf und umschlang ihre Beine. Das hier war etwas vollkommen anderes.

Schließlich zog sie die Kappe vom Füller und drückte den Zettel gegen die Toilettenwand. Eine Weile ließ sie die Feder über dem Blatt schweben. Wenn sie sich *das* traute, würde alles, einfach alles anders werden. Max und sie hatten es in der Hand.

»Oh Mann, der ist voll pink.« Im Vorraum kreischte jemand. »Hat hier vielleicht irgendwer mal was zum Abschminken?« Schrille Stimmen schallten über die Trennwand, das Klackern von Absätzen auf den Fliesen, das harte Spritzen des Wasserhahns. »Scheiße.«

Stella konnte ihren Blick nicht von Max' Schrift lösen. Sie war schön, obwohl jeder einzelne Buchstabe aus der Reihe tanzte. *Traust du dich?* Mit einem Mal wurde ihr klar, dass sie überhaupt keine Angst hatte. Nicht ein winziges bisschen. Und es war das Fehlen von Furcht, das ihr so gewaltig vorkam. Sie sprang auf und setzte die Feder aufs Papier. Mit einem festen Ratsch zog sie ihr Kreuz.

Sie rannte aus der Kabine und wurde erst langsamer, als sie sich im gleißenden Sonnenlicht an Grüppchen vorbeidrücken musste, die vor dem Raum der Schülervertretung standen. An den Tischtennisplatten wurde gerade Rundlauf gespielt, Stella wartete eine Lücke ab, dann rannte sie zu den Fahrradständern hinüber. Sie ging in die Hocke und tat so, als würde sie den Reifen eines der abgestellten Räder untersuchen. Als sie sich sicher war, dass niemand auf sie achtete, schlüpfte sie hinter den Ständern ins Gebüsch.

Die Zweige mit den winzigen dunkelgrünen Blättern waren seit dem letzten Mal gewachsen. Sie bildeten ein dunkles, kratziges Kreuz und Quer aus Fangarmen, das sich um ihren Körper schloss. Sie bekam Schrammen, aber das war ihr egal. Sie lief einfach weiter, tiefer ins kühle Dickicht hinein. So heiß der Tag auch sein mochte, hier in den Büschen zwischen Schulhof und Friedhof war es immer ein wenig klamm. Als ihr Fuß auf etwas Wabbeliges trat, zuckte sie zusammen. Roter Caprisonnensaft lief über die Riemen ihrer Sandale und zwischen ihre nackten Zehen. Sie schüttelte ihren Fuß, dann hatte sie den Zaun erreicht. Jetzt waren es nur noch ein paar Meter. Mit der rechten Hand strich sie den Maschendraht entlang bis zu der Stelle, wo ein Stück fehlte und sich die Rauten zu nadelspitzen Enden öffneten. Max hatte das Loch noch ein Stück weiter aufgerissen, damit sie hindurchklettern konnten.

Auf der anderen Seite des Zauns war es still. Der Pausenhof mit seinen Stimmen war weit weg, das Zwitschern der Vögel wurde mit jedem ihrer Schritte lauter. Stella schlüpfte zwischen zwei Grabsteinen hindurch, dünne moosgrüne Platten, die sich hier auf dem alten Teil des Friedhofs windschief nach vorn und nach hinten neigten. Sie schob einen Ast beiseite und trat ins Licht.

Da saß er, auf der Rückenlehne ihrer Bank. Sonst war kein Mensch zu sehen zwischen den Grabreihen und der kleinen Kapelle. Stella hätte gerne ihre undurchdringliche Miene aufgesetzt, wie im Klassenraum oder im Bus, aber hier draußen, wo keiner da war außer ihnen und den Toten vielleicht, funktionierte das nicht. Hier schlenkerten ihre Arme, hier flatterten ihre Lider, hier fühlte sich überhaupt alles an ihr so an, als könnte sie es verlieren.

Max sah ihr entgegen. Sie schaute weg. Okay, acht zu drei.

»Hey.« Seine Stimme war noch ein bisschen rauer als sonst. Er rückte zur Seite und nahm die Nikon auf seinen Schoß.

»Hey.« Sie setzte sich neben ihn auf die Lehne. Ihr Körper pulsierte wie nach einem Achthundertmeterlauf auf dem Sportplatz. Komischerweise wurde das gar nicht weniger mit den Wochen und Monaten, die sie sich hier schon trafen.

Der Hahn der Regentonne auf der anderen Seite des schmalen Kiesweges tropfte. In gleichmäßigen Abständen ploppten die Tropfen in einen Blecheimer. Stella klemmte ihre Fußspitze in den Spalt, wo eine Holzleiste in der Sitzfläche fehlte. Sie sah über das liegende Kreuz von Harry Keilson und über die Gräber in der zweiten, dritten und vierten Reihe hinunter zum Wasser. Unten zog der Fluss vorbei, eher ein Flüsschen, das man nur von wenigen Stellen des Ortes aus sehen konnte. Aber hier, genau gegenüber von ihrer Bank, gab eine Schneise zwischen den Weiden den Blick aufs Wasser frei. Selbst heute, wo die Luft zu stehen schien, wiegten sich die Zweige und Blätter in einer leichten Brise. Manchmal fuhren sie nach der Schule zu fünft mit ihren Rädern runter zum Fluss, Tonia, Frank, Cord, Max und sie, ließen Steine hüpfen und redeten über alles Mögliche.

Sie zog den gefalteten Zettel aus der Tasche und reichte ihn Max. Gedankenverloren drehte er ihn in seiner Handfläche. Er hatte viel mehr Sommersprossen als noch beim letzten Mal, auf dem Nasenrücken und auf den Wangenknochen. Am liebsten würde sie die braunen Pünktchen jedes Mal zählen und ausrechnen, wie viele Sprossen pro Tag, an dem sie nicht nebeneinander auf ihrer Bank gesessen hatten, hinzugekommen waren. Schnell schaute sie weg. Wenn sie hier draußen bei Max war, war ihr immer ein klein wenig schwindelig. Nicht unangenehm, eher war es ein wattigweiches Gefühl, als hätte der Wind sie ein Stück vom Boden gehoben und würde sie in zarten Kreisen durch die Luft pusten.

Max' Finger schlossen sich um den Zettel. Stella starrte auf seinen Handrücken. Seine Knöchel wurden weiß. Er sprang von der Lehne, wandte ihr den Rücken zu und hob den Fotoapparat an sein Gesicht.

»Manchmal stell ich mir vor, dass er tot ist und hier liegt. Dann könnte ich ihn wenigstens besuchen.«

Stella zwinkerte gegen die Sonne. Das Grab, vor dem er jetzt stand, war von Gräsern und Disteln überwuchert.

Sie wusste, dass er von seinem Vater sprach und dass der abgehauen war, als Max fünf gewesen war. Das hatte er ihr erzählt. Er hatte nichts von ihm außer der Nikon. Er wusste nicht einmal mehr genau, wie sein Vater aussah.

Es klickte ein paar Mal, dann kam Max zurück und hockte sich wieder neben Stella auf die Lehne. Er zog einen Stock durch den Kies, sein Blick ging hinunter zum Wasser. »Weißt du, was gut ist? Wenn sich der Fluss immer mehr ausdehnt und irgendwann, in tausend Jahren oder so, den Friedhof erreicht, dann spült er alles weg. Einfach so. Dann gehen die Toten auf Reisen. Dann sind alle frei.«

Manchmal sagte Max seltsame Dinge. Seltsame, schöne Dinge. Stella schloss die Augen. Kleine Lichtpunkte sammelten sich unter ihren Lidern. Das Tropfen des Wasserhahns war verstummt. Sie würde die Sätze später auf eine Karte ihrer Schönen-Tage-Box schreiben, damit sie sie nicht vergaß. Damit sie überhaupt niemals vergaß, wie sie und Max hier gesessen hatten.

Der Wind rauschte in den Blättern der Bäume, warme Luft streifte sie am Schlüsselbein. Warmer Atem. Etwas berührte sie am Kopf.

»Du hast da was.«

Sie öffnete die Augen. Max zupfte ihr ein paar winzige Blätter aus den Haaren. Den Zettel hatte er noch immer in der Hand. Ohne ein Wort faltete er ihn auf, Knick um Knick, eine Ewigkeit. Dann atmete er aus.

»Mann.« Er pikste ihr mit dem Stock in den Unterschenkel. »Ich hatte echt Angst.«

Er sah sie an, und sie ihn, und es war ein bisschen, wie in den Spiegel zu gucken, denn plötzlich musste sie grinsen, immer breiter, und er grinste zurück.

»Tja«, sagte er, »dann müssen deine Eltern wohl alleine nach Griechenland fliegen. Und meine Mutter und Hans, die sind bestimmt ganz froh, wenn sie mal ohne mich sind.«

Sie griff nach der Spitze des Stocks und zog. In der Ferne erklang der Gong zum Pausenende. Max zog an seinem Ende, und wäre der Stock ein Seil gewesen, hätte es ordentlich Spannung gehabt.

»Also heute Abend um elf?«

Sie nickte und spürte ein kühles Kribbeln auf ihren Armen und Beinen.

Max stand auf. »Ich hab schon alles gepackt: Taschenlampe, eine Wäscheleine, Wasser ...«

»Hey.« Stella wartete, bis er sie ansah. »Ich weiß, dass ich mich auf dich verlassen kann.«

Er erwiderte ihren Blick mit einer Festigkeit, die so groß und so unerschütterlich war wie ihre eigene. Dann drückte er ihr einen Kuss auf die Stelle zwischen Wange und Mundwinkel, rannte über die Wiese und war Sekunden später zwischen den Bäumen und Büschen verschwunden.

8. April

1989: Gestern Nacht haben Tonia und ich eine Flasche Criss in den Jungen-Schlafsaal geschmuggelt, und dann haben wir zu fünft Wahrheit oder Pflicht gespielt. Bei Pflicht sollte Cord mich küssen (das war Franks Idee), aber Max hat gesagt, Cord solle sich stattdessen die Hose und das T-Shirt ausziehen, und das hat er dann auch gemacht. Bei Wahrheit musste Max sagen, ob er in mich verliebt ist (das war wieder Franks Frage), und Max hat einfach nur »Ja« gesagt. Ich hab mir nichts anmerken lassen, aber ich konnte danach gar nicht mehr richtig zuhören, weil ich nur noch denken konnte: MAX IST IN MICH VERLIEBT!

8. April

Stella drückte den silbernen Öffner, und die Tür zur Station schwang vor ihr auf. Mit federnden Schritten betrat sie den hell erleuchteten Gang. Schon den ganzen Weg über, von Max' Wohnung bis zur Klinik, hatte sie das Gefühl gehabt, dass ihre Füße ein paar Zentimeter über dem Boden schwebten. Am Ende des Flurs drückte sie die Klinke zum Vorführraum.

Zu viert standen sie bereits vor der Leuchtwand, Arne, Yesim, Jan und Gesa – Chef, Oberärztin, Assistent und OP-Schwester. Yesim warf ihr einen ungehaltenen Blick zu, den sie mit einem Lächeln quittierte. Die Uhr über der Tür zeigte sieben Uhr fünfzig an. Zum ersten Mal in ihrem Leben kam sie zu spät zur Arbeit. Und es war ihr egal.

Arne nickte ihr zu. »Wir hatten gerade die Achillessehne von gestern. Nichts auszusetzen an deiner Naht. Dann die Meniskusläsion und die Schulterluxation, die Yesim operiert hat. Sieht alles gut aus.« Er klemmte acht neue Bilder in die Metallleisten. »Heute also. Als Erstes hätten wir eine Patientin, einunddreißig Jahre alt, Wirbelfraktur nach einem Treppensturz. Th5, Vorderwand plus Deckplatte.«

Gestern, in der stürmischen Nacht, war Stella auf den glitschigen Treppenstufen der U-Bahn-Station ausgerutscht. Max hatte sie aufgefangen. Bis auf die Haut durchnässt waren sie zum Bahnsteig hinuntergelaufen, ihre

Finger die ganze Zeit mit seinen verschränkt. Der Regen peitschte ihnen hinterher, abblätternde Plakate flatterten im Sturm. Sie küssten sich im gelben Licht des Untergrundes, und als die Bahn gerade ihre Türen schließen wollte, sprangen sie hinein. Der Waggon war menschenleer und roch nach billigem Fusel. Max zog sie auf seinen Schoß, das Hemd klebte ihm am Körper. Sie vergaßen, dass sie in einer U-Bahn saßen, sie vergaßen auszusteigen, und waren bis zur Endstation gefahren und dann mit dem Taxi wieder zurück. Bis zu Max' Wohnung.

Es klopfte. Stella sammelte sich. Ellen erschien in der Tür des Vorführraums, sie war ziemlich aus der Puste.

»Entschuldigung. Stress in der Kita.« Sie streifte ihre Jacke ab und umarmte Stella und Gesa.

Jan wurde rot und schaute weg. Eingehend untersuchte er eine Stelle an seinem Fingerknöchel. Stella wusste, dass er Ellen nach Berts Feier und der verhinderten gemeinsamen Nacht ein paar Mal angerufen hatte, bis Ellen ihm irgendwann sagen musste, dass sie den Abend mit ihm sehr genossen habe, aber der Augenblick leider verflogen sei. Immer wieder musste Stella daran denken, wie Ellen neulich vor dem Schwimmbad Finn und Robert nachgesehen hatte, im flatternden hellblau-weißen Kleid, mit diesem feinen, ruhigen Lächeln im Gesicht.

Yesim räusperte sich.

»Machen wir also weiter.« Arne deutete auf den gebrochenen Wirbel. »Wir arbeiten natürlich minimalinvasiv und werden zunächst den Wirbelkörper stabilisieren.«

Stella blickte aus dem Fenster, sie konnte sich einfach nicht auf diese Röntgenbilder konzentrieren. Die Menschen dort unten auf dem Vorplatz sahen ausgesprochen klein aus. Kreuz und quer liefen sie über den Asphalt, im Mittelpunkt des Platzes lag sich ein Paar in den Armen. Alle anderen umrundeten es emsig, wie Ameisen ein Hindernis.

Am Morgen, als Max ihr Kaffee gekocht hatte, hatte sie auch aus dem Fenster gesehen. Sie war überrascht gewesen, dass die nasse Straße so weit unten war. Sie konnte sich nicht mehr an das Treppenhaus erinnern, an keine einzige Stufe, die sie in der Nacht in den dritten Stock befördert hatte. Sie waren aus dem Taxi gestiegen, das wusste sie noch, und dann waren sie in Schuhen auf die Matratze gefallen. Für einen winzigen Augenblick war sie verwundert gewesen, dass Max zuerst seine eigene Hose aufgemacht hatte und danach erst ihre.

»Patientin, dreiundsechzig Jahre alt, Sprunggelenksfraktur nach Fahrradsturz. Möchtest du, Stella?« Ganz kurz nur blieb Arnes Blick an ihrem Schlüsselbein hängen, das der Ausschnitt ihres schwarzen Shirts freiließ.

Sie war einfach noch eine zweite Nacht bei Max geblieben. Ohne Ersatzklamotten, natürlich. Und wenn sie später hier fertig war, würde er sie abholen und sie würden noch eine Nacht miteinander verbringen, bevor er morgen früh zurück nach Málaga flog.

Ein gebrochenes Sprunggelenk also. So gut es ging richtete sie ihr Augenmerk auf die Bilder, sechs Stück in zwei Reihen.

»Eindeutig Weber B.« Sie studierte das MRT. »Syndesmose gerissen. Innenknöchel ebenfalls verletzt, also eine bimalleoläre Fraktur. Ich würde sagen«, sie verglich die unterschiedlichen Perspektiven, »Platten-Osteosynthese des Außenknöchels, für den Innenknöchel Schrauben, gegebenenfalls Marknägel, Bandnaht, eventuell eine Stellschraube.«

»Das wären auch meine Worte gewesen.« Arnes Lächeln war weit weg.

Kaum waren sie auf die Matratze gefallen, war Max schon in ihr gewesen. Er hatte seine Stirn gegen ihre gedrückt und sie an den Armen festgehalten. Draußen klatschte und krachte es, Regen donnerte gegen die Fensterscheibe, immer wieder sagte er ihren Namen. Tiefer und tiefer sank er in sie, bis sie nicht mehr hätte sagen können, wo ihr Körper aufhörte und wo Max' anfing.

»Hat noch jemand Fragen?«

Mechanisch schüttelte Stella den Kopf.

Ellen betrachtete sie von der Seite. »Du leuchtest ja.« Sie senkte ihre Stimme: »Ich nehme an, es war gut?«

Stella schüttelte den Kopf.

»Nein?«

»Nein.«

Ellen berührte ihren Arm. »Das …«

»›Gut‹ ist meine maßlose Untertreibung.« Stella grinste.

Ellen stieß sie leicht in die Seite.

Jan faltete seine Mitschriften zusammen, Gesa sortierte die Bilder, Yesim wusch sich die Hände und schaute dabei in den Spiegel. Arne reichte Stella ihren Kittel, der an einem der Haken neben dem Waschbecken gehangen hatte.

»Nach euch.« Er hielt ihnen die Tür auf.

Eigentlich, dachte sie, als sie vor allen anderen in den Gang trat, eigentlich fand sie es doch ziemlich gut, dass Max zuerst seine eigene Hose aufgemacht hatte.

5. Juni

1989: Heute waren Max und ich zum fünfundzwanzigsten Mal auf dem Friedhof (er weiß natürlich nicht, dass ich mitzähle). Wir haben uns komische Namen von den Grabsteinen vorgelesen (Bernhard Rakete, Waltraud Durchdenwald, Fanni Flaschenträger, Jürgen Gurke …). Wir mussten so laut lachen, dass uns ein Mann mit der Polizei gedroht hat. Das hat uns natürlich erst recht zum Lachen gebracht.

5. Juni

Irgendetwas war anders. Das fiel Stella sofort auf, als sie die gläserne Tür der Pastelaria aufdrückte. Sie wusste nur nicht, was. Bento hatte wie immer eine Zigarette zwischen den Lippen, die Arme lagen verschränkt auf dem dunklen Tresen. Als er sie hereinkommen sah, wurden die Lachfalten neben seinen Augen tiefer. Anibal rief ihr etwas auf Portugiesisch zu. Einen Moment später waren Diogo, er und die anderen beiden schon wieder ganz in ihr Kartenspiel vertieft. Es war hell heute, die Sonne schaffte es bis kurz vor den Tresen. Staub tanzte in der Luft, der Duft von frisch Gebackenem flutete den Raum. Eigentlich war alles wie immer, und doch: Irgendetwas war anders. Etwas fehlte.

Sie stellte ihre Sporttasche neben dem Tisch ab. Sie würde später noch mit Tiago und Katha klettern gehen, aber erst wollte sie mit Tonia deren neuste Entdeckung feiern. Das waren Tonias Worte gewesen, nicht ihre, und gemeint war der Typ, mit dem sie sich seit drei Wochen in Berlin traf. Stella trauerte ehrlich gesagt noch immer Ringelshirt-Tammo hinterher, obwohl sie ihn nie persönlich getroffen hatte. Aber sie hatte Tonia versprochen, diesem Jüggi offen zu begegnen. Jüggi, von Jürgen – auch dazu hatte sie keine Miene verziehen dürfen –, war Motorradfahrer und heute bei einem Bikertreffen in Hamburg, während Tonia an einer Übersetzerkonferenz teilnahm, ebenfalls hier in der Stadt. Die beiden würden gleich zusammen hier eintrudeln, einen Kaffee trinken und dann für den restlichen Tag getrennte Wege gehen.

»*Toucinho do céu!*« Bento drückte seine Zigarette aus, hielt die Holztür zur Küche mit ausgestrecktem Arm auf und trat einen Schritt zur Seite, um seine Frau vorbeizulassen.

Raquel trug einen großen runden Kuchen mit einer dicken Puderzuckerschicht auf einer silbernen Platte herein und stellte ihn auf den Tresen. Sie wischte sich die Hände an der roten Schürze ab, die fast ebenso puderzuckerweiß war wie der Kuchen, und fächelte sich mit einer Serviette Luft zu. Als sie Stella sah, strahlte sie.

»Dona Stella!« Sie kam zu ihr und umarmte sie. Sie roch jedes Mal ein wenig anders, diesmal nach gerösteten Nüssen und Honig. »Komm, komm, du musst probieren.« Sie zog sie an der Hand zur Theke.

Auch die vier Herren scharwenzelten einer nach dem anderen aus ihrer Ecke herbei, und Stella fiel auf, dass sie alle exakt gleich groß waren. Wie eine Studie von Grau-Weiß-Abstufungen standen sie in einer Reihe. Bei Diogo ließ sich noch ein deutlicher Rest an schwarzem Haar ausmachen, bei Hugo war es ein eher eintöniges Mittelgrau, der Dritte, dessen Namen sie vergessen hatte, war weiß mit vereinzelten hellgrauen Strähnen, und Anibal hatte seidiges schlohweißes Haar. Bento verteilte Servietten, Raquel schnitt den Kuchen und tat ihnen allen ein Stück auf. Hugo hielt seins in die Höhe und drehte es, als wollte er es von allen Seiten genau betrachten, bevor er beherzt hineinbiss. Der Kuchen hatte eine kräftige gelbe Farbe und sah ungeheuer saftig, fast nass aus, als wäre er noch lange nicht durchgebacken. Stella brach sich ein

Stück ab und steckte es sich in den Mund. Augenblicklich zerschmolz der Teig auf ihrer Zunge. Es war göttlich. Der Kuchen war noch warm und schmeckte nach Mandeln und Karamell. Sie hatte bestimmt schon ein Dutzend Gebäckverkostungen bei Raquel mitgemacht und jedes Mal war sie überzeugt gewesen, dass es einfach nicht besser gehen könne. Und doch hatte es jedes Mal *noch* besser geschmeckt.

Anibal zerknüllte seine Serviette und putzte sich die Hände gewissenhaft an seinem Nadelstreifenhemd ab. »Raquel ist eine bessere Bäckerin als meine Mutter.«

»Das ist nicht wahr. Deine Mutter war ...« Raquel suchte nach Worten.

»Du kanntest Anibals Mutter?« Stella steckte sich schnell noch ein Stück in den Mund.

»*Claro*, wir sind alle zusammen«, sie machte eine Handbewegung, die alle Männer im Raum einschloss, »in einem *bairro*, in einem Viertel, aufgewachsen. Anibals Eltern hatten eine große Konditorei, und seine Mutter hat mir«, sie senkte ihre Stimme, »das ein oder andere Rezept verraten. Zum Beispiel dieses hier, *Toucinho do céu*. Himmelsspeck.« Sie lachte.

Anibal lachte auch, und sofort fielen alle ein, einer nach dem anderen, wie Dominosteine. Die Espressomaschine zischte aus dem Nichts, und Stella verschluckte sich fast an ihrem Kuchen, als Diogo die Hände über dem Kopf zusammenschlug und mit einem theatralischen »*Merda!*« antwortete. Bento fasste Raquel an der Hüfte und lachte, wie Stella ihn noch nie lachen gehört hatte. Er übertönte sie alle. Plötzlich scheppterte es. Sie verstummten, alle gleichzeitig.

Die Tür wurde aufgestoßen, und ein schwarz gekleidetes Paar trat ein. Beide trugen Motorradhelme. Schwere Schritte donnerten über die Kacheln. Der Mann hatte eine spiegelnde Sonnenbrille auf und einen Schnauzer mit zwei dünnen senkrechten Bartstreifen rechts und links vom Mund. Er zog seinen Helm ab und knallte ihn neben den Kuchen auf den Tresen. Puderzucker wirbelte auf. Mit einem metallischen Klacken ließ er ein Zippo aufschnappen und steckte sich eine Zigarette an. »Was soll das werden? Ein Kaffeeklatsch?«

Stella starrte die Frau an. Der Mann pustete der Frau eine Ladung Rauch ins Gesicht. Tonia lachte. Umständlich nahm auch sie ihren Helm ab und schüttelte ihre grellblauen Locken.

»Stella!« Tonias Stimme war eine Spur zu schrill.

Der Mann aschte auf die Kuchenplatte. Raquel zog sie rasch vom Tresen und presste sie sich an die Schürze. Der rote Benfica-Schal, der immer lang gezogen über dem Stadionposter gehangen hatte, baumelte herunter.

Tonia legte ihr den Arm um die Taille. »Darf ich vorstellen? Jüggi – Stella. Stella – Jüggi.«

Der Mann steckte sich die Zigarette in den Mund und streckte ihr die Hand hin. Wäre Tonia nicht gewesen, hätte Stella sie niemals ergriffen.

»Freut mich.« Er hatte einen harten Händedruck.

Stella wusste nicht, ob er sie hinter der Spiegelbrille überhaupt ansah. Niemals, nicht einmal in Gedanken, würde sie diesen Kerl Jüggi nennen.

Wortlos verschwand Raquel in der Küche. Anibal und die anderen zogen sich in ihre Ecke zurück. Nur Bento stand unschlüssig hinter der Theke und schien nicht zu wissen, wohin mit sich. Stella hätte sich am liebsten an seine Seite gestellt.

»Also, was ist jetzt mit dem Kaffee?« Jürgen stützte sich auf den Tresen.

»Oh ja, Kaffee.« Tonia hüpfte neben ihm herum.

Schweigend machte Bento sich an der Maschine zu schaffen. Er stellte zwei Glasbecher unter die Öffnung, drückte den Knopf, nichts passierte. Wortlos ruckelte er am Kabel. Wieder und wieder zog und drückte er am Kabel herum, Schweiß stand ihm auf der Stirn. Stella wollte gerade zu ihm hinübergehen, als Jürgen sich an ihr vorbeischob und ohne Ankündigung mit der flachen Hand auf das Gerät schlug. Es knallte – und zischte. Kaffee strömte in die beiden Becher.

»Manchmal braucht es eben eine etwas härtere Behandlung.« Er legte seinen Arm auf Tonias Schulter ab. »Oder wie siehst du das, Puppe?«

Tonia kicherte. Das Geräusch des Milchaufschäumers fuhr dazwischen wie der Speichelsauger beim Zahnarzt.

»Meister, ich trinke schwarz.« Jürgen band sich die wenigen dünnen Haare zum Zopf. »Schwarz wie meine Seele.«

Ungerührt verteilte Bento den Schaum auf beide Becher und trug sie hinüber zu dem Tisch am Fenster, wo Stella ihre Sporttasche mit dem Kletterzeug hingestellt hatte. »Die ersten zwei sind für Dona Stella.«

Jürgen starrte ihn einen Moment lang an. »Behandelt man so einen Gast?« Er trat gefährlich dicht an Bento heran.

Noch mehr Schweiß glitzerte auf Bentos Stirn, seine drahtigen Haare standen ab wie Antennen, aber er zuckte mit keiner Wimper. Aus dem Augenwinkel sah Stella, dass am Ecktisch Stühle gerückt wurden. Anibal und die anderen erhoben sich und kamen langsam näher. Der mit den zweithellsten Haaren griff im Gehen nach seinem Stock und hielt ihn mit beiden Händen in die Höhe.

Jürgen lachte auf. »Wow, soll ich jetzt Angst bekommen?« Kopfschüttelnd knöpfte er sich seine Lederjacke zu und zog die beiden Helme vom Tresen. »Ihr könnt von Glück sagen, dass ich noch was vorhab.« Er fasste Tonia am Nacken. »Pass auf dich auf, Baby. Nicht dass dich die Alten vermöbeln.« Er lachte noch, als seine Schritte bereits wieder über die Fliesen donnerten.

Die Glastür fiel scheppernd ins Schloss. Stella ließ sich auf einen Stuhl fallen. Dünne Rauchschwaden stiegen von den Tassen vor ihr auf.

»Rui war mehrmaliger Landesmeister im *Jogo do pau*. Stockkampf.« Hugos Stimme war leise.

Erst jetzt ließ Rui den Stock sinken. Hugo deutete auf die gelben Blechplaketten, die mit kleinen Nägeln am Holz befestigt waren. Stella hätte gerne irgendetwas gesagt oder gefragt, aber sie konnte nur nicken. Tonia nahm ihr gegenüber Platz, ohne sie anzusehen. Ihre blauen Haare saßen wie ein Fremdkörper auf ihrem Kopf. Bento zog eine der unbeschrifteten Flaschen vom Regalbrett und füllte acht Gläser. Eines reichte er durch den Spalt der Holztür in die Küche, die anderen verteilte er im Raum. Wieder schoss es Stella durch den Kopf, dass irgendetwas anders war. Oder fehlte. Aber sie hatte noch immer keine Ahnung, was es sein könnte.

»Er ist sonst nicht so.« Tonia zeichnete mit dem Finger die Wasserringe auf der Tischplatte nach.

»Wie ist er denn sonst so?« Stella konnte den sarkastischen Ton nicht unterdrücken.

»Na ja, witzig, spontan ... Wir haben einfach Spaß zusammen.« Tonias Stimme bekam etwas Trotziges.

»Ich dachte immer, wir beide hätten eine ähnliche Definition von Spaß.«

Tonia zuckte mit den Schultern.

Die Männer nahmen ihr Kartenspiel wieder auf, und Bento wischte über den Tresen. Stella trank ihren Medronho in einem Zug. Der Schnaps brannte ihr in der Kehle. Es hatte ja doch keinen Sinn. Sie sah Tonia so selten, da wollte sie in der wenigen Zeit nicht mit ihr streiten. Tonia würde diesen Typen eh bald wieder satt haben, da konnte Stella sich die schlechte Stimmung sparen.

Sie atmete tief durch. »Themenwechsel?«

Tonia sah ihr in die Augen. Zum ersten Mal heute hatten sie Blickkontakt. »Themenwechsel.«

Stella schob ihr einen Galão hinüber und lächelte. »Erzähl mir lieber, was es mit dieser Übersetzerkonferenz auf sich hat.«

Dankbar rührte Tonia in dem Kaffee. »Ich bin ganz aufgeregt. Ich wurde für einen der Workshops ausgelost.« Sie trank einen Schluck. »Mmh, lecker.«

»Oh, warte, das hätte ich fast vergessen.«

Stella bückte sich und zog ein Fläschchen aus dem Seitenfach ihrer Sporttasche. Sie schraubte es auf, träufelte in jeden Kaffee ein paar Tropfen und rührte um. Schnell steckte sie die kleine Flasche wieder weg, aber Bento hatte es doch gesehen. Er sagte nichts, aber seine Miene verfinsterte sich und er wischte immer wieder über dieselbe Stelle am Tresen. Es tat ihr leid, denn sie wusste, wie groß seine Angst vor jeder noch so winzigen Neuerung in seiner Pastelaria war, und außerdem fasste er es bestimmt als Beleidigung auf. Das war das Letzte, was sie wollte. Stella schloss ihre Hände um den Becher. Sie würde später mit ihm sprechen.

»Jetzt aber.« Sie wandte sich wieder Tonia zu. »Du wurdest ausgelost.«

Tonia setzte sich auf dem Stuhl um. Er knarrte. »Genau, meine Übersetzung wird nachher besprochen. Ich musste da im Vorfeld zwanzig Seiten einschicken, und alle Workshopteilnehmer haben die bis heute gelesen. Und gleich bekomme ich von allen ein Feedback. Weißt du«, sie sah auf, »ich arbeite ja meistens im stillen Kämmerlein und krieg auch oft gar keine richtige Rückmeldung zu den Texten, die ich abgebe.« Sie nahm einen Schluck Kaffee. »Himmel, das ist ja ... Was ist das?«

»Schokoöl.«

Tonia trank ohne abzusetzen aus und knallte den Becher auf den Tisch. »Ich bin süchtig.«

Stella grinste. »Und ich erst.«

Sie war es wirklich. Seit dem Augenblick, als Max ihr dieses Öl das erste Mal in den Kaffee geträufelt hatte, wollte sie immer mehr davon. Zum Glück hatte er ihr etwas davon abgefüllt, an dem Morgen, bevor er wieder nach Spanien geflogen war. In kleinen Schlucken trank sie ihren Kaffee. Es war nur ein Hauch von Schokolade, aber genau dieser Hauch machte alles etwas wärmer und weicher als sonst.

»Was ist mit Max? Wann kommt er zurück?« Es war, als hätte Tonia ihre Gedanken gelesen.

»In fünf Tagen. Endlich!« Sie hatte nicht gewusst, dass

233

sie sich *so* sehr auf jemanden freuen konnte. »Und er bringt Marta mit.« Das fügte sie schnell noch hinzu, denn alles, was mit Marta zu tun hatte, konnte in ihrem Kopf gespenstische Ausmaße annehmen, wenn sie es dort einschloss.

Tonia sah sie überrascht an. »Und wie findest du das?«

Sie zuckte mit den Schultern. »Ich weiß nicht.«

Hinten in der Ecke wurden Stühle gerückt, und Anibal und die anderen schickten sich an zu gehen. In all den Monaten hatte Stella die vier noch nie kommen oder gehen sehen. Was sie wohl vorhatten, an einem Sonntagvormittag, alle zusammen? Diogo klopfte auf den Tresen, Bento hob die Hand, und einer nach dem anderen nickte ihr im Hinausgehen freundlich zu. Sobald sich die Tür hinter ihnen geschlossen hatte, schlurfte Bento zum Ecktisch hinüber und ließ sich schwerfällig auf Anibals angestammtem Platz fallen. Reglos starrte er vor sich auf die Tischplatte. Vielleicht sollte sie doch lieber gleich mit ihm sprechen.

Tonia zog die Beine auf den Stuhl. »Es ist schon ein bisschen komisch, oder? Max und seine Tochter ...«

Stella drehte die kleine Vase mit der Plastikrose zwischen ihren Fingern. »Ich mach mir so blöde Gedanken. Dass Marta mich nicht mag. Oder dass Max mich weniger mag, wenn Marta dabei ist. Das ist natürlich Quatsch, aber ...«

»Das ist wirklich ... Oh Gott!« Tonia sprang auf. »Ist es schon viertel vor zwölf?«

Stella ließ die Vase los und warf einen Blick auf die runde Uhr über der Küchentür. Die quietschbunte Heilige in der Mitte des Ziffernblattes war unter der dicken Staubschicht kaum noch zu erkennen.

»Um zwölf geht die Konferenz los.« Unvermittelt fiel

Tonia ihr um den Hals. »Mann, riechst du gut! Also«, sie war schon an der Tür, »wir sehen uns heute Abend. Zu zweit.« Draußen drückte Tonia kurz ihre Nase an die Scheibe und schnitt eine Grimasse, sie winkte noch und war verschwunden.

Eine große Gruppe Menschen, alle in kurzen Hosen, lief an der Fensterscheibe vorbei, Ausflügler auf dem Weg zu den Landungsbrücken, wo sicher eine Hafenrundfahrt oder eine Fahrt im roten Doppeldeckerbus auf sie wartete. Fast hätte Stella das Klacken der Küchentür überhört. Geräuschlos durchquerte Raquel den Raum und legte Bento eine Hand auf die Schulter. Er stand auf und folgte ihr in die Küche.

Stella schob die Kaffeegläser und das Schnapsglas über die Tischplatte. Allein war sie in der Pastelaria noch nie gewesen. Sie rückte jedes Gefäß in einen der hellen Ringe auf dem Holz und richtete es exakt im Mittelpunkt aus. Als sie aufstand, knarrte ihr Stuhl überlaut in der Stille. Die Luft roch nach Honig und Asche, und ein Rest von Puderzucker bedeckte noch immer die Ränder der Theke. Sie schulterte ihre Sporttasche. Sie musste an das denken, was Tonia beim Verabschieden gesagt hatte, und hielt sich ihr Handgelenk vor die Nase.

Max hatte den kleinen braunen Flakon in einen wattierten Umschlag gesteckt. *Ich hätte dich gerne hier bei mir*, hatte er geschrieben. Auf dem Flakon klebte ein winziges Etikett: *Orangenblütenwasser aus Málaga*. Vorsichtig hatte sie sich etwas davon auf den Hals und die Handgelenke getupft und sich vorgestellt, wie sie zusammen unter blühenden Orangenbäumen lägen.

Ihr Blick ging hinüber zum Tresen. Und mit einem Mal

wusste sie, was anders war. Die Orangenpresse war weg. Vor ein paar Tagen hatte dieses übergroße Jukebox-Kugelbahn-Teil noch neben dem CD-Player gestanden, jetzt prangte an seiner Stelle ein großer Fleck an der Wand. Er war etwas dunkler als das Hellbraun der restlichen Tapete.

Vielleicht sollte sie an die Küchentür klopfen, damit Bento und Raquel Bescheid wussten, dass niemand mehr da war. Aber sie wollte die beiden nicht stören. Stattdessen klemmte sie zehn Euro unter einen der Kaffeebecher, auch wenn ihr das komisch vorkam. Als sie die Glastür aufzog, blickte sie noch einmal zurück. Irgendwie, dachte sie und war schon mit einem Bein auf dem Gehweg, irgendwie wirkte die Stelle, wo die Orangenpresse gestanden hatte, sogar feucht.

12. Juni

1986: Elf! Wir haben eine super Schnitzeljagd gemacht. Am Ziel (im Wald hinterm Rapsfeld) gab's Cola und meinen Lieblingskuchen: Kalter Hund. Mama ist einfach die beste Bäckerin!

1989: Eigentlich wollten wir picknicken, aber dann hat es geregnet. War aber nicht schlimm. Wir haben im Keller »Wer bin ich?« gespielt, und auf meinem Stirnzettel stand Jennifer Grey. Max war Patrick Swayze. Tonia hat bei uns übernachtet, und wir haben heimlich La Boum geguckt.

12. Juni

Es war schon komisch, sich selbst einen Geburtstagskuchen zu backen. Stella steckte den Plastikteller mit dem Blasen blubbernden Fisch, den sie vor ein paar Tagen gekauft hatte, in die helle Korbtasche. Obwohl, streng genommen war der Kuchen gar nicht gebacken und eigentlich war er auch nicht für sie selbst, sondern für Marta. Sie musste den Namen nur denken und schon geriet etwas in ihr aus dem Takt. Sie stützte sich auf die Arbeitsplatte. Einundzwanzig, zweiundzwanzig, dreiundzwanzig ... Es war so bizarr, dass sie hier stand und einen Kuchen für ein Gespenst zubereitete.

Für Max' Tochter!

Mit zitternden Fingern entfernte sie das Grün von den Erdbeeren. Die Tage, die sie mit Max in seiner Wohnung verbracht hatte, schienen ihr ewig her, und trotzdem war es so, als wären sie erst gestern zusammen gewesen. Als könnte die Zeit sich gleichzeitig dehnen und raffen. Vorsichtig kippte sie die Erdbeeren in eine Plastikdose und zog den kastenförmigen schokoladenbraunen Kuchen aus dem Kühlschrank. Gestern hatte sie mit Tonia und Ellen zusammen in ihren Geburtstag reingefeiert, in einem Club auf St. Pauli. Heute Vormittag hatte Tonia verkatert hier mit ihr in der Küche gestanden und festgestellt, dass das Kärtchen mit den hellrosa Lotusblüten noch immer an der Kühlschranktür hing. Sie hatte kurzerhand Stellas Dienstplan abgefragt und persönlich beim Thai-Massage-Studio angerufen. Nächste Woche war es also so weit: Rückendehnung in der Kobra-Position. Ob sie das ins Gleichgewicht bringen konnte?

Sie schlug den Kuchen in Alufolie ein. Max hatte gesagt, dass er und Marta sie zur Feier des Tages gemeinsam entführen würden. Sie hielt das Alupaket sehr fest. Einundzwanzig, zweiundzwanzig, dreiundzwanzig … Dabei wusste sie noch nicht einmal, wovor genau sie eigentlich so große Angst hatte. Dass sie keinen Draht zu Marta aufbauen konnte und dass es dadurch schwierig zwischen Max und ihr wurde. Dass dadurch alles, was zwischen ihnen möglich war, im Keim erstickt wurde. Dass sie ihn ein zweites Mal verlor. Sie presste die Lippen aufeinander. Als sie den Kuchen zusammen mit den Papierservietten auf dem Taschenboden platzierte, klingelte es an der Wohnungstür.

Die helle Stimme eines Mädchens tönte durchs Treppenhaus. Jetzt war es also so weit. Mit dem Fuß angelte Stella ein Paar schwarze Ballerinas aus dem Schuhhaufen und schlüpfte hinein. Die Alufolie um den Kuchen knisterte, als sie den Wohnungsschlüssel in die Korbtasche fallen ließ und Max und Marta Hand in Hand um die Ecke bogen.

Kaum trafen sich ihre Blicke, breitete sich auf seinem Gesicht ein Strahlen aus. Stella atmete aus. Es war so unglaublich gut, Max zu sehen.

Er ging in die Hocke. »Schau mal, Marta, das ist Stella.«

Sie ging ebenfalls in die Hocke und sah dem Mädchen ins Gesicht. Für einen Moment konnte sie Marta nur anstarren. Sie hatte jede Menge Sommersprossen, die sich über die kleine Nase und die Wangen zogen, große blaue Augen und einen geschwungenen Mund mit, ja, mit rissigen Lippen. Ihr ging das Herz auf. Das war so sehr Max.

»Hallo Marta. Wie schön, dass du da bist.« Sie meinte es mit jeder Faser.

Marta nickte sehr ernst. Ihre dichten dunklen Haare wippten dabei. Mit ihrem kleinen Finger zeigte sie auf Stella. »Tella.« Und damit schien die Sache für sie geritzt, denn sie machte sich los und tapste wie selbstverständlich an ihnen vorbei in die Wohnung.

Max reichte Stella die Hand und zog sie zu sich heran. Sie stand dicht vor ihm, so dicht, dass sie zwinkern musste. Er hatte Farbe bekommen und seine Haare waren noch feucht vom Duschen, sie konnte das Wasser riechen. Er zog sie an sich.

»Happy Birthday to you.« Den Rest des Liedes summte er ihr ins Ohr. »Endlich hab ich dich wieder.«

Ihre Beine gaben ein klein wenig nach, und Max hielt sie fest. Lange. Sie drückte ihr Gesicht in seinen Hals, immer wieder strich er ihr übers Haar.

Aus dem Wohnzimmer kam ein Quietschen. Die Finger ineinander verschränkt gingen sie durch den Flur zu Marta. Sie hatte alle Kissen vom Sofa geschoben und ließ sich mit einem Kreischen auf den Po plumpsen. Stella musste lachen. Max stellte seine Rucksäcke und die Fototasche auf den Boden und streifte Marta die Schuhe ab. Die Balkontür stand offen, und eine warme Brise durchzog den Raum. Stella setzte sich auf den Rand des Sofas, das ihr in diesem Augenblick überhaupt nicht mehr zu groß vorkam, damit sie Marta notfalls auffangen konnte. Der Holzboden schimmerte im Sonnenlicht, die schmiedeeiserne Brüstung warf feine geschwungene Schatten aufs Parkett. Marta plumpste hin und zog sich an ihrer Schulter wieder hoch. Eine Welle von Glück durchströmte Stella. Nie hätte sie geglaubt, dass sie irgendwann mit Marta, mit Max' Tochter, hier bei sich auf dem Sofa herumturnte.

Rufe wehten von unten herauf – Bento, der sich mit einem der Kellner des Restaurants gegenüber irgendeinen Witz lieferte. Prompt wurde lautstark auf Portugiesisch geantwortet. Marta kletterte vom Sofa und zog ein knallrotes Päckchen aus der Seitentasche des Rucksacks.

»Marta auf.«

Max umarmte seine Tochter von hinten. »Eigentlich ist das ja dein Geschenk für Stella. Aber du darfst ihr bestimmt beim Auspacken helfen.«

»Na klar, komm hilf mir.«

Schon hatte Marta das rote Papier vollständig abgerissen und drückte ihr ein Männchen aus zusammengebundenen Stöcken in die Hand. Die Figur war etwas größer als ihre Hand, und sie bestand aus drei kleinen, sich kreuzenden Holzstöcken, die in der Mitte mit Paketband verknotet waren – zwei Arme, ein langer Hals mit Kopf und aufgemaltem Gesicht und unten drei Stockbeine. Stella lachte, gleichzeitig schossen ihr Tränen vor Rührung in die Augen. Auf dem Kopf hatte die Figur lange, kleberverschmierte Haare aus gelber Wolle.

»Bin ich das?« Sie legte die Stockfrau vorsichtig auf den neuen Beistelltisch.

Marta nickte heftig. »Tella.«

Sie watschelte durch den Raum und öffnete zielstrebig eine der Türen des weißen Sideboards. In einer beeindruckenden Geschwindigkeit fegte sie Rollen von Geschenkpapier, Pappen, Umschläge und Gummibänder auf den Boden. Max wollte zu ihr, aber Stella hielt ihn zurück.

»Egal, ich muss das eh mal durchgehen.«

Wie zur Bestätigung landeten Teile ihrer alten Studienunterlagen vor ihren Füßen. Marta zog eine der Schubladen auf und griff zielstrebig nach dem Glockenhut. Mit beiden Händen stülpte sie ihn sich über den Kopf. Er bedeckte ihr komplettes Gesicht.

»Marta weg.« Sie streckte die Arme weit nach vorne aus.

Unter Lachen zog Max sie zu sich auf den Schoß.

»Ist das«, er klappte die Krempe vorne hoch und zog den Hut in Martas Nacken, »der Hut von damals? Vom Flohmarkt?« Ohne eine Antwort abzuwarten, nahm er ihn Marta vom Kopf und sah Stella fragend an. »Darf ich?«

»Ach, lieber ...« Stella brach ab. Sie dachte an den Nachmittag vor vielen Jahren, als Max ihr in klirrender Kälte behutsam diesen Hut aufgesetzt hatte. An seinen Blick, liebevoll und mit angehaltenem Atem, würde sie sich ein Leben lang erinnern. Sie nickte.

Ruhig strich er ihr die Haare aus dem Gesicht. Marta spazierte aus dem Zimmer. Im Vorbeigehen wischte sie ein paar Bücher vom Regal und warf einen beiläufigen Blick in die Korbtasche. Vorsichtig setzte Max Stella den Hut auf und zog ihn ihr dann noch ein winziges Stück tiefer in die Stirn. Er betrachtete sie, und es fühlte sich genauso an wie früher.

»Wie schön du bist«, sagte er leise. »Und du siehst immer noch aus wie Greta Garbo.«

Er zog sie an der Hand zu sich, und als er sie küsste, spürte sie die Sonne warm und hell auf ihrem Gesicht.

»Und Marta?« Ihre Lippen lagen noch an seinen.

»Die wird sich schon melden.«

Stella dachte daran, wie seltsam sie es sich vorgestellt hatte, Max vor Marta zu küssen, aber eigentlich war es das gar nicht. Sie ließ sich von ihm aufs Sofa ziehen und fühlte seine Erektion. Sehr leise stöhnte sie auf. Max schob seine Hände von hinten unter ihr weites weißes Hemd, das eigentlich ihm gehörte. Sie hatte es bei ihrem Abschied mitgenommen, bevor er nach Spanien geflogen war, und seitdem mochte sie kaum mehr etwas anderes tragen. Langsam fuhr er mit seinen Fingern ihre Wirbelsäule nach. Etwas piekste ihr ins Gesicht. Sie blinzelte. Marta stand neben ihr und lachte. Schnell wollte sie sich aufsetzen, aber Max hielt sie fest.

Marta brabbelte vor sich hin und wedelte mit einer kleinen Pappe. Stella erkannte sofort, dass es eine Karte aus ihrer Schönen-Tage-Box war. Es machte ihr nichts aus, dass Marta sie hatte. Nur, wie zum Teufel hatte sie die schwere Schublade der Kommode aufbekommen? Man musste ja an beiden Griffen, rechts und links, gleichzeitig und gleich stark ziehen, damit die Lade nicht verkantete. Dafür brauchte man eine ziemliche Armspannweite und außerdem ganz schön viel Kraft. Von dem winzigen Schlüssel, den Marta im filigranen Schloss des Kästchens gedreht haben musste, ganz zu schweigen.

»Papa.« Marta streckte Max die Karte hin.

Durch die geöffnete Balkontür hörte Stella das Dröhnen eines Flugzeugs. Max warf ihr einen kurzen Blick zu und nahm die Karte an sich. Er drehte sie in seinen Händen. Leiser und leiser wurde das Dröhnen. Es war verrückt, aber die Karte gehörte genau dorthin, wo sie war. Sie gehörte zu Max.

»Die ist aus dieser Box, die du früher hattest.« Es war eine Feststellung, keine Frage. Er wusste es noch.

Marta drängelte zwischen ihnen aufs Sofa, und sie rückten ein Stück auseinander und machten ihr Platz.

Stella erinnerte sich genau an den Moment, als sie Max von dem Kästchen erzählt hatte. Sie hatten am Flussufer gesessen, es war März gewesen und schweinekalt. Max hatte seine Schuhe ausgezogen. »Komm.« Mit nackten Füßen wateten sie durch den Matsch. Stella war noch vor ihm im Wasser. Sie tauchten und ließen sich von der Strömung flussabwärts treiben. Als sie später in triefenden Klamotten den Weg zurück zu ihren Schuhen liefen, war es aus ihr herausgeplatzt: »Das muss ich später unbedingt in meine Schöne-Tage-Box eintragen.« Sie wusste noch, dass sie gar nicht viel hatte erklären müssen, sondern dass Max auch so verstanden hatte, wie wichtig ihr das Kästchen und die Karten waren.

Marta rutschte auf den Boden und zog das gepunktete Geschenkpapier von der Rolle. Max hielt noch immer die Karte in seiner Hand und sah sie mit einem Ausdruck an, den sie nicht deuten konnte. Im Licht, das auf sein Gesicht fiel, waren seine Pupillen winzig klein, das Blau mit den wilden Schlieren dafür umso größer. Auf seinem Gesicht breitete sich ein Lächeln aus, und er reichte ihr die Karte.

Keine Ahnung, warum, aber ihr Blick fiel auf die Korbtasche, die am Türrahmen lehnte. Gleich würde er sie entführen, dachte sie. Und dann las sie, was sie vor sechzehn Jahren aufgeschrieben hatte.

13. Juli

1989: Mit Max zusammen abgehauen. Der schönste Tag meines Lebens. Für immer.

Vor sechzehn Jahren
Stella stand im Rahmen ihrer Zimmertür. Das Deckenlicht hatte sie schon ausgeknipst, nur die Nachttischlampe brannte noch, das Bett war aufgeschlagen, bereit zum Hineinschlüpfen. Ihre Mutter hatte es heute Vormittag frisch bezogen, damit sie, wenn sie in drei Wochen aus dem Urlaub zurückkamen, alles frisch vorfanden. Der Schreibtisch war aufgeräumt, der Stuhl herangeschoben, die Kassetten und ihre neuen CDs lagen geordnet auf der Kommode vor der Anlage. Es war wichtig, dass heute Abend alles so aussah, als wäre es an seinem Platz.

Endlich hörte sie die Schritte ihrer Eltern auf der Treppe. Mit einem Strahlen kam ihr Vater durch den halbdunklen Flur auf sie zu. Schon den ganzen Tag strahlte er so, seit sie am Mittag im Fischrestaurant ihr Zeugnis aus der Tasche gezogen hatte. Er hatte sich extra dafür frei genommen.

»Na, meine Klassenbeste.« Er lehnte sich an den Türrahmen, die Hände in den Taschen seiner hellen Leinenhose.

Stella gab sich Mühe, nicht von einem Fuß auf den anderen zu treten.

»Du kannst heute bestimmt hervorragend schlafen.«
»Bestimmt.«
»Du weißt, wie wichtig gute Noten sind. Wenn man Ärztin werden will ...« Er stoppte sich. Er hatte schon den ganzen Tag geredet, und Stella wusste, dass er es weder bei

anderen noch bei sich selbst leiden konnte, wenn man sich wiederholte.

Ihre Mutter kam an seine Seite. Sie hatte ein gutes Dutzend Krawatten in der Hand, deren Knoten sie einen nach dem anderen löste.

»Mach nicht mehr so lange«, sagte ihr Vater. »Wir wollen morgen alle ausgeschlafen in den Flieger steigen.«

»Mach ich nicht, versprochen.« Die Lüge kam ihr erstaunlich leicht über die Lippen.

Er drückte ihre Schulter. Der Geruch von Desinfektionsmittel streifte sie. Nur ein Hauch, den wurde er nie ganz los.

»Na dann, gute Nacht.«

Sie rutschte am Türrahmen ein Stück hinunter, bis ihr Kopf auf gleicher Höhe mit dem ihrer Mutter war. Die sah kurz an ihr vorbei ins Zimmer, zum Fenster, dessen Rollladen Stella bereits halb heruntergelassen hatte, zum Bett mit dem Schwarz-Weiß-Poster von *The Cure* darüber und dem alten Drei-Fragenzeichen-Poster daneben. Folge 13, *Der lachende Schatten*. Die Schritte ihres Vaters entfernten sich, dann ging unten der Fernseher an.

Ihre Mutter legte sich die Krawatten über den Arm und sah ihr aufmerksam ins Gesicht. Für einen Moment hatte Stella das Gefühl, dass sie etwas ahnte. Aber schon gab ihr ihre Mutter einen Kuss auf die Stirn. »Schlaf gut, mein Stern.«

Leise schloss Stella die Zimmertür hinter ihr zu und atmete durch. Ganz ruhig. Sie hatte noch gut zwanzig Minuten, bis der letzte Bus fuhr. Ihr Vierzig-Liter-Rucksack, den sie im letzten Sommer für eine Wanderung über den Brenner gekauft hatten, stand gepackt im Kleiderschrank.

Jacke und Schuhe würde sie sich draußen im Freien anziehen, wenn sie ein paar Meter auf Socken die Straße hinuntergelaufen war. Sie bückte sich und zog die dicke Winterbettdecke unter ihrem Bett hervor. Wenn sie sie unter ihrer eigentlichen Bettdecke geschickt drapierte, sah es von der Tür so aus, als läge sie selbst auf der Matratze. Sie türmte die Decken noch ein wenig höher auf, knautschte das Kopfkissen und trat einen Schritt zurück. Perfekt. Jetzt noch der Brief.

Stella zog ihn unter der Schreibtischunterlage hervor. Sie hatte ihn schon gestern vorbereitet, und Max hatte einen ganz ähnlichen Brief an seine Mutter geschrieben. Vorsichtig, ohne die Position zu verändern, schob sie ihn unter die Bettdecke. Ihre Mutter würde ganz sicher die Decke zurückschlagen, wenn sie merkte, dass Stella nicht da war. Der Brief verriet nichts, natürlich nicht, nur Sorgen sollten sich ihre Eltern keine machen. Dafür gab es überhaupt keinen Grund. Sie war in sicherer Begleitung. Und sie brauchten sie nicht zu suchen, das stand auch in dem Brief. Stella konnte nur beten, dass sie sich daran hielten.

Mit einem Ratschen ließ sie die Rollläden bis zum Anschlag hinunter, damit kein einziger Lichtstrahl mehr von der Straßenlaterne in ihr Zimmer fiel. Sie zog den prall gefüllten Rucksack aus dem Schrank, kniete sich hin und nahm den Schlüssel zu ihrer Box aus dem Puppenstubenbett. Den würde sie zur Sicherheit lieber bei sich tragen.

Ein letztes Mal sah sie sich um. Alles lag in Reih und Glied, trübe beleuchtet von der Dreißig-Watt-Birne ihrer Nachttischlampe. Ein wenig leblos sah ihr Zimmer vielleicht aus, aber wenn sie darüber nachdachte, kam ihr das eigentlich häufiger so vor. Stella griff nach der breiten

Schublade des Schreibtischs. Jetzt gab es nur noch eine einzige Sache zu tun.

Die Lade öffnete sich mit einem Quietschen. Schere und Müllbeutel lagen griffbereit in der linken Ecke. Ohne auch nur einen Moment zu überlegen, band sie ihre Haare zum Zopf und schnitt hinein. Sie musste die Schere ordentlich zudrücken, damit möglichst viel Haar auf einmal mitkam. Mehrere Male schnitt sie, bis sie das ganze Bündel in der Hand hielt. Kurz hielt sie es gegen das Licht. Ein welliger Schatten geisterte über ihre Bettdecke. Das waren also ihre langen blonden Haare. Gewesen. Mit einem Grinsen stopfte sie sie in den blauen Beutel und knotete ihn zu. Ein paar Mal schüttelte sie den Kopf, probehalber, weil sie spüren wollte, wie es sich anfühlte mit kurzen Haaren. Luftig war es, und richtig schön. Mit den Fingerspitzen fuhr sie über ihre Kopfhaut. Es kribbelte, und als sie schließlich ihren Rucksack schulterte, fühlte sie sich trotz des Gewichtes auf ihrem Rücken viel leichter als sonst. Leicht und frei. Sie griff sich den Müllbeutel, löschte das Nachtlicht und trat in den Flur.

»In München hat der Seniorenschutzbund Graue Panther heute seine Zusammenarbeit mit den Grünen gekündigt. Trude Unruh ...« Manchmal stellten ihre Eltern den Fernseher so laut, dass man meinen könnte, sie wären schwerhörig. Heute kam es Stella gerade recht. Sie schlich die Treppe hinunter und an der Wohnzimmertür vorbei, nahm ihre dünne blaue Jacke vom Haken und die Schuhe in die Hand. Jeden Handgriff war sie in Gedanken wieder und wieder durchgegangen. Leise drückte sie die Klinke und öffnete die holzvertäfelte Tür. Die Nachtluft war klar, und die Dunkelheit, die sie umfing, hatte etwas Rötliches.

Der Dobermann ihrer Nachbarn drehte im Zwinger seine Runden und bemerkte sie nicht. Mit einem kaum hörbaren Klacken zog Stella die Haustür hinter sich zu.

Wind fegte über die rote Asche. Stella drückte sich am Eisengitter des Bolzplatzes vorbei. Als der Schein der Laterne sie erfasste, lief sie schneller, bis die Schatten sie wieder in Schutz nahmen. Scheppernd rollte ihr eine Coladose vor die Füße, hin und her und in weiten Kreisen über den Asphalt. Stella hielt die Luft an. In den Fahrradständern lehnte kein einziges Rad, schräg dahinter klaffte die Lücke im Gebüsch. Das Gewirr aus Zweigen war dunkler als am Tag, drängender. Sie schaute sich kurz um und verschwand lautlos zwischen den Sträuchern.

Schwarze Stille umfing sie. Stella tastete sich am Zaun entlang bis zu der Stelle, die Max aufgerissen hatte. Die Drahtenden waren spitz, sie schob ihren Rucksack durch die Öffnung und schlüpfte hinterher. Zwischen den Grabsteinen dampfte das Gras, die Hitze des Tages legte sich feucht um ihre Füße. Der Himmel schimmerte grau, der Mond war fast voll. Hoch stand er über dem Friedhof.

Als sie aus dem Schatten der Bäume trat, sah sie ihn – ein Scherenschnitt auf der Lehne ihrer Bank. Als wäre seit heute Vormittag keine Zeit vergangen, als hätte nur jemand das Licht ausgeknipst. Unwillkürlich musste sie grinsen und ging auf ihn zu. Max richtete sich auf. Stella hörte ihn ausatmen, als hätte er zuvor die Luft angehalten. Sein Blick ruhte auf ihren Haaren. Sie war erstaunt, wie gut sie das aushalten konnte.

»Du siehst toll aus.« Er sprang von der Bank und griff nach ihrer Hand. Ohne sie loszulassen, schulterte er seine

Sachen, einen großen Armeerucksack, einen zweiten etwas kleineren Rucksack, eine Angelrute und eine längliche Tasche aus leuchtend blauer Plane.

Stella ließ sich von ihm über den schmalen Grünstreifen zwischen den Gräbern führen. Das hatten sie noch nie gemacht. Sie konnte seine trockenen Fingerkuppen an ihrem Handrücken fühlen.

Als sie alle vier Grabreihen hinter sich gelassen hatten, toste der Wind in der Schneise, die steil hinab zum Wasser führte. Es war, als würde der Luftstrom sie mit all seiner Kraft erfassen. Sie musste sich von Max losreißen, von jetzt auf gleich, und rannte voraus, den Abhang hinunter. Rechts und links rauschten die Weiden, der Boden unter ihren Füßen war hart und von Wurzeln durchsetzt, Äste und Zweige peitschten hoch über ihr in der Luft. Je näher sie dem Fluss kam, desto weicher und federnder wurde der Untergrund. Kurz vor der Uferböschung bremste sie ab. Ihr Atem ging schnell. Als sie sich umdrehte, stand Max noch immer oben auf der Kuppe des Hügels. Eine dunkle Gestalt, nicht mehr als ein Umriss. Von hier unten schien es, als könnte er mit ausgestreckten Armen die Bäume auf beiden Seiten berühren. Stella hob eine Hand, im selben Moment rannte Max los.

»Ich muss dir was zeigen«, schrie er. Ein Stück lief er am Ufer entlang, bevor er hinter einer Baumreihe verschwand.

Als er wieder hervorkam, hatte er ein Kajak im Schlepptau. Es war schwer, das konnte sie sehen, er musste sich mit dem Seil in der Hand nach vorne lehnen und seine Füße fest in den Boden stemmen. Sie lief ihm entgegen. Im Näherkommen erkannte sie, dass es kein Seil war, das er hielt, sondern eine meterlange dicke Metallkette, an deren

Ende ein Lampenfuß befestigt war. Zumindest sah es wie ein Lampenfuß aus.

»Ein Faltboot.« Max zog es bis ans Ufer. »Hab ich bei uns im Schuppen gefunden. Ich glaub nicht, dass das meiner Mutter gehört. Oder Hans. Wahrscheinlich …« Er stockte und schwenkte den umgedrehten Lampenfuß. Das Ding hatte drei Messingbeine, die gebogen in die Luft standen. »Es hat keinen Anker. Ich dachte, der hier tut's auch.«

Stella beugte sich hinunter und strich über die hölzernen Streben, die die bleiche Gummihaut des Kajaks spannten. Die Haut roch alt und nach trockenem Gras, genauso wie die blau-rote Luftmatratze, auf der sie immer schlief, wenn sie bei Tonia übernachtete.

»Ich dachte, irgendwie müssen wir ja über den Fluss kommen.« Max schob das Boot noch ein Stück weiter, bis sein Vorderteil über die Böschung ragte. »Das Praktische ist, dass wir es auf der anderen Seite wieder zusammenfalten können. Ziemlich klein sogar. Die finden uns nie!« Ruckartig zog er an der Metallkette. Sie war fest mit den Bodenplanken ihres Bootes verbunden.

Stella öffnete den Bauchgurt ihres Rucksacks. »Wenn sie uns überhaupt suchen.«

»Genau, wenn.« Max legte seine Sachen ins Gras.

»Das Boot, das ist echt …« Ihr fiel kein Wort ein. »Danke.«

Zusammen wuchteten sie es den kleinen Hang hinunter zum Fluss, es schwankte einmal kurz und legte sich dann eben aufs Wasser. Sofort riss die Strömung an ihm, aber Max hielt die Kette eng am Körper. Mit der freien Hand griff er nach ihrer, und Stella hielt sich an ihm fest.

Bei keinem anderen hätte sie das gemacht. Da wäre sie lieber ins Wasser gefallen. Sie setzte einen Fuß auf den wankenden Boden, ihre Beine wurden auseinandergezogen, sie griff nach dem Holzrahmen und sprang. Das Boot schwankte, für einen Moment stand sie, ohne sich irgendwo festzuhalten, im Wind. Max hielt die Kette weiter stramm, bis sich das Schaukeln legte und Stella nur noch das Ziehen von unten spürte.

Max reichte ihr einen Rucksack nach dem anderen, zuletzt gab er ihr die Angel. Sie verstaute alles zu ihren Füßen. Als er zu ihr ins Boot stieg, landete er fast auf ihr. Sie lachte. Der Boden unter ihnen bebte. Stella packte seine Handgelenke, sie hielten sich im Knien aneinander fest. Im selben Moment wurde das Boot von der Strömung erfasst. Max und sie schrien gegen das Tosen an, sie rangelten miteinander, bis jeder seinen Platz an Bord eingenommen hatte, sie vorne, Max hinten.

»Wahnsinn!«

Die ersten Minuten paddelten sie in wilden Schlangenlinien, doch schon nach kurzer Zeit wurde ihre Fahrt ruhiger, und ihr Boot trieb von alleine in Richtung Flussmitte. Ein bisschen war es so, als wäre das Flussbett eine Matratze mit Kuhle, in die man beim Schlafen rollte.

Stella lehnte sich an die schmale, hölzerne Rückenlehne und ließ ihr Paddel über der Wasseroberfläche schweben. Hinter sich hörte sie Max' Ruder ruhig durchs Wasser pflügen.

»Hab ich mir anstrengender vorgestellt«, sagte sie.

»Ich mir auch.« Er hatte sich etwas vorgebeugt. »Bist du schon mal Tandem gefahren? Also so 'n Fahrrad-Tandem, meine ich.«

»Nee, du?«

»Auch nicht, aber ich würd's gern mal.«

»Dann sitz ich hinten und lass dich treten.« Sie lachte.

Im selben Moment zuckte ein Blitz vom staubtrockenen Himmel. Er fasste nach ihrer Schulter, seine Stimme war dicht an ihrem Ohr. »Einundzwanzig, zweiundzwanzig, dreiundzwanzig, vierundzwanzig, fünfundzwanzig, sechsund…«

Es krachte. Stella fuhr zusammen und konnte gerade noch ihr Paddel halten. Ihr Boot dagegen gondelte einfach weiter in seiner Rinne, es ließ sich von nichts und niemandem aus der Ruhe bringen.

Sie drehte sich zu Max um. »Fünfeinhalb durch drei macht rund eins Komma acht. Unter zwei Kilometern entfernt.«

»Wieso durch drei?«

»Der Schall braucht drei Sekunden für einen Kilometer.«

»Okay. Ich hätte fünfeinhalb mal dreihundertvierzig gerechnet. Dreihundertvierzig Meter bewegt sich der Schall pro Sekunde. Macht … eintausendachthundertsiebzig. Durch tausend …«

»Unter zwei Kilometern.« Sie grinste.

Max grinste auch. »So oder so, wir sollten bald raus aus dem Wasser.«

Stella drückte sich vom Boden des Bootes ab. Sie musste jetzt einfach aufstehen, auch wenn das Boot sofort schwankte und schlingerte. Kurz hielt sie sich am Rand fest, dann ließ sie los, griff nach dem Ende der Ankerkette und stieß den Messingfuß wie einen Dreizack in den dunkel verhangenen Himmel. »Wer immer da oben wütet, du kannst uns nichts anhaben! Mit dir werde ich locker fertig!«

Max sah zu ihr hoch. »Bleib so!«

Er zog eine Plastiktüte aus seinem Rucksack, in der die Nikon lag. Schnell holte er sie heraus und lehnte sich weit nach hinten, sein Oberkörper schwebte über dem Heck. Das Boot schlingerte noch ein wenig mehr.

»Nicht bewegen!«

Als er abdrückte, zuckte ein zweiter Blitz am Himmel. Für einen Augenblick war es taghell, und über das Wasser zog sich eine weiße Spur.

»Krass! Ich glaube, ich hab den Blitz drauf. Dich und den Blitz!« Max stand auf, er war dicht vor ihr. »Mensch, Stella, das ist das beste Bild, das ich jemals gemacht habe! Wie du da gestanden hast, mit den kurzen Haaren. Du sahst aus wie ... wie Poseidon!« Er rutschte in seinen Sitz und machte sich an der Nikon zu schaffen.

Stella kniete sich verkehrt herum hin und beobachtete Max dabei, wie er vorsichtig die Kappe aufs Objektiv drückte, den Apparat erst in der schwarzen Tasche und dann wieder in der Plastiktüte verstaute. Die Öffnung der Tüte drehte er ein paar Mal ein und zog sie mit einem Gummiband fest, dann steckte er alles zurück in seinen Rucksack und schloss die Bänder und Schnallen.

»Guck mal«, er lenkte das Boot in Richtung Ufer, »hier fängt auch gleich der Wald an.«

»Was glaubst du, wie weit sind wir vom Friedhof weg?« Stella saß noch immer rückwärts im Boot, ihre Beine streiften die von Max. Sie hielt den Lampenfuß sehr fest.

»Vielleicht vier Kilometer?« Max löste den Anker aus Stellas Fingern und ließ ihn ins Wasser gleiten. Die Metallkette rutschte hinterher. »Achtung, jetzt gibt's gleich einen Ruck.«

Mit einem kräftigen Stoß bremste das Boot ab. Max rutschte nach vorne und fasste Stella an den Schultern, zusammen knallten sie zurück auf seinen Platz. Für einen Moment hing Stella seltsam verdreht über Max. Sie lachte. Dann löste sie sich aus der Verkeilung.

Sie hatten alles an Land geschafft und das Boot gemeinsam die Böschung hinaufgezogen. Sterne blitzten zwischen den Wolken hervor, es war trocken geblieben. Der Abstand zwischen Blitz und Donner vergrößerte sich wieder, sie zählten zusammen bis fünfunddreißig, während sie sich nach einem geeigneten Versteck umsahen. Fichtenwald, und der Geruch von frisch gefälltem Holz. Wenn alles glatt lief, würden sie die nächsten sechs Wochen hier verbringen. Sie hatten Lebensmittel für etwa zwei Wochen dabei, und wenn die verbraucht waren, würden sie essen, was sie im Wald fanden. Sie würden fischen, und Max hatte eine Steinschleuder mit. Morgen früh wäre Stella mit ihren Eltern nach Griechenland geflogen, drei Wochen Naxos, Paros, Mykonos. Und einen Tag, bevor sie wiedergekommen wären, hätte Max mit seiner Mutter und Hans nach Dänemark fahren sollen, bis zum Ende der großen Ferien. Stella wusste nicht mehr, wessen Idee es gewesen war, gemeinsam abzuhauen und sich bis zum Ende der Ferien hier zu verstecken. Vielleicht hatten sie sie beide gleichzeitig gehabt.

Jetzt nahm Max Anlauf, rannte über den Waldboden und einen hohen Stapel aus abgeholzten Baumstämmen hinauf.

»Kommst du auch?«

Er stand auf dem obersten Stamm, auf dessen Schnittkante in roter Leuchtfarbe »Betreten verboten« gesprüht war, bestimmt fünf Meter über dem Boden. Er wippte, und das Holz rutschte tiefer in eine der Lücken zwischen den Stämmen hinein. Ein Zittern ging durch den Stapel, als suchten alle Hölzer gleichzeitig Halt.

Leichtfüßig kletterte Stella die Stämme hinauf. Unter ihr knirschte es. *Wenn du dazwischenkommst, zermalmt es dir den Schädel.* Selbst am Abendbrottisch erzählte ihr Vater von Knochensplittern und abgetrennten Fingern.

Max setzte sich hin und stützte sich mit den Händen am Holz ab. Sein Atem ging schnell.

»Alles klar?«

Er blickte nicht auf. Aus seiner Lunge kam ein Pfeifen.

»Hast du dein Spray dabei?«

Er versuchte, etwas zu sagen, aber stattdessen hustete er. Sein Körper wurde steif.

»Unten?«

Sein Nicken war kaum zu erkennen.

Als sie den Baumstoß hinunterrannte, krachte es, als würden sich Lawinen lösen. Den letzten Meter sprang sie, am Boden griff sie in Fichtennadeln. Sie zog Max' Rucksack auf, kippte ihn aus und tastete sich systematisch durch den Inhalt. Wenn sie eines von ihrem Vater gelernt hatte, dann das: im Notfall Ruhe zu bewahren. Seit sie denken konnte, schleppte er sie zu Erste-Hilfe-Kursen, ihre alten Puppen hatten allesamt Luftröhrenschnitte, und in den letzten Monaten hatte sie in einem seiner Fachbücher alles über Asthma gelesen, was sie wissen musste. Sie fand das Spray in einer der Außentaschen des Rucksacks. Über ihr keuchte Max.

Sie wollte rennen, die Stämme hinauf, zu Max, aber sie befahl sich, langsam zu gehen. Sie musste einen Fuß vor den anderen setzen und genau gucken, wo sie hintrat. Auf keinen Fall durfte sie sich in Gefahr bringen, das würde Max auch nicht helfen. Den restlichen Weg balancierte sie so vorsichtig hoch, als hielte sie ein Leben in der Hand.

Max' Atem ging erschreckend leise. Sie zog die blaue Kappe vom Spray und hielt ihm die Öffnung an den Mund. Gleichzeitig drückte sie seinen Oberkörper etwas nach vorn, winkelte seine Unterarme an und legte sie ihm auf die Oberschenkel. Er musste seinen Brustkorb entlasten. Sie hielt ihn an der Schulter.

»Kurz die Luft anhalten und dann weiteratmen. Genau so.«

Er atmete ein und endlich wieder in einem langen Strom aus.

»Das machst du gut.«

Seine Schultern senkten sich, und sie spürte unter ihrer Hand, wie sich sein Körper nach und nach entkrampfte. Sein Atem wurde ruhiger, er guckte auf seine Knie. »Da ist die ganze Zeit nichts, und dann nur, weil ich so beschissene Baumstämme hochlaufe.«

Als er den Kopf hob, trafen sich ihre Blicke im Dunkel. Seine Augen sahen schwarz aus, obwohl sie eigentlich blau waren. Blau-grau wie der Himmel mit Wolken wie Schlieren. Fast gleichzeitig schauten sie wieder weg.

»Komm«, sagte sie, »lass uns runtergehen.«

Es war finster, als ihr Zelt stand und ihr Boot kopfüber daneben lehnte. Die Fichten drängten sich dicht an dicht, nur wenig Mondlicht fiel zwischen den Ästen hindurch auf den Waldboden. In einem dieser silbrigen Streifen saßen sie einander gegenüber, Max und Stella im Schneidersitz, um sie herum tanzten Glühwürmchen durch die Dunkelheit. Gedankenverloren wickelte Stella die Sehne der Angel um ihr Handgelenk und beobachtete Max dabei, wie er Rindenstücke und kurze Holzstöcke zu einem kleinen Nest aufschichtete. Seine Hände schimmerten im Dunkeln. Er griff zu einem stählernen Topfreiniger und rieb ihn in einer gleichmäßigen Bewegung über die nebeneinander liegenden Enden einer Batterie. Stella blickte gebannt auf seine Hand, in der die Stahlwolle Pünktchen um Pünktchen zu glimmen begann. Max legte sie auf seine Handfläche und pustete ganz leicht hinein. Das Glühen wurde stärker, immer mehr orangefarbene Punkte fraßen sich in die feinen Metallhärchen, bis Max sie an die aufgeschichteten Stöcke hielt. Sekunden später stand das Nest in Flammen.

»Woher kannst du das?«

Er zuckte mit den Achseln. Weit entfernt schrie ein Käuzchen. Max legte ein paar größere Stöcke auf die Flammen, die sofort Feuer fingen, und in kürzester Zeit wuchs das Nest zu einem Lagerfeuer. Sie zog sich die Angelschnur vom Handgelenk und hielt ihre Hände über die Flammen. Die Wärme kroch ihre Arme hinauf und legte sich um ihre Schultern wie ein weiches Tuch.

Max kramte in seinem Rucksack und zog einen Topf und eine Dose Ravioli hervor. »Tadaaa, das Mitternachtsmahl.«

Es schmeckte köstlich. Ganz anders als zu Hause, wenn ihre Mutter die Nudeln und die rote Soße auf dem Herd erwärmte – wenn es mal schnell gehen musste.

Nach dem Essen wuschen sie den Topf und die Teller im Fluss und starrten aneinander vorbei auf das offene Zelt.

»Na ja ...« Max trat von einem Fuß auf den anderen. »Es ist nicht gerade das Atlantic.«

»Oh, Max.«

Sie hatte ihm erzählt, dass sie irgendwann einmal im Atlantic, dem Grandhotel in Hamburg, übernachten wolle. Dass sie sich schon als Kind vorgestellt hatte, wie es wohl wäre, wenn sie morgens dort aufwachen und über den großen See mitten in der Stadt schauen könnte. Sie wusste gar nicht so genau, warum sie das eigentlich wollte. Und überhaupt, in diesem Augenblick wollte sie um nichts auf der Welt woanders sein als hier im Wald zusammen mit Max.

Stella sah ihn in der Schwärze der Zeltöffnung verschwinden. Sie spürte jedes Härchen auf ihren nackten Armen. Bisher hatten sie erst ein einziges Mal nebeneinander gelegen, letzten Herbst, im Maisfeld, da waren sie zusammen in die hinterste Halmreihe gerannt, waren gestolpert, Erde an Knien und Händen, und einfach liegengeblieben. Sie hatten sich angesehen, bis Frank viel zu früh seinen Kopf durch die hohen Pflanzen gesteckt hatte.

Die Plane am Eingang hing noch herunter, kein einziger Mondstrahl drang ins Zelt.

»Rechts oder links?« Max' Stimme kam von tief im Innern.

»Links.« Sie tastete sich am Rand entlang und verstaute ihren Rucksack in der hinteren Ecke.

Ohne einander in der Dunkelheit sehen zu können, rollten sie ihre Isomatten und Schlafsäcke aus und legten sich mit Anziehsachen darauf. Zwischen ihren Körpern war kaum mehr als eine Handbreit Platz, und Stella wusste, dass Max genau wie sie auf dem Rücken lag und lauschte. Sie versuchte, sich darauf zu konzentrieren, was draußen vor sich ging, auf das Knacken und Rascheln und den Wind in den Wipfeln der Fichten. Aber sie hörte nur Max' Atem und ihren Atem, die sich wie von alleine einander anpassten. Immer wenn sie einatmete, atmete auch Max neben ihr ein, und sie war sich ganz sicher, dass das einfach so war, dass auch Max sich nicht anstrengen musste, um im Takt zu bleiben.

Nach einer Weile setzte sie sich auf und zog den Reißverschluss am Zelteingang zu. Keine Ahnung, woher sie plötzlich die Sicherheit nahm, dass es in Ordnung war, das Zelt zuzumachen. Sie wusste nur, dass die Welt unbedingt draußen bleiben musste und alles von Max und ihr hier drinnen.

Lange lagen sie einfach so nebeneinander. Es war komisch, weil sie nichts sagten und Stella trotzdem das Gefühl hatte, dass sie sich unterhielten.

»Das mit dem Feuermachen hat er mir gezeigt.« Max räusperte sich. »Also, ich glaube, dass er das war. Woher sollte ich das sonst können? Ich wusste ganz genau, dass man Stahlwolle braucht. Und eine Batterie. Vielleicht ist das sogar noch die Batterie, die er ...«

Stella wartete. Sein Atem war kaum mehr zu hören. Sie wusste natürlich, wer »er« war. Max sagte oft »er«, wenn er seinen Vater meinte. Peter. Den Namen hatte er ihr erst neulich verraten.

»Ich kann mir das gar nicht vorstellen«, sagte sie. »Dass du ihn nie mehr gesehen hast.«

Sie spürte, wie Max den Kopf direkt neben ihrem schüttelte. »Will ich auch nicht.«

»Wieso nicht?« Ihre Finger glitten durch die Ritze zwischen Boden und Seitenwand. Da war Sand. Sie stellte sich vor, wie Max zusammen mit seinem Vater in diesem Zelt gelegen hatte, das Rauschen des Meeres im Ohr.

»Ganz einfach. Weil der jetzt andere Kinder hat.« Max' Stimme nahm einen harten Klang an, den Stella nicht von ihm kannte. »Keine Ahnung, was er an denen besser findet.« Er drückte seinen Fuß gegen die Zeltwand, vielleicht war es auch sein Knie. »Ich meine, irgendwas muss er an denen doch besser finden, sonst hätte er ja auch ...«

Stella zerrieb etwas Sand zwischen ihren Fingern und ließ ihn zurück auf den Zeltboden rieseln. »Ich bin mir ganz sicher, dass das nichts mit dir zu tun hatte. Da war was zwischen ihm und deiner Mutter nicht in Ordnung.«

»Und warum hat er sich dann nie gemeldet? Bei mir?«

Alles, was ihr in den Kopf kam, klang falsch oder wie etwas, das Max selbst bestimmt schon vor Jahren gedacht hatte.

Irgendwann flüsterte Stella: »Ich versteh dich.« Nur das.

Sie schob ihre Hand über den Rand ihrer Isomatte, über den Rand seiner Matte und über seine Hand. Sie hörte, wie er den Atem anhielt. Seine Finger bewegten sich ganz leicht.

»Ich vermisse ihn so sehr. Ich weiß manchmal nicht, wie ich das aushalten soll. Ich ... ich stell mir vor, dass er plötzlich vor der Tür steht und irgendwas sagt ... dass er gehen musste, weil ... Dass es irgendeine Erklärung gibt. Und dass er jetzt da bleibt. Dass alles wieder so ist wie früher.« Er setzte sich auf, zog seine Hand aber nicht unter ihrer hervor. »Ich klinge wie ein Baby.«

»Überhaupt nicht.« Sie zögerte, dann drücke sie seine Hand.

Sein Handrücken erwiderte den Druck, einmal kurz, als würden ihre Körper miteinander morsen.

»Das, was ich gerade gesagt habe ... Das hab ich noch keinem gesagt.« Max' Stimme war nicht mehr als ein Flüstern im Zelt.

Stella spürte etwas in sich aufsteigen. Mit einem Mal hatte sie den starken Wunsch, Max etwas zu geben – zurückzugeben. Ihm etwas zu zeigen, von sich. Etwas, das sie noch nie jemandem gezeigt hatte.

Sie setzte sich ebenfalls auf und zog die Taschenlampe aus ihrem Rucksack. »Mach die Augen zu.« Sie tastete am Zeltdach entlang, das überraschend weit oben war, schob die Lampe zwischen die Plane und eine der Stangen und drehte sie von ihren Gesichtern weg. Dann knipste sie sie an. Sie sah seine Wimpern, die sie immer ein bisschen an Sonnenstrahlen erinnerten, und seine Sommersprossen, die sie zählen könnte, wenn sie die Taschenlampe ein Stück drehen würde. »Du hast ja wirklich die Augen zu.«

»Hast du doch gesagt.« Über sein Gesicht flog ein Lächeln.

»Dann lass sie noch kurz zu, ja?«

Stella stand jetzt fast in der Mitte des Zeltes am Rand ihrer Matte, ihre Haare berührten gerade eben das Dach. Sie zitterte, als sie ihr T-Shirt über den Kopf zog. Darunter war sie nackt. Ihr Brustkorb hob und senkte sich, sie konnte sich dabei zusehen, wie sie atmete. Sie stand sehr aufrecht und spürte die Gänsehaut, die sich von ihren

Schultern über ihre Brust hinab zum Bauch zog. Sie zitterte noch stärker. Sie bebte. Aber sie wollte das. Sie wollte, dass Max sie so sah.

Seine Augen waren noch immer geschlossen, seine Lider flatterten leicht. Stella öffnete den Knopf ihrer Hose und zog sie zusammen mit dem Slip herunter. Jetzt war sie ganz nackt.

Sie schlang die Arme um ihren Körper, wollten alles gleichzeitig bedecken. Alles war so spitz, ihre Brüste so klein, und die Knie so unförmig und knotig wie die einer alten Frau. Wie sollte er das mögen? Stella bückte sich nach ihrem T-Shirt, drückte es sich an den Körper.

»Du sagst Bescheid, wenn ich die Augen aufmachen kann?« Er musste sich ein kleines Stück bewegt haben, denn sein Gesicht lag jetzt vollständig im Licht.

»Gleich.«

Sie wollte all das nicht denken. Dass ihre Brust zu flach war und dass sie ihm nicht gefallen könnte. Nicht jetzt. Sie betrachtete Max. Seinen langen, schmalen Körper, seine trockene Haut an den Schienbeinen und Unterarmen, sein vertrautes Gesicht mit den spröden Lippen und der kleinen Narbe, die seine linke Augenbraue teilte, und da fiel ihr auf, dass sie gar nicht mehr zitterte. Sie ließ das Shirt fallen.

»Jetzt. Jetzt kannst du sie aufmachen.«

Max blinzelte, als ob sich seine Augen erst scharf stellen müssten. Dann sah er sie an, ohne etwas zu sagen. Ihre Beine wollten nachgeben, am liebsten wollte sie sich schnell in den Schlafsack rollen, stattdessen drückte sie die Knie fest durch. Sie wollte das aushalten, dass er sie ansah. Dass er sie sah, so wie sie war.

Als sich ihre Blicke trafen, schaute sie weg und fixierte das Nahtkreuz an der Plane schräg hinter Max. Draußen raschelte es, gefolgt von leisem Trappeln. Dann war alles wieder still. Max kam langsam zu ihr hoch.

»Stella«, sagte er, und seine Stimme klang ganz anders. »Stella.«

Er beugte sich vor, und sie dachte schon, er würde sie berühren. Sie hielt vollkommen still. Aber er schaute sie nur weiter an. »Darf ich dich fotografieren?«

Da war ein Bersten, tief in ihr. Hätte er einfach seine Hand nach ihr ausgestreckt, hätte er sie in den Arm genommen, sie gestreichelt – sie wusste ja nicht, was man so machte –, alles wäre ihr kleiner vorgekommen. Aber er wollte mehr als das, mehr als alles Flüchtige, das begriff sie sofort. Er wollte das, was er sah, was nur er sah, festhalten. Auf Fotopapier bannen. Für immer.

Sie zitterte, aber sie musste keine Sekunde überlegen. »Ja.«

Max forschte in ihrem Gesicht, dann kramte er in seinem Rucksack, zog die in Plastik verpackte Nikon hervor und wickelte alles aus, bis er sie in den Händen hielt. Das schwarze Gehäuse schimmerte, die Schramme unterhalb des Auslösers glänzte silbern. Max hielt die Nikon, wie er sie immer hielt, so sacht, als hätte er etwas ganz Zartes in der Hand. Als könnte sie kaputtgehen, wenn er zu fest zudrückte.

»Darf ich die Lampe ein Stück drehen? Wenn ich dich ein bisschen anleuchte, brauche ich keinen Blitz.«

Stella nickte. Er stand ganz dicht vor ihr, mit seinem angezogenen Körper vor ihrem nackten. Nicht ein Fitzelchen seiner Kleidung berührte ihre Haut, als er an ihr vorbeigriff und die Taschenlampe ein wenig kippte, aber es fühlte sich trotzdem so an – als ob ihre Körper größer wären, von unsichtbaren Schichten überzogen, die einander streiften. Und als Max schon wieder halb gebückt auf seiner Isomatte stand und Stella im Schein der Taschenlampe verharrte, war es immer noch da – das Gefühl, dass ihre Körper sich gemeinsam bis in den letzten Winkel des Zeltes ausgedehnt hatten.

Max stapelte ihre Rucksäcke übereinander und stellte den Fotoapparat darauf ab. Auf dem Friedhof, auf ihrer Bank, hatte er ihr einmal erklärt, dass man bei schummriger Beleuchtung eine lange Belichtungszeit brauchte und dass es unmöglich war, die Hand mit der Kamera so lange still zu halten. Sein Gesicht verschwand hinter der Nikon.

»Bleib genau so.«

Sie erwartete ein Schaudern, aber alles an ihr blieb ruhig. Es klickte. Und die Welt hörte für den Bruchteil einer Sekunde auf zu kreisen, und alles verband sich: Max als kleiner Junge in diesem Zelt, Max' Vater, der ihm die Kamera dagelassen hatte, Max, der vor ihr stand – und sie.

Wieder klickte es, und sie dachte überhaupt nicht mehr daran, dass sie nackt war. Darum ging es gar nicht; es war viel mehr als das. Unter ihren Füßen, unter der dünnen Plane des Zeltes fühlte sie den Waldboden, kleinste Partikel abgestorbener Pflanzen, die in die Mulden ihrer Fußsohlen glitten.

Als Max' Gesicht wieder vor ihr auftauchte, sah er ihr direkt in die Augen. Und jetzt konnte Stella seinen Blick erwidern.

Er packte die Nikon weg, und sie legten sich in ihre Schlafsäcke. Arm, Innenfutter und Nylon an Nylon, Innenfutter und Arm – es fühlte sich an wie Haut an Haut. Stella lauschte auf Max' gleichmäßigen Atem, ihren Atem im selben Takt, lauschte auf sein Lauschen, fühlte sein Zucken, sein schläfriges Strömen, driftete weg und trieb zurück, als läge sie im Boot, mit geschlossenen Augen, unter ihr das Wasser, das leicht, ganz leicht nur, in eine andere, neue Richtung floss.

Ein lautes Geräusch weckte sie auf. Licht, kalte Luft und Stimmen stoben ins Zelt. Schützend hielt Stella die Hand vor die Augen.

»Gott sei Dank, wir haben sie!« Max' Mutter klang schrill.

Immer mehr Körper drängten sich in den Raum, der gerade noch ihrer gewesen war. Jemand zog den Reißverschluss ihres Schlafsacks mit einem lauten Ratschen auf, grelles Licht fiel auf ihre bloße Haut. Max rollte sich auf ihre Seite. Ihre nackten Beine drückten sich an seine. Jemand riss ihn weg.

Das Gesicht ihres Vaters war wutverzerrt. Er schleuderte Max gegen die Zeltwand. »Dreckskerl!«

Stangen lösten sich, ein Stück der Plane hing ihrem Vater ins Gesicht. Wütend schob er es weg.

»Was hast du mit meiner Tochter gemacht?« Stella konnte hören, dass er schreien wollte, aber seine Stimme war tonlos.

Nichts, hätte sie rufen können. *Er hat nichts mit mir gemacht.* Aber sie schwieg. Sollte ihr Vater doch glauben, dass Max und sie miteinander geschlafen hatten. Sie wollte sogar unbedingt, dass er das glaubte. Davon abgesehen wäre *nichts* sowieso ganz falsch gewesen. Verstohlen sah sie zu

Max hinüber, der leise auf seine Mutter einredete. Stella meinte ein Nicken von ihm in ihre Richtung zu erkennen, ganz kurz nur. Die Plane hing auf halber Höhe.

Etwas Kratziges landete auf ihrer Schulter. Eine Decke. Jemand drückte ihr ihr T-Shirt in die Hand – Hans, Max' Stiefvater, der aussah, als wollte er sich für irgendetwas entschuldigen. Stella hätte ihm dafür am liebsten ins Gesicht geschlagen.

Ihr Vater drehte sich zu ihr um. Sein Blick glitt über ihre abgeschnittenen Haare, sekundenlang sahen sie einander in die Augen. Mit einem Mal war ihr nach Weinen zumute. Sie blickte auf das herunterhängende Nahtkreuz schräg hinter ihrem Vater. Weißer Faden auf blauem Grund. Einmal, da war sie noch nicht in der Grundschule gewesen, war sie beim Tauchen im Schwimmbad mit ihrem Schädelknochen gegen das Nasenbein ihres Vaters geprallt. Sie hatte es kaum ausgehalten, als er mit heiserer Stimme und merkwürdig schiefer Nase sagte, er müsse kurz raus, sie solle am Beckenrand auf ihn warten. Wie er, ohne sich noch einmal umzusehen, stockgerade aus ihrem Blickfeld verschwand und kurze Zeit später mit geröteten Augen wieder vor ihr auftauchte. Vom Chlor, hatte er gesagt, obwohl sie gar nicht gefragt hatte. An diesem Tag hatte sie beschlossen, dass sie nicht mehr vor ihm weinen würde.

»Du hast mich enttäuscht«, brach es aus ihm hervor, scharf und zittrig. Das weiße Nahtkreuz rutschte vor ihren Augen in eine blaue Falte.

Sie sah in sein graues Gesicht und wickelte sich langsam in die Decke. Das Zelt sank weiter in sich zusammen, wie ein Ballon mit einem winzigen Loch. Draußen fiel das Boot mit einem Krachen zu Boden, blauer Nylon bedeckte den Kopf ihres Vaters. *Ja*, dachte sie, *ich habe dich enttäuscht*. Und noch während sie das dachte, fühlte sie sich merkwürdig erleichtert.

Vom Zelt begraben schob man sie in Richtung Ausgang. Ihre Mutter stand draußen im Dunkeln. Stella konnte ihr Gesicht nicht erkennen. Man zog sie fort, man rannte mit ihr durch den Wald, als wollte man sie retten.

»Max!« Ihr Schrei hallte durch die Nacht.

»Stella!« Sein Ruf kam als Echo zu ihr zurück.

Stella, Max und Marta traten durch das Tor mit den bogenförmigen Eisenstäben, das von zwei steinernen Säulen eingefasst war. Wäre Max nicht mit zwei großen Rucksäcken beladen gewesen, hätte man sie glatt für eine kleine Familie halten können, die einen verstorbenen Verwandten besuchte. Stella hatte den Friedhof noch nie durch das Haupttor betreten.

Max lächelte sie über Martas Kopf hinweg an. »Marta und ich waren gestern drüben auf dem Schulhof und haben uns die Stelle hinter den Radständern angeguckt. Keine Chance. Da ist alles völlig zugewuchert. Selbst Marta hätte da nicht mehr durchkrabbeln können.«

Stella hatte die Lücke im Gebüsch noch genau vor Augen. Für einen Moment roch sie sogar den feuchten erdigen Grund und fühlte die nadelspitzen Enden des Maschendrahts an ihren Fingern, an der Stelle, wo ein Stück vom Zaun gefehlt hatte.

Sie schulterte ihre Korbtasche. Der Weg, der sich hier und jetzt vor ihnen auftat, war gepflastert, aber schmal, und auf beiden Seiten von Buchen flankiert. Keine Menschenseele war zu sehen, nur die Vögel zwitscherten, was das Zeug hielt. Marta rannte los und zog Max und sie an beiden Händen hinter sich her. In einer Kette liefen sie durch die kleine Allee und füllten die ganze Breite des Weges aus. Bei drei ließen sie Marta an den ausgestreckten Armen hochfliegen.

»Noch mal!«

Ihr gelbes Sommerkleidchen bauschte sich, ihre schweren braunen Haare flogen durch die Luft, über ihnen säuselte der Wind in den Blättern. Ohne dass sie sich abgesprochen hatten, wandten sie sich am Ende des asphaltierten Weges nach rechts. Links lag im Schatten alter Bäume die Kapelle, die noch genauso aussah wie früher. Sie hatte Stella früher immer an ein kleines britisches Granitcottage erinnert, mit einem Kreuz auf der Spitze, und das tat sie auch jetzt noch. Steinchen knirschten unter ihren Füßen, eine ältere Dame kam ihnen mit einer leeren Schubkarre entgegen, sie grüßte freundlich. Marta machte sich los und lief voraus. Max und sie bremsten fast im selben Moment ab.

»Wow.« Max griff nach ihrer Hand.

Wenige Meter vor ihnen, am rechten Wegesrand, stand die Bank. *Ihre* Bank. Marta kletterte bereits hinauf. Max hielt ihre Hand sehr fest, und Stella war sich sicher, dass er genau dieselben Bilder vor sich sah wie sie: den langen, schmalen Jungen mit den strubbligen Haaren und das storchenbeinige blonde Mädchen, die nebeneinander auf der Lehne der Bank hockten und so taten, als merkten sie nicht, dass ihre Beine sich berührten. Die über alles sprachen, über das sie sonst nie sprachen: wie es für sie gewesen war, als sie klein waren, wovor sie Angst hatten, was sie sich wünschten und hofften und wie sie sich das Leben vorstellten, wenn die Schule vorbei war, oft stockend und ohne dass sie sich ansahen, den Blick auf einen Punkt in der Ferne gerichtet.

»Tella, so!«

Marta stand auf dem vorderen Rand der Bank und breitete die Arme wie Schwingen aus. Sie ließ sich nach vorne in Stellas Arme fallen. Stella wirbelte sie im Kreis herum, und je schneller sie sich drehte, desto doller lachte Marta. Stella konnte gar nicht mehr aufhören, so sehr riss sie das Lachen des kleinen Mädchens mit. Vor ihren Augen verwischte die Welt in hellen grün-blau-gelben Ringen. Bunte Bänder und ein Gesicht. Max.

»Pause.« Sie ließ sich auf die Bank fallen.

Marta rollte sich auf ihrem Schoß zusammen wie eine kleine, schnurrende Katze. Sie war ohne jede Scheu, und alles war so normal und zugleich so besonders, wie Stella es sich niemals hätte ausmalen können. Eine Amsel hüpfte in kleinen Sprüngen vor ihnen auf eine Regentonne und sang, als sänge sie nur für sie.

»Guck mal.« Max zeigte auf die Sitzfläche.

Sie hatten die fehlende Leiste ersetzt. Stella erinnerte sich, wie sie immer ihren Fuß in den Spalt geklemmt hatte. Das helle Holz der neuen Leiste hob sich deutlich vom restlichen grünlichen Dunkelbraun ab, die Schrauben glänzten noch. Max stellte seine Sachen ab und setzte sich neben sie. Er drückte sein Bein an ihres, sie drückte zurück und grinste.

Die Sonne stand tief über dem Gräberfeld, die Luft war warm und kreiste sanft. Vor ihnen lag das Grab von Harry Keilson. Das Steinkreuz sah immer noch aus, als hätte ein Sturm es umgeweht. Schweigend blickten sie über die Gräberreihen hinunter zum Fluss. Es war das selbstverständlichste Schweigen, das Stella sich vorstellen konnte. Sie streichelte über Martas Kopf und über ihren Rücken und betrachtete dabei den gebogenen Wipfel einer Lärche, weit drüben auf der anderen Seite des Flusses. Einen Winter lang hatten Max und sie gemeinsam auf die räudigen Stämme und Äste geblickt. Stella hatte damals im Brockhaus nachgeschaut und gelesen, dass die Lärche der einzige heimische Nadelbaum war, der im Herbst seine Blätter abwarf. Ursprünglich kam er nur im Gebirge vor, wo die Winter um Längen strenger waren. Bäume, hatte sie Max erklärt, verdunsteten auch bei Frost Feuchtigkeit über die Blätter, konnten aber kein neues Wasser aus dem gefrorenen Boden ziehen. Ein belaubter Baum würde bei eisigen Temperaturen verdursten, nackt konnte die Lärche jedoch bis zu minus vierzig Grad überstehen. Max hatte genickt. Eine Überlebensstrategie, hatte er gesagt, und dann hatten sie weiter auf die Baumskelette geblickt, deren Wipfel sich einvernehmlich nach Nordosten neigten.

Marta krabbelte von der Bank herunter und zog einen Stock aus dem Blecheimer, der unter dem Hahn der Regentonne stand. Die Amsel hüpfte ein paar Meter zur Seite und beäugte das Mädchen, das kratzend Striche in den Kies malte. Die ältere Dame fuhr erneut mit der Schubkarre an ihnen vorbei, in der jetzt ein Sack Blumenerde und Paletten von violett blühendem Heidekraut lagen. Sie lächelte ihnen zu.

Stella wandte sich an Max. »Wo genau ist eigentlich das Grab von deinem Nachbarn?« Sie dachte an die Fotografie, die an seiner Schlafzimmerwand hing.

»Komm mit. Wir besuchen ihn.« Max stand auf, schulterte die beiden großen Rucksäcke und reichte ihr die Hand. Das hatte er früher auch immer getan und sie mit einem Ruck von der Bank gezogen. Ein Zucken umspielte seine Mundwinkel, und Stella wusste, dass er ebenfalls daran dachte.

Er nahm Marta auf den Arm, und gemeinsam liefen sie bis zum Ende der ersten Grabreihe.

»Guck mal.« Er wies mit dem Kopf zu dem kleinen Waldstück hinüber.

Wie immer lag der alte Teil des Friedhofs vollständig im Schatten. Die Kiefern verströmten einen schweren, harzigen Duft, der Stella an Urlaube auf dem Zeltplatz in Südfrankreich erinnerte. Unter den tief hängenden Zweigen der Nadelbäume versteckten sich Dutzende von dünnen, moosig grünen Platten. Ein paar konnten sie von hier aus sehen. Die Platten neigten sich windschief nach vorn und nach hinten, in denselben Winkeln wie früher, das erkannte sie auf einen Blick.

»Weißt du noch, wie wir die Schrägen geschätzt haben?«

»Geschätzt und nachgemessen.« Max zeigte mit dem Fuß in Richtung einer Platte, die oben dreieckig zulief. »Und?«

Stella musste nicht überlegen. »Hundertzwei Grad.«

»Treffer.« Max lachte. »Wir waren echt ziemliche Nerds.«

Marta lachte einfach mit und bekam sich gar nicht mehr ein. Stella piekte ihr auf Max' Arm in den Bauch.

Zusammen bogen sie in die zweite Reihe ein und liefen ein Stück über den Rasen. Sie kamen an denselben Grabsteinen wie früher vorbei. *Hartmann, Hilger, Pfeiffer, Flaschenträger, Mottok.* Sie hätte die Inschriften mit geschlossenen Augen gewusst. Vor einer hellen Stele mit einem eingearbeiteten Ammoniten blieben sie stehen. Max setzte Marta auf den Boden. *Peter Petersen* stand unter der versteinerten Schnecke. *19. 9. 1928 – 18. 11. 2003.* Der erste Tote, den Max fotografiert hatte, war einen Tag nach ihrer Scheidung gestorben. Stella bekam eine Gänsehaut. Zwei Gräber weiter grub die ältere Dame das Heidekraut ein.

»Opa Peter.« Marta riss vom Nachbargrab ein gelbes Stiefmütterchen ab.

Stella sah Max fragend an. Sein Vater hieß auch Peter, das hatte er ihr irgendwann mal erzählt.

Max zuckte mit den Schultern. »Es fühlte sich passend an.«

Sie sah ihn vor sich, wie er vor einem der Gräber gekniet hatte, die von Gräsern und Disteln überwuchert waren. *Manchmal stell ich mir vor, dass er tot ist und hier liegt. Dann könnte ich ihn wenigstens besuchen.* Seine Jungenstimme klang noch in ihrem Ohr.

Marta legte das Stiefmütterchen auf Peter Petersens Grab und drückte es mit ihren kleinen Händen fest in die Erde. Stella verstand, warum Max seiner Tochter erzählt hatte, dass hier ihr Opa lag. So verrückt es klang, es war tatsächlich stimmig.

Die Stele hatte grüne Patina angesetzt. Unter den eingravierten Daten standen untereinander drei Wörter: *Veni. Vidi. Vici.* Stella dachte an das Foto von dem Mann mit dem schiefen Mund und seinem triumphalen Blick.

»*Ich kam, ich sah, ich siegte* – das ist wirklich passend.«

Max nickte. »Die Tochter hat mir später erzählt, dass sie das gar nicht vorhatte. Eigentlich wollte sie überhaupt keinen Text auf dem Grabstein. Aber das Foto hätte ihr keine Ruhe gelassen, hat sie gesagt.«

»Das ist toll.«

Marta stand bei der älteren Dame und fuhrwerkte mit einer kleinen Gartenschaufel in dem Sack mit Blumenerde herum. Die Frau kniete in einer ausgewaschenen grüngelb geblümten Schürze neben ihr und schaufelte Lehm aus dem Grab auf einen kleinen Hügel.

Sie stupste Marta an. »Was meinst du, könntest du hier in das Loch etwas Erde reintun?«

Marta zog die Schaufel mit einem Ruck aus dem Sack und schleuderte einen Schwung Erde in alle Himmelsrichtungen. Hoch konzentriert balancierte sie die verbliebenen Erdkrumen auf ihrer Schippe und leerte sie mit einem Schütteln über der Öffnung im Boden aus.

»Wunderbar, recht herzlichen Dank. Du kannst deiner Mami und deinem Papi sagen, dass du öfter zu mir kommen kannst.« Sie sah Stella an und lächelte. »Ihre Tochter ist mir eine große Hilfe.«

Marta ließ die Schaufel fallen und stürmte zu Stella. »Tella!« Sie hängte sich an ihr Bein.

Stella zog den türkisfarbenen Plastikteller mit dem Blasen blubbernden Fisch aus ihrer Korbtasche und hielt ihn in die Höhe. Max grinste.

Marta streckte ihre Arme aus. »Teller.«

»Genau, der ist für dich. Hast du Lust auf Kuchen?«

Marta kreischte vor Begeisterung.

»Okay.« Max hielt Marta die Hand hin und wandte sich

an die ältere Dame. »Wir müssen Ihnen die Kinder-Gärtnerin jetzt leider entführen.«

Die Frau lachte und winkte. Marta winkte zurück.

Die Schneise zwischen den Weiden war schmaler, als Stella sie in Erinnerung gehabt hatte. Die Bäume waren über die Jahre breiter geworden, an manchen Stellen hatten sich die langen, dünnen Zweige zu einem hohen Bogen verhakt, vielleicht waren sie sogar zusammengewachsen. Zu dritt standen sie oben auf der Kuppe des Hügels und schauten hinab auf den Fluss. Gold glitzerte das Wasser zu ihren Füßen, gold glänzte der Himmel. Es war noch schöner als in Stellas Erinnerung.

»Achtung«, Max stellte Marta ab, und sie nahmen sie in ihre Mitte, »fertig ... Los!«

Durch einen Torbogen aus wogendem Geäst liefen sie und rannten hinein in das flirrende Licht. Marta flog an ihren Händen in die Höhe, Stella schmeckte die glasklare Luft. In einem weiten Bogen liefen sie nach links. Der Boden unter ihren Füßen federte, eine Gruppe von Kanuten fuhr an ihnen vorbei, die Paddel schlugen rhythmisch ins Wasser.

»Marta auch!« Sie stoppte und zeigte auf die Boote.

Max sah Stella über Martas Kopf hinweg an. »Ein andermal.«

Für einen kurzen Moment sah sie wieder den schmalen Jungen vor sich, wie er sich in der stürmischen Dunkelheit weit nach vorne lehnte, die Metallkette mit dem Lampenfußanker in beiden Händen, ein Faltboot mit bleicher Gummihaut im Schlepptau. Sie war nicht enttäuscht, dass sie heute nicht über den Fluss fahren würden, und sie war auch nicht froh darüber, sondern es war einfach gut, so wie es war. Was immer sich Max für heute ausgedacht hatte, es war genau richtig.

Er lotste sie ein Stück vom Ufer weg zu einer Gruppe von Pappeln. Die Sonne stand tief auf der anderen Uferseite und blinzelte hier und da zu ihnen hinüber. Max holte eine Decke aus seinem Rucksack und zog sie über die Wiese in einen der letzten Sonnenflecken. Es waren verwunschene Sonnenstrahlen, in die Stella sich setzte, die immer schmaler und dichter wurden, als klappte am Himmel jemand einen Fächer ganz langsam immer weiter zu.

Marta stapfte mit geschäftigen Schrittchen am Ufer auf und ab, bückte sich, hob etwas auf und schien den Kuchen fürs Erste vergessen zu haben. Max hockte vor seiner Tochter und fotografierte sie im Gegenlicht. Der Riemen der Fototasche spannte über seiner Brust, in seinen Händen glänzte die Nikon wie ein Reptil mit schwarz schillernder Schuppenhaut. Die Luft sirrte, in den Gräsern zirpten die Grillen. Stella legte sich auf den Rücken und blickte hinauf in den blauen Himmel. Die wenigen zarten Wolken schimmerten gelblich, es sah aus, als wollten sie Loopings drehen. Sie atmete tief ein und sog die frische, holzige Luft ein. Es roch exakt so wie Max. Wenn sie mit dem Kopf auf seiner Brust lag, duftete er wirklich und wahrhaftig wie die Wiese hier unten am Fluss.

Marta krabbelte auf sie hinauf und drückte ihr das Gesicht in den Hals. Ein Hauch von Orangenblüten stieg Stella in die Nase, sie spürte Martas schnellen Herzschlag an ihrem Bauch.

Abrupt setzte Marta sich auf. »Kuchen!«

»Unbedingt.«

Mit Marta auf dem Schoß zog sie den kastenförmigen

Kuchen aus ihrer Tasche und entfernte die Alufolie. Marta half kräftig mit, und Stella öffnete noch die Schale mit den Erdbeeren.

»Kalter Hund. Mein Gott, den hab ich ja ewig nicht mehr gegessen.« Max setzte sich neben sie und ließ die Schnalle seines zweiten Rucksacks aufschnappen. »Das letzte Mal, glaube ich, beim vierzehnten Geburtstag einer gewissen Stella Asmus.« Er küsste ihre Schulter. »Sagt mal, wollen wir eigentlich erst Kuchen und dann Abendessen oder beides auf einmal?«

»Beides auf einmal.« Mit einem Mal hatte Stella riesigen Hunger.

»Sehr gut.« Er gab Marta einen blauen Becher mit Apfelsaft, öffnete eine Flasche Weißwein, füllte zwei Gläser und reichte Stella eines. »Auf dich, Geburtstagskind.« Mit einem leisen Klirren stieß er sein Glas gegen ihres und rückte ganz nah an sie heran.

Marta klatschte ihren Plastikbecher schwappend gegen ihre Weingläser. Stella schnitt ihr ein Stück von dem Kekskuchen ab und legte es auf den blubbernden Fisch. Die Sonne war hinter die Lärchen gesunken, der letzte Sonnenstrahl verschwunden, die Wiese, auf der sie saßen, lag im Schatten, aber es war noch immer angenehm warm. Max stand auf und bückte sich nach ein paar Holzstöcken. Marta schob sich ein Riesenstück Kuchen in den Mund, alles an ihr war schokoladenbraun – Kleid, Hände, Arme, Gesicht, sogar die Haare. Stella hatte keine Ahnung, wie das so schnell passiert sein konnte. Sie nippte an ihrem Wein und betrachtete Martas kleines, sommersprossiges Gesicht mit den großen, runden Augen. Wie sehr sie dieses Mädchen schon jetzt ins Herz geschlossen hatte.

Wenige Meter entfernt schichtete Max Holz und Rindenstücke zu einem kleinen Nest auf, drum herum baute er einen Ring aus dicken, glatt gewaschenen Steinen. Marta beugte sich vor, keinen Handgriff ihres Vaters wollte sie verpassen. Er griff zu einem stählernen Topfreiniger und rieb ihn über die nebeneinander liegenden Enden einer Batterie. Marta starrte gebannt auf seine Hand, in der die Stahlwolle zu glimmen begann. Max legte sie auf seine Handfläche und pustete leicht hinein. Das Glühen wurde stärker, Sekunden später brannte das Nest. Martas Mund stand offen. Vollkommen reglos saß sie da, und Stella konnte den Blick nicht von ihr wenden. Sie wusste genau, was in dem kleinen Mädchen vorging. Sie hatte es selbst so oft gedacht: *Max kann alles.*

Max legte ein paar größere Stöcke auf die Flammen. Stumm starrten sie einander an. In kürzester Zeit wuchs das Nest zu einem Lagerfeuer. Max hob sein Glas an den Mund, seine Bewegungen waren langsam.

»Was hältst du davon?« Aus den Tiefen seines Rucksacks zog er eine Dose Ravioli.

»Ja!« Marta klatschte.

»Ja«, flüsterte Stella. Sie hatte den Geschmack eines ganzen Sommers im Mund. Rote Soße und erträumte Küsse, warmer Regen und eiskaltes Flusswasser. Ihre nackten Zehen auf Max' Zehen, während sie zusammen die Teller abwuschen und das strömende Wasser ihre Waden umspülte.

Marta bestand darauf, die Dose alleine in den blechernen Topf zu leeren. Stella trank einen Schluck Wein. Ihr Kopf war angenehm schwer und ihr Körper so leicht, dass sie die Unterlage, auf der sie saß, kaum mehr spürte. In der Ferne klopfte ein Specht, so sanft, als steckte ein Wattebausch zwischen seinem Schnabel und dem Stamm. Die rote Soße blubberte über dem Feuer, Marta und Max lachten leise.

Stella hatte noch immer die erste gefüllte Ravioli im Mund, als Max und Marta schon längst unten am Wasser standen und er sie von oben bis unten mit einem nassen Lappen abwischte. Es war, als läge die Essenz ihrer Erinnerung in diesem kleinen Teigquadrat verborgen. Und als sie endlich kaute, war alles da: eine einzige vollmondhelle, lagerfeurige Explosion in ihrem Mund.

Der Himmel war rot, und Marta rollte sich zwischen ihnen auf der Decke zusammen. Halb schlafend, den Daumen im Mund, robbte sie herum, bis sie sicher zwischen ihnen lag: Ihr Kopf drückte sich an Max' Oberschenkel, ihre nackten Füße stemmten sich gegen Stellas Hüfte. Ihre Augen flatterten noch ein paar Mal auf, bis sie endgültig zufielen und ihr der Daumen langsam aus dem Mund glitt. Max deckte sie mit einer zweiten Wolldecke zu.

Schweigend tranken sie und lauschten Martas gleichmäßigen Atemzügen und dem leisen Rauschen der Wellen, die an die Uferböschung brandeten.

Max verhakte seinen Fuß mit ihrem. »Warum kann es nicht immer so sein?«

»Wie meinst du das?« Sie steckte sich ein Stück Kuchen in den Mund und Max eine Erdbeere.

Auf seinem Gesicht lag ein warmer Schimmer. »Dass Marta hier bei mir ist. Dass wir drei zusammen sind.« Seine Muskeln spannten sich an, von den Zehen bis zu den Oberschenkeln. »Je mehr Zeit ich mit ihr verbringe, desto schlimmer wird es, wenn sie wieder weg ist. Ich weiß gar nicht, wie ich ...« Er schluckte. »Ich müsste für sie da sein. Als Vater.«

Das Feuer vor ihnen loderte noch immer, feine Funken flogen in den grauer werdenden Himmel.

»Max?«

Sie wartete, bis er sie ansah. Seine Augen glänzten dunkel.

»Du bist ein sehr guter Vater.«

Er legte sein leeres Glas ins Gras und umfasste ihre Taille. »Komm zu mir.«

»Geht das, ohne dass sie wach wird?«

»Klar.«

Stella ließ zu, dass er sie auf sich zog. Für einen Augenblick roch sie die Wiese und das Flussufer doppelt so stark wie zuvor.

Max fasste ihr ins Haar. »Ich hab dir ja noch gar nicht gesagt, was ich dir zum Geburtstag schenke.«

Sie zog den V-Ausschnitt seines Shirts ein Stück weiter herunter. »Der Tag heute ist doch mein Geschenk.«

»Das ist ein Gutschein.« Schon früher war ihr aufgefallen, dass sie sein Grinsen hören konnte. Er drehte ihre Haarsträhne zwischen seinen Fingern. »Ich möchte mit dir wegfahren. Und du bestimmst, wohin.«

»Aber ...«

»Komm schon.«

Sie stützte sich auf. Ohne Probleme konnte sie sich hunderte, nein, tausende Orte vorstellen, wo sie mit Max hinwollte. Sie wollte die ganze Welt mit ihm entdecken. Überall, wo er war, war sie zu Hause. In der Dunkelheit kreuzten die Kanuten ihren Blick. Immer zwei trugen zusammen ein Boot über dem Kopf und liefen an der Wasserkante entlang flussaufwärts.

»Ins Atlantic. Dahin möchte ich mit dir.« Sie legte ihren Kopf auf seiner Brust ab.

»Ach, Stella.« Max küsste ihren Scheitel. »Da wolltest du früher auch schon immer hin.«

Marta stieß einen tiefen Seufzer aus und drehte sich auf den Bauch. Stella wusste auch nicht genau, was sie am Hotel Atlantic so sehr reizte. Vielleicht war es das Gefühl, mit einem Schritt in einer anderen Welt zu sein. Eine Welt, von Wasser umgeben, in der sie für eine Nacht eine andere und zugleich ganz sie selbst sein konnte.

Max beugte sich zu ihrem Ohr hinunter. »Okay.«

»Okay?«

»Aber das ist nur der Auftakt. Danach stechen wir in See.« Jetzt konnte sie das Lächeln in seiner Stimme hören. »Abgemacht?«

Ruhig nickte sie an seiner Brust. »Abgemacht.«

Die Sonne versank, das Feuer knisterte und knackte im Dämmerlicht. Max schob seine Hände unter ihr weites Hemd, das eigentlich sein Hemd war, und Stella hatte das verrückte Gefühl, dass sie ihm gerade ein viel größeres Versprechen gegeben hatte als bloß das einer gemeinsamen Reise.

26. Juni

1987: Viva España! Seit gestern sind wir an der Costa de la Luz, und heute habe ich beim Tauchen im Atlantik direkt meinen persönlichen Rekord im Luftanhalten gebrochen. 3 Minuten und 10 Sekunden. (Lustigerweise ist das auch exakt meine beste Zeit beim Achthundertmeterlauf.)

1989: Max hat vorhin eine Schnecke über seine Messerklinge kriechen lassen, da hatte ich ein ganz seltsames Ziehen unten. Zu Hause war ich dann in der Badewanne und hab den Duschstrahl dahin gehalten. Das hab ich noch nie gemacht. Hat sich aber ganz schön gut angefühlt.

(Oh Gott, ich brauche unbedingt ein besseres Versteck für diese Box!)

26./27. Juni

Stella klingelte an der Haustür. Es war bestimmt zwei Monate her, dass sie bei ihren Eltern gewesen war. Der Nachmittag war schon fortgeschritten, die Sonne stand tief und warf lange Schatten über die ruhige Straße mit ihren Hecken, Zäunen und den glänzenden Wagen, die in den Einfahrten der Häuser parkten. Heute, hatte sie sich vorgenommen, würde sie ihren Eltern von Max erzählen. Die beiden wussten überhaupt noch nicht, dass sie ihn wiedergetroffen hatte, geschweige denn, dass sie zusammen waren. Im Riffelglas der holzvertäfelten Haustür spiegelte sich die Sonne.

»Stella!«

Von gegenüber winkte Frau Köhler. Ihre Haare waren inzwischen schneeweiß, und sie war noch fülliger geworden. 95 F, schoss es Stella durch den Kopf. Vor Urzeiten, auf einem ihrer heimlichen Streifzüge durch die Nachbargärten, hatten sie bei den Köhlers ein offenstehendes Fenster im ersten Stock erspäht. Frank war kurzerhand über den Apfelbaum ins Haus gestiegen und hatte Minuten später – Minuten, in denen Stella unter dem Holunderbusch Blut und Wasser schwitzte – einen fleischfarbenen Riesenbüstenhalter wie eine Fahne geschwenkt. Das Teil hing später als Trophäe an seiner Zimmerwand.

»Da werden sich deine Eltern aber freuen. Ich frag deine Mutter ja immer, wie es bei dir im Krankenhaus geht und …« Der rote BMW vor ihr hupte. »Hermann! Ja!« Schwerfällig umrundete sie die Zypressen. »Grüß deine Mutter bitte.« Sie stieg ein, die Beifahrertür knallte, der Wagen fuhr an.

Stella klingelte noch einmal. Keine Ahnung, wie ihre Eltern auf das mit Max reagieren würden. Sie hatten all die Jahre nie wieder von ihm gesprochen, aber Stella war sich sicher, dass Max für ihren Vater noch immer der Dreckskerl war, der seine Tochter verschleppt und gegen ihren Willen angefasst hatte. Als sich drinnen immer noch nichts rührte, kramte sie ihren Schlüssel aus der Tasche mit dem verschwitzten Kletterzeug und schloss auf.

Normalerweise erwartete ihr Vater sie bereits an der Tür, begrüßte sie mit dröhnender Stimme und führte sie am Arm ins Wohnzimmer. Sie hatte das immer etwas übertrieben gefunden, schließlich war sie ja kein richtiger Besuch. Jetzt stand sie allein auf den blanken Steinfliesen, streifte ihre Ballerinas ab und stellte sie nebeneinander auf die Matte für Gäste. Aus der Küche zog ein himmlischer Duft nach Gulasch herüber. Das Fleisch schmorte sicher schon eine ganze Weile auf dem Herd. Es war ein feiner, vertrauter Geruch, nach Thymian, Lorbeer und Rotwein.

»Papa?« Ihre Stimme hallte durch den Flur. Sie stellte ihre Sporttasche neben die Fußmatte und legte ihren Haustürschlüssel auf die Ablage des Sekretärs.

»Stella, hier sind wir!« Ihre Mutter klang fröhlich.

Stella zog die Flügel der Wohnzimmertür auf und stand mitten in dem lichten Raum, der einmal der Mittelpunkt ihres Lebens gewesen war. Hierhin war sie als Kind gelaufen, wenn ihr Vater spätabends aus der Klinik gekommen war. Hier hatten sie alles, was wichtig war, besprochen. Sie hatten vierhändig auf dem Flügel gespielt, dicht an dicht auf dem breiten Hocker, und ihre Mutter hatte die Augen geschlossen und die Unterarme oben auf dem schwarzen Deckel abgelegt. Sie hatten zu dritt auf dem bordeauxroten Perserteppich getanzt und beim Freitagabendkrimi zusammen unter einer Decke gekauert.

Wie immer ging ihr Blick zuerst zur Fensterfront hinaus, auf die ihre Mutter sechs schwarze Vögel mit ausgebreiteten Schwingen geklebt hatte. Der Garten grünte und blühte. Später musste sie unbedingt rausgehen und sich von ihrer Mutter alles zeigen lassen. Vor dem Fenster stand das Sofa, rechts davon war die Terrassentür und der in die Wand eingelassene Kamin, noch weiter rechts der große Esstisch, der bereits gedeckt war. Links vor der Bücherwand thronte der Flügel auf einem kleinen Holzpodest. Ihre Mutter stand auf einer Leiter vor den Büchern, ein Bein angewinkelt, auf dem Knie balancierte sie einen Brockhaus-Band. Ihre feinen grauen Haare kräuselten sich im Schein der Deckenstrahler.

»Setz dich, mein Stern. Papa und ich haben gerade überlegt, aus welchem Material noch mal die Skulpturen von Hepworth sind.«

Sie hatte ihre Mutter noch nie auf einer Leiter stehen sehen, schon gar nicht, um den Brockhaus aus dem Regal zu ziehen. Ihr Vater musste dafür nur seinen Arm ausstrecken. Das sagte er immer: *Setz dich, Ruth, ich muss dafür nur den Arm ausstrecken.* Jetzt saß er selbst, in dem sandfarbenen Sessel mit den breiten Armlehnen. Er sah aus, als bekäme er gar nicht richtig mit, was seine Frau da machte.

Stella legte ihr Handy auf die Fensterbank und setzte sich neben ihren Vater aufs Sofa. Er sah sie an, und auf seinem Gesicht zeigte sich ein Lächeln. Eins von denen, die man kaum erkennen konnte.

»Stella. Ich hab dich gar nicht kommen gehört.« Er stand auf und umarmte sie. »Schön, dass du da bist.«

Mit einem Rascheln blätterte ihre Mutter in dem goldgeprägten schwarz-roten Buch, Band 10, *HERR–IS*. »Möchte vielleicht jemand einen Tipp abgeben?«

Stella goss sich etwas Apfelsaft aus der Karaffe ein, die vor ihr auf dem gläsernen Couchtisch stand. »Marmor?«

Vor Jahren, wahrscheinlich war sie noch zur Grundschule gegangen, hatten sie zu dritt Urlaub in Südengland gemacht. Sie hatten ein Cottage im Landesinneren gemietet und waren jeden Tag in eine andere Richtung ausgeflogen. An einem dieser Tage hatten sie das ehemalige Wohnhaus der Bildhauerin Barbara Hepworth besucht. Ihre Mutter hatte Stunden in dem stillen Garten zugebracht, wo Hepworth noch zu Lebzeiten ihre Skulpturen in lauschigen Winkeln zwischen den wuchernden Pflanzen platziert hatte. Noch Wochen später hatte ihre Mutter von den Skulpturen mit den Hohlräumen geschwärmt und sich ausgemalt, wie sie selbst als gelernte Tischlerin etwas Ähnliches aus Holz sägen und schmirgeln könnte.

»Marmor ist es nicht.« Ihre Mutter sah sie über den Rand ihrer Lesebrille hinweg an.

Barbara Hepworth war in dem Wohnhaus durch ein Feuer ums Leben gekommen. Sie hatte im Bett geraucht und war über ihrer Zigarette eingeschlafen. Schnell wischte Stella den Gedanken beiseite.

»Speckstein.« Ihr Vater sagte das so trocken, dass Stella sich nicht sicher war, ob er einen Scherz machte.

»Bronze.« Ihre Mutter nahm die Brille ab. »Nicht alle

natürlich, aber die meisten von denen, die wir gesehen haben.«

»Stimmt.« Jetzt erinnerte sich Stella auch wieder an eine große ausgehöhlte Kugel, die grün angelaufen war, mit einer kleineren, ebenfalls gelochten Bronzeform im Inneren.

Ihre Mutter klappte das Buch zu und legte es auf der obersten Sprosse ab. Die Leiter knarrte, als sie herunterstieg. »Setzt euch ruhig schon mal an den Tisch. Gleich ist alles fertig.«

Stella erhob sich vom Sofa. »Ich helfe dir.«

In der Küche stellte ihre Mutter wie immer als Erstes das Radio an. Seit Stella denken konnte, lief zwischen klappernden Töpfen und laufendem Spülhahn der Klassiksender. Ihre Mutter brauchte Musik zum Kochen wie andere die Ruhe zum Nachdenken. Summend nahm sie die Salatschüssel und das Schraubverschlussglas mit dem vorbereiteten Sahnedressing aus dem Kühlschrank und stellte beides zu den drei Porzellanschälchen auf den Küchentisch. Stella lehnte sich an die Anrichte.

»Ist er immer so still?«

»Wer?« Sie verteilte die grünen Blätter und die Soße auf die Schälchen. »Papa?«

Stella nickte.

»Ach, der ist nur ein bisschen müde. Vom Nichtstun.« Ihre Mutter lachte ihr kratziges Lachen. »Wärst du so lieb und schmeckst mal ab?«

Stella stieß sich von der Arbeitsplatte ab. Vielleicht war es wirklich nicht der Rede wert. Vielleicht hatte er einfach nicht den allerbesten Tag. Sie nahm einen Teelöffel aus der Besteckschublade und öffnete den Deckel des Kochtopfes.

Dampf und ein Duft zum Niederknien schlugen ihr entgegen.

»Mein Gott, riecht das köstlich.«

»Es ist eigentlich alles wie immer.« Ihre Mutter stellte das Radio ein kleines bisschen lauter.

»Genau deshalb riecht es ja so gut.«

»Es bleibt bestimmt was übrig. Das füll ich dir nachher in eine Tupperdose, dann hast du morgen nach der Arbeit noch was Warmes.« Ihre Mutter wiegte sich zu einer Nocturne von Chopin.

Stella fischte mit dem Löffel ein Stück Fleisch aus der Soße. Die gläserne Abzugshaube war beschlagen, auf den champagnerfarbenen Fliesen hinter dem Herd haftete ein dünner Tröpfchenfilm. Früher war ihre Mutter oft extra die Treppe hinauf in ihr Kinderzimmer gekommen. *Stella, würdest du mal zu mir in die Küche kommen? Du hast einfach den feineren Gaumen.* Sie schob sich den Löffel in den Mund und schmeckte augenblicklich all die Zutaten und Gewürze, die ihre Mutter seit jeher benutzte. Das Röstaroma der angebratenen Paprika, Karotten und Zwiebeln, den Majoran und all die anderen getrockneten grünen Kräuter, den Hauch Cayennepfeffer, die Messerspitze Zitronenschale und eine Andeutung von Kümmel. Ihr Vater mochte keinen Kümmel, aber in dieser geringen Dosis konnte sie ihm das Gewürz unterjubeln. Und das Fleisch war butterzart.

»Es ist absolut rund. Perfekt.« Stella steckte den Löffel in die Spülmaschine.

Mit einem Lächeln goss ihre Mutter die Kartoffeln ab und kippte sie vorsichtig in eine Schüssel. Das Gulasch füllte sie ebenfalls in eine Schale um. An besonderen Tagen standen keine Töpfe auf dem Tisch. Sie stellte alles auf ein großes Tablett und wusch sich die Hände. »Ich glaube, wir haben alles.«

Stella nahm das Tablett, und ihre Mutter schaltete im Hinausgehen das Radio aus.

Die Sonne stand so weit im Westen, dass kein Licht mehr in den Wohnraum fiel. Die große Fläche, die sich zwischen Bücherwand und Esstisch erstreckte, war düster und kam Stella mit einem Mal sehr still vor. Ihr Vater saß noch immer in dem sandfarbenen Sessel und sah nicht einmal auf, als sie eintraten.

»Bert!« Die Stimme ihrer Mutter klang eine Spur zu fröhlich.

Ihr Vater erhob sich, wie angeknipst, nachdem er zuvor ausgeschaltet gewesen war. Stella stellte die dampfenden Schüsseln auf die weiße Tischdecke und die Salatschälchen neben die Teller. Ihre Mutter zündete zwei langstielige Kerzen an, ihr Vater ließ sich auf seinem Stuhl nieder. Seit sie denken konnte, saßen sie immer auf denselben Plätzen. Ihr Vater am Kopfende, Stella rechts von ihm, ihre Mutter ihr gegenüber zu seiner Linken. Auf dem Tisch stand eine Flasche Rotwein, die teuer aussah.

»Was macht die Klinik?«

Dass er die Frage stellte, beruhigte sie. Sie nahm seinen blütenweißen Teller und tat ihm etwas von dem Gulasch auf. »Es ist natürlich anders, seit du nicht mehr da bist.«

»Natürlich ist es das.« Er nickte, wie zur Bekräftigung.

»Aber Arne macht seinen Job gut, denke ich.«

»Natürlich macht er das.«

Sie tat auch ihrer Mutter und sich selbst von dem Fleisch auf. »Er hat mich gefragt, ob ich beim nächsten

Kongress einen Vortrag halten will. Traumatische Schulterluxation beim Kleinkind. Wir hatten da eine Patientin, ein zweijähriges Mädchen ...«

»Wichtiges Thema. Das solltest du unbedingt machen. Vorträge sind Katalysatoren für die Karriere. Nur so macht man sich als Arzt einen Namen.«

»Was für einen Wein trinken wir heute eigentlich?« Sie griff nach der Weinflasche. Es war ein Bordeaux von 2001.

Ihr Vater faltete seine Stoffserviette auf und legte sie sich auf den Schoß. »Den hat deine Mutter ausgesucht.«

Stella starrte ihn an. Ihre Mutter war fürs Essen zuständig und ihr Vater für die Getränke. Schon in ihrer Kindheit war das so gewesen. Da hatte er ihr an besonderen Tagen drei verschiedene Säfte kredenzt, einen für den Salat vorab, einen für die Hauptspeise und einen fürs Dessert. *Fruchtig*, hatte er gesagt, *versteht sich von selbst, aber auch herb, man könnte meinen, es wäre Pampelmuse beigemischt. Pampelmuse mit einem Hauch Vanille. Schmeckst du das, Stella?*

»Alles klar, Papa?«

Er lächelte. »Natürlich. Alles klar, mein Schatz.«

Sie sah zu ihrer Mutter hinüber, die ungerührt Kartoffeln auf die Teller legte. Irgendetwas war hier überhaupt nicht klar, aber sie konnte es nicht richtig greifen.

Sie wandte sich wieder an ihren Vater. »Was machst du jetzt eigentlich mit deiner ganzen Zeit?«

»Er muss sich erst noch einfinden«, antwortete ihre Mutter an seiner Stelle. »Man darf das nicht unterschätzen, wenn jemand sein Leben lang gearbeitet hat. Und jetzt wollen wir mal anstoßen.« Sie goss allen von dem tiefroten

Wein ein und erhob ihr Glas. »Wie schön, dass du da bist, Stella.«

Sie stießen an, zu dritt über der kleinen Vase, in der ein Sträußchen von bunten Wildblumen steckten. Ihre Mutter hatte sie sicherlich hinten im Garten gepflückt, in dem kleinen Stück Wiese, das sie gegen jeden Rasenmäherangriff verteidigte, sehr zum Unmut von Stellas Vater. Bestimmt war dort etliches schon meterhoch. Schafgarbe, Taubnesseln, Disteln, Wicken und all die anderen Pflanzen, die ihre Mutter mit ihrem Büchlein *Unkräuter bestimmen* genau benennen konnte.

»Lasst es euch schmecken.« Ihre Mutter nickte ihnen auffordernd zu. »Und, Stella, sag mal, wie geht es dir?«

Stella schob sich ein Salatblatt in den Mund. Jetzt war der Moment gekommen, in dem sie ihren Eltern von Max erzählen könnte. Wenn sie mit ihrer Mutter alleine gewesen wäre, hätte sie es vermutlich auch kaum zurückhalten können, so voll wie ihr Kopf von Max war. Sie sah zu ihrem Vater hinüber, der sich mechanisch einen Bissen nach dem anderen in den Mund schob. Vermutlich wäre es sogar ausgesprochen einfach, wenn sie jetzt davon anfangen würde – ihr Vater sah nicht aus wie jemand, der Kraft für ein richtiges Kontra hatte. Wachs tropfte von der Kerze vor ihr auf die Tischdecke. Stella richtete sie im Halter gerade aus. Sie würde ihnen ein andermal von Max erzählen.

»Es geht mir gut.« Und das stimmte. Es ging ihr wirklich gut, vielleicht sogar besser als jemals zuvor.

Sie erzählte von Bento und davon, welch wunderbaren Kaffee er kochte und was für eine begnadete Bäckerin Raquel war. »Nächstes Mal bringe ich euch etwas aus der Pastelaria mit, versprochen.« Sie erzählte von Ellen, die ihr in den letzten Monaten eine richtig gute Freundin geworden war, und von Finn, mit dem sie, immer wenn sie ihn traf, einen Riesenspaß hatte. Hier mogelten sich ein paar Geschichten von Marta in ihre Erzählung, aber das machte nichts. Ihre Mutter drückte über den Tisch hinweg ihre Hand und stellte eine Frage nach der anderen. Ihr Vater kratzte schweigend die Reste von seinem Teller. Stella erzählte von Tonia und wie sie sich als Übersetzerin in Berlin schlug. Ihre Mutter hatte Tonia sehr gern und freute sich immer, wenn sie etwas von ihr hörte.

Stellas Telefon klingelte. »Entschuldigt bitte.«

Sie stand auf und lief hinüber zur Fensterbank. Es war Max. Die Terrassentür ließ sich mit einem Ruck öffnen, Stella trat hinaus in den Garten. Augenblicklich hüllte sie das gleichförmige Summen der Insekten ein, die an diesem lauen Sommerabend die Blütenkelche rings um sie herum bevölkerten.

»Max.« Etwas Schweres fiel von ihr ab. Die Luft hier draußen war warm, deutlich wärmer als drinnen im Haus.

»Stella! Wie schön, deine Stimme zu hören.«

Er war in Málaga, nur für ein paar Tage diesmal, weil er Marta zurück nach Hause brachte. Morgen Abend war er wieder hier, und Stella wollte ihn am Flughafen überraschen.

»Was machst du gerade?« Seine Stimme war so nah, als stünde er direkt neben ihr.

Wind strich durch die Kronen der Bäume, ein Schwalbenschwarm flatterte auf. Stella lief ein paar Schritte tiefer in den Garten hinein. Das Gras unter ihren nackten Füßen war trocken und warm. Der Rasen lag bereits im Schatten, nur hinten, am Zaun zum Maisfeld, gab es etwas Sonne.

Dort, wo niemals gemäht wurde und die Wildblumen wucherten, glänzte es golden.

»Ich bin bei meinen Eltern.«

In den Nachbargärten surrten die Rasensprenger. Der Dobermann von nebenan kreiste träge in seinem Zwinger.

»Weiß du, es ist irgendwie komisch hier. Mein Vater, er ist so ...« Sie sah zum Haus zurück und suchte nach Worten. »Er ist so abwesend.«

Ihr Vater saß noch am Esstisch, nicht mehr als ein Schemen hinter der Scheibe mit den schwarzen Klebevögeln. Noch vor wenigen Monaten war alles an ihm präsent gewesen. Er war aufmerksam gewesen, oft überaufmerksam, sein Körper immer unter Spannung, seine Haut braun gebrannt, sein Haar kraftvoll gewellt, seine Stimme laut und klangvoll. Jetzt wirkte er, als wäre er gar nicht richtig da.

»Bestimmt hat er nur einen schlechten Tag.«

Die Schwalben flogen tief über dem Garten.

»Ich weiß nicht. Er ist doch schon *sehr* anders.«

Der Dobermann bellte. Bei Max im Hintergrund hörte sie ein Rumpeln.

»Du, Stella, es tut mir leid. Können wir vielleicht ein andermal darüber sprechen? Ich bin gerade mit Marta in so einer Art Zoo und ... Hey, Marta!«

Wenn die Schwalben niedrig fliegen, werden wir bald Regen kriegen.

Stella legte den Kopf in den Nacken. War Max allein mit Marta im Zoo? Die Frage kam aus dem Nichts. Oder unternahmen er und Nuria zusammen mit ihrer Tochter einen Familienausflug? Rasselnd schlug der Hund gegen das Käfiggitter. Solche Fragen hatte sie sich noch nie gestellt. Ganz am Anfang waren sie ihr einmal kurz durch den Kopf gegangen, aber dann hatte Nuria sehr schnell keine Rolle mehr gespielt.

»Warum ich eigentlich anrufe.« Max räusperte sich. »Ich wollte ja morgen zurückkommen. Aber ich habe das Gefühl, ich sollte noch ein bisschen länger hier bleiben. Bei Marta.«

Hinten am Zaun zum Maisfeld, wo niemals gemäht wurde und die Wildblumen wucherten, war es jetzt ebenfalls schattig.

»Okay.« Stella drehte sich um und machte sich auf den Weg zurück zum Haus.

»Ich melde mich bei dir, ja?«

»Okay.«

Sie legte auf. Mit einem Ruck öffnete sie die Glastür zum Wohnzimmer. Der Boden unter ihren Füßen war kalt, der Raum düster und still. Ihr Vater saß im sandfarbenen Sessel und regte sich nicht. Stella stieg auf die Leiter und stellte den Brockhaus-Band zurück ins Regal.

Die Lichter vom Hafen färbten den Himmel orange. Stella überholte eine Gruppe von Passanten, die in den Abendstunden noch an der Elbe entlangschlenderten. Sie selbst wollte nur noch zurück in ihre Wohnung und ins Bett. Manchmal zeigten sich die Dinge ja in einem anderen Licht, wenn man eine Nacht darüber schlief. Das hoffte sie jedenfalls. Ein leichter Dunst hing in der Luft, wie ein grauer Schleier vor dem Orange, es roch nach Böllern und Raketen. In der Stadt gab es an den Sommerwochenenden immer irgendwo ein Feuerwerk. Stella verließ die Hafenpromenade, der Geruch wurde stärker. Als sie in ihre Straße einbog, sah sie den Rauch.

Dunkel stand er in der Luft, wabernd zwischen den Altbauten. Menschen liefen über die Straße, Stella hörte Schreie. Schnell bahnte sie sich einen Weg durch die Menge. Systematisch scannte sie die Gebäude auf beiden Seiten ab. Irgendwo brannte es, aber sie konnte nicht erkennen, wo.

Immer tiefer lief sie in die Straße hinein. Wie erstarrt standen hier Menschen in der stickigen Wärme, einige hielten sich bei den Händen. Je näher Stella ihrem eigenen Haus kam, desto dichter wurde der Rauch. Schaudernd drückte sie sich den Unterarm vors Gesicht. Da sah sie den Qualm langsam unter der Glastür der Pastelaria hervorkriechen. Der Innenraum des kleinen Cafés war dunkel und verhangen. Bento trommelte wie wild mit den Fäusten an die Scheibe.

»Da ist jemand drin!«, schrie eine junge Frau.

Stella fasste sie hart an der Schulter. »Hat jemand die Feuerwehr gerufen? Den Notarzt?«

»Ich glaube …«

»Los!« Stella zog sie zur Seite. »Schaffen Sie die Leute hier weg. Alle. Das ist lebensgefährlich.« Sie sah ihr fest in die Augen. »Haben Sie mich verstanden?«

Die Frau nickte verängstigt.

Stella griff nach Bentos Handgelenken und drehte ihn von der Scheibe weg.

»Raquel.« Tränen liefen ihm über das rußige Gesicht. Er rutschte an der Fassade seines Lokals herunter und sackte auf dem Boden in sich zusammen.

»Bento, hörst du mich? Geh hier weg!« Sie hätte gerne anders mit ihm gesprochen, aber dafür war keine Zeit.

Wie aus dem Nichts tauchte Tiago vor ihr auf und

fasste seinen Onkel unter den Achseln. Er nickte Stella kurz zu und zog Bento mit sich fort.

Stella drückte gegen die Tür. Sie war abgeschlossen. Mit voller Wucht trat sie die Scheibe ein. Das Glas zersprang sofort. Mit dem Beutel, in dem die Tupperdose mit dem Gulasch steckte, schlug sie noch mehr Glas aus dem Rahmen. Jetzt konnte sie rein.

Es roch bestialisch. Der Rauch enthielt Atemgifte, die einen schon nach wenigen Sekunden bewusstlos machten. Und nicht viel später kam es zu einem toxischen Lungenödem. Sie hielt die Luft an. Drei Minuten und zehn Sekunden, das war ihr Rekord gewesen. Allerdings war sie damals im Training gewesen und hatte beim Luftanhalten vollkommen entspannt unter der Wasseroberfläche getrieben, damit sie keine unnötige Energie verschwendete. Sie presste die Lippen aufeinander und drückte sich den Stoffbeutel vor die Nase.

Im Inneren des kleinen Cafés war es kochend heiß und schwarz. Wie in der Hölle, schoss es ihr durch den Kopf. Bilder ihres Vaters, ihrer Mutter, Bilder von Marta und Max und von den Toten, die er fotografiert hatte, schwirrten und vermischten sich vor ihren Augen, das Porträt ihres Vaters mit schlaffem Mund an Max' Schlafzimmerwand, Heftzwecken durchbohrten seine geschlossenen Lider. *Komm schon, Stella.*

Immer tiefer wagte sie sich vor. Der Rauch biss ihr in den Augen. Sie tränten. Zum Glück kannte sie diesen Ort beinahe besser als ihre eigene Wohnung. Sie hangelte sich von der Vitrine zu den Tischen und Stühlen und tastete mit dem Fuß die Fliesen ab wie mit einem Blindenstock. Vor ihr am Boden tauchte eine Linie aus Glut auf. Hier hätte der Tresen sein müssen. Ihr wurde schwindelig, aber es gab nichts, woran sie sich hätte festhalten können. Der Tresen war komplett heruntergebrannt, ebenso das Regal an der Rückwand. Sie wollte nach Raquel rufen, aber Raquel war sicher schon lange nicht mehr bei Bewusstsein. Im roten Schein der Glut erkannte Stella, dass der Bereich zwischen Theke und Wand leer war. Hier war niemand. Ihre Lunge schmerzte. Sie musste weiter.

Unter Wasser war sie in Gedanken oft das Alphabet durchgegangen und hatte sich zu jedem Buchstaben ein Wort überlegt. Das hatte sie von dem elenden Druck in der Brust abgelenkt.

A wie *Atemnot*. B wie *Bewusstlosigkeit*. C wie *Cardio*. D wie *Defibrillator*. Stopp! Sie drückte die Küchentür auf und stolperte über etwas am Boden. Sie kniete sich hin und griff in Stoff und weiches Fleisch. Sie fasste nach Raquels Händen und zog. Sie taumelte. Sie schwitzte. Sie zog stärker und bewegte sich vorwärts, viel zu langsam. Sie betete. Sie hörte ein Knacken und Krachen. Wo der Ausgang war, loderten Flammen. Hier gab es nirgends einen Feuerlöscher. Sie weinte. Sie würgte. Sie schrie. Sie war weg.

Irgendwann nahm Stella wahr, dass der Untergrund, auf dem sie lag, hart war. In Gedanken präzisierte sie: der Untergrund, auf dem sie in der stabilen Seitenlage lag. Ihr Körper war in eine Decke gewickelt, ihr Kopf nach hinten überstreckt, und auf dem Gesicht trug sie eine Maske, durch die Sauerstoff strömte. Sie atmete tief ein und wieder aus. Ihr Brustkorb hob und senkte sich, hob und senkte sich. Sie sah ihre Lungenbläschen vor sich, die sich mit Sauerstoff füllten und Kohlenstoffdioxid abgaben. Im

Traum konnte sie sich kein schöneres Gefühl vorstellen. Sie atmete lange aus, alles musste raus. An ihrem Handrücken spürte sie die Venenkanüle und den Clip des Pulsoximeters an ihrem Mittelfinger. Selbst durch ihre Maske roch sie noch den Rauch. Sie hörte Stimmen und in der Ferne leise ein Martinshorn.

Als sie die Augen öffnete, sah sie in Tiagos Gesicht. Es war genauso schwarz wie seine Haare. Er sah aus wie ein Bergarbeiter. Sie lachte darüber, aber es kamen Schluchzer aus ihrem Mund. Sie versuchte etwas zu sagen, aber sie schluchzte nur und hustete. Tiago legte seine Hand auf ihren Rücken.

»Raquel?«, stieß sie schließlich hervor.

Sofort war alles wieder da. Der schwere Körper, den sie in sengender Hitze über den Kachelboden schleifte, tot oder lebendig, sie wusste es nicht, das Feuer, das aus dem Nichts vor ihnen auftauchte wie eine Sperre, und wie sie dagegen anlaufen wollte. Sie zitterte unter der Wolldecke.

Tiago steckte die Decke um sie herum fest. »Sie haben sie ins Krankenhaus gebracht. Sie haben gesagt, sie melden sich, wenn sich irgendwas tut. Wenn sie aufwacht oder ...«

Stella streifte sich die Maske vom Gesicht. Mit einem Ruck setzte sie sich auf. »Sind ihre Vitalfunktionen stabil?«

Tiago schaute sie ratlos an.

Stella sank zurück auf die Unterlage. Erst jetzt sah sie, dass sie in einem Rettungswagen lag. Um sie herum war alles weiß bis auf die grünen Pumpen und das metallene EKG. Durch die quadratische Luke über ihrem Kopf blickte sie hinauf in den orange-grauen Himmel. Sie wollte nur noch nach Hause.

Sie stützte sich auf die Unterarme. Die Türen des Wagens standen offen.

»Weiß man, was passiert ist?«

Tiago fuhr sich durchs Haar. »Es war ein Kabelbrand. Raquel wollte sich wahrscheinlich einen Kaffee machen, dabei ist das Kabel von der Espressomaschine gebrochen.«

Stella stöhnte auf. Sie musste daran denken, wie sie alle zusammen immer wieder die gleiche Slapsticknummer abgespult hatten: Becher platzieren, Knopf drücken, Warten, Fluchen, Kabelruckeln, Zischen, Lachen. Wie ein Komiker und sein dumpfes Publikum. Wie hatte sie ein kaputtes Elektrokabel jemals für einen Running Gag halten können?

»Der Tresen war sofort Asche, aber der Brand hat offenbar weiter geschwelt. Einer von der Feuerwehr hat gesagt, wir könnten von Glück reden, dass es zu keiner Rauchgasexplosion gekommen ist. Von Glück!« Er boxte sich in die Handfläche. Tränen liefen ihm die Wangen hinunter und hinterließen Rinnen im Ruß.

Er wischte sich übers Gesicht. »Bento ist völlig fertig. Er macht sich die allergrößten Vorwürfe.«

»Wo ist er?«

»Bei Raquel.«

»Und du?«

»Ich konnte dich doch nicht alleine hier liegenlassen.« Unter der schwarzen Schmiere grinste er schief.

Stella hätte ihn am liebsten in den Arm genommen, wie man einen kleinen Bruder in den Arm nahm. Aber ihr fehlte die Kraft dazu. »Warum warst du überhaupt hier?«

Er stand auf, um einer Ärztin, die von draußen hereinkam, Platz zu machen. »Bento und ich waren verabredet. Wir wollten noch mal über mein Konzept, über das *Bento 2* sprechen. Also, ich wollte darüber sprechen.«

Die Ärztin kam an den Rand ihrer Liege. Sie trug eine leuchtend rote Rettungsdienstjacke mit silbernen Streifen, die das Neonlicht im Wageninneren reflektierten. »Wie geht es Ihnen?«

»Gut.« Ihr Kopf schmerzte, ihre Luftröhre brannte. Sie wollte nach Hause.

»Können Sie sich daran erinnern, was passiert ist?«

»Ja.«

»Gut. Wir bringen Sie jetzt ins Krankenhaus und behalten Sie erst einmal zur Kontrolle da.«

Stella setzte sich auf. »Nein.«

Die Ärztin runzelte die Stirn. »Sie haben mindestens eine leichte Rauchvergiftung.« Sie klang ungeduldig, so wie Erwachsene manchmal mit Kindern sprachen. »Sie haben eine Infusion bekommen und Sauerstoff.« Die Ärztin bückte sich und hob die Maske vom Boden auf. »Wir haben Ihnen Blut abgenommen. Die Werte erhalten wir sicher morgen Vormittag.«

Stella löste den Clip von ihrem Finger, zog das Pflaster ab und die Kanüle aus dem Handrücken.

»Ich bin Ärztin.« Sie kam sich albern vor, als sie das sagte, aber ihr fiel nichts Besseres ein.

Das Pulsoximeter piepte. Irgendwo draußen wurde über Funk gesprochen. Wortlos reichte die Notärztin ihr einen Tupfer und ein neues Pflaster. Stella drückte die Kompresse auf die Einstichstelle, wartete einen Augenblick und fixierte sie dann. Als sie aufstand, drehte sich der weiße Raum. Starr richtete sie ihren Blick auf die grüne Absaugpumpe und drückte ihre Zunge an den Gaumen.

Die Ärztin schaltete das Messgerät ab. Das Piepen verstummte.

»Würden Sie sich selbst in diesem Zustand nach Hause gehen lassen?«, fragte sie.

»Nein.« Stella griff nach Tiagos Arm.

Er half ihr aus dem Wagen. Es überraschte sie, dass sie nicht direkt vor ihrem Haus standen, sondern am Eingang der Straße, fast beim Hafen. Sie rechnete es Tiago hoch an, dass er der Notärztin keinen entschuldigenden Blick zuwarf.

»Eins noch.«

Stella drehte sich um.

»Lassen Sie sich morgen früh in jedem Fall durchchecken. Über die Spätfolgen einer Rauchvergiftung muss ich Ihnen ja nichts erzählen.« Die Ärztin entriegelte die Tür.

Stella nickte. »Danke.«

Mit einem Knall schloss sich der Wagenschlag hinter ihnen, das Fahrzeug fuhr an.

Tiago und sie standen alleine auf der Straße. Asche wehte über den Asphalt, bläulich im fahlen Schein der Laternen. Reste des Rauchs standen noch immer wie ein dünner Dunst in der Luft. Ihr Atem ging flach. Eingehakt liefen sie die Straße hinunter wie in eine Schlucht, vorbei an herumliegenden Metallteilen und verkohlten Stuhlbeinen. Glassplitter knirschten unter ihren Sohlen, in ihrem Rücken krachten die Container. Ein Tisch, der aussah wie der, an dem sie immer gesessen hatte, stand schwarz und mit abgeplatzter Tischplatte auf dem Gehweg.

Als sie auf Höhe der ausgebrannten Pastelaria waren, schloss Stella die Augen. Sie hatte für heute genug gesehen.

Mit zitternden Fingern steckte sie den Schlüssel ins Schloss der Haustür. Tiagos Angebot, sie nach oben zu begleiten, lehnte sie ab. Sie musste allein sein. Er versprach, dass er sie sofort anrufen würde, wenn er etwas von Raquel hörte. Sie umarmten einander. Stella spürte, dass er genau wie sie noch etwas sagen wollte. Aber keiner von ihnen fand die richtigen Worte.

Stella lag auf dem Bett. Die Waschmaschine schleuderte, ihr Körper vibrierte. Sie lag im Dunkeln und sah immer nur Raquel vor sich. Sie konnte nichts dagegen tun. Raquel in ihrer roten Schürze, Raquel mit mehlstaubigem Haar, Raquel, die nach gerösteten Nüssen und Honig duftete, Raquel, wie sie lachte und tanzte. Sie hörte ein Ächzen, das aus den Wänden des alten Hauses zu kommen schien. Raquel, die sich nicht regte.

Stella legte ihren Kopf weit in den Nacken, damit sie mehr Luft bekam. Ihre Kehle brannte. Sie würde gerne die Fenster bis zum Anschlag aufreißen, aber dadurch würde es auch nicht besser werden. Wie durch ein Wunder hatte sie heute Nachmittag, als sie zu ihren Eltern gefahren war, alle Fenster ihrer Wohnung geschlossen. Der Rauch hing ihr trotzdem in der Nase. Dabei hatte sie lange geduscht und wie in Trance zugesehen, wie die schwarze Brühe kreiselnd im Abfluss verschwand.

Sie drehte sich auf die Seite. Ihr Bett stand ungefähr dort, wo vier Stockwerke weiter unten Raquel gelegen hatte. Vielleicht war es sogar genau die gleiche Stelle. Sie setzte sich auf. Es hatte keinen Sinn, sie würde ja doch nicht zur Ruhe kommen. Sie knipste die Nachttischlampe an und wartete, bis der Schwindel nachließ. Wieder ächzte und knarrte es in den Wänden, als wehrte sich das Haus gegen das, was ihm das Feuer angetan hatte.

Sie schlang die Bettdecke um ihre Schultern. Vielleicht sollte sie Max anrufen. Bestimmt half es, wenn sie mit ihm sprach. Stella nahm ihr Handy vom Nachttisch. 02:23 Uhr zeigte das Display. Sie musste daran denken, wie abgelenkt Max vorhin am Telefon gewesen war und dass er gar nicht morgen nach Hause kam, sondern erst irgendwann später, vielleicht in ein paar Tagen oder in einer Woche oder noch später. Was wusste sie schon? Sie stellte sich vor, wie er mit Marta und Nuria bei strahlendem Himmel durch den Zoo flanierte. Sie dachte an ihren Vater im sandfarbenen Sessel und daran, wie schnell alles vorbei sein konnte.

Sie legte ihr Handy wieder zurück auf den Nachttisch und stand auf. Unschlüssig verharrte sie in der Mitte des Schlafzimmers. Ihr Kopf pochte, ihre Zehen waren ohne Gefühl, der Raum drehte sich sacht. Tür – Tisch – Bett – Fenster – Kleiderschrank – Kommode. Darüber hing ein Bild, das Marta gemalt hatte. Eigentlich war es gar kein Bild, sondern die Malunterlage, die unter dem eigentlichen Blatt Papier gelegen hatte, das Marta bei ihrem letzten Besuch mit Pinsel und Farbe und vollem Körpereinsatz bestrichen und bekleckst hatte. Die zahlreichen versetzten Farbkanten und undefinierbaren Körperteilabdrücke hatten etwas von einem abstrakten Gemälde, und Stella hatte die Unterlage kurzerhand gerahmt und aufgehängt. Sie kniete sich vor der Kommode aufs Parkett und fasste die glänzenden Griffe der untersten Lade.

Die Box stand ganz hinten, auf einer Lage aus geblümtem Geschenkpapier, das noch ihre Großmutter mit Reißzwecken am Holz befestigt hatte. Mit beiden Händen hob sie das Kästchen heraus. Seine Maserung hatte sie früher immer an freundliche, runde Tieraugen erinnert, daran hatte sie lange nicht mehr gedacht. In goldenen Buchstaben stand auf dem Deckel: *Mach es wie die Sonnenuhr, zähl die heitren Stunden nur.* Eindeutig die geschwungene Schrift ihrer Mutter. Mit einem leisen Quietschen drehte sie den Schlüssel im Schloss und klappte den Deckel der Box hoch.

Und wenn du einmal traurig bist, dann ziehst du eine Karte.

Sie strich über die weißen Kanten und stoppte. Diese. Diese musste es sein. Sie zog die Karte heraus.

---

20. April

1989: *Vorhin haben wir im Garten die gepunkteten Schnecken gezählt. Dreißig sind wieder da. Alle bis auf eine! Irgendwie finde ich es beruhigend, dass irgendwo da draußen auf dem Feld eine Schnecke frei herumkriecht.*

Lange starrte sie auf ihre erwachsene Mädchenschrift.

Ihr Telefon klingelte. Ohne aufs Display zu schauen, nahm sie das Gespräch an. Es rauschte.

»Stella?«

»Tiago!«

»Hab ich dich geweckt?« Seine Stimme klang gedämpft.

»Tiago, was ist mit Raquel?«

Wieder rauschte es.

»Sie ist außer Lebensgefahr. Die Ärzte sagen, es ist ein Wunder, dass sie überlebt hat. Ohne dich wäre sie gestorben.«

Stella sank aufs Bett. Tränen liefen ihr ungebremst übers Gesicht. »Oh Gott.«

»Sie schlafen jetzt beide. In einem Zimmer. Bento hat ein Bett auf der Intensivstation bekommen. Ausnahmsweise, weil er sich nicht wegschicken ließ.«

»In welchem Krankenhaus …« Ihre Stimme versagte.

Raquel lebte! Und Bento und sie waren zusammen und vereint. Sie sah ihn vor sich, wie er mit den Fäusten an die Scheibe seiner Pastelaria getrommelt hatte. Und wie er ohne jeden Trost auf dem Bürgersteig in sich zusammengesackt war. Sie konnte gar nicht mehr aufhören zu weinen.

»In der Uniklinik.«

Sie drückte sich das Kopfkissen vors Gesicht. In ein paar Stunden würde sie hinfahren. Als ginge sie zur Arbeit. Sie legte das Handy auf den Nachttisch. Ihr war nicht mehr schwindlig, Tür, Tisch, Fenster, die alte Kommode, alles stand ruhig. Das Haus war vollkommen still. Stella kroch unter die Bettdecke, die noch warm war. Ein paar Stunden würde sie noch schlafen. Ihr Blick fiel auf Martas Bild, das im dunklen Zimmer aus grauen Linien und Formen bestand. Am rechten Rand war ein großer runder Klecks. Wie ein Schneckenhaus mit Punkten, dachte Stella noch, bevor sie erschöpft einschlief.

24. Juli

1985: Mama hat mich beauftragt, heimlich drei Maiskolben vom Feld zu stibitzen. Beim Abendessen hat Papa gesagt: »Mensch, die schmecken ja wie frisch geerntet!« Mama und ich mussten total losprusten. Wir wären fast erstickt vor Lachen!

1988: Über den Wolken ... Ich sitze neben Tonia im Flugzeug und fühle mich federleicht. Drei Wochen Sprachurlaub in Eastbourne – ohne Eltern!

24. Juli

Die gläserne Tür drehte sich monoton um die eigene Achse. Jedes Mal, wenn sie sich zur großen Halle hin öffnete, blieb Stella stehen. Noch eine Runde, dann würde sie den Terminal ganz sicher betreten. Neue Reisende wurden von der Tür aufgenommen und nach einer halben Umdrehung wieder ausgespuckt. Sie selbst konnte das Türkarussell einfach nicht verlassen.

Drei Wochen war Max in Hamburg gewesen. Es waren die schönsten einundzwanzig Tage ihres Lebens gewesen. Sie schluckte hart. Wie eine Zeitblase war es gewesen, in der es nur sie beide gab und alles sonst stillstand. Stella hatte sich Urlaub genommen, und eigentlich hatten sie gar nichts Besonderes getan, sondern waren einfach zusammen gewesen und hatten sich der Illusion hingegeben, dass es ewig so weitergehen könnte. Und jetzt flog Max nach Málaga. Sie drückte sich an die Mittelachse, um einer Familie mit voll beladenem Kofferwagen Platz zu machen. Und diesmal wollte er fürs Erste dort bleiben.

Draußen vor dem Flughafen schien die Sonne, auf der anderen Seite der Tür erwartete sie ein trübes Halbdunkel. Die Familie schob ihren Wagen in das Gebäude, Stella blieb, wo sie war. Noch eine Runde, noch ein letzter Blick ins Licht. Schließlich gab sie sich einen Ruck und trat ein.

Die Halle war riesig, viel zu groß, als dass sie sie mit einem Blick erfassen konnte. Von der Decke hing eine ausladende Stahlkonstruktion, der Boden glänzte wie frisch gewienert. Leicht bekleidete Menschen kreuzten ihren Weg. Sie selbst hatte sich trotz des Sommerwetters warm angezogen. Mit kleinen Schritten, die ihr gar nicht wie ihre eigenen vorkamen, lief sie an den Menschenschlangen vor den Abflugschaltern vorbei. Max hatte als Treffpunkt die Rolltreppe vorgeschlagen, die zu der Galerie hinaufführte. Stella machte einen Bogen um ein gelbes Schild mit der Aufschrift *Caution. Wet Floor*. Im selben Moment sah sie ihn.

Er hockte auf den Stufen bei der Rolltreppe. Neben ihm lehnte sein schwarzer Rucksack, sein restliches Gepäck musste er schon aufgegeben haben. Wieder fiel ihr das Kantige in seinem Gesicht auf und die angespannten Wangenmuskeln. Zwischen seinen Fingern zerquetschte er eine leere Coladose. Erst als sie direkt vor ihm stand, blickte er auf.

»Stella.«

Sein Ausdruck bekam etwas Weiches. Behutsam legte er die Coladose beiseite und griff nach ihrer Hand.

Sie zögerte, weil sie nicht wusste, ob sie sich neben ihn setzen sollte. Oben auf der Galerie war eine raketenförmige Tunnelrutsche. Max zog sie zu sich auf die Stufe. Eine Lautsprecherdurchsage hallte durch den Terminal, Rollkoffer ratterten an ihnen vorbei.

»Ich komm bald wieder her.«

Ja, dachte sie, zu Besuch.

Eine Gruppe von Stewardessen lief an ihnen vorbei, Stella zog die Füße aus dem Weg. Ihr fiel nichts ein, was sie hätte sagen können. Obwohl sie tausend Fragen hatte. Aber die steckten wie ein Klumpen in ihr fest.

»An Silvester …« Er räusperte sich und setzte noch einmal an. »An Silvester hab ich einen Mann fotografiert, unser Alter, Musiker, ist einfach umgefallen auf der Bühne.« Er stockte und spielte mit ihren Fingern.

Ihr fiel auf, dass er die Fototasche nicht bei sich hatte. Er trug sie immer an seinem Körper, nie im Rucksack. Ohne den Riemen der Tasche sah die Stelle über seiner Brust seltsam leer aus.

Wieder räusperte er sich. »Ich habe das noch nie vorher bei einem Toten gesehen. Da war überhaupt keine Ruhe in seinem Gesicht. Als hätte er in seinem Leben irgendwas getan oder nicht getan, was er zutiefst bereut. Und die Ernüchterung, die konnte man ihm auch ansehen. Dass er jetzt nichts mehr ändern kann. Dass es komplett vorbei ist.« Max' Stimme war leise und eindringlich. »Da war mir schlagartig klar: Ich muss für Marta da sein. Richtig da sein.«

Sie verstand ihn ja. Gerade ihn. Und trotzdem fühlte es sich so an, als ob er sich gegen sie entschied. Auch wenn es so einfach natürlich nicht war. Sie fröstelte und zog ihre Beine noch enger an den Körper.

»Und was wird aus uns?«

Er hakte seine Finger um ihre. »Ich liebe dich, Stella.«

Sie sah ihm ins Gesicht. Seine Haut war fahl. »Wie stellst du dir das vor? Sollen wir eine Fernbeziehung haben?«

»Komm mit mir.«

Sie lachte auf. »Klar.«

»Málaga hat auch eine Uniklinik.«

»Das hast du also schon recherchiert.«

Er drückte seine Fingerknöchel gegen ihre, so fest, dass

es wehtat. Noch mehr Stewardessen in dunkelblauen Kostümen liefen an ihnen vorbei die Treppe herunter. Stella rückte näher an die Glaswand der Rolltreppe heran. Für einen Augenblick war sie wie erschlagen von all den Gerüchen. Parfüms, Reinigungsmittel, Schweiß. Max roch sie nicht.

»Es ist nicht nur die Arbeit. Meine Eltern brauchen mich. Mein Vater ...«

»Dein Vater.«

»Ja, mein Vater. Du weißt, wie es ihm geht.« Sie hielt kurz inne, bis sie etwas ruhiger wurde. »Ich glaube, es ist wichtig für ihn, dass ich jede Woche vorbeischaue. Dass ich von der Klinik erzähle und so. Dass er noch irgendwie teilhat am Leben. Sonst ...« Sie schluckte. Sonst, dachte sie, saß bald wirklich nur noch seine Hülle in diesem Sessel. Sie biss sich auf die Unterlippe. Und ihre Mutter, die konnte sie damit auch nicht allein lassen.

»Dein Vater war Chefarzt. Der kriegt das schon hin.« Max' Stimme war hart.

Sie zog ihre Finger aus seinen. Der Geruch des Flussufers streifte sie. Es war nur ein Hauch, aber sie konnte Max riechen. Stella umfasste die Kante der Treppenstufe. Damals, am Zaun hinter den Büschen, war sie gestolpert, als Max und sie rüber zum Friedhof wollten. Mit dem Finger war sie an einem der offenen Enden des Maschendrahts hängen geblieben. Der spitze Draht hatte sich tief in ihr Fingergelenk gebohrt. Max hatte fest am Metall gezogen, aber sie hatte nur noch schlimmer geblutet. Schließlich hatte sie gesagt: »Hol meinen Vater.« Sie wusste noch, dass sie das Gefühl gehabt hatte, ihn zu ohrfeigen.

Mit einer Drahtschere schnitt ihr Vater ein Loch rund

um ihren Finger aus. Ein kleines Stück grüner Zaun baumelte von ihrer Hand. Er nahm sie mit in sein Krankenhaus, Max und sie. Dort spritzte er ihr ein Betäubungsmittel und zog den Draht in Sekundenschnelle heraus. Max saß neben ihr und sagte keinen Ton. Später fuhr ihr Vater ihn nach Hause und bedankte sich. »Mein Junge, gut, dass du zu mir gekommen bist.« Max war ohne ein Wort ausgestiegen.

Sie wandte den Blick ab. Die Fliesen zu ihren Füßen schimmerten gelblich.

»Er ist mein Vater.«

»Bei mir geht es immerhin um meine *Tochter*.«

Okay, so langsam begriff sie es. Sie würde immer den Kürzeren ziehen. Ihre Liebe hatte sich unterzuordnen. Ihr Blick glitt über die glänzenden Fliesen. Der Stahl der Decke spiegelte sich darin.

»Und was«, sie atmete tief durch, »was würde ich in Spanien tun, während du mit deiner Familie rumhängst?«

Max fasste sie an der Schulter. »Es gibt keine Familie, Stella. Mal ist Marta bei Nuria, mal bei mir. Fertig.«

»Was soll das heißen: Marta ist bei dir?«

Er ließ sie los und griff nach der zerdrückten Coladose. Langsam wiegte er sie in seiner Hand. »Ich hab eine Wohnung.«

»Du hast ... was?« Sie bemühte sich, ihre Stimme unter Kontrolle zu halten. »Seit wann?«

Er quetschte die Dose weiter. »Seit sechs Wochen.«

»Du hast das alles in die Wege geleitet, ohne mir was davon zu sagen?« Sie stand auf und machte einen Schritt von ihm weg. »Und was ist mit deiner Wohnung hier?«

Er sah sie nicht an. »Ich hab einen Nachmieter.«

Urlauber in kurzen Hosen drängten sich durch die Lücke, die zwischen ihnen entstanden war. Ihr Gesicht brannte. Es war egal, was sie jetzt sagte. Die Entscheidung war schon vor sechs Wochen gefallen. Kein Stück hatte er sie mit einbezogen. Nicht einmal das hatte er für nötig gehalten. Nicht einmal so viel war sie ihm wert. Sie machte noch ein paar Schritte rückwärts. Er hatte einfach sein Ding durchgezogen, und sie konnte sehen, wo sie blieb. War ja auch nicht wichtig, was mit ihr war. War ja noch nie wichtig gewesen.

»Stella, du musst doch verstehen, warum ich Marta nicht alleine lassen kann.«

Sie blickte auf seine Fingerknöchel, die weiß hervortraten, während er die Coladose umklammerte. *Aber mich, mich kannst du alleine lassen.* Es rauschte ihr in den Ohren.

Sie räusperte sich. »Leb wohl, Max.« Als sie noch einmal in sein Gesicht blickte, nahm sie kaum mehr als einen Umriss wahr. Eine einzige kantige Kontur. Sie drehte sich um und ging.

»Klar!« Seine schneidende Stimme verfolgte sie. »Lass mich hier sitzen!«

Mit schnellen Schritten durchquerte sie die Halle. Sie hörte noch das Scheppern der Dose, die mit voller Wucht auf dem Steinboden aufschlug. Tränen brannten ihr in den Augen. Blind stolperte sie zur Drehtür. Für eine halbe Umdrehung nahm das Türkarussell sie auf, dann spuckt es sie gleichgültig auf der anderen Seite aus.

Vor sechzehn Jahren
Mit tauben Händen schloss Stella die Tür ihres Zimmers hinter sich zu. Ihre Schultasche fiel auf den Boden. Sie konnte nicht mehr. Das weiße Kleid klebte ihr am Körper. Sie machte ein paar unsichere Schritte ins Zimmer hinein. Regentropfen rutschten stockend die Fensterscheibe hinunter. Ab und an schlidderte einer in den anderen, gemeinsam wurden sie schneller, bevor sie im Nirgendwo verschwanden.

Das Lachen der anderen dröhnte ihr im Kopf. Alle hatten sie ausgelacht. Alle! Sie vergrub ihr Gesicht in den Händen. Sie konnte doch so nie mehr zur Schule gehen! Geschweige denn im Bus sitzen! Die würden doch auf ewig durch ihre Anziehsachen hindurchsehen und … Laut schluchzte sie auf. Sie fiel aufs Bett und drückte ihr Gesicht ins Kissen. *Warum?* Sie waren doch Max und Stella, Stella und Max. Es sollte doch, sie wollten doch … Regen klatschte gegen die Scheibe, der Dobermann ihrer Nachbarn heulte in seinem Zwinger. Sie war sich so sicher gewesen, dass er sie auch mochte. Dass er sie liebte! Wie konnte sie etwas so stark fühlen, was gar nicht stimmte? Was war verdammt noch mal los mit ihr?

An der Wand bäumte sich *Der lachende Schatten* auf. Stella schnellte hoch. Mit einer heftigen Bewegung riss sie das Drei-Fragezeichen-Poster von der Wand. Laut rasselnd schlug der Hund gegen sein Käfiggitter. Sie war so dumm gewesen, so unglaublich dumm. Zog sich vor ihm aus, ließ ihn das beschissene Foto machen und hielt das Ganze auch noch für den schönsten Tag ihres Lebens. Hastig zerrte sie den Schlüssel der Box aus seinem lächerlichen Puppenstubenversteck und zog die unterste Schublade der Kommode auf. *Mach es wie die Sonnenuhr, zähl die heitren Stunden nur.* Sie knallte den Holzkasten auf den Teppich, drehte den Schlüssel im Schloss und klappte den Deckel hoch. Heiße Tränen tropften auf die Karten. *Und wenn du einmal traurig bist, dann ziehst du eine Karte.* Sie stieß den Kasten um, sein Inhalt verteilte sich weit auf dem Boden. Mit der flachen Hand schlug sie auf die vor ihr liegende Karte. Immer wieder schlug sie auf die dünne Pappe ein. Draußen bellte der Hund, als ob er angegriffen würde. Sie hörte auf. Unaufhaltsam prasselte der Regen.

Fühllos kniete sie sich auf den Boden und sammelte die Karten auf wie etwas sehr Fremdes. Sie legte sie zurück in die Box und klappte sie zu. Sie stellte die Box in den Kleiderschrank, hinter den leeren Vierzig-Liter-Rucksack. Ganz nach hinten zu den aussortierten Sachen.

27. Juli

1988: Gestern waren wir mit allen Austauschschülern Fish 'n' Chips essen und danach noch bei so einer Rollerdisko. Das war cool. John, mein Gastbruder, war auch dabei, und Tonia meint, dass er auf mich stehen würde. Keine Ahnung, ob das stimmt. Er hat uns beide auf Rollschuhen durch die Halle gezogen und uns einen superleckeren Eistee spendiert. Er ist echt nett.

1989: Postkarte von Max aus Dänemark. Die dritte! Über das eigentliche Bild hat er ein Foto geklebt, das er bestimmt mit Selbstauslöser gemacht hat. Max von hinten vor einem Hotel. Und das Tolle ist, das Hotel heißt: STELLA MARIS!

27./28. Juli

Bluthusten würde passen. Stella betrachtete den Fleck an der Wand. Die Putzfrau hatte daran herumgewischt, doch davor war er rot gewesen. Die Farbe schimmerte noch durch.

Der Schlafraum lag im Verwaltungstrakt. Früher war hier die Station für innere Medizin gewesen. Onkologie. Mehrbettzimmer, ein Krebspatient neben dem anderen, nur zum Sterben gab es ein Einzelzimmer. Jedes Mal, wenn sie nachts hier war, stellte sie sich vor, wo das Bett des Sterbenden gestanden haben könnte. Sie tippte auf die gegenüberliegende Wand, das Kopfende auf Höhe des Flecks.

Stella tigerte durch den kahlen Raum. Hier gab es nichts außer einem Bett, einem Tisch und einem Stuhl, einem Fenster ohne Vorhang und vier weißen Wänden, schwach beleuchtet von einer Energiesparlampe. Sie wartete. Sie wartete immer, wenn sie hier war, weswegen sie genauso gut unten in der Notaufnahme hätte bleiben können. Aber Arne hatte sie hochgeschickt. Es gab nichts zu tun, und er hatte es nur gut mit ihr gemeint.

Sie nahm das *Ärzteblatt* vom Tisch, blätterte hin und her, ohne dass sie etwas las. Draußen hörte sie ein Flugzeug und stellte sich vor, wie die Leute dort oben entspannt in ihren Reihen saßen und Tomatensaft schlürfend in den Urlaub flogen. Oder in ein neues Leben.

Sie klatschte die Zeitschrift auf den Tisch. Und sie war

hier, während er unter der spanischen Sonne einen auf Superdaddy machte. Während er in den Zoo ging und an den Strand und bei seinen Schwiegereltern auf der Terrasse inmitten von Orangenbäumen saß. Sie nahm den Stuhl in beide Hände. Das Holz war dünn, es wog fast nicht. Und klar, das hatte er alles schön ohne sie geplant. Mit einer Wucht hob sie den Stuhl über den Kopf. Ihr Telefon klingelte. Mit zitternden Händen ließ sie den Stuhl fallen und klaubte das Gerät vom Bett.

Auf dem Display stand *Tonia*. Sie war so erleichtert, dass ihr fast die Tränen kamen.

»Tonia!«

Am anderen Ende der Leitung hörte sie ein Schniefen. »Tut mir leid, dass ich so spät anrufe, aber ...« Tonia schluchzte.

»Was ist los?« Stella setzte sich aufs Bett.

»Jüggi ...« Tonia schluchzte so doll, dass sie gar nicht weitersprechen konnte.

Stella brauchte einen Moment, bis sie den Namen aus ihrem Gedächtnis hervorgekramt hatte. Jürgen. Sie sah ihn vor sich, wie er in seiner Lederkluft durch die Pastelaria gestiefelt war, wie er auf Raquels Kuchenplatte geascht und auf die Espressomaschine eingeschlagen hatte. *Manches braucht eben eine etwas härtere Behandlung. Oder wie siehst du das, Puppe?*

»Was hat er gemacht?« Sie musste sich Mühe geben, nicht zu schreien.

»Er hat ...« Tonia weinte bitterlich. »Er hat Schluss gemacht.«

Draußen vor der Tür lief jemand vorbei. Stella lauschte den Schritten, die sich entfernten. Sie sank aufs Bett.

So ruhig sie konnte, wiederholte sie: »Er hat Schluss gemacht.« Sie konnte gar nicht ausdrücken, wie erleichtert sie darüber war.

»Er hat gesagt, ich wäre ihm zu spießig.« Tonia putzte sich die Nase.

»Der spinnt.«

»Er hat gesagt, mit mir kann man keinen Spaß haben.«

Fast hätte sie laut losgelacht. »Vielleicht habt ihr einfach eine unterschiedliche Definition von Spaß?«

Sie konnte es vor sich sehen, wie Tonia mit den Achseln zuckte.

»Was meint er denn überhaupt damit?« Dieses Gespräch war völlig absurd.

»Vielleicht weil ich nicht wollte, dass er meine Zimmerwand mit Airbrush verschönert.«

»Okay ...«

»Oder weil ich keine Lust hatte, auf seiner Maschine zu posieren. Vor seinen Freunden. Nackt.« Ihr Schluchzen klang jetzt ein bisschen wie ein Kichern.

Nebenan in Arnes Büro schlug die Standuhr. Ihr Vater hatte die Uhr einfach in seinem alten Büro stehen lassen. Arne hatte sie geerbt. Stella stellte sich vor, dass Tonia neben ihr auf dem Bett lag und sie gemeinsam den Schlägen dieses alten Ungetüms lauschten. Es war Mitternacht.

»Tonia?«

»Hm.«

Am anderen Ende der Leitung rauschte und klapperte es. Wenn Tonia beim Telefonieren nebenbei etwas anderes machte, war es zumindest halbwegs wieder in Ordnung.

»Geht's dir besser?«

»Ja, schon.« Wieder hörte Stella ein Klappern. »Mein Gott, ich hab Riesenhunger.«

»Ruf immer an, wenn was ist.«

»Du bist die Beste, Stella. Schlaf gut.«

»Du auch.«

Sie legte auf und drehte sich auf die Seite. Vor ihr auf dem Boden lag der Stuhl. Hoch über den Kopf hatte sie ihn gehoben und dann fallen lassen. Sie sah hinauf zu dem Fleck an der Wand, der ganz bestimmt einmal rot gewesen war. Draußen vor dem Fenster schimmerte der abnehmende Mond. Es war kühl in dem Zimmer, aber Stella mochte sich nicht mit der steifen Bettwäsche zudecken. Sie rückte näher an die Wand, die ebenfalls kalt war, und musste daran denken, wie warm Max immer war. Sie zog die Knie an die Brust und spürte beinahe, wie er sie mit seinem ganzen Körper umschloss. Sie machte sich klein wie ein Paket. Sie fühlte die Wärme des Lagerfeuers und wie sie an ihrem Geburtstag dicht an dicht auf der Decke unten am Fluss gelegen hatten. Die Wellen rauschten leise und vermischten sich mit Martas ruhigen Atemzügen. Sie drückte ihr Gesicht ins Laken, aber dann musste sie sich wegdrehen, weil sie den sterilen Geruch nicht ertrug. Sie hatten gemeinsam in See stechen wollen, und jetzt war er ohne sie am Meer.

Es klopfte.

Sie brauchte einen Moment. Ihr Mund war staubtrocken.

»Ja?«

Arne stand in der Tür. Langsam setzte sie sich auf.

»Entschuldige die Störung. Ich hatte Licht bei dir gesehen.« Er sah sie aufmerksam an. »Ich bräuchte mal deine

Einschätzung. Eine Zweitmeinung. Könntest du vielleicht kurz mit runter kommen?«

Sie betastete das zerknitterte Laken und stellte einen Fuß nach dem anderen aufs graue Linoleum.

Arne kam auf sie zu. »Alles okay?« Seine Stimme war sanft.

Stella räusperte sich. Aber noch ehe sie etwas sagen konnte, unterbrach sie das Klingeln ihres Handys. Ungelenk bückte sie sich nach dem Gerät, das immer noch auf dem Bett lag. Das Display zeigte die Nummer ihrer Eltern an. Um diese Uhrzeit.

»Ja?«

Am anderen Ende der Leitung raschelte es, als würde das Telefon erst jetzt ans Ohr genommen. »Ich bin's. Papa.«

»Was ist passiert?« Mit einem Mal war sie voll da.

»Mama ...« Er stockte.

»Was?«

»Sie ist so komisch.« Es raschelte wieder.

»Wie komisch?«

»Ihr ist schwindelig.«

»Seit wann ist das so?«

Ihr Vater sprach langsam, als kostete ihn das Sprechen größte Mühe. »Seit wir ins Bett gegangen sind. Elf, viertel nach elf.«

»Was sagt sie genau?«

»Ich kann sie nicht verstehen.«

»Wie, du kannst sie nicht verstehen?« Ihre Stimme bekam etwas Schrilles.

»Es macht einfach keinen Sinn, was sie sagt. Und ... sie lallt.«

»Papa!«

Ihr Vater schwieg.

»Du weißt, was das bedeuten kann!«

Er reagierte nicht.

»Ist sie bei dir?«

»Ja. Sie liegt neben mir.«

»Sag ihr, sie soll die Arme heben.«

Stella hörte ihren Vater flüstern. Es klang, als würden Decken zurückgeschlagen. Es dauerte eine Ewigkeit, bis seine Stimme wieder lauter wurde. »Es geht nicht. Der rechte fällt sofort wieder runter.«

»Okay.« Sie atmete tief ein. »Okay. Hör zu. Steck ihr ein dickes Kissen in den Rücken. Achte darauf, dass sie nichts isst und nichts trinkt. Ich schicke euch einen Wagen.«

Wenn es wirklich ein Schlaganfall war, hatten sie ein Zeitfenster von viereinhalb Stunden. Je früher sie anfingen, desto größer war die Chance, dass sie noch Nervenzellen retteten. Stella nahm das Telefon vom Ohr und sah auf die Uhr. Jetzt war es kurz vor eins. Zwei Stunden hatte ihr Vater einfach so verstreichen lassen. Wie oft hatte sie ihn in der Vergangenheit »Time is brain« predigen hören? Wie oft? Und jetzt, wo es darauf ankam, wo es um seine eigene Frau ging, dachte er nicht daran? Gerade er?

Sie hörte ihn atmen und drückte alles beiseite, was im Weg stand. Sie musste handeln.

»Papa?«

»Ja.«

»Wir sehen uns gleich. Es wird alles gut.«

Kaum hatte sie aufgelegt, drückte sie die Kurzwahl für den Notruf.

»Schon passiert.« Arne stand noch immer vor ihrem Bett, sein eigenes Telefon in der Hand. »Was ist mit Bert?«

Sie starrte ihn an. Ja, was war mit ihrem Vater? Das war die eigentliche Frage.

»Er hat sich verändert, seit er nicht mehr arbeitet.« Sie musste schlucken.

Arne bewegte sich nicht von der Stelle. »Würdest du sagen, er ist in eine Depression gerutscht?«

Sie zuckte zusammen. Depression. Nicht ein einziges Mal hatte sie an diese Möglichkeit gedacht. Sie sah ihren Vater vor sich, wie er reglos dasaß und genauso beige aussah wie der Samt des Sessels. Seine Diabetes, die jahrzehntelang nie ein Thema gewesen war, die er immer als Lappalie abgetan hatte, beschäftigte ihn plötzlich. Beim letzten Telefonat hatte er gesagt, das Insulin wirke nicht mehr, sein Fuß sei diabetisch und wund und müsse sicher bald amputiert werden. Er hatte das mit einer Grabesstimme gesagt, und sie hatte es für einen Scherz gehalten. Ein Witz unter Ärzten.

Arne wandte sich zum Gehen. »Komm, wir warten in der Stroke-Unit.«

Die Frau, die vor ihr auf der Liege lag, hatte wenig mit ihrer Mutter gemein. Stella stand neben ihr und hielt ihre schlaffe Hand. Die ganze rechte Seite ihrer Mutter war schief, Auge und Mundwinkel hingen nach unten, Arm und Bein ließen sich kaum bewegen. Stella musste sich zusammenreißen, dass sie ihren Vater nicht anschrie. Der saß auf einem Stuhl an der Wand und starrte ins Leere.

»Hast du Schmerzen, Ruth?« Arne beugte sich über sie.

Ihre Mutter gab einen Laut von sich. Ein kloßiges Nein. Das begrub nur eine weitere Hoffnung, denn Schlaganfallpatienten hatten so gut wie nie Schmerzen. Sie streichelte die Hand ihrer Mutter, auch wenn sie nicht sicher war, ob sie überhaupt etwas fühlte. Wenigstens war Arne da.

Er zog ihrer Mutter Schuhe und Strümpfe aus. »Ich streiche jetzt mit der Rückseite dieses Hammers über deine Fußsohle.«

Stella verfolgte, wie er das spitze Ende des Hammers von der Ferse zu den Zehen zog. Wenn sich die Großzehe hob, war mit dem Zentralnervensystem ihrer Mutter etwas ganz und gar nicht in Ordnung.

Die Großzehe ging nach oben, die anderen Zehen spreizten sich zum Fächer. Arne wiederholte die Bewegung mehrere Male, das Ergebnis war immer dasselbe. Stella sah weg.

»Babinski positiv.«

Sie hörte das Tippen der Schwester.

Später hätte sie nicht mehr sagen können, wann genau sie sich ausgeschaltet hatte. Sie hatte die Hand ihrer Mutter gehalten, ihren Vater angesehen und gedacht: Diese beiden schwachen Menschen sind meine Eltern. Kurz vor der Pensionierung ihres Vaters waren sie zu dritt ins Theater gegangen. Sie hatte es vor sich gesehen: ihr Vater, eine imposante Erscheinung im schwarzen Anzug, ihre Mutter, klein, aber aufrecht, immer aufrecht. Wie sie die Karten in der Hand hielt und Stella und Bert nacheinander zu ihren Plätzen lotste. Die Erinnerung war kühl und hatte nichts in ihr ausgelöst, das wusste sie noch. Und dass sie sich darüber gewundert hatte. Alles, was danach kam, war in Einzelbilder zersprungen. Das Kontrastmittel, das keinen Zweifel daran ließ, dass ein Blutgerinnsel die Arteria cerebri media ihrer Mutter verstopfte. Tropfen um Tropfen der Infusion. Später dann der dünne Katheter, der sich durch die Leistenschlagader zur Halsschlagader und von da aus in die Hirnarterie schob, bis zum Gerinnsel. Der Blutpfropf, der sich im Drahtkäfig des Stents verfing und schließlich herausgezogen wurde. Arne, wie er mit ihrer Mutter sprach. Kein einziges Bild von Bert.

Die Schläge der Standuhr füllten den Gang der einstigen Krebsstation. Stella zählte nicht mit. Sie lief neben Arne an den abgeschlossenen Büros vorbei, es roch nach Putzmittel. Stella tastete nach ihrem Handy. Sie würde jetzt gerne Max' Stimme hören. Einfach so. Damit es ihr besser ging. Das war doch nicht zu viel verlangt. Sie drehte das kühle Gerät in ihrer Kitteltasche. Es musste fünf Uhr sein, vor den Fenstern hatte die Schwärze der Nacht bereits an Tiefe verloren. Abrupt, als hätte sie sich verbrannt, ließ sie das Telefon los. Wie blöd war sie eigentlich? Als ob es ihr jemals anhaltend besser gegangen wäre, wenn sie irgendetwas mit Max geteilt hatte. Sie musste ihn vergessen, verdammt.

»Soll ich dir ein Taxi rufen?« Arne hatte sein eigenes Handy bereits in der Hand.

»Ich bleibe.«

»Das musst du nicht. Der Frühdienst ...«

»Ich bleibe.«

Arne sah sie an. »Dann legst du dich aber wenigstens hin, ja?«

Die ganze Zeit hatte sie ihn nicht angesehen. Kopf an Kopf hatten sie auf den Bildschirm gestarrt, sie hatte die Bewegung seiner Hände verfolgt, aber sie hatte ihm nicht ein einziges Mal in die Augen gesehen.

»Ich hoffe, du kannst ein bisschen schlafen, Stella.« Vor dem Schlafraum wandte er sich zum Gehen.

Seine Augen waren blau, hellblau, seine Lippen geschwungen, und sogar jetzt zeigten seine Mundwinkel ein wenig nach oben. Auf einmal hatte sie das Gefühl, ihn hineinbitten zu müssen. Auf einen Kaffee, obwohl es da drinnen überhaupt keinen Kaffee gab.

»Arne …«

Er drehte sich zu ihr um. In seinen Augen lag etwas, das sie nicht deuten konnte. »Du weißt, wo du mich findest. Wenn etwas ist, ich bin immer da.«

Ein Klacken, als würde ein Schalter umgelegt.

Er war immer da.

Er war verdammt noch mal immer da.

Sie schloss die Tür auf und griff nach seiner Hand. Die Energiesparleuchte brannte noch. Arne versuchte, ihr ins Gesicht zu sehen, aber sie drehte sich von ihm weg.

»Bist du dir sicher?« Seine Stimme war brüchig.

»Ja.« Ihre war fest.

Sie zog ihn in den Raum und die Tür hinter sich zu.

»Stella …«

Sie begann, seinen Kittel aufzuknöpfen. Er fasste nach ihren Händen, und sie roch das frische Desinfektionsmittel auf seiner Haut und auf ihrer.

»Guck mich an.« Er hob ihr Kinn. »Willst du das wirklich?«

Sie nickte, zog seinen Gürtel aus der Schnalle und machte den Knopf seiner Hose auf. Sein Schwanz war hart.

»Oh Gott, Stella. Ich hab immer gedacht …«

Sie legte ihm den Finger auf die Lippen und drückte ihn aufs Bett. Das Laken raschelte wie Pergament. Sie knöpfte ihren eigenen Kittel auf und streifte sich die Hose und den Slip herunter. Er wollte sie an sich ziehen, aber sie drückte ihn zurück auf die Matratze und setzte sich auf ihn. Als sein Schwanz ihren nackten Schenkel streifte, biss sie die Zähne zusammen.

Arne kam mit dem Oberkörper hoch. »Küss mich.«

Nein, dachte sie noch, und dann lagen seine Lippen schon wie Fremdkörper auf ihren. Ihre waren hart. Sie versuchte, sie ein wenig zu lockern. Sofort spürte sie die Dankbarkeit, mit der sein Mund das wenige Weiche aufnahm. Der Stuhl lag noch immer auf dem Boden. Der abnehmende Mond stand dünn am grauen Himmel.

Sie musste loslassen, sich treiben lassen. Sie griff nach seinem Schwanz. Er stöhnte. Sie bewegte sich auf ihm. Ihr Blick blieb an dem Wandfleck hängen, der blassrot schimmerte.

Ja, dachte sie und stieß ihr Becken gegen Arnes. Bluthusten würde passen.

3. Dezember

1985: Heute hat es den ganzen Tag geschneit. Papa hat den Kamin angemacht, und Mama, Tonia und ich haben uns in Decken gekuschelt und uns gegenseitig aus Büchern vorgelesen. Tonia und ich sind später sogar vor dem Kamin eingeschlafen.

3. Dezember

Im zugefrorenen Wasser des Bleichenfleets lagen zwei hölzerne Schiffe. Lichterketten spannten sich in Dreiecken über die Masten und leuchteten wie Umrisse von Segeln. Um die kahlen Zweige der Bäume schlangen sich Blütentupferlämpchen. Der Duft von Zimt, Sternanis und gebrannten Mandeln zog vom Weihnachtsmarkt zu ihnen herüber.

»Was hältst du davon?« Arne war vor einem Schaufenster stehen geblieben. Sein Atem bildete eine weiße Wolke in der Dunkelheit.

Stella rieb sich die kalten Hände. Dünne Schneeflocken flimmerten in den hellen Balken der Ladenscheinwerfer. Sie betrachtete das Bett, das wie ein Kunstwerk auf alten Europaletten thronte. Abgeschliffene Holzbohlen, anthrazit lackierter Stahl, klare Linien. Es war perfekt, aber irgendetwas fehlte trotzdem.

»Ich weiß nicht so recht.«

»Ich auch nicht.« Arne zog sich die Lederhandschuhe aus und nahm ihre Hände in seine. »Ich kann nur mein altes nicht mehr sehen.« Er rieb ihre Hände so lange, bis sie schön warm waren. »Komm.«

Gemeinsam schlenderten sie hinüber zum Weihnachtsmarkt und bahnten sich einen Weg durch die Gruppen von Menschen, die mit dampfenden Bechern dicht gedrängt vor den kleinen weißen Zelten standen. Arne zog sie zu einem der Zeltstände, der mit Tannengrün und einem leuchtenden Stern auf der Kuppel geschmückt war.

»Feuerzangenbowle. Die hab ich ewig nicht getrunken.«

»Ich auch nicht.« Stella stellte sich neben eines der rostigen Fässer, in denen Flammen loderten. »Ich glaube, das letzte Mal in der Uni. Da gab's an Nikolaus immer den Film im Audimax und vor der Tür einen großen Kupferkessel.«

»Ich besorg uns eine.« Arne reihte sich in die Schlange ein.

Stella hielt ihre Hände über die Feuertonne und beobachtete, wie der Mann im Zelt die Zuckerhüte auf einem Sieb über dem riesigen Topf platzierte. Die weißen Spitzen standen nebeneinander wie schneebedeckte Tannen, auf jede träufelte er Rum und zündete sie an. Gelb und blau flammte es auf. Mit einer Kelle schöpfte er noch mehr Schnaps über den Zucker, das Feuer schwang sich empor, die Hüte tropften und schrumpften, es sah aus wie ein brennender Wald.

Ihre Fingerspitzen wurden heiß, aber sie brachte sie noch ein Stück näher an das Feuerfass. Früher hatte sie das manchmal gemacht, ihre Hand oder ihr Gesicht über eine Kerze gehalten und versucht, den letztmöglichen Punkt zu treffen, bevor sie sich verbrannte. Einmal hatte sie sich dabei alle Wimpern versengt. In einer schnellen Bewegung zog sie ihre Hand durch die Flammen.

Heißer Alkohol stieg ihr in die Nase. Arne reichte ihr einen Becher aus gebranntem Ton.

Sie stießen an, und er gab ihr einen Kuss. Einen dieser kurzen Küsse, bei dem ihre Lippen sich schon wieder trennten, kaum hatten sie sich berührt. Stella nippte an ihrer Feuerzangenbowle.

»Köstlich.«

Arne zog sich die Mütze ab. Seine blonden Haare sahen immer aus wie frisch geschnitten. »Das steigt einem direkt zu Kopf.« Er lachte.

Stella spürte, wie sich ihr Gesicht angenehm erhitzte. Aus dem Lautsprecher über ihren Köpfen plätscherte Porzellanglöckchenmusik.

»Sag mal«, Arne lockerte seinen Schal, »noch mal zu dem Bett gerade. Ich habe tatsächlich keine Vorstellung, was für eine Art …«

»Verzeihung.« Ein kleiner Mann mit kinnlangen, strähnigen Haaren drängte sich zwischen ihnen hindurch. Er trug eine speckige, gefütterte Weste, und um seinen Hals baumelte eine Polaroidkamera.

»Ein Andenken von der Fleetinsel.« Er hob die Kamera ans Gesicht.

»Nein danke.« Stella drehte den Kopf zur Seite.

Der Mann zuckte mit den Schultern und sprach das nächste Pärchen an.

Arne trank einen Schluck. »Du wirst nicht gerne fotografiert, oder?«

Sie wusste, er dachte an die Abschiedsfeier ihres Vaters, wo sie sich mit dem Rücken zur Wand von diesem Reporter hatte ablichten lassen müssen. »Ehrlich gesagt, nicht sonderlich.«

Arne fasste sie leicht an den Oberarmen. »Dabei bist du so schön.«

Sie zuckte mit der Schulter und trank ihren Becher leer. Sie hatte noch nie gut mit Komplimenten umgehen können. Die weißen Tannen über dem Kessel waren geschmolzen. Ihre Füße wurden langsam kalt.

»Wollen wir los?« Arne nahm ihr den Becher ab.

Sie hatten beide morgen Frühdienst und noch dazu einen langen Tag vor sich. Wenn sie am Nachmittag in der Klinik fertig waren, wollten sie zusammen zu ihren Eltern fahren und mit ihrer Mutter das Bewegungstraining absolvieren. Die Physiotherapeutin kam inzwischen nur noch einmal in der Woche, aber es konnte nicht schaden, wenn ihr beim Üben hier und da jemand zur Seite stand. Und außerdem hatte Arne ein gutes Händchen mit ihrem Vater.

Die Bedienung legte das Geld fürs Becherpfand auf den Tresen. Arne winkte ab. Lächelnd hielt er Stella den Arm hin, sie hakte sich bei ihm ein. Gemeinsam schlenderten sie an den Zeltständen vorbei, begleitet von unaufdringlicher instrumentaler Weihnachtsmusik. Den Duft von Glühwein, Schmalzkuchen und von im Sud bratenden Champignons hatte sie noch in der Nase, als sie das zugefrorene Bleichenfleet schon längst hinter sich gelassen hatten.

4. Dezember

1985: Heute war Eisdisko. Ich durfte zum ersten Mal hin. Mama, Tonia und ich sind Hand in Hand gelaufen. Es war toll, auch wenn ich's irgendwie nur rückwärts hinbekommen habe.

4. Dezember

»Gerade?« Die Aussprache ihrer Mutter war noch verwaschen, ihre Körperhaltung schief, aber sie kämpfte.

Sie saß mitten im Wohnzimmer auf einem Stuhl, den sie vom Esstisch herübergezogen hatten. Ihr Rollstuhl parkte vor dem Kamin. Stella drückte ihre Hand, die rechte, die von Tag zu Tag wieder mehr spürte. Arne richtete den Kopf und die Schulter ihrer Mutter sanft zur Mitte hin aus.

»Ich weiß, es fühlt sich anders an, aber jetzt bist du gerade.«

»Wirklich?«

Arne lächelte. »Ja, wirklich.«

Ihre Mutter kämpfte ständig gegen das Gefühl an, nach rechts zu fallen. Sie hatte ihren Schwerpunkt verloren und meinte immer, sie müsste gegenhalten, was ihren Körper nach links kippen ließ. Ihre Stirn war feucht, die vielen kleinen Muskeln ihres Gesichts waren angespannt, sie wollte es schaffen. Stella drückte ihr einen Kuss auf den Scheitel. Der Mund ihrer Mutter verzog sich zu einem schiefen Lächeln. Sie war so schwach und zugleich so voller Stärke.

»Magst du mal versuchen aufzustehen?« Arne tippte an das kranke Bein ihrer Mutter.

Sie nickte, faltete die Hände und streckte die Arme nach vorn. Dann rutschte sie an die Kante des Stuhls und neigte ihren Oberkörper nach vorn. Sie wusste, wie es ging.

Ihr Gewicht lag auf dem rechten Bein, ihre Arme führten die Bewegung an, bis sie zum Stehen kam.

»Sehr gut! Was sagst du, Bert?«

Die Augen ihrer Mutter blitzten, ihr Vater saß in seinem Sessel und schwieg.

»Traust du dich, die Ferse anzuheben?« Arne tippte an ihren Fuß.

Ohne mit der Wimper zu zucken, hob sie nicht nur die Hacke, sondern auch Ballen und Zehen. Ihr gesamtes Körpergewicht ruhte auf dem kranken Bein. Mehrere Sekunden blieb sie so stehen, den Blick konzentriert auf die angestrahlte Bücherwand gerichtet, bis sie kippelte. Erstaunlich elegant fing sie sich ab. Stella umarmte ihren kleinen Körper, der so voller Spannung war. Sie war so froh, dass ihre Mutter nicht einen Moment daran dachte aufzugeben. Manchmal kam es ihr so vor, als wäre sie jetzt auf gewisse Weise sogar noch stärker als vor ihrem Schlaganfall.

»Bert, ich bräuchte mal deine Hilfe.« Arne nickte ihrem Vater zu.

Schwerfällig erhob er sich aus seinem Sessel, widerwillig, als bliebe ihm keine Wahl.

»Wir üben jetzt Gehen. Stell dich mal hierhin.« Arne lotste ihn an die rechte Seite ihrer Mutter.

Stocksteif stand er da, riesengroß neben ihrer Mutter und trotzdem sah er klein aus. Stella setzte sich aufs Sofa und rührte in dem Kaffee, den Arne ihr hingestellt hatte. Die Sachen für den Adventskranz hatte sie schon vorhin auf dem gläsernen Couchtisch ausgebreitet: den großen Tannenring, vier dicke, cremeweiße Kerzen, Kerzenstecker, Schleifenbänder, getrocknete Sanddornbeeren, kleine Lärchenzapfen, grünen Wickeldraht und eine Zange. Normalerweise bastelte ihre Mutter den Kranz für den Esstisch, aber dieses Jahr konnte sie das ja nicht.

Arne nahm die Hand ihres Vaters und legte sie auf den Arm seiner Frau. »Fass sie ruhig richtig an.«

Mechanisch hielt ihr Vater den Arm ihrer Mutter und sah aus dem Fenster. Im Garten hüpften zwei Elstern durch den Schnee. Ihre Federn schimmerten im kühlen Licht der Außenbeleuchtung metallen. Die Elstern hüpften hintereinander her über das schneebedeckte Gras, flatterten auf und hüpften dann weiter. Ihr Vater wandte den Kopf im selben Moment um wie Stella. Ihre Mutter lief. Mit kleinen, abgehackten Schritten und kämpferischer Miene drängte sie nach vorn, den Oberkörper vorgebeugt wie ein Pferd, das einen liegengebliebenen Karren aus dem Dreck zog. Ihr Vater tappte hinterher.

»Großartig, Ruth!« Arne zog den Stuhl, auf dem ihre Mutter gerade eben gesessen hatte, unter das Mezzotinto neben der Flügeltür. Jetzt hatte sie unter dem Bild mit den sehnigen Tänzerinnen einen Zielpunkt.

Ihre Mutter drehte sich langsam und zog Bert dabei an langen Armen hinter sich her. Früher, als Stella klein war, hatten sie genau an dieser Stelle zu dritt getanzt. Ihr Vater hatte jeden Tanz gekonnt, auch Tango, ihre Mutter hatte sich Schritte ausgedacht. Sie hatte ihn beim Tanzen angesehen, aber er hatte gesagt, man müsse leicht aneinander vorbeigucken, damit man den richtigen Schwung bekomme.

Ihr Vater ließ den Arm sinken, ihre Mutter plumpste auf den Stuhl. Die Haare klebten ihr an Stirn und Wange, sie strahlte. Stella fing dieses Strahlen auf. Sie konnte gar nicht anders, als es aufzusammeln wie ein Solarkollektor. Ihr Vater setzte sich neben ihr wieder in den Sessel.

Arne löste die Bremse des Rollstuhls und zog ihn vom Kamin herüber. »Ich habe oben im Schlafzimmer gesehen, dass du auf der rechten Seite schläfst, richtig?«

Ihre Mutter nickte.

»Dann steht dein Nachttisch links von dir.«

»Ja.«

»Es wäre aber gut, wenn du mit der rechten Hand nach Dingen greifen müsstest. Die betroffene Seite sollte gefordert werden, wo es geht.«

»Ich habe immer links geschlafen«, sagte ihr Vater.

»Es wäre ja nur für eine gewisse Zeit.«

»Ich habe immer links geschlafen«, wiederholte er tonlos.

»Lass ihn.« Ihre Mutter klang nachdrücklich.

Arne half ihr in den Rollstuhl. »Na dann.« Er zwinkerte Stella zu und hielt ihrer Mutter die Flügeltür auf.

Die beiden wollten in der Küche Spaghetti Bolognese kochen, während sie hier ihr Glück mit dem Adventskranz versuchte. Sie stand auf und holte die Kerzenständer vom Esstisch. Eine heimelige Atmosphäre tat ihnen beiden gut, ihrem Vater und ihr auch. Drüben in der Küche ging das Radio an, eines von Mozarts Klavierkonzerten ertönte, das sie selbst vor Jahren auf dem Flügel gespielt hatte. Sie war froh darüber, dass ihre Mutter, kaum ging es ans Kochen, noch immer als Erstes das Radio einschaltete. Stella zündete die zwei langstieligen Kerzen an, stellte sie auf den Glastisch und schob den Kranz und die Stecker zu ihrem Vater hinüber. Sie hatte sich vorgenommen, ihn einfach wie selbstverständlich einzubinden.

»Am besten fängst du mit den Kerzen an.«

Er reagierte nicht. Nur ein Zucken seines Halsmuskels verriet ihr, dass er sie überhaupt gehört hatte.

»Komm schon. Was meinst du, wie Mama staunen wird, wenn sie sieht, was wir fabriziert haben.«

Sie knipste die Stehlampe an und schob ihre Kaffeetasse zur Seite, damit sie Licht und Platz zum Werkeln hatten. Sie nahm die Lärchenzapfen zur Hand und umwickelte einen nach dem anderen mit Draht. Leise summte sie das Klavierkonzert mit. Draußen vor dem Fenster pickte die kleinere der beiden Elstern an immer anderen Stellen im Schnee, die größere war nicht mehr zu sehen. Stella legte die Zapfen beiseite und begann mit den Schleifen. Aus der Küche hörte sie die Stimme von Arne und den verwaschenen Singsang ihrer Mutter. Ihre Füße in den Socken waren kühl.

»Papa?« Sie berührte ihn am Knie. »Ist die Fußbodenheizung nicht an?«

Wieder reagierte er nicht. Ein scharfer Geruch von Zwiebeln zog zu ihnen ins Wohnzimmer herein. Wenigstens antworten könnte er. Sein Blick war starr auf die Bücherwand gerichtet, seine Hände lagen fest auf den breiten Armlehnen. Er sollte jetzt endlich mit den Kerzen loslegen, das war ja wohl nicht zu viel verlangt. Überhaupt, wessen Schuld war es denn, dass sie hier saßen und bastelten? Wer hatte es denn so weit kommen lassen, dass seine Frau eine Hand hatte, die sich kaum mehr benutzen ließ? Wer, bitte schön, hatte auf ganzer Linie versagt?

Wortlos hielt sie ihrem Vater einen der Kerzenstecker hin. Jäh schnellte seine Hand vor und schlug den Stecker herunter. Blut lief schwallartig auf die Armlehne seines

Sessels, als hätte er sich den Nagel durch die Handfläche getrieben. Für den Bruchteil einer Sekunde sahen sie einander in die Augen. Unter seiner Müdigkeit erkannte sie etwas Trotziges. Stella stand auf und verließ den Raum.

Sein Arztkoffer lag noch immer in der untersten Schublade des Sekretärs. Als sie sich auf die blanken Steinfliesen kniete und Desinfektionslösung, Druckpolster und Mullbinde zusammensuchte, war sie vollkommen ruhig. Nicht einmal Bitterkeit fühlte sie. Das hatte sie von ihm gelernt: in Notsituationen Ruhe zu bewahren.

Als sie zurückkam, hatte er die Stehlampe ausgeschaltet und saß im Halbdunkel. Seine Hände lagen auf der Armlehne, der Samt des Sessels färbte sich vom Blut dunkelrot. Schweigend versorgte sie seine Wunde.

Arne hatte neulich ihrer Mutter gegenüber angedeutet, dass Bert mal mit jemandem sprechen sollte, mit jemandem vom Fach. Ihre Mutter hatte nur gelacht. Ob er sich das wirklich vorstellen könne: Bert, der einem Therapeuten sein Herz ausschütte? Stella hatte dasselbe gedacht, aber jetzt war sie sich nicht mehr sicher.

»Die Bolognese ist fertig.« Arne stand im Türrahmen. »Ruth möchte heute mal in der Küche essen.«

Stella erhob sich, ohne ihren Vater noch einmal anzusehen. Arne blickte sie fragend an. Wie immer schoben sich dabei seine hellen Augenbrauen über der Nase zusammen. Sie nannte das scherzhaft seinen Arztblick. Als sie ihn noch nicht so gut gekannt hatte, glaubte sie, dieser Ausdruck wäre eine Masche. Aber Arne hatte keine Maschen.

»Komm. Ich hab Hunger.« Sie schob ihre Hand in seine und zog ihn mit sich aus dem düsteren Raum.

1. Januar

1986: Heute waren Papa und ich fast die Einzigen auf der Piste. Ich glaube, ganz Kitzbühel hatte einen Kater. Sonne, Pulverschnee, Kaiserschmarrn – was will man mehr?

1. Januar

Sämtliche Signalhörner gaben ein lang gezogenes Tuten von sich. Funken sprühende Fontänen stiegen aus dem Wasser auf, die Schiffe leuchteten, als stünden sie in Flammen, am Himmel ergossen sich riesige Blüten in weiß und pink.

»Ich wünsche dir ein wunderbares, glückliches neues Jahr.« Stella drückte Ellen fest. »Wirklich, von Herzen.«

Über Ellens Schulter hinweg lächelte sie Arne zu. Sie hatte das vorher mit ihm abgesprochen: dass sie erst Ellen ein frohes neues Jahr wünschen würde und dann ihm. Damit die Arme nicht um Punkt zwölf als einziger Single zwischen zwei Paaren herumstehen musste.

Mit einem wohldosierten Knallen öffnete Arne eine Flasche Crémant, füllte die fünf Gläser, die er auf einem Mauervorsprung platziert hatte. Hier unten am Anleger, ganz vorne an der Kehrwiederspitze, hatten sie den perfekten Blick auf den Hafen und das große Feuerwerk und waren trotzdem ein kleines Stück abseits der Menschenmassen. Stella konnte sich ein Grinsen nicht verkneifen, als sie Arne in seinen Lederhandschuhen mit den gläsernen Sektkelchen hantieren sah. Er hatte sich partout nicht davon abbringen lassen.

Ellen kramte in der Tasche ihres pastellrosa Mantels. »Ich glaube, ich klingel mal kurz bei Robert durch. Vielleicht ist Finn ja noch wach.«

Stella nickte und wurde beinahe von Tonia umgeworfen, die ihr stürmisch um den Hals fiel.

»Stella!« Tonia umschlang ihre Hüfte, hob sie hoch und drehte sich mit ihr im Kreis. »Auf ein exorbitantes neues Jahr!«

Stella lachte, als sie etwas unsanft wieder auf den Füßen landete. »Dein neues Jahr startet zumindest schon mal außergewöhnlich kraftvoll.«

Sie folgte Tonias Blick zum Brückengeländer, wo Klaas eine Feuerwerksrakete zwischen den Metallstreben befestigte. Tonia hatte ihn auf der Übersetzerkonferenz im Mai kennengelernt, als sie mit diesem unsäglichen Typen, dessen Namen Stella für immer aus ihrem Gedächtnis gelöscht hatte, hier in Hamburg gewesen war. Klaas war behutsam, aber entschlossen am Ball geblieben, hatte Tonia bei ihr zu Hause besucht, weil er eh in Berlin gewesen war, wie Tonia betonte, und er hatte sie zu sich nach Maastricht eingeladen. Auf wundersame Weise hatte er damit anscheinend genau das richtige Maß oder was auch immer gefunden, das Tonia für ihn einnahm, anstatt sie in die Flucht zu schlagen.

Eine Rakete flog mit einem langen Lichtschweif über das knallblau illuminierte Wasser. Arne schloss Stella in die Arme.

»Meine Liebe, ich wünsche dir ein frohes neues Jahr.« Er küsste sie und stieß sein Glas gegen ihres.

Jetzt, wo Stella den zarten Stiel des Sektkelches in den Händen hielt, musste sie ihm recht geben. Das war wirklich viel schöner, als mit so ollen Plastikbechern anzustoßen.

»Mmh, was ist das?« Der prickelnde Wein war fantastisch.

»Was schmeckst du?«

Stella nippte noch einmal und ließ den Schluck für einen Moment in ihrem Mund. Er perlte angenehm, trocken, aber nicht sauer, und sie schmeckte irgendeine Frucht heraus. »Pflaume?«

»Ich bin beeindruckt. Das ist ein Crémant auf Cabernet-Sauvignon-Basis und, ja, er ist für seine feine Pflaumennote bekannt.«

Arne legte den Arm um ihre Schulter. Gemeinsam sahen sie hinauf in den Himmel voll blitzender Pusteblumen und zischender Sternschnuppen. Nicht weit von ihnen explodierten ganze Batterien von Chinaböllern. Es knallte ohrenbetäubend laut. Die Geister des Vorjahres sollten nun wirklich ausgetrieben sein.

Ellen kam an ihre Seite, und Arne reichte ihr ebenfalls ein Glas. Sie trank es in einem Zug leer.

»Finn war noch wach. Oder wieder wach. Die beiden stehen auf dem Balkon. Finn hat vor Begeisterung ins Telefon gekreischt.«

Unzählige Lichter fielen wie glühende Trauerweidenzweige vor ihnen ins Wasser. Stella drückte Ellens Arm. Niemals würde sie den liebevollen Blick vergessen, der auf Ellens Gesicht gelegen hatte, als sie ihrem Sohn und ihrem Ex in der Dunkelheit vor dem Schwimmbad nachgesehen hatte.

Tonia schwang sich vor ihnen aufs Brückengeländer und umschlang Klaas von hinten. »Ihr wisst ja noch gar nicht, was wir im nächsten Jahr vorhaben.«

»Na?« Stella ließ sich von Arne nachschenken.

»Wir gehen ...«, Tonia machte eine Kunstpause, »auf Weltreise!«

»Quatsch.«

»Doch, so ab Spätsommer, Herbst wollen wir los.« Tonia beugte sich vor und steckte ihre Hände in Klaas' Jackentaschen. »Für Übersetzer ist es ja im Grunde egal, wo man arbeitet.«

Stella starrte sie an. Es war nicht die Weltreise, die sie wunderte. Davon sprach Tonia seit Jahren. Sie konnte nur nicht glauben, dass ihre Freundin Antonia Keller alias Ich-lauf-schreiend-davon-wenn-ein-Kerl-mich-fragt-was-in-sechs-Wochen-ist für so weitreichende Pläne zu haben war.

»Wisst ihr schon, wo ihr startet?« Arne öffnete eine zweite Flasche Crémant.

»In Indien.« Tonia wühlte sich durch Klaas' Jackentaschen. »Hast du die Kaugummis dabei?«

»Oh, Indien. Da wollte ich immer mal hin.« Ellens Gesicht unter der wollweißen Mütze schimmerte golden. »In so ein Yoga Retreat irgendwo im Himalaja.«

Tonia ließ ihre dunkelblonden Locken, die absolut nichts mit einer Papiertüte gemein hatten, über Klaas' Stirn fallen. »Uns zieht's nach Goa.«

»Unter anderem.« Klaas zog eine Kaugummipackung aus der Hosentasche und schob Tonia mehrere Dragees in den Mund.

»Wie hast du das angestellt?« Stella hing noch an der Frage fest, wie es sein konnte, dass Tonia mit einem Mann so weit vorausplante.

Klaas zuckte mit den Schultern. Er hatte genauso helle Haare und Augenbrauen wie Arne, aber wie Brüder sahen die beiden nicht aus. Klaas war einen guten Kopf kleiner als Arne, im Ganzen kompakter und er hatte lustige schiefe Zähne.

»Och, so schwer war das nicht. Da reichte schon das Wort ›Weltreise‹. Du musst wissen«, er sah Stella mit verschwörerischer Miene an, »deine Freundin ist, was das angeht, ziemlich einfach gestrickt.«

»Hey!« Tonia zog leicht an seinen gepiercten Ohrläppchen.

»Weltreise.« Klaas sprach das Wort extra melodisch aus. »Da blendet sie einfach aus, dass sie rund um die Uhr mit irgend so 'nem Typen zusammen sein muss.« Er grinste.

Tonia setzte sich auf und machte eine Kaugummiblase. »Wenn das so ist, dann ...«

»Weltreise«, säuselte Klaas.

Tonia hängte sich wie ein Rucksack an ihn.

Stella nippte an ihrem Crémant. Einfach alles stehen und liegen lassen zu können, das war toll. Die Böller qualmten vor ihren Füßen. Manchmal hatte sie das Gefühl, als pendelte sie nur noch zwischen der Klinik und ihren Eltern. Und wenn sie mal zu Hause war, fiel sie todmüde ins Bett.

Arne zog sie ein Stück zur Seite, an einer Gruppe Touristen mit roten Hamburg-Mützen vorbei zu einem Baumrondell. »Ich hab noch was für dich.«

Über seinem weichen, anthrazitfarbenen Schal erkannte Stella die Ernsthaftigkeit, mit der er sie ansah.

»Keine Weltreise, aber vielleicht ein Anfang.« Er nahm einen dicken, cremefarbenen Umschlag aus seiner Manteltasche.

»Was ist das?«

»Schau nach.«

Stella zog die Papierlasche heraus und griff in den Umschlag. »Arne!«

Sie hielt zwei Flugtickets in der Hand. Hamburg – Grenoble. Der Hinflug war noch in diesem Monat, am 29. Januar, der Rückflug eine Woche später.

»Eine Hütte in den französischen Alpen. Ich habe gedacht, wir beide in klirrender Kälte vor dem Kamin, das wäre ziemlich schön.«

»Das ist wundervoll.« Sie fiel ihm um den Hals. Unter dem Schal nahm sie sein Aftershave wahr. Er roch immer, als käme er just in diesem Moment aus der Dusche. »Aber so schnell krieg ich doch niemals Urlaub.«

»Längst eingereicht.«

Sie schlug ihm auf die Brust. Er nahm ihre kalten Hände in seine. Sie sah das Glitzern der Sonne auf dem Schnee schon vor sich, roch die klare Bergluft und spürte die Stille. Mit einem schrillen Heulen schoss eine Rakete an ihrem Ohr vorbei. Verdammt, sie hatte ihre Eltern vergessen.

Sie machte sich los. »Wie soll das mit meinem Vater gehen?«

Arne griff erneut nach ihren Händen. »Ich habe mit der Physiotherapeutin gesprochen. Sie kommt in der Woche jeden Tag, für zwei Stunden, und sieht dabei auch immer nach dem Rechten.«

»Du bist komplett verrückt.«

»Bert hat mir übrigens verraten, dass du Ski fährst.«

»Mein Vater hat ...« Stella konnte sich beim besten Willen nicht vorstellen, dass er und Arne gemütlich bei einer Tasse Kaffee über Urlaube plauderten.

Arne sah ihr in die Augen. »Jetzt müsstest du eigentlich nur noch Ja sagen.«

Ellen, Tonia und Klaas lehnten zu dritt am Geländer,

ganz vorne, wo sich der kopfsteingepflasterte Weg zu einer Spitze verjüngte. Wie der Bug eines Schiffes reichte sie in die Elbe hinein. Sie lachten und hielten brennende Wunderkerzen in den Händen.

Stella erwiderte Arnes Blick. »Ja.«

Sie hörte ihn kaum, wenn er schlief. Arne lag neben ihr im Bett, während ihr selbst der Crémant noch viel zu sehr im Kopf kreiste, als dass sie hätte einschlafen können. Stella beugte sich über ihn und gab ihm einen zarten Kuss auf die Stirn. Jeden Morgen wachte er genau in derselben Position auf, die er abends beim Einschlafen eingenommen hatte. Meistens lag er wie jetzt auf dem Rücken. Wenn sie seinen Atem hören wollte, musste sie ihren anhalten und aufmerksam lauschen. Einmal war sie mitten in der Nacht aufgewacht und hatte, weil sie ihn nicht hörte, gedacht, sie wäre allein. Schnell hatte sie das Licht angeknipst und festgestellt, dass er neben ihr lag, wie immer.

Sie betrachtete ihn im Schummerlicht, das durch den dünnen Vorhang in ihr Schlafzimmer fiel. Seine Lider flatterten leicht, seine Mundwinkel zeigten selbst im Schlaf ein wenig nach oben. Sie sah ihn vor sich, wie er vorhin die Flaschen geöffnet hatte, wie sie alle fünf nebeneinander mit ihren Gläsern am Brückengeländer gestanden und andächtig in den bunten Himmel geschaut hatten. Es war wirklich ein schöner Abend gewesen.

Stella stand auf. Vor der Kommode kniete sie sich hin und griff nach den Messinggriffen der untersten Lade. *Keine Weltreise, aber vielleicht ein Anfang.* Ja, dachte Stella, das war es bestimmt. Und diesen Anfang sollte sie festhalten.

Leise zog sie die breite Schublade auf und hob das Kästchen heraus. Sie drehte den Schlüssel im Schloss und klappte den Deckel der Box hoch. Mit einem Rascheln drehte sich Arne hinter ihr im Bett auf die Seite. Sie zog die letzte Karte im Kästchen heraus und hielt den 1. Januar in der Hand. Falsch. Sie steckte sie wieder zurück und nahm von der anderen Seite die letzte Karte des Jahres. Vom Schreibtisch klaubte sie einen Stift, schob den Vorhang ein Stück zur Seite und setzte sich aufs Bett. Sie wollte das Risiko nicht eingehen, Arne zu wecken, indem sie das Licht einschaltete. Mit einem leisen Klacken zog sie die Kappe vom Stift. Bevor sie losschrieb, las sie noch das, was bereits auf der Karte stand.

31. Dezember

1988: Heute Abend auf dem Schuldach – das war Magie!

Draußen flog eine Nachzüglerrakete vorbei, goldene Sterne prasselten durch den rechteckigen Himmelsausschnitt. So ruhig sie konnte, erhob sie sich, legte den Stift neben Arnes gefaltete Sachen auf den Tisch und verließ das Schlafzimmer.

Im Flur musste sie sich auf das Schränkchen stützen. Nicht ein einziges Mal hatte sie mehr an diesen Abend auf dem Schuldach gedacht. Überhaupt hatte sie in den letzten Monaten alles dafür getan, um nicht mehr an Max zu denken. Vor ihr in der Schale lugte Martas Stockfrau mit den gelben Wollhaaren zwischen dem Kleingeld hervor.

Über die Feuerleiter waren sie aufs Dach des Betonklotzes geklettert, die ganze Clique. Sie hatten alles dabei gehabt: Decken, Sekt, Pappbecher, einen kleinen Kocher und Piekser fürs Schokoladenfondue, Kekse, Äpfel und Bananen zum Aufspießen, Goldrauschraketen, einen Kassettenrekorder und Tonias Mix-Tapes. Es gab kein Geländer dort oben, sie hatten die Decken trotzdem bis an den Rand gezogen.

Sie musste raus.

Stella zog ihre Stiefel über die Schlafhose und sah sich taumelnd nach ihrem Mantel um. Ohne nachzudenken griff sie nach ihrem Handy und zog, als sie ihren Mantel nirgends fand, im T-Shirt die Balkontür auf. Hauptsache raus.

Kalter Wind fegte zwischen den schmiedeeisernen Stäben der Brüstung hindurch, Stimmen zogen sich lärmend unten durch die Straßenflucht. Am Haken wiegten sich ihre beiden dunklen Mäntel wie Vogelscheuchen. Arne musste sie, bevor er schlafen gegangen war, zum Auslüften hinausgehängt haben. Stella schlüpfte in ihren, das Innenfutter schmiegte sich eiskalt an ihre nackten Arme. In der Mantelwolle hing Raketenrauch.

Tonia, Frank und Cord hatten hoch oben auf dem Dach getanzt. Max und sie hatten nebeneinander auf einer der Decken gelegen und sich mit der anderen zugedeckt. Alles, was zu ihm hinzeigte, ihre rechte Wange, ihr rechter Arm, ihr rechtes Bein, war wärmer gewesen als ihre andere Körperhälfte. Da, wo sie sich berührten, kribbelte es, auch noch als alle Raketen längst abgeschossen waren und die zahllosen Sterne über ihnen in der Dunkelheit leuchteten. Sie sagten nicht viel, das brauchten sie nicht, aber Stella hörte die ganze Zeit seinen Atem.

Unter ihr auf der Straße knallte es. Stella verkroch sich tiefer in ihrem Mantel und merkte, dass sie ihr Handy noch immer in der Hand hielt. Sie klickte auf *Kontakte* und scrollte herunter zu *M*.

Als sie sich das Telefon ans Ohr hielt, zitterte sie. Der Hafen leuchtete einfach immer weiter, die Masten der Rickmer Rickmers waren wasserblau angestrahlt. Es läutete lange, bevor er abnahm.

»Hallo!«

Es war ein Fehler gewesen, ihn anzurufen. Das wusste sie schon nach diesem einen Wort von ihm. Er klang auf eine ungute Weise fröhlich. Zu fröhlich.

»Wen haben wir denn da!«

Sie wollte auflegen, aber stattdessen drückte sie sich das Telefon nur fester ans Ohr. »Wie geht es dir, Max?«
»Großartig! Blendend!«
Sie presste die Lippen aufeinander.
»Ein hervorragendes Jahr liegt hinter mir, ein hervorragendes Jahr liegt vor mir. Was will man mehr.«
Vorne am Kai kreuzten Polizeiwagen mit lautem Sirenengeheul. Stella lehnte sich an die Hauswand. Sie ballte die Hand zur Faust und vergrub sie in der Manteltasche. Sie hätte ihn niemals anrufen sollen. Ihre Faust berührte etwas Hartes. Vorsichtig betastete sie das Ding in ihrer Tasche, die angelegten Flügel und die winzigen betenden Hände.
»Hey, ich muss Schluss machen. War nett, mit dir zu sprechen. Bleib sauber.« Das Besetztzeichen ertönte.
Stella ließ das Telefon sinken.

Max knallte das Handy auf den Küchentisch. Die Filmdosen rollten über die Platte, die Spule mit dem herausgerissenen Film rutschte zu Boden. Wie konnte sie es wagen, ihn anzurufen. Er war doch kein Verwandter, bei dem man sich einmal im Jahr meldete. Aus Pflichtgefühl! Er griff nach der Flasche, setzte sie an den Mund und ließ sie wieder sinken. Nicht ein verdammter Tropfen war mehr drin. Oh ja, Stella Asmus kümmerte sich gewissenhaft um die Durstigen und Verstoßenen. Er schmetterte die Flasche auf den Boden. Scherben splitterten über die kaputten Fliesen. Nacheinander riss er die Schranktüren auf. Nichts. Irgendwo musste er doch noch eine Flasche Wein haben. Er kniete sich auf den Boden und untersuchte die Hohlräume unter den Schränken, die Ritzen zwischen den Schränken und öffnete die Klappe unter der Spüle.

Papa weg!

Die Worte bissen sich in seinen Kopf. Unwillkürlich gab er einen Laut von sich, ein Wimmern, wie von einem Hund.

Dabei hatte der Abend so gut begonnen. Zu dritt hatten sie in Nurias gemütlicher Küche gesessen und Schokofondue gegessen. Es war seine Idee gewesen, und Marta hatte natürlich begeistert mitgemacht. Wie wild rührte sie mit ihrer aufgespießten Banane in der flüssigen Schokolade und lachte dabei so doll, dass Nuria und er auch nicht mehr an sich halten konnten. Sie waren zwar keine richtige Familie, in der die Eltern sich liebten, aber dieses Zusammensein am letzten Abend des Jahres machte ihn trotzdem froh.

Er hatte gerade einen salzigen Cracker im Mund, als Nuria sagte: »Jimena hat gefragt, ob ich nächstes Wochenende mit ihr in die Sierra fahre. Sie braucht eine Auszeit, und mir täte es ehrlich gesagt auch mal ganz gut rauszukommen.«

Schokolade und Salz war eine ausgesprochen gute Kombination. »Nächstes Wochenende«, er schluckte den Cracker hinunter, »da bin ich in Wien zur Ausstellungseröffnung.«

Nuria drückte ein Apfelstück auf den Piekser. »Davon hast du nichts gesagt.«

Er spießte noch einen Cracker auf und tauchte ihn in

die dunkle Masse. »Weil ich dachte, dass es keine Rolle spielt, wenn du Marta eh hast.«

Spanische Kinderlieder dudelten aus der Box im Regal.

»Klar, du machst dein Ding.« Lautstark klopfte sie die überschüssige Schokolade am Topfrand ab. »Der erfolgreiche Fotograf hat Termine, während die Hausfrau spuren muss.«

»Geht's noch?«

»Und bei dir?« Ihre Stimme wurde lauter. »Die Dame muss offenbar flexibel sein, wenn der Herr Fotograf zu einem lebenswichtigen Shooting gerufen wird.«

Marta klopfte mit beiden Händen auf den Tisch.

»Und wenn du wieder auftauchst, dann soll ich brav bereitstehen, damit du deinen verfickten Schwanz …?«

Max warf ihr einen warnenden Blick zu.

Kurz nachdem er nach Málaga gezogen war, hatte er das erste Mal mit Nuria geschlafen. Er war so wütend auf Stella gewesen und so enttäuscht, dass ihr alles andere wichtiger gewesen war als er. Ihre Arbeit, ihr Vater. Ihr Vater! Er hatte gehofft, der Sex mit Nuria würde ihm helfen, sie zu vergessen. Aber er hatte nichts dabei gefühlt. Und geholfen hatte es erst recht nicht.

»Ich bin hierher gezogen, damit ich bei Marta sein kann«, sagte er jetzt und bemühte sich, nicht laut zu werden. »Das ist mir wichtiger als alles, was ich in Deutschland hatte.«

»Ach ja, und deshalb muss ich dir ewig dankbar sein?«

»Du hättest ja auch mit Marta nach Deutschland ziehen können.«

Marta drückte und bohrte ihren Piekser in die hölzerne Tischplatte. Ihr schokoladenverschmiertes Gesicht war knallrot.

»Dann bist du also das Opfer.« Nuria nahm Marta den Piekser ab. »Wie praktisch.«

Langsam schüttelte Max den Kopf. Es hatte keinen Sinn, mit ihr zu diskutieren. »Warum fragst du nicht deine Eltern wegen dem Wochenende?«

»Brauchst du noch mehr Bedienstete?«

Max schlug mit der flachen Hand auf den Tisch. Marta fing an zu weinen.

»Papa weg!«

Max zuckte zusammen. Nuria warf ihm einen vielsagenden Blick zu.

»Was?«

Nuria nickte in Martas Richtung. »Das sagt doch alles.«

Max stand auf. In *die* Falle würde er nicht laufen. Er würde das hier unter keinen Umständen auf Martas Rücken austragen. Er verschränkte die Arme, damit er nicht irgendetwas kaputtmachte. Er gab Marta einen Kuss auf die Nasenspitze und sah Nuria nicht noch einmal an. Geräuschlos hatte er die Tür hinter sich zugezogen.

Jetzt drückte er sich an der Spüle hoch und entfernte eine Scherbe aus seinem Knie. Er band sich ein Spültuch ums Bein und setzte sich an den Tisch. Vor ihm lag das Handy. Es würde ganz bestimmt nicht noch einmal klingeln.

Unter der baumelnden Glühbirne stapelte er die schwarzen Filmdosen. Kein Wunder, wenn Stella nie wieder etwas von ihm wissen wollte. Er warf die Dosen um, sie rollten von der Tischplatte. Er hatte es endgültig versiebt.

Die Spule mit dem herausgerissenen Film lag zwischen

den Scherben am Boden. Der Filmstreifen war schwarz, die Fotos von Marta, die er an Weihnachten gemacht hatte, waren dahin. Max bückte sich, hob die Spule und die Filmdosen auf und stapelte sie erneut. Der Turm reichte ihm bis zu den Augen. Vorsichtig schob er ihn ans andere Tischende, und plötzlich, ohne Ankündigung, wusste er, was er zu tun hatte.

3. Januar

1989: Let's run away… Hihi, Max und ich sind heute beim Sport einfach abgehauen. Selbst schuld, wer uns mit Zirkeltraining quält!

3. Januar

Das Fenster ihres winzigen Badezimmers war beschlagen, der hellgrün gekachelte Raum neblig vor Dampf. Sie schob den Hebel des Hahns bis zum Anschlag. Eiskaltes Wasser strömte in die Dusche. Sie zwang sich, unter dem Strahl stehenzubleiben. Das Wasser lief ihr über den Kopf und über den Rücken und machte sie taub. Taub war gut. Stella schloss die Augen. Okay. Sie würde jetzt gleich mit Arne ein paar Möbelläden abklappern und ein neues Bett für sein Schlafzimmer aussuchen. Das würde selbst sie noch hinbekommen. Und wenn das erledigt war, fuhren sie zusammen in die Klinik. Alles wie immer, keine große Sache. Die Kälte kroch ihr in den Kopf, sie hörte das gleichmäßige Rauschen des Wassers. Alles wie immer. Es klingelte an der Tür.

Stella stellte die Dusche ab. Fröstelnd zog sie das Badetuch vom Haken. Eigentlich hatte er erst in einer halben Stunde kommen wollen. Gerade heute konnte sie jede Minute gebrauchen. Unwillig wickelte sie sich in das Handtuch.

Im Flur drückte sie den Öffner und hörte, wie die Haustür unten aufgestoßen wurde. Ihr Kopf pochte. Ihre Stiefel und Schuhe standen schräg vor der Wand, das konnte sie jetzt gar nicht vertragen. Mit dem Fuß schob sie sie gerade und massierte ihre Schläfen. Vielleicht war es doch gut, dass er jetzt schon kam. Dann kreisten wenigstens ihre Gedanken etwas leiser, als sie es seit dem verfluchten Telefonat mit Max am Neujahrsmorgen taten.

Durch die geschlossene Tür hörte sie die Schritte im Treppenhaus, ein leises Quietschen wie von Gummi. Als sie die Tür aufzog, traf die Kante ihren Zeh. Verdammt. Sie fasste nach ihrem schmerzenden Fuß und drückte die Zunge gegen den Gaumen, damit sie nicht laut aufschrie. Das Quietschen der Schritte kam immer näher. Und als er um die Ecke bog, schrie sie doch. Sie ließ ihren Fuß los und machte einen Schritt zurück.

»Was machst du denn hier?« Ihre Stimme war schrill.

Der Geruch von frisch gefälltem Holz, von schilfgrünen Gräsern und Wasser, das nicht aus der Dusche kam, streifte sie. Sie stand im Handtuch vor ihm, in einem viel zu kleinen Handtuch, das noch nicht einmal ihre Oberschenkel bedeckte.

»Guck mich nicht so an!«

»Ich ...«

Der Riemen seiner Fototasche lag quer über seiner Brust. Mit einem scharfen Nicken wies sie in Richtung Kamera.

»Oder soll ich mich für dich ausziehen, damit du mit deinen Freunden in Spanien was zu lachen hast?«

»Stella ...«

»Was?«

»Ich hab das nie gewollt.«

»Klar.« Sie zog das Handtuch enger um ihren Körper.

»Es war ein Fehler.« Er schob seine Daumen unter die Schnallen des Armeerucksacks. »Es war ein Fehler, dass ich das Foto mit im Bus hatte. Ich wollte nicht, dass die anderen es sehen. Ich wollte es *dir* zeigen, sofort. Ich war so glücklich darüber. So dankbar. Du warst so ... wunderschön.«

Sie lachte auf.

Er zog die Daumen wieder heraus. »Ich weiß, was ich dir damit angetan habe, Stella. Das musst du mir glauben. Und ich ... ich konnte nicht mal mehr mit dir sprechen. Ich hab alles, was mir wichtig war, dadurch verloren. Durch meine eigene Schuld.« Er sah müde aus. Und mit der viel zu dünnen Jeansjacke ein wenig verlottert. »Ich weiß nicht, warum ich nicht besser aufgepasst habe. Auf das Foto und ...« Neben seinem Mund war eine Sommersprosse, die sich verirrt haben musste, die von der Wange heruntergerutscht war und einsam dalag. »Und auf dich.«

Sie hätte den braunen Punkt mit ihrer Fingerspitze berühren können, über die Türschwelle hinweg.

Er sah ihr in die Augen und wartete, bis sie seinen Blick erwiderte. »Es tut mir so unendlich leid, Stella.«

Sie spürte ein Ziehen wie von einem Seil. Erst leicht wie eine Erinnerung, dann immer stärker. Wärme zog und floss durch ihren Körper. Langsam knöpfte Max seine Jacke auf. Stella hielt den Atem an. Aus der Innentasche seiner Jacke nahm er einen Umschlag. Seine Hand zitterte ein wenig, als er ihn ihr hinhielt. Als sie den Umschlag nahm, berührte sie seine Hand. Kein Papier war zwischen ihnen, ihre Haut lag direkt an seiner. Es wäre nur ein winziger Schritt über eine unscheinbare Schwelle, ein Tritt von Holz auf Stein. Da fiel vier Stockwerke weiter unten die Haustür ins Schloss. Der Luftzug war bis hier oben zu spüren.

Sie schob den Brief unter ihr Handtuch. Schritte hallten von unten durch das Treppenhaus, Schritte von Ledersohlen, kein Gummi.

»Max, du musst gehen.«

Er sah ihr in die Augen. »Warum?«

»Weil ...«

Die Schritte wurden lauter. Ihr wurde heiß.

Nun lauschte auch er. »Verstehe.« Sein Gesicht war ohne jede Regung. »Versprich mir nur, dass du das liest.«

Sie nickte.

Ohne ein weiteres Wort drehte er sich um und stieg die Stufen hinab. Es kam ihr vor wie eine Verschiebung: Max' Kopf, der Arnes überragte, seine braunen Haare, die sich unter ihren Fingern weich und struppig anfühlten, als hätte sie sie gerade eben berührt. Dann beide Köpfe auf gleicher Höhe, ein kurzes Nicken von Arne, Max' Kopf bewegungslos. Schon verschwand er hinter der nächsten Treppenbiegung, und nur noch Arne war da.

Sie raffte das Handtuch über ihrer Brust, der Umschlag knisterte.

»Was für eine Begrüßung.« Arnes Hände fuhren über ihre nackten Schultern.

Sie konnte sich dabei zusehen, wie sich ihre Lippen zu einem klirrenden Lächeln verzogen.

Er gab ihr einen Kuss und trat an ihr vorbei in die Wohnung, trat so selbstverständlich von Stein auf Holz, als hätte es nie eine Schwelle gegeben.

Arne hielt ihr die Glastür des Einrichtungsladens auf und lächelte sie an. Weiches, orangefarbenes Licht empfing sie. Die Wärme taute ihre kalten Nasen und Finger auf. Leise Loungemusik. Schieferplatten und langflorige Teppiche.

Paare, die eingehakt vor zart geschwungenen Récamieren standen. Männer, die die Handtaschen ihrer Frauen hielten. Gläserne Stufen, die zu einer Galerie hinaufführten. Unzählige Deckenleuchten, wie Sterne. Stella umklammerte Max' Brief in ihrer Manteltasche. Knick um Knick hatte sie den Umschlag vorhin im Bad zusammengefaltet.

»Ich glaube, die Betten sind oben.« Arne ging einen Schritt voraus.

Wie durch einen Schleier sah Stella die Verkäuferinnen und Verkäufer, die ihnen auf der Treppe entgegenkamen. Sie trugen Schwarz und sahen aus, als wären sie aus Stockholm oder Kopenhagen. Wahrscheinlich hätte sie selbst gut untertauchen können zwischen all den großen, schlanken Gestalten mit blonden Haaren, zwischen den erhobenen Häuptern und dem professionellen Lächeln. Die spitzen Enden des Papiers drückten sich in ihre Handfläche. Sie wollte den Brief aufreißen, hier und jetzt. Keinen Moment wollte sie mehr warten.

»Wie findest du das?« Arne deutete auf ein Bett aus hellem Eichenholz.

Sie straffte die Schultern. Das Holz hatte eine hübsche Maserung. Sie wunderte sich, dass sie das überhaupt wahrnahm.

»Es ist schön.« Ihre Stimme gehörte nicht zu ihr. Nichts, was hier war, gehörte zu ihr.

Einmal waren Max und sie während einer Doppelstunde Sport einfach gegangen. Sie waren mitten im Zirkeltraining gewesen, und Stella war sich bei der Hockwende über die Holzbank höchst albern vorgekommen. Da nickten sie sich von einem Ende der Halle zum anderen zu, standen auf und gingen beide ohne ein Wort zum Ausgang. »He!«, rief Frau Kiwatt, als sie an der Tür waren. »Stella! Max!« Sie rannten und lachten und konnten gar nicht mehr aufhören zu rennen und zu lachen und mussten sich gar nicht absprechen, wohin sie liefen. Am Ende landeten sie auf ihrer Bank und sogen so lange an dem Wassereis vom Kiosk, bis es farblos war.

Sie hatte Waldmeister gehabt, und Max Cola. Das würde sie nie vergessen.

Arne berührte sie am Arm. »Komm, lass uns mal testen.«

Der Umschlag zwischen ihren Fingern wollte sich von selbst entfalten. Sie drückte ihn hart zusammen.

Die Matratze gab kaum nach unter ihrem Gewicht. Arne drehte sich zu ihr, sein Scheitel stieß fast ans Kopfteil des Bettes. Sein Blick war derselbe wie damals in der Nacht, als ihre Mutter den Schlaganfall gehabt hatte, als sie das erste Mal miteinander geschlafen hatten. *Bist du dir sicher?* Sie war sich sicher gewesen, dass sie Max vergessen musste.

Arnes Hand schob sich in ihre. Leise Klaviermusik hüllte sie ein wie ein leichter Verband, ein Duft, als könnte man Bernstein riechen. Millimeter um Millimeter sank sie tiefer in die Matratze. Die Faust in ihrer Manteltasche öffnete sich. Sie könnte Max' Brief einfach herausnehmen und zwischen Kaltschaum und Lattenrost verschwinden lassen. Sie hörte gedämpfte Stimmen und aus den Lautsprecherboxen Meeresrauschen, dazu das sachte Klackern von Absätzen auf Schiefer, Paare auf dem Weg in ihre gemeinsame Zukunft. Ihr Mund klebte wie von Zuckerwasser. Sie schluckte.

Arne lächelte. »Wolltest du was sagen?«

Sie musste hier raus. Sie musste hier raus und Max' Brief lesen. »Weißt du, wo die Toiletten sind?«

Er stützte sich auf, und Stella dachte, er würde lachen. Aber er lachte nicht. »Da drüben.«

Lilien standen in hohen Vasen auf dem Boden des Waschraumes, das Licht war honigwarm. Stella zog die Kabinentür hinter sich zu und schloss ab. Sie lehnte sich gegen die Trennwand und atmete. Endlich bekam sie Luft. Als wäre dieser winzige Raum ein offenes Fenster, draußen eine weite Landschaft, die auf sie wartete.

Sie zog den Brief aus ihrer Manteltasche. Wie einen Schatz hielt sie das gefaltete Päckchen in der Hand, dachte an abgeplatzte Kacheln, an Schlieren von schlecht entferntem Edding und zerbrochene Klodeckel. Sie roch Aceton und hörte das Lachen vom Pausenhof durch den Spalt unter der Kabinentür zu ihr hereinziehen.

Vorsichtig öffnete sie den Umschlag und faltete das knittrige Papier auf. Sie sah das rot-gelbe *Iberia*-Logo am oberen Blattrand, den blauen Kugelschreiber, die durchgestrichenen Wörter, die alle Linien ignorierten. Die Schrift war ihr so vertraut, dass es schmerzte.

Stella,
bitte, es tut mir so leid, dass ich dich so beschissen zu dir war. Dass ich dich so lieblos abgefertigt habe. Ich kann gar nicht
Jetzt sitze ich hier im Flugzeug und bin auf dem Weg zu dir und weiß Ich habe ehrlich gesagt keine Ahnung, wo ich anfangen soll. Als du angerufen hast, ging es mir nicht gut. Das soll keine Entschuldigung

*sein. Bitte lies weiter, ja? Ich hatte an dem Abend
Streit mit Nuria, und Marta war dabei. ~~Nuria~~ Ich
wurde laut, und Marta hat deswegen geweint ~~und
gesagt, dass ich Oh Mann, ich sitze im Flugzeug und~~*

Stella biss sich auf die Lippe. Im Vorraum rauschte ein Wasserhahn.

*Marta konnte das alles natürlich nicht verstehen und
einordnen, auf jeden Fall hat sie gesagt, ~~ich soll~~ Sie
hat gesagt: Papa weg.*

Stella biss sich noch fester auf die Lippe. Sie sah Marta vor sich, das kleine sommersprossige Gesicht hochkonzentriert, als sie Max dabei beobachtete, wie die Stahlwolle in seiner Hand glimmte. Vollkommen reglos hatte sie dagesessen, voller Bewunderung für ihren Papa. Stella strich ein paar Mal über das Papier, bevor sie weiterlesen konnte.

*~~Sie~~
~~Es war~~
Ich bin dann gegangen.
Stella, bitte, bitte entschuldige. Ich war furchtbar zu
dir. Nicht nur am Telefon, auch schon am Flughafen,
als wir uns das letzte Mal gesehen haben. Ich hätte
dich nicht gehen lassen dürfen. Niemals.
~~Du~~
~~Immer wenn~~
Ich möchte mit dir zusammen sein. Ich MUSS mit
dir zusammen sein. Aber ich hab so große Angst,
Marta zu verlieren. Ich zermartere mir das Hirn,*

*aber ich komm auf nichts. Ich hab einfach keine Idee,
wie das alles zusammengehen soll. Das Einzige, was
ich weiß: Du fehlst mir, Stella. Jede Sekunde.
Max*

Mit pochendem Herzen hielt sie den Brief in der Hand.
Seine Schrift verschwamm vor ihren Augen. *Du fehlst mir
auch, Max.* Tränen tropften auf das Papier und machten es
weich. *Du fehlst mir so sehr.*
Ihr Telefon klingelte. Mit dem Mantelärmel wischte
sie sich übers Gesicht. Dann klopfte es, unerträglich laut.
Stella schob den Riegel beiseite und öffnete die Kabinentür. Arne stand direkt vor ihr.
»Du hast nicht auf meinen Anruf reagiert.« Er machte
einen Schritt zur Seite. »Jan hat angerufen. In der Klinik
ist die Hölle los. Ich hab ihm gesagt, wir kommen sofort.«
Licht fiel in einem breiten Balken auf den Boden des
Waschraums. Sie sah sich selbst aus dem Schulklo treten,
Max' Zettel in der Hosentasche. Sie drückte sich an den
Tischtennisplatten vorbei und rannte hinüber zu den Radständern. Sie wusste genau, wohin sie wollte.
»Das war vor zehn Minuten.« Arnes Stimme war ruhig,
aber sie hörte ihn ausatmen. Es war ein ärgerliches Atmen.
»Kommst du?« Er hielt ihr die Tür auf.
Reglos verharrte Stella zwischen den beiden Trennwänden. Sie stand an einer Weggabel. Sie fühlte es. Am
Eingang zum rechten Pfad war Arne, aufrecht wie ein
Wegweiser. Da war die Klinik, da waren ihre Eltern, da waren Menschen, die sie brauchten. Der rechte Pfad war gerade, sein Untergrund gepflastert, am Rand ein Geländer.
Frisch gemähter Rasen säumte den Weg. Sie konnte weit

hineinsehen in den Pfad. Sie kannte ihn gut. Der linke Pfad dagegen war kaum zu erkennen, über und über zugewuchert von krautartigen Gewächsen und Sträuchern mit kleinen dunklen Blättern, deren moosige Zweige einander umschlungen. In Bodennähe rankten überreife Brombeeren. Ein dumpfes Pulsieren sammelte sich zwischen den Pflanzen. Der Pfad verströmte einen starken Geruch, alt und lebendig. Wollte sie hinein, musste sie sich auf den Bauch legen und zwischen feuchter Erde, Farnen und Nesseln hindurchrobben. Wie damals, im Dickicht am Rande des Schulhofs, hinter den Radständern, wo die Sonne nie hinkam.

»Stella? Alles in Ordnung?«

Sie verschränkte die Hände mit Max' Brief hinter ihrem Rücken. »Ja.«

Arnes helle Augenbrauen schoben sich über der Nase zusammen. »Sicher?«

Bist du dir sicher?

Stella bekam keine Luft mehr. Vor ihr am Boden wies ein Sonnenlichtbalken in Richtung Ausgang. Mit eingeschnürter Kehle stopfte sie Max' Brief zurück in die Manteltasche.

Sie räusperte sich. »Ich wasch mir noch kurz die Hände, dann bin ich da.«

»Wir haben die rechte Seite.« Ihre Stimme war leise.

Jan sah in die Akte. »Ja, wir haben die rechte Seite.«

Gesa, die heute Ellen vertrat, fuhr den Wagen mit dem Besteck heran. Normalerweise hätte Stella ihr zugenickt, aber heute hatte sie keine Kraft dafür.

Sie setzte das Messer an. »Schnitt.«

Das Lochtuch und die Haut des Patienten wurden für einen Moment unscharf. Sie zwinkerte. Jans Stift kratzte auf dem Papier. Mit leichtem Druck zog sie das Messer durch das freiliegende Hautstück schräg unterhalb des Schulterblattes. Arne kam an ihre Seite. Mit den Haken hielt er die Haut rechts und links des Schnittes auseinander. Das Lipom lag vor ihr wie eine Kartoffel. Eine pralle Frucht, die nur aus Fettzellen bestand, mit einer Hülle aus dünnem, gelbem Bindegewebe. Im Saal war es heiß, und es roch nach verbranntem Fleisch. Stella atmete durch den Mund, ihre Maske war feucht. An den Geruch, wenn Strom auf Gewebe traf und Blutgefäße verödet wurden, hatte sie sich nie gewöhnen können. Sie schloss ihre Hand fester um den Griff des Skalpells.

Wie sie sich dafür hasste, dass sie hier stand. Dafür, dass sie Max' Brief vorhin in Windeseile zurück in den Umschlag gestopft hatte. Jetzt lag er draußen im Spind, statt dass sie ihn am Körper trug, wo er hingehörte.

Alles war falsch.

Sie rückte etwas von Arne ab, sodass ihr Kittel seinen nicht mehr berührte. Er dehnte die Haut noch ein Stück weiter. Sie operierte, er assistierte. Das machten sie manchmal so, wenn er dabei sein musste, so wie jetzt, weil der Mann, der bäuchlings vor ihnen auf dem Tisch lag, Privatpatient war und vom Chef behandelt werden sollte.

Stella begann, den Tumor aus den umliegenden Gewebeschichten zu lösen. Sie atmete durch den Mund, während sie seitlich am Lipom entlang präparierte, damit sie es nicht verletzte.

»Zu welchem Arzt geht ein Zyklop?« Jan sah über den Mundschutz hinweg in die Runde. »Zum Augenarzt.«

Ihre Faust schloss sich um den Messergriff.

»Zu welchem Arzt geht Pinocchio?« Das Rot von Jans Haaren leuchtete durch die Haube. »Holz-Nasen-Ohren...«

»Ruhe!« Ihre Stimme hallte von den Kacheln wider.

Noch ein Wort, und etwas in ihr riss. Sie ignorierte Arnes Seitenblick und griff mit der freien Hand nach dem abgespreizten Arm des Patienten. Sie fühlte die Spannung seiner Muskeln.

Über den Patienten hinweg fixierte sie den Anästhesisten. »Der ist nicht weich.«

Sie hörte, wie die Spritze mit dem Relaxans aufgezogen wurde. Arne bewegte das Lipom ein Stück zur Seite, damit sie an dessen Unterseite entlangschneiden konnte. Er hielt die Kapsel mit seiner Handschuhhand so sacht umschlossen, als müsste er sie beschützen. Vor ihr persönlich. Sie drehte das Elektroskalpell ein Stück und schnitt.

»Stella!«

Sie starrte auf die Wunde. Sonnengelb lief das Fett aus der Kapselhülle und über die Hautränder.

»Sauger! Bauchtuch!«

Wie hatte das passieren können? Sie hatte doch ganz normal geschnitten. Jans Hand bewegte sich mit dem Sauger neben ihrer. Es klang, als würde jemand mit einem Strohhalm Tropfen aus einem Wasserglas saugen. Mechanisch nahm sie Gesa das Tuch ab und tupfte über die Haut. Wie ein schlaffer Sack lag das Lipom jetzt in seiner öligen Lache, Fettaugen schwammen an der Oberfläche. Es würde schwieriger werden, sich mit dem Messer einen Weg zwischen Tumor und Gewebe hindurchzubahnen, das eine vom anderen zu trennen, aber es würde schon gehen.

»Was ist los?« Arne klang ruhig.

Immer klang er ruhig, ganz gleich, wie aufgebracht er war. Genau wie ihr Vater, schoss es ihr durch den Kopf.

Arnes Stimme war nah an ihrem Ohr. »Soll ich übernehmen?«

Sie roch das Deo unter seinen Achseln und das Desinfektionsmittel, mit dem er seine Hände und Unterarme bis zu den Ellenbogen eingerieben hatte.

»Nein.«

Sie war froh, dass er die Haken hielt und ihr nicht einfach das Messer aus der Hand ziehen konnte. Sie musste das hier zu Ende bringen.

Vorsichtig zerteilte sie das Fett. Sie schnitt immer weiter, atmete durch den Mund und dachte an Krematorien, obwohl sie nie in einem gewesen war. Das Skalpell zischte. Ihre Hand verkrampfte sich.

»Stella?«

Sie zuckte zusammen. Ein leiser Ruck ging durch ihre Hand. Wie in Zeitlupe spürte sie die Schichten, durch die ihr Messer glitt: die kleinen schrägen Muskeln zwischen den Rippenknochen, das Rippenfell, dieses dünne Häutlein, das den Brustkorb von innen auskleidete. Sie spürte, wie die Klinge des Skalpells in dem winzigen Schlitz zwischen Rippen- und Lungenfell stoppte. Mit einem leisen Geräusch strömte Luft in den Spalt, und Stella wusste, dass der rechte Lungenflügel im selben Augenblick in sich zusammenfiel.

Ein ohrenbetäubendes Piepsen erfüllte den Raum.

»Druck fällt!«

Sie hielt den Messergriff fester als je zuvor.

»Puls tachykard!«

»Wir brauchen Volumen!«

Arnes Hand war stärker als ihre. Das überraschte sie.

»Raus!«

Das Licht war grell und kalt. *Zu welchem Arzt geht Pinocchio ...*

Am Ausgang drehte sich Stella noch einmal um, aber Arne gab bereits mit seiner ruhigen Stimme Anweisungen. Mit einem Klacken fiel die Eisentür hinter ihr ins Schloss.

Wie in Trance legte sie den Mundschutz ab, streifte die Plastikhandschuhe von den Händen, zog die grüne Hose und das grüne Hemd, Schürze und Schilddrüsenschutz aus. Sie desinfizierte sich die Hände, nahm den weißen Kittel vom Haken, die weiße Hose, zog sich beides über und schlüpfte in die Schuhe. So schnell sie konnte, verließ sie den OP-Trakt.

Menschen liefen an ihr vorbei. Ärzte, Schwestern, Patienten, Angehörige. Alles rauschte.

»Stella!« Ellen sprang von einem der Besucherstühle auf und kam auf sie zu. »Seid ihr schon durch?«

Die Deckenleuchte summte.

»Ich weiß, es war nur ein Routineeingriff. Und Robert ist ja nicht einmal mehr ...« Sie fasste Stella am Arm. »Trotzdem. Ich komm hier fast um vor Sorge.«

Stella starrte sie an. Die Luft in dem schmalen Gang wurde dünn. Ellens Hand an ihrem Arm fühlte sich an wie eine Zange.

»Was«, ihre Stimme zitterte, »was hatte Robert denn?«

»Na, das Lipom. Eigentlich wäre ich ja mit euch drin gewesen, aber plötzlich hab ich gedacht, das ist doch keine so gute Idee. So nervös wie ich bin. Das war mir echt zu gefährlich. Zum Glück hat Gesa ...«

Die silberne Tür zum OP-Trakt wurde von innen aufgestoßen. Ellen ließ ihren Arm los. Die Stelle, wo ihre Hand gewesen war, fühlte sich mit einem Mal sehr kalt an. Wenige Schritte von ihnen entfernt trat Arne in den Gang. Er sah riesig aus, obwohl er eigentlich ein paar Zentimeter kleiner war als sie.

»Alles gut?« Ellen lief zu ihm hinüber. »Aus Stella kriegt man ja nichts raus.«

Arne nahm Ellen ein Stück zur Seite und sah ihr ins Gesicht. »Es gab eine Komplikation.« Seine Stimme war ruhig, aber Stella hörte, wie sehr er sich dafür anstrengen musste.

»Was für eine Komplikation?« Ellen klang alarmiert.

Stella bekam kaum mehr Luft. Sie zählte die Linoleumplatten auf dem Boden, ein großes graues Rechteck nach dem anderen.

»Seine Lunge wurde im Verlauf der OP verletzt, aber die Drainage ließ sich Gott sei Dank gut anlegen. Robert geht es gut.« Er berührte Ellen am Arm. »Er wird nur etwas länger hierbleiben müssen als geplant.«

Robert ging es gut. Sie hätte jetzt aufatmen müssen, aber alle Luft steckte in ihr fest.

»Wer hat operiert?« Ellens Stimme klang kühl, fast sachlich. Ihr Blick ging von einem zum anderen und blieb an Stella hängen.

Neun, zehn, elf ... Ein Rechteck nach dem anderen. Stella lehnte sich gegen die Wand.

Arne hielt seine Karte an den Türleser. »Komm.« Er nickte Ellen zu.

Mit einem kurzen Kopfschütteln löste sie ihren Blick von Stella. Ohne sich noch einmal umzudrehen, verschwanden die beiden im OP-Trakt. Hinter ihnen schloss sich die silberne Tür.

Neunzehn, zwanzig, einundzwanzig ... Stella bekam gerade noch eine Stuhllehne zu fassen und ließ sich auf den Sitz fallen. *Zweiundzwanzig, dreiundzwanzig ...* Lautlos wiegte sie sich vor und zurück.

Irgendwann stand sie auf und fuhr mit dem Aufzug in den vierten Stock. Wie betäubt drückte sie den Öffner zur Station und setzte sich in der kleinen Küche auf einen der Plastikstühle. Fernsehgeräusche drangen aus dem Patientenzimmer nebenan durch die dünne Wand. Sie wusste nicht, was sie hier noch wollte.

Stella starrte auf die Tischplatte. Trotz des Wollmantels, den sie über den Kittel gestreift hatte, fror sie erbärmlich. *Jeder Chirurg hat bis zum Facharzt zwei Menschen auf dem Gewissen* – das hatte ihr Vater immer gesagt. Sie hatte ihm nicht geglaubt.

Stella zog ihre Füße auf den Stuhl und die Knie an den Körper. Der Geruch von Desinfektionsmittel und versengtem Fleisch war überall. Sie drückte sich den Ärmel vor die Nase. Ohne Arne wäre Robert jetzt tot. Es rauschte, als würde Wasser durch die Wände des Krankenhauses sickern. Sie sah Ellen, als stünde sie noch immer vor ihr, die Enttäuschung in ihrem Blick, und wie sie sich von ihr abwandte. Arne hatte sie weggeschickt. Ihr Vater verschmolz mit dem Sessel. Und Max saß sicher schon wieder im Flugzeug auf dem Weg zu Marta. Sie war allein. Vollkommen allein.

Der Himmel vor dem Fenster flimmerte bleigrau. An der Stelle im Rahmen, wo normalerweise der Griff hätte sein müsste, war ein Loch. Sie hatten die Riegel abgeschraubt, zur Sicherheit. Jetzt verstand Stella zum ersten Mal, warum.

Sie starrte auf das Loch im Fensterrahmen. Im Instrumentenschrank waren Zangen, mit denen sich das Fenster auch ohne Griff öffnen ließ. Zwölf Meter waren es bis unten, fünfzehn maximal. Sie ballte die Hände zu Fäusten und drückte sie in die Taschen ihres Mantels. Der Fernseher nebenan wurde lauter gestellt. Ihre linke Faust streifte etwas Hartes. Wie von selbst legte sich der kleine Engel in ihre Hand.

Sie zog ihn heraus und betrachtete ihn. Seine Flügel lagen auf dem Rücken, die winzigen Hände waren zum Gebet gefaltet. Mit der Fingerspitze fuhr sie über das weiße Porzellan. Unwillkürlich dachte sie an Bento. Monatelang hatte die Pastelaria leer gestanden, die Fenster waren zerbrochen gewesen, Boden und Wände schwarz vor Ruß. Jetzt war dort eine Baustelle.

Stella setzte sich auf. Sie zog ihr Telefon aus der Kitteltasche unter dem Mantel. Wieder rauschte es in den Wänden. Sie suchte in ihren Kontakten und tippte auf das Anrufsymbol. Es klingelte nur ein einziges Mal.

»*Olá* Stella! Lange nichts gehört. Alles klar?«

Was sollte sie dazu sagen?

»Tiago?«

»Ja?«

»Können wir klettern gehen?«

»Na klar, immer.«

Als sie aufstand, gaben ihre Beine nach. Sie stützte sich an der Tischplatte ab. »Ich meine jetzt.«

»Klar, warum nicht.«

Sie schloss die Augen.
»Bist du zu Hause?«, fragte er.
»In der Klinik.«
»Okay, ich hol dich in einer Viertelstunde ab.«

Der Bus rumpelte über das Kopfsteinpflaster, Tiagos Engel schaukelte an seinem roten Faden unter dem Rückspiegel. Die geöffneten Flügel sahen immer ein wenig so aus, als würden sie flattern. Als sie den Bunker erreichten, war es bereits dunkel.

Gemeinsam luden sie den Wagen aus. Katha stand vor dem offenen Materialschuppen, eine der grünen Seiltonnen in der Hand. »Hey, ich wollte gerade alles wegpacken, aber dann lass ich es noch draußen.« Sie umarmte erst Stella und dann Tiago.

Tiago nahm ihr die Tonne ab und platzierte sie vor der Wand. Von oben beleuchteten Scheinwerfer den Bunker. Gurte und Karabiner lagen auf einer Plane im Kies. Auf der Bank unter dem Pflaumenbaum, dessen matschige Früchte Stella im Spätsommer aus den Steinchen am Boden geklaubt hatten, saß der Typ mit dem schwarzen Irokesenschnitt. Er nickte ihnen zu.

»Ich muss mich leider ranhalten.« Katha ließ die Schnallen ihres Rucksacks zuschnappen. »Mein Bruder kommt gleich noch und will bei mir waschen. Seine Waschmaschine ist kaputt. Sag mal«, sie fasste nach Stellas Hand, »dir ist ganz schön kalt, oder?«

Erst jetzt merkte Stella, dass sie zitterte. Dabei trug sie Thermosportzeug und einen dicken Pulli von Tiago.

»Komm.« Schon zog Katha ihre Fleecejacke aus. »Das kann ich ja nicht mit ansehen.« Sie hielt ihr die Jacke hin.

Stella spürte, wie ihr Tränen in die Augen traten. Schnell streifte sie die Jacke über und zog den Reißverschluss hoch. Der Fleece war noch warm von Kathas Körper. Sie musste blinzeln. »Danke.«

»Natürlich, klar. Gib sie mir einfach beim nächsten Mal zurück. Also«, Katha schulterte ihren Rucksack und zog sich eine Wollmütze über die kurzen blonden Haare, »habt's gut, ihr beiden.« Sie hopste über einen besprayten Stein und winkte. Stella sah ihr noch nach, als das Dunkel des Parks sie längst verschluckt hatte.

Die Äste der Bäume waren kahl, die Luft klirrte vor trockener Kälte. Stella verschränkte die Finger in den Ärmeln der Fleecejacke wie in einem Muff und blickte die Wand hinauf. Das blau-grüne Graffiti verschwamm im Licht der Scheinwerfer, und sie sah sich selbst, ein Bild nach dem anderen, wie in einem Daumenkino: im Handtuch im Flur ihrer Wohnung, auf einem Bett im Möbelladen, in der Toilettenkabine, im Operationssaal, im langen Gang und in der kargen Küche. Sie sah das Loch im Fensterrahmen und blickte erneut die Wand hinauf. Zwanzig Meter. Sie schauderte.

Tiago betrachtete sie von der Seite. »Glaubst du, das ist wirklich eine gute Idee?«

»Ja.« Sie musste da jetzt hoch.

»Okay.«

Er hielt ihr die Beinschlaufen des Gurtes hin. Steif stieg sie hinein und zog den Gurt über ihrer Hüfte fest.

»Aber mach schön langsam, ja?« Tiago krempelte die Ärmel seines Pullis hoch, während er das Seil bereits straff hielt.

Sie hörte das Zischen einer Bierdose unterm Pflaumenbaum, als sie langsam, Tritt um Tritt, loskletterte. Ihre Füße und Hände waren taub. Sie spürte kaum die raue Oberfläche der Griffe an ihren Fingern und die Festigkeit der Tritte unter ihren Schuhsohlen. Der Himmel über ihr war schwarz, und für einen Moment verlor sie jegliches Gefühl dafür, ob sie überhaupt die Wand berührte oder nicht. Sie presste ihren Körper dicht an den Beton, aber sie hielt nicht an. Kalte Luft streifte ihr Gesicht. Sie kletterte weiter, passierte den Traktorreifen, kletterte immer schneller, bis der metallene Haken der Umlenkung neben ihrer Hand aufblitzte. Sie stoppte. Bis hierhin war sie gesichert.

Schornsteine rauchten in der Ferne, in den Fenstern der Häuser brannten Lichter. Das war es also.

Stella blickte hinab. Der Boden unter ihr klaffte finster, über und unter ihr ein schwarzes Nichts. Sie schloss die Augen und hörte sich atmen. Bilder von Max zogen vorüber, Max zusammen mit Marta und Nuria im Zoo, lachend vor dem Affenhaus, tropfende Eistüten in der Hand. Was hatten Max und sie zusammen schon für eine Aussicht? Noch immer fühlte sie die Griffe nicht, es war, als fassten ihre Hände ins Leere. Sie bräuchte bloß den Gurt aufzuklicken, aus den Beinschlaufen zu steigen und loszulassen. Einfach loslassen.

Oben am Himmel zog ein Flugzeug einen grauen Kondensstreifen hinter sich her. Sie hatte nicht gewusst, dass man die feinen Kristalle auch im Dunkeln sehen konnte. Sie senkte den Blick und dachte an die Toten in Max' Schlafzimmer, an ihre letzten Gesichter, und fragte sich, wie ihr eigenes aussähe, wenn sie jetzt sterben würde. Friedlich bestimmt nicht. Aber vielleicht erleichtert?

Plötzlich spürte sie einen starken Zug am Seil. Für einen

Augenblick dachte sie, es wäre Max, der an ihr zog, der sie zurückhielt. Die Griffe drückten sich rau an ihre Fingerkuppen. Wie aus dem Nichts tauchte ein zweiter grauer Streifen am Himmel auf, der sich über den ersten legte und ihn dicker und dichter machte. Die beiden Piloten flogen genau in einer Linie. Nein, erleichtert würde sie sicher nicht aussehen.

Sie sog die kalte Abendluft ein. Die Lichter in den Fenstern der Häuser bildeten ein weites Meer aus hellen Punkten. Sie stellte sich Linien vor, die die Punkte miteinander verbanden und ein riesiges leuchtendes Netz bildeten, das alles zusammenhielt.

Stella sah zu Tiago hinunter, ein vager Fleck am anderen Ende ihres Seils.

»Zu!« Der Ruf kam aus der Tiefe ihrer Brust. Noch nie zuvor hatte sie diesen Befehl erteilt.

Der Zug am Seil verstärkte sich noch, bis es so straff war, dass es sie fast nach oben zog. Ohne weiter nachzudenken, ließ sie los.

Sie blieb, wo sie war. Die beiden roten Griffe, an denen sie sich eben noch festgehalten hatte, waren noch immer vor ihr. Sie saß in ihrem Gurt wie in einem sicheren Sitz. Vorsichtig drückte sie sich mit den Händen von der Wand ab und schaukelte vor und zurück. Sie dachte an Tiagos baumelnden Engel, streckte die Arme aus und fühlte sich vollkommen schwerelos.

»Ab!« Ihre Stimme hallte in der Dunkelheit.

Stück für Stück gab Tiago Seil aus. Stella stieß sich mit den Füßen ab und glitt Meter um Meter an der blau-grünen Wand hinab. Immer wieder stieß sie sich ab, schwebte am Reifen vorbei und spürte die Luft wie Fahrtwind. Mit einem leisen Knirschen kam sie auf dem Kies auf. Tiago umarmte sie überschwänglich.

Der Boden unter ihren Füßen vibrierte. Mit einem Mal war ihr heiß. Sie streifte die Fleecejacke ab und stopfte sie in ihre Tasche, die auf der Plane hinter der Seiltonne stand. Aus der Seitentasche zog sie das Fläschchen mit der blauen Flüssigkeit. Als sie den Deckel der Flasche aufklickte, stieg ihr das Desinfektionsmittel beißend in die Nase. Entschieden drückte sie die Öffnung wieder zu und steckte das Fläschchen zurück in die Tasche.

»Das erste Mal abgeseilt?« Der Punk auf der Bank beugte sich ein Stück vor. Stella hatte ihn bis jetzt noch nie sprechen gehört. »Darauf trink ich noch 'n Bier.« Aus dem Schatten des Pflaumenbaumes kam ein Zischen.

Als Stella die Haustür aufschloss, waren ihre Schritte leicht. Tiago hupte, sie winkte ihm zu, bevor die Tür hinter ihr zufiel. Im Treppenhaus schaltete sie das Licht ein, umrundete zwei Kinderwagen und schob sich an den Briefkästen vorbei. Was hätte sie jetzt für einen von Bentos Kaffees gegeben. Tiago hatte ihr versichert, dass sie sich nicht mehr lange gedulden müsse. Bald würde die Pastelaria wieder eröffnet, und nicht nur die, hatte Tiago gesagt. Über alles Weitere hüllte er sich beharrlich in Schweigen.

Sie stieg die Stufen zu ihrer Wohnung hinauf. Sie wusste genau, was sie oben tun würde: Max anrufen, duschen, essen. In dieser Reihenfolge. Sie hatte zwar genauso wenig einen Plan wie er, aber das war jetzt nicht wichtig. Sie nahm die letzte Treppenbiegung, als sie aus dem Augenwinkel eine Bewegung wahrnahm. Jäh stoppte sie.

Das Deckenlicht flackerte, Stella griff nach dem Geländer. Sie klammerte sich an das Holz. Etwas in ihr drückte sich mit Wucht hoch. Ihre Beine sackten weg.

Max kniete vor ihr auf den Boden und zog sie an sich. Sie spürte seine Festigkeit durch alle Kleidungsschichten hindurch. Laut schluchzte sie auf. Tränen liefen ihr übers Gesicht. Sie presste ihren Kopf an den breiten Riemen seiner Tasche. Sie weinte immer heftiger und schlug ihre Stirn gegen seine Brust. Immer wieder rammte sie ihren Kopf gegen seine harte Brust. Er nahm ihr Gesicht in seine Hände und hielt sie fest.

»Hey.«

Abrupt setzte sie sich auf. Sein Bart war lang, seine Haare verwüstet, dunkle Schatten lagen unter seinen Augen.

»Ich hätte fast jemanden umgebracht!« Ihre Stimme hallte durchs Treppenhaus. »Ich hab nicht aufgepasst. Ich hab einfach in die Lunge gestochen.« Hart wischte sie sich übers Gesicht. »Er hätte ... Robert hätte sterben können!«

»Robert?«

»Ellens Mann!«, schrie sie.

Max fasste ihre Hände. Als hätte er einen Stopfen gezogen, sprudelte es aus ihr heraus. Sie erzählte ihm alles: von dem Nachmittag im OP, von Arne, und sie ließ nichts aus, von Robert und Ellen und Finn, von ihrem Vater im Sessel und ihrer Mutter im Rollstuhl, von Bento, Raquel und dem Feuer, von Tiago, Katha und vom Klettern. Sie erzählte ihm sogar von dem Punk unterm Pflaumenbaum. Sie sprach schnell und laut und völlig durcheinander. Max sah sie die ganze Zeit an, auch noch, als das Licht im Hausflur längst erloschen war und sie einander nur noch als Schatten sahen.

381

Im Dunkeln spürte sie seine Hand an ihrem Nacken. Sie hörte seinen Atem und fühlte seine Lippen auf ihren. Ihre Augen schlossen sich wie von selbst. Seine Lippen waren rau und weich, wie nur seine es sein konnten. Sie drückte sich noch enger an ihn, seine Arme hüllten sie ein, seine Wärme füllte ihren ganzen Körper. Max zu küssen, das war kein Nachhausekommen. Max zu küssen, das war ihr Zuhause.

Als irgendwo unten eine Wohnungstür aufgesperrt wurde und das Licht im Treppenhaus wieder anging, löste sie ihre Lippen von seinen. Sie musste ihn ansehen. Ansehen und anfassen, damit sie es glauben konnte, dass er wirklich hier war, bei ihr. Mit dem Finger strich sie über den kleinen Wirbel an seinem Haaransatz, über die winzige weiße Narbe in seiner linken Augenbraue. Sie strich über seinen Bart, der weicher war, als sie gedacht hatte, über seine Nase, seine rissigen Lippen und die eine verirrte Sommersprosse rechts neben seinem Mund. Ohne den Blick von ihm abzuwenden, bückte sie sich nach ihrer Tasche und schloss die Wohnungstür auf. Sie streifte die Schuhe ab und ließ sie einfach mitten im Flur liegen.

Im Schlafzimmer zog sie sich den Pulli und das Thermoshirt über den Kopf und die Sporthose aus. Max stand im Türrahmen und beobachtete sie. Sie klickte den BH auf und streifte sich den schwarzen Slip ab. Max rührte sich nicht. Sie setzte sich aufs Bett und legte die Hände auf ihre Oberschenkel. Mondlicht schimmerte auf ihrer Haut. Es fühlte sich richtig an, dass sie hier nackt vor Max saß.

Max nahm seinen Rucksack ab und zog den Riemen

der Fototasche über seinen Kopf. Er stellte die Tasche auf die alte Kommode. Sie dachte, dass er zu ihr hinüberkommen würde, aber er blieb am Eingang zum Schlafzimmer stehen.

»Stella?« Er strich mit einem Finger über die Marmorplatte.

»Ja?«

Er sah ihr direkt ins Gesicht. »Darf ich dich fotografieren?«

Sie lachte auf. »Du bist echt das Letzte.« Sie warf das Kopfkissen nach ihm.

Max fing es auf. Sein Mundwinkel zuckte. »Ist das ein Ja?«

Aus einer der Nachbarwohnungen ertönte Musik. Jemand zupfte an einer Gitarre. Sie dachte daran, wie er sie damals fotografiert hatte und seitdem nicht mehr. Sie konnte daran denken, ohne dass es wehtat.

»Ja.«

Er nickte und zog den Reißverschluss der schwarzen Tasche auf. Die Schramme unterhalb des Auslösers blitzte im Mondlicht. Wieder fiel ihr auf, dass er die Nikon anders hielt als früher, fester, zupackender. Nicht mehr so, als müsste er sie beschützen.

»Darf ich?« Er deutete auf die Nachttischlampe. »Dann brauch ich keinen Blitz.«

Stella nickte. Als er sich über sie beugte, roch sie das Flussufer. Er knipste die Lampe an und drehte sie so, dass ihr Schein einen faserigen Kreis an die Wand hinter ihr warf. Die Kamera platzierte er mittig auf der Kommode. Vor beinahe zwei Jahrzehnten hatte er ihr erklärt, dass man bei schummriger Beleuchtung eine lange Belichtungszeit brauchte und es unmöglich war, die Hand mit der Kamera so lange still zu halten. Er beugte sich zur Seite, und sein Gesicht verschwand hinter dem Fotoapparat.

»Bleib genau so.«

Es klickte. Sie erwartete ein Schaudern, aber alles an ihr blieb ruhig.

Als Max' Gesicht wieder auftauchte, lächelte er. Er setzte sich neben sie aufs Bett, drehte an der kleinen Kurbel und spulte den Film zurück. Es fühlte sich seltsam vertraut an, dass er angezogen und sie nackt war. Er zog die Kurbel hoch, die Rückwand der Kamera klappte auf, der Film fiel ihm direkt in die Hand. Aus der Brusttasche seiner Jeansjacke zog er ein Filmdöschen.

Stella nahm den Fotoapparat in die Hand und schloss mit einem Klacken die Rückwand. Seit damals hatte sie die Nikon nicht mehr angefasst. Sie strich über das schwarze Gehäuse, die silberne Schramme und über die Rillen in der Klappe des Objektivs. Obwohl der Apparat abgenutzt war, kam er ihr nicht alt vor. Vielmehr fühlte sich die Nikon in ihrer Hand wie etwas ganz Neues an.

Max drückte den Deckel auf die Filmdose und steckte sie zurück in die Brusttasche. Er legte seine Hand auf ihre und sah sie an. Das Blau-Grau seiner Augen war sehr klar.

»Das Foto ist bei mir sicher.«

Stella verschränkte ihre Finger auf der Matratze mit seinen. »Ich weiß, Max.«

Vor siebenundzwanzig Jahren
Max zog die Nase hoch und drückte die Augen so fest zu, wie er konnte. Wenn er sie gleich wieder aufmachte, waren Papas Anziehsachen bestimmt wieder da. Schnodder lief ihm aus der Nase, er wischte ihn mit dem Ärmel weg. Im Kopf zählte er bis zehn. Und noch mal. Sein Gesicht war ganz heiß. Er zählte noch achtmal bis zehn, dann machte er die Augen wieder auf. Der Kleiderschrank war leer. Er legte sich auf Papas Seite vom großen Bett und weinte.

Mama hatte vorhin gesagt: »Setz dich mal zu mir, Max.« Das sagte sie immer, wenn sie ihm was Wichtiges erklären musste. Er war neben sie aufs Sofa geklettert, und sie hatte den Arm um ihn gelegt und erst nichts gesagt und dann: »Papa ist weg.«

»Und wann kommt er wieder?« Hoffentlich nicht zu spät. Sie wollten doch noch mit dem Fahrrad durch die Pfützen fahren.

Wieder sagte Mama erst nichts und dann: »Nie mehr.«

»Das stimmt nicht!«

Er schrie und trat gegen ihr Bein, und sie wollte ihn festhalten, aber er wollte nicht, dass sie ihn festhielt, und rannte weg und die Treppe hoch. Sie kam ihm nicht hinterher.

»Max!«

Er hörte Mamas Schritte auf der Treppe. Jetzt kam sie doch. Er wollte sie nicht sehen und hören, und sie durfte *ihn* auch nicht sehen und hören. Schnell krabbelte er unter das Holzbrett, wo Papas Schuhe gestanden hatten. Hier war es eng, aber mit seinen ein Meter elf passte er noch gerade rein. Er wusste das so genau, weil die Kinderärztin ihn neulich gemessen hatte. Er zog die Kleiderschranktür von innen zu und konnte sie loslassen, und sie blieb trotzdem zu. Er hatte ziemliche Angst im Dunkeln, deshalb musste nachts auch immer seine Zimmertür offen und das Licht im Flur anbleiben. Aber jetzt hatte er noch mehr Angst vor Mama.

»Max?«

Im Liegen hielt er sich die Ohren zu. Wieder zählte er im Kopf bis zehn. Bestimmt noch öfter als achtmal. Als er die Hände wegnahm, hörte er nichts mehr von Mama. Aber er bewegte sich trotzdem nicht und atmete ganz leise.

Hier unten roch es nach Staub und nach Papa. Schon wieder musste er weinen, aber er versuchte, dabei keine Geräusche zu machen, was gar nicht so leicht war. Er presste die Lippen aufeinander, und so kam nur haufenweise Schnodder aus seiner Nase. Den machte er mit dem Pulliärmel weg. Mit dem Ellbogen stieß er dabei an was Hartes, das nicht die Wand war, denn die war ja weiter hinten. Vielleicht waren es Papas Gummistiefel. Bestimmt sogar, denn sie wollten ja gleich noch zusammen raus. Aufgeregt streckte er seine Hand aus und wollte die Stiefel zu sich ziehen. Aber es waren keine Stiefel, sondern ein kleiner Koffer. Schnell drückte er den Kleiderschrank von innen auf und krabbelte mit dem Köfferchen raus.

Erst mal musste er doll husten. Das dauerte manchmal ganz schön lange, und jetzt auch. Aber dann ging es wieder, und er machte die Schnallen vom Koffer auf. Das ging sehr einfach, nur zweimal Klick, fertig. Er klappte den Deckel hoch, und da war ein Fotoapparat. Den hatte er noch nie gesehen. Aber er wusste, dass es ein Fotoapparat war, denn Onkel Hans hatte so einen ähnlichen. Onkel Hans war eigentlich gar nicht sein Onkel, aber er hieß trotzdem Onkel Hans. Der Fotoapparat hier war schwarz und hatte eine Schramme und lag auf so weichem, rotem Stoff. Er klappte den Koffer wieder zu und flitzte mit ihm die Treppe runter.

Mama war im Keller bei Papas Werkbank. Sie packte alles in blaue Müllsäcke. Das wollte er nicht sehen.

»Kann ich den behalten?«, fragte er schnell.

Mama zuckte mit der Schulter. Das hieß bestimmt Ja.

Er wollte gerade wieder gehen, da sagte Mama: »Papa hat jetzt eine andere Familie. Eine andere Frau und einen anderen Sohn.«

Papas grüner Schraubstock landete krachend im Müllsack.

Da wusste er, es war seine Schuld, dass Papa weg war. Irgendwas hatte er gemacht, dass Papa ihn nicht mehr wollte, sondern lieber einen anderen Sohn. Mit dem fuhr er vielleicht gerade Fahrrad. Wieder presste er den Mund zu, aber das half jetzt auch nicht mehr. So schnell er konnte, rannte er nach oben in sein Zimmer, knallte die Tür hinter sich zu und schob den kleinen Tisch davor, damit Mama nicht reinkam. Er machte die Vorhänge zu und knipste das Licht aus. Die Taschenlampe klemmte er unter den Lattenrost von seinem Hochbett. So ähnlich hatte Papa das auch im Sommer im Zelt gemacht.

Max kniete sich auf den Boden. Vorsichtig packte er den Fotoapparat aus. Die Schramme glitzerte silbern, er strich mit der Fingerspitze darüber. Schön kühl. Er schraubte den runden Deckel vorne ab und wieder dran. Das machte er ein paar Mal. Er drehte auch an dem Ding, wo ganz viele kleine Zahlen standen, und das Ding wurde länger und wieder kürzer. Er guckte durch die Öffnung, aber da war nur schwarz. Er drückte noch ein bisschen auf die Knöpfe und legte den Fotoapparat danach wieder in sein weiches, rotes Bett. Den Deckel vom Koffer ließ er auf, damit es dem Fotoapparat nicht zu dunkel war und er keine Angst bekam.

Mit beiden Händen zog er seine Decke vom Hochbett und legte sich auf den Teppich neben das Fotoapparat-Bett. Im Zelt war der Boden fast genauso hart gewesen wie hier. Aber das war egal. Hauptsache, Papa hatte ihm den Fotoapparat geschenkt. Der war nämlich für ihn, nicht für den anderen Sohn, sonst hätte Papa ihn ja mitgenommen. Das dachte er ganz oft an diesem Abend, bestimmt hundert oder tausend oder millionentausendmillionen Mal, bis er endlich einschlafen konnte.

8. Januar

1986: Mama und ich haben heute Abend Milchreis mit Apfelmus in Pfannkuchen eingerollt. Wir konnten uns einfach nicht entscheiden, worauf wir mehr Hunger hatten, und Mama hat gesagt: Machen wir doch beides. Oberlecker!

8. Januar

Schon heute Morgen, als sie aufgewacht war, hatte es geschneit. Und jetzt, um halb vier am Nachmittag, schneite es noch immer. Hecken, Zäune und die wenigen Autos, die nicht in den Garagen und Carports der Einfamilienhäuser standen, trugen dicke, weiße Hauben. Langsam wurde es auch schon wieder dämmrig. Stella klopfte ihren Mantel ab, zog sich die Mütze vom Kopf und schüttelte sie unter dem Vordach aus. Sie kramte ihren Schlüssel aus der Tasche und schloss auf. Im selben Moment wurde die Haustür von innen aufgezogen.

»Stella!« Ihre Mutter schenke ihr ein strahlendes Lächeln. »Wie schön, dass du da bist.«

Sie drückte ihre Mutter. Aus der Küche zog Streichermusik herüber. Es roch nach Kaffee, Hefe und heißen Pflaumen.

Ihre Mutter sah ihr aufmerksam ins Gesicht. »Du siehst gut aus. Glücklich.«

Stella warf einen Blick in den länglichen Spiegel, der über der Fußmatte hing. Ihre Wangen waren von der Kälte gerötet, ihre Augen leuchteten nicht weniger als die ihrer Mutter. Es stimmte, sie sah glücklich aus. Es musste daran liegen, dass sie glücklich *war*. Mit einem Lächeln hängte sie ihren Mantel über einen Metallbügel und zog sich die Stiefel aus.

»Ich bin gleich so weit, setz dich ruhig schon mal ins

Wohnzimmer.« Ihre Mutter überquerte mit kleinen, stockenden Schritten die Steinfliesen. In den letzten Wochen hatte sie hart trainiert und riesige Fortschritte gemacht. Die Wege, die sie zu Fuß zurücklegte, wurden von Tag zu Tag länger. Sie wollte es unbedingt schaffen.

Stella kam an ihre Seite. »Warte, ich helfe dir.«

»Kommt gar nicht in Frage.«

Stella hörte, wie ihre Mutter den Backofen in der Küche ausschaltete und ein Blech herauszog. Okay, gut. Sie straffte ihre Schultern und zog die Flügeltür auf.

Im Wohnzimmer war es schummrig. Ein Feuer prasselte im Kamin, die goldene Prägung der Brockhaus-Bände glänzte im Schein der Deckenspots. Der Sessel ihres Vaters stand im Dunkeln. Er rührte sich nicht.

»Hallo, Papa.«

Sie hatte nicht mit einer Antwort gerechnet, trotzdem fand sie sein Schweigen immer wieder unheimlich. Mit schnellen Schritten durchquerte sie den Raum, legte ihre Handtasche aufs Sofa und knipste die Stehlampe an. Vor ihr erschien sein graues, maskenhaftes Gesicht. Sie zuckte nicht zurück. Nein, sie würde sich nicht von ihm einschüchtern lassen. Heute nicht und auch sonst nicht mehr.

Sie wollte sich gerade aufs Sofa setzen, als sie auf dem Flügel eine Skulptur entdeckte, die sie noch nie gesehen hatte. Sie war rund und vielleicht fünfzig Zentimeter hoch. Stella betrachtete die fein säuberlich ausgehöhlte Kugel, in der eine kleinere Kugel lag. Wie bei der englischen Bildhauerin Barbara Hepworth, ging es ihr durch den Kopf, nur dass diese Kugel nicht aus Bronze, sondern aus Holz war. Sie trat dichter heran und strich über die glatt geschmirgelte Oberfläche. Das Holz schimmerte in einem rötlichen Ton. Sie hätte schwören können, dass es Nussbaumholz war.

»Deine Mutter macht neuerdings einen auf Künstlerin.« Die Stimme ihres Vaters dröhnte im Raum.

Langsam wandte sich Stella zu ihm um. Sein Gesicht war hart.

»Da kriegst du monatelang den Mund nicht auf.« Ihre Stimme bekam etwas Scharfes. »Deine Frau hat einen Schlaganfall, und du schaffst es nicht einmal, den Notarzt rechtzeitig anzurufen. Und jetzt das?«

Er schwieg.

»Dazu fällt dir jetzt nichts ein.«

Sie biss die Zähne zusammen und setzte sich aufs Sofa. Das war noch lange nicht alles, was sie ihm zu sagen hatte. Im Rücken ihres Vaters knackte das Holz im Kamin. Er selbst starrte stoisch aufs Fenster, hinter dem sich die Dunkelheit herabgesenkt hatte. Sie wollte gerade wieder ansetzen, als ihre Mutter, beladen mit einem kippelnden Tablett, in der Flügeltür erschien. Ihr Vater rührte sich nicht. Stella stand auf und nahm ihrer Mutter das Tablett ab. Die rechteckigen Pflaumenkuchenstücke verbreiteten einen süßen Duft. Sie lächelte ihrer Mutter zu und stellte das Tablett auf dem niedrigen Glastisch ab.

»Das sind übrigens noch die Pflaumen, die du von deinem Klettern mitgebracht hast. Ich hatte sie eingefroren.«

Ihre Mutter ging hinüber zum Kamin und legte ein paar Scheite nach. Sie wankte leicht dabei, und Stella wollte ihr helfen, aber sie bremste sich. Sie musste ihre Mutter machen lassen. Knisternd loderte das Feuer, vereinzelt flogen Funken, eine warme Helligkeit breitete sich im Zimmer aus. Mit einer kontrollierten Bewegung ließ sich ihre Mutter auf dem Sofa nieder. Stella setzte sich neben sie, verteilte das Geschirr und goss Tee in die dünnwandigen Porzellantassen mit dem goldenen Rand, die ihre Mutter von ihrer eigenen Mutter, Stellas Großmutter, geerbt hatte. Sie gab jedem ein Stück Kuchen und einen großen Klecks Zimtsahne auf den Teller, auch ihrem Vater. Noch immer blickte er aufs dunkle Fenster. Ihre Mutter musste spüren, dass irgendetwas nicht stimmte, dass etwas noch weniger stimmte als sonst, eigentlich hatte sie feine Antennen. Aber sie rührte den braunen Kandis mit vollkommen entspannter Miene in ihren Tee, als würde sie nichts merken oder wollte nichts sagen. Oder aber sie verfolgte eine ganz eigene Strategie, die Stella nicht durchschaute.

»Lasst es euch schmecken.« Ihre Mutter berührte Bert am Ärmel seines Hemdes und legte ihm die Gabel in die Hand.

Mechanisch zerteilte er sein Kuchenstück. Stella musste wegsehen, sonst würde sie ihn anschreien. Schnell steckte sie sich eine Gabel in den Mund. Der Kuchen war noch warm und köstlich. Als Kind hatte sie immer die Pflaumen vom Teigboden abgekratzt, damit sie den heftigen Geschmack pur im Mund hatte.

»Die Skulptur«, sie wies in Richtung Flügel, »die ist von dir, oder?«

Ihre Mutter nickte. »Ich wollte das ja schon lange mal ausprobieren. Eigentlich schon, seit wir damals in Südengland waren.«

Und jetzt war der richtige Zeitpunkt gekommen, so seltsam es klang. Stella trank einen Schluck von dem heißen Tee. »Sie ist wunderschön. Nur wie zum Teufel hast du das so sauber hinbekommen?«

»Ach ...« Die Augen ihrer Mutter blitzten im Schein des Feuers. »Ich habe mir so eine kleine Apparatur bauen lassen. Eine Art Schraubstock, der sich in alle Richtungen drehen lässt. Und ich habe nicht nur meine kranke Seite trainiert, sondern auch meine linke, gesunde. Ich kann mit links jetzt fast so viel wie früher mit rechts. Schreiben und auch sägen und feilen. Ja, ich denke, ich bin mittlerweile Beidhänderin.« Wie immer kratzte ihr Lachen.

Stella sah sie ungläubig an. Ihre kleine Mutter, die sie immer als unsichtbare Halterung im Rücken ihres Vaters gesehen hatte, war aus dem Schatten hervorgetreten und sichtbar geworden. Und wie. Sie musste an den Adventskranz denken, den sie vor gut einem Monat hier an diesem Tisch gebastelt hatte. Ihre Mutter hatte sie einfach machen lassen, sie mit ihrem Vater, obwohl sie das selbst sicherlich viel besser gekonnt hätte. Wenn das keine Strategie war, fraß sie einen Besen.

»Ich bewundere dich, Mama.« Sie meinte es von ganzem Herzen.

Ihr Vater stieß einen verächtlichen Laut aus.

Stella blickte ihn an. »Wolltest du irgendetwas sagen?«

Er hackte auf seinem Teller herum. Als er schwieg, setzte sie sich gerade auf. In Gedanken schickte sie schon mal eine Entschuldigung an ihre Mutter, denn eigentlich hätte sie das, was sie jetzt gleich sagen würde, lieber ruhig und besonnen vorgetragen. Aber der Zug war abgefahren.

Sie schaute ihren Vater an. »Dann sag ich dir jetzt mal was: Ich habe meine Stelle in der Klinik gekündigt.«

Abrupt schnellte sein Kopf hoch. »Wie bitte?«

»Du hast mich ganz richtig verstanden. Ich habe gekündigt, und zwar weil ich aus Hamburg wegziehe. Ich gehe nach Spanien, nach Málaga.«

Ihr Vater starrte sie an, als wäre sie von allen guten Geistern verlassen. Fast hätte sie losgelacht. Noch niemals im Leben hatte sie ihn so fassungslos gesehen. Und noch niemals hatte sie sich selbst so sicher gefühlt. Sie hatte die Entscheidung gar nicht treffen müssen, sie hatte es einfach gewusst. Sie wusste, dass sie mit Max zusammenbleiben musste, komme, was wolle, und dass das der Umzug nach Málaga der einzige Weg war. Der richtige Weg. Sie steckte sich ein Stück Teig ohne Frucht in den Mund und warf einen Seitenblick auf ihre Mutter. Sie rührte noch immer in ihrem Tee, ihr Ausdruck war unergründlich. So wie man es früher ihr selbst nachgesagt hatte, ihr und ihrem Vater. Die Zeiten hatten sich ziemlich geändert.

»Und«, setzte sie nach, während sie mit der Gabel eine Pflaume durch die Sahne zog, »ich werde dort mit Max zusammenleben.«

Im Kamin krachte das Holz. Ihr Vater schnappte nach Luft, seine Finger krallten sich in die Armlehnen. Im Samt waren noch immer Spuren von getrocknetem Blut.

»Na, klingelt da was?«

Das war gemein, das wusste sie, aber es war so wohltuend, dass ausnahmsweise sie diejenige war, die am längeren Hebel saß.

»Das ist also der Dank dafür, dass ich dich zurück nach Hamburg geholt habe?« Seine Stimme polterte. »Dass ich dir die Wege geebnet habe? Glaube mir, das war kein Pappenstiel. Oh nein. Ohne mich wärst du niemals da, wo du jetzt bist.«

»So siehst du das also?« Ihre Stimme war kühl.

»So sehe ich das.« Seine war fest.

»Gut. Dann weiß ich ja jetzt, was du von mir hältst.«

»Was ich von dir halte?«, schrie ihr Vater. »Du bist die größte Enttäuschung, die mir je untergekommen ist.« Er spuckte die Worte regelrecht aus.

Ruhig faltete Stella ihre Serviette zusammen und klemmte sie unter die Gabel. Das hatte er schon einmal zu ihr gesagt, damals, als er sie mit Max im Zelt gefunden hatte. Und wie damals fühlte sie auch jetzt eine seltsame Erleichterung. Etwas war vorbei, und diesmal für immer. Ihre Mutter stand auf, und Stella dachte schon, sie würde hinausgehen, aber stattdessen trippelte sie hinüber zum Kamin und schichtete mit der gusseisernen Zange die Scheite um. Stella forschte in ihrem Profil. Ihre Züge waren vollkommen entspannt, als spielte sich hinter ihrer Stirn nichts ab, was nicht mit dem Feuer vor ihr zu tun hatte.

»Weißt du schon, was du in Spanien tun wirst?« Ihre Mutter fragte das so beiläufig, als wäre das eine ganz normale Unterhaltung.

»Mal sehen. Erst einmal nichts.«

Ihre Mutter lächelte und stocherte weiter im Feuer. »Das ist gut.«

Sie schwieg, als wäre damit alles gesagt. Stella goss sich von dem dampfenden Tee nach.

»Und wie lange soll dieses Nichts andauern?« Die Worte ihres Vaters dröhnten.

Langsam drehte sie sich zu ihm. Er blickte aufs Fenster. Auf dem Teller vor ihm war der Kuchen in Brocken zerhackt. Beharrlich wartete Stella, bis er sie ansah. »Das fragst *du*? Und wie lange soll *dieses* Nichts hier noch andauern?« Sie machte eine Handbewegung, von der sie beide wussten, was sie alles umschloss.

Sie kramte in ihrer Handtasche, zog einen Zettel heraus und legte ihn auf den Tisch. »Das sind zwei Adressen. Die eine ist von einem Kollegen aus der Klinik, die andere von einem freiem Therapeuten. Ich habe mit beiden gesprochen. Beide hätten freie Termine für dich. Beide sind Spezialisten für Altersdepressionen.«

In Sekundenschnelle fegte ihr Vater den Zettel vom Tisch. Seine Gabel klirrte auf der Glasplatte. Ohne mit der Wimper zu zucken, hängte ihre Mutter die Kaminzange zurück in den Ständer und bückte sich nach dem Blatt auf dem Boden.

»Ich halte das für eine sehr gute Idee.« Sie sah von einem zum anderen, als wäre es beschlossene Sache.

Ihr Vater hatte sich abgewandt. Stella konnte kaum glauben, dass ihre Mutter ihr so unvermittelt zur Seite sprang. Sie griff nach ihrer Tasche und stand auf. Kaum merklich nickte ihre Mutter ihr zu, bevor sie zusammen das Wohnzimmer verließen und die Flügeltür hinter sich zuzogen.

»Mama, es tut mir leid«, platzte es aus ihr heraus.

Ihre Mutter schüttelte den Kopf. »Das war längst überfällig.« Ihr zierliches Gesicht legte sich in Falten. »Wahrscheinlich habe ich das alles zu sehr runtergekocht. Seinen Zustand, seine Launen. Ich denke, es muss dringend etwas passieren.« Sie legte den Zettel mit den Adressen auf die Ablage des Sekretärs und fasste Stella an den Händen. »Danke.«

Stella musste schlucken. »Aber werdet ihr denn ohne mich zurechtkommen?«

»Das werden wir, mach dir keine Gedanken.« Ihre Mutter drückte ihre Hände.

Tränen stiegen ihr in die Augen. »Versprich mir, dass du anrufst, wenn etwas ist. Tag und Nacht. Ich kann ganz schnell hier sein.«

»Das mache ich, versprochen.«

»Und dass du mit deinen Skulpturen weitermachst.«

Ihre Mutter hielt ihr ein Taschentuch hin. »Damit kann ich gar nicht mehr aufhören.«

Stella putzte sich die Nase.

»Und du«, ihre Mutter sah ihr mit ernstem Blick ins Gesicht, »du hör auch nicht auf. Du allein weißt, was für dich richtig ist.« Sie zog Stella an den Händen ein Stück zu sich herunter und küsste ihre Stirn. »Und grüß Max von mir, mein Stern.«

12. Juli

1989:

> Traust du dich?
>
> Ja ☒ Nein [ ] Vielleicht [ ]

Ich will nie vergessen, was Max heute zu mir gesagt hat! Er hat gesagt: »Weißt du, was gut ist? Wenn sich der Fluss immer mehr ausdehnt und irgendwann, in tausend Jahren oder so, den Friedhof erreicht, dann spült er alles weg. Einfach so. Dann gehen die Toten auf Reisen. Dann sind alle frei.«

Heute Abend geht es los! Und jetzt muss ich packen!

12. Juli

Stella warf einen letzten Blick in ihre Wohnung. Noch vor wenigen Tagen hatte hier das weiße Schränkchen gestanden, ihre Schuhe waren darunter herumgeflogen, und darüber hatte eines von Martas bunten Bildern gehangen. Jetzt war da nichts mehr außer der weißen Wand über dem Fischgrätparkett. Sie hatte gerne hier gewohnt und trotzdem, es fühlte sich gut an, dass sie jetzt die Tür hinter sich zuzog. Dieses Kapitel ihres Lebens war vorbei. Und das neue, das jetzt kam, konnte sie kaum erwarten.

Sie trug ihren Koffer und den fast leeren blauen Müllsack die Treppen hinunter. Der Koffer war leicht, sie hatte nur das Nötigste eingepackt. Alles andere befand sich in einem Umzugswagen und war bereits auf dem Weg nach Málaga. Sogar ihr altes Puppenhaus hatte sie vom Dachboden ihrer Eltern geholt und in einen Karton verfrachtet. Vielleicht konnte Marta ja etwas damit anfangen.

Licht fiel durch das Fenster ins Treppenhaus, Staub tanzte in der Luft. Ein Stockwerk unter ihr quietschte ein Baby. Stella hüpfte mehr als dass sie die Stufen hinunterlief. Gleich wollte sie noch allen in der Pastelaria Tschüss sagen, wenn auch ganz bestimmt nicht für immer, und in gut einer Stunde würde sie zu Max ins Taxi steigen und mit ihm zusammen zum Flughafen fahren. Sie musste lachen, weil es ihr so verrückt erschien. Verrückt und genau richtig.

Im ersten Stock schloss die Frau mit dem Baby auf dem Arm gerade die Wohnungstür auf. Stella hatte sie noch nie gesehen. Das Baby lächelte sie an und quietschte noch mehr. Die Frau hatte kurze Haare. Sie lächelte auch.

Im Erdgeschoss stellte Stella Koffer und Müllsack ab und schloss ihren Briefkasten auf. Sie zog eine Werbebroschüre hervor und einen Brief. Sofort erkannte sie Tonias Handschrift. Kurzerhand riss sie den Umschlag auf. Eine gelbe Karte flatterte ihr entgegen. Stella überflog den aufgedruckten Text. Es war eine Einladung zu einer Housewarming-Party in Berlin, unterschrieben von Tonia und Klaas. Aus der Wohnung neben den Briefkästen duftete es nach Braten, ein köstlicher Geruch, als hätte jemand das Fleisch in diesem Augenblick aus dem Ofen geholt. Stella las die Karte noch einmal und schüttelte den Kopf. Die beiden waren wahrhaftig zusammengezogen. Klaas hatte es echt raus. Und sie verstand sofort, warum Tonia ihr nichts davon gesagt hatte. Wenn sie erst ihren Bedenken Raum gegeben hätte, dann hätte sie das niemals durchgezogen. Tonia. In Gedanken drückte sie ihre Freundin fest an sich.

Als sie die Karte zurück in den Umschlag stecken wollte, sah sie, dass auf der Rückseite noch etwas von Hand darauf geschrieben war.

PS: Stella! Ich werde sesshaft, und du ziehst nach Spanien. Ich bin so froh, dass du das machst. Max und du – endlich!

Sie blickte auf Tonias ausladende Schrift und spürte, wie sich auf ihrem Gesicht ein Lächeln breitmachte.

Begleitet vom Bratenduft zog sie die Tür zum Innenhof auf und warf den blauen Sack in eine Mülltonne. Sie drückte die Tür wieder zu, umrundete den Kinderwagen im Hausflur und trat mit ihrem Koffer auf die Straße hinaus.

Anibal, Diogo, Hugo und Rui drückten fast gleichzeitig ihre Zigaretten aus und sprangen von der schmalen Bank auf, die sich ans Fenster der Pastelaria schmiegte. Der neue goldene Schriftzug zog sich in einem leichten Bogen quer über die breite Scheibe. *Bento 1*. Alle vier redeten sie wild durcheinander, einer nach dem anderen klopfte Stella auf die Schulter.

»Nach dir.« Anibal hielt ihr die Glastür auf. Sein schlohweißes Haar leuchtete in der zarten Frühlingssonne.

Stella war noch nicht ganz eingetreten, als Bento ihr bereits zurief: »Dona Stella! *Meu anjo!*«

Seit dem Feuer nannte er sie so: mein Engel. Und er weigerte sich beharrlich, Geld von ihr anzunehmen. Nicht einen Kaffee hatte sie seitdem bezahlen dürfen. Bento drückte sich an der Schlange der Wartenden vorbei und umarmte sie freudestrahlend. Ihr weißes Kleid flatterte, als er sie auf dem blank gescheuerten Mosaikboden im Kreis drehte.

Als er zu ihren Haaren hochsah, schien er für einen Moment überrascht, doch dann nickte er. »*Muito bonita.*«

Er nahm ihr den Mantel ab und zog ihr den Stuhl ein Stück zurück. Es war noch immer ihr Tisch vorne am Fenster, auch wenn es inzwischen ein neuer war. Er war aus dunklem Holz und quadratisch, genau wie vorher, nur die Wasserflecken fehlten, und kippeln tat er auch nicht. Es war der einzige freie Tisch in der Pastelaria, aber es saß nur deshalb niemand hier, weil Bento einen Zettel unter die Blumenvase geklemmt hatte: *Reservado. Stella.*

»Wie immer?« Um seine Augen herum drängten sich die Lachfältchen.

»Wie immer. Obwohl ...« Ellen würde auch gleich noch hierherkommen. »Gerne noch einen Galão und zwei Natas dazu.«

»Wird gemacht.« Mit einem Elan, den Stella nicht häufig an Bento erlebte, witschte er durch die Pastelaria und nahm seinen Platz hinter dem neuen dunklen Tresen ein.

Anibal, Diogo, Hugo und Rui bedienten inzwischen schon die Espressomaschine, packten Gebäck in Tütchen, kassierten und scherzten mit den Gästen. Ihre und Bentos Bewegungen griffen so gut ineinander, als hätten sie seit Jahren für diesen Moment geprobt. Stella zog ihren Koffer näher zur Fensterfront. Sie war so froh, dass Bento am Ende doch noch das Geld von Tiagos Vater angenommen hatte. Die Pastelaria war unter Tiagos Federführung von Grund auf saniert und restauriert worden. Sie war perfekt geworden. Die richtigen Dinge waren so geblieben, wie sie immer schon gewesen waren, anderes hatte Tiago sanft modernisiert. Sogar eine neue, handlichere Orangenpresse stand jetzt neben der blitzenden Espressomaschine.

Stella lehnte sich in ihrem Stuhl zurück. Sie lauschte der leisen Singer-Songwriter-Musik, die nach einem portugiesischen Bob Dylan klang, und den Stimmen der neuen Gäste, die sich mit dem zuverlässigen Zischen der Espressomaschine natürlich verwoben. Sie roch frisch Gebackenes und den Kaffee, der wie eh und je nach geröstetem Toastbrot duftete, nussig und kräftig. Sie musste diesen Ort inhalieren, damit er ihr in der Ferne niemals abhanden kam.

Neben ihr klopfte es an die Scheibe. Ellen winkte ihr

von draußen zu, einen Moment später war sie schon bei ihr und ließ sich auf den freien Stuhl fallen. Stella umarmte sie über den Tisch hinweg.

»Danke, dass du gekommen bist.« Sie nahm Ellen die pastellgrüne Tasche ab und rückte die Vase mit dem Klatschmohn ein Stück zur Seite.

»Na klar.« Ellen legte ihre Jacke ab. »Eigentlich wollte ich sogar noch Finn mitbringen, aber er tut sich zur Zeit etwas schwer mit Abschieden. Und bei dir wäre er besonders traurig.« Sie sah Stella an und hielt inne. »Du hast ...« Beinahe andächtig strich sie über Stellas Haar. »Selbst geschnitten?«

»Selbst geschnitten.«

Ellen grinste. »Sieht toll aus. Weißt du, ich hätte mir dich nie mit kurzen Haaren vorstellen können, aber ...«, sie kniff die Augen zusammen, »das passt sogar viel, viel besser zu dir.«

Als Stella vorhin im Badezimmer die Schere hatte sinken lassen und in den Spiegel blickte, hatte sie genau dasselbe gedacht. *Das bin ich.*

»Und dazu dieses Kleid!«

Es war weiß, ziemlich kurz und unten leicht ausgestellt. Und es hatte sogar ein paar Rüschen über der Brust. Eigentlich war das gar nicht ihr Stil. Aber vor ein paar Tagen hatte sie das Kleid in einem Geschäft anprobiert und sich dabei gefragt, wieso das eigentlich nicht ihr Stil sein sollte. Sie rückte zur Seite, um eine Gruppe Jugendlicher mit Coffee-to-go-Bechern vorbeizulassen.

»Max hat gesagt: Zieh dich schick an. Und es war partout nicht aus ihm rauszubekommen, warum ich schick neben ihm im Flugzeug sitzen soll.«

»Wahrscheinlich will er einfach …«

Mit einem lauten »*Atenção!*« stellte Bento drei Becher mit Galão zwischen ihnen ab.

»Kaffee, perfekt.« Ellen schloss ihre Hände um das Glas.

Hinter Bento erschien Raquel mit Ofenhandschuhen und einem großen silbernen Blech, auf dem sich ein Pastel de Nata an das andere drängte. Die kleinen, runden Törtchen verströmten einen überirdischen süßen Duft, unter ihrer goldgelben Schicht blubberten sie noch vor Hitze.

»Stellita.« Raquel stellte das Blech auf den Nachbartisch und drückte Stella fest an sich. Sie fühlte sich weich an und roch nach Karamell und Vanille.

»Wie geht es dir, Raquel?« Stella hielt ihre Hände.

»Gut, sehr gut.«

Raquel hatte fast schon übernatürliches Glück gehabt. Klar, über die Spätfolgen der Rauchvergiftung konnte man jetzt noch nichts sagen, aber es sah gut aus. Sie hatte keinerlei Beschwerden, was an ein Wunder grenzte.

Bento legte seiner Frau einen Arm um die Taille und zog sie an sich. Es sah wunderschön aus, wie die beiden da so dicht beieinander standen, die Köpfe auf gleicher Höhe, dieselben grauen Antennenhaare, Bento in seinem grün gemusterten Hemd, Raquel in ihrer neuen mehlstaubigen roten Schürze.

Ein junges Paar beugte sich über das Blech. »Oh, davon hätten wir auch gerne ein paar.«

Bento lächelte seiner Frau noch einmal zu, bevor er sie losließ. Er häufte ein paar Natas auf zwei Teller und stellte sie vor den beiden auf den Tisch. Anschließend kramte er in seiner Brusttasche, und Stella nutzte den Moment, um das Fläschchen mit dem Schokoöl aus der Tasche zu ziehen und ein paar Tropfen in ihren milchigen Kaffee zu geben.

Neulich hatte Raquel einmal davon probiert und war so begeistert gewesen, dass Max ihr auch etwas von dem Öl abgefüllt hatte. Bento hatte laut »Pah!« gerufen, aber Stella hatte gesehen, wie er unter dem dichten Schnauzer lächelte.

Ellen biss in eines der Törtchen und hatte augenblicklich diesen verzückten Ausdruck im Gesicht, den alle bekamen, die von Raquels Gebäck probierten.

»Köstlich.«

Bento legte ein paar gefaltete Fotos auf ihren Tisch und strich sie glatt. Sie zeigten die neue Pastelaria im Schanzenviertel, das *Bento 2*, das in ein paar Tagen seine Eröffnung feierte. Der Innenraum war länglicher als dieser hier, der Tresen aus weißem Holz, aber am Boden fand sich genau das gleiche blau-weiße Kachelmuster wieder. Und auch der goldene Schriftzug zierte bereits die Scheibe. Auf einem der Bilder war Tiago zu sehen, der im verschwitzten Funktionsshirt die Tür zur Küche aufhielt, die vor Edelstahl nur so blitzte.

»Das ist mein Neffe«, wandte Bento sich an Ellen. »Er ist jetzt auch Gastronom.« Unverhohlener Stolz schwang in seiner Stimme mit. »Leider kann er heute nicht kommen. Er wird in seinem Café gebraucht.«

Stella hatte sich schon vorgestern von Tiago verabschiedet und ihm versprechen müssen, dass sie bei ihrem ersten Besuch in Hamburg postwendend bei ihm im Café aufschlagen würde.

Bento faltete die Fotos wieder zusammen und steckte sie in seine Hemdtasche. »Wenn was ist, sagt Bescheid.«

Und schon schlängelte er sich wieder durch sein Lokal und bezog bei Anibal und den anderen hinter der Theke Stellung.

In kleinen Schlucken trank Stella ihren Kaffee. Die Puddingcreme des Natas schmolz auf ihrer Zunge. Neben all den Menschen, die sie in Spanien vermissen würde, waren es diese Blätterteigtörtchen, die ihr ganz sicher am meisten fehlen würden. Ellen kaute ähnlich in Gedanken versunken wie sie.

»Wo ist Finn eigentlich jetzt gerade?«, fragte Stella.

Ellen griff nach einem weiteren Natas. »Bei Robert.«

Robert. Jedes Mal, wenn Stella seinen Namen hörte oder nur an ihn dachte, spürte sie ein Drücken im Magen.

»Ellen ...«

»Schon gut.« Sie nickte Stella zu. »Wirklich. Und weißt du was? Es hatte sogar sein Gutes, dass Robert länger als geplant auf Station war.« In ihren Augen funkelte es. »So musste ich mich natürlich ausgiebig um ihn kümmern.« Der Milchaufschäumer toste los, und Ellen wartete, bis er wieder verstummte. »Wir haben ganz viel geredet in den zwei Wochen. Vor allem über uns. Ich glaube, bei ihm verschiebt sich da so langsam etwas. Er vermisst uns. Das ganze Paket.«

»Oh, Ellen. Das freut mich.« Sie drückte ihren Arm.

»Und gleich gehen wir schwimmen. Zu dritt. Das war Roberts Idee.«

Die Tür ging auf, ein Schwall frischer Luft strömte ins Café, und eine große Gruppe Menschen schob sich auf einen Schlag hinaus. Jetzt waren nur noch sie beide, die Männer hinter dem Tresen und Raquel in der Pastelaria. Ein bisschen war es wie früher. Stella zog ihren zweiten Becher Kaffee zu sich heran. Der portugiesische Bob Dylan sang leise vor sich hin, Anibal, Diogo, Hugo und Rui strebten in ihre angestammte Ecke, husteten und raschelten mit ihren Karten, Raquel legte den Kopf auf Bentos Schulter. So standen sie noch, als die Tür erneut aufgezogen wurde und eine Frau in Kostüm den Raum betrat. Die Absätze ihrer Pumps klackerten auf den Kacheln. Sie ließ ihren Blick über die neuen Schiefertafeln schweifen.

»Ich hätte gerne ... zum Mitnehmen einen ... Cappuccino.«

Das Husten und Rascheln am Ecktisch verebbte. Bento löste sich von Raquel und verschränkte seine Arme auf dem Tresen. Über Bande tauschte Stella einen Blick mit Raquel und dann mit Anibal, Diogo, Hugo und Rui. Die gesamte Pastelaria hielt den Atem an.

Bento lächelte. »Wir haben portugiesischen Galão. Möchten Sie den mal probieren? Auf Kosten des Hauses natürlich.«

Sie lachten laut los, alle auf einmal. Raquel klopfte auf ihre Schürze, Anibal flitschte seine Hosenträger, Diogo und Hugo tänzelten, Rui stieß seinen Stock in die Luft. Die Frau guckte irritiert, und auch Ellen sah etwas ratlos aus. Nur Bento verzog keine Miene und blickte die Kundin weiter ruhig und freundlich an, als wollte er sagen: Achten Sie gar nicht auf diese Gesellen.

»Gut, dann nehme ich gerne so einen Galão.«

Die Maschine zischte, der Milchaufschäumer toste, schon reichte Bento der Frau den dampfenden Pappbecher.

»Vielen Dank.«

»Keine Ursache.«

Bento nickte ihr zu, klackernd verließ sie die Pastelaria. Als die Tür hinter ihr ins Schloss fiel, lachten sie noch lauter, und Bento sah streng von einem zum anderen. »Ihr vergrault mir noch die Kunden.« Dann lachte er auch.

Als sie sich gerade wieder beruhigt hatten und Stella Ellen gegenüber zu einer Erklärung ansetzen wollte, schwang die Glastür abermals auf. Diesmal trat ein kleiner Mann mit kinnlangen, strähnigen Haaren ein. Er trug eine speckige, gefütterte Weste und kam Stella vage bekannt vor. Um seinen Hals baumelte eine Polaroidkamera. »Foto?«

Sofort rannte Bento durchs Café auf ihn zu. »Natürlich, kommen Sie, kommen Sie.«

Mit einem Kopfnicken bedeutetet er ihnen allen aufzustehen. In Windeseile hatte er sie alle miteinander vor dem Tresen arrangiert. Er selbst stellte sich in die Mitte und legte einen Arm um seine Frau, den anderen um Stella. Im ersten Moment war Stella überrumpelt, aber dann lachte sie einfach an Bentos und Ellens Seite in die Kamera. Es fühlte sich gut an, hier neben ihren Freunden zu stehen und diesen Augenblick festzuhalten.

Der kleine Mann wedelte mit dem Papier, auf dem die Farben immer leuchtender wurden. Sie alle drängten sich um das Bild. Es hatte zwar einen leichten Grünstich und Diogo war halb abgeschnitten, aber Bento drückte dem Fotografen einen Schein in die Hand und klopfte ihm im Hinausgehen auf die Schulter.

Das Foto pinnte er zu den anderen an die Wand hinter dem Tresen, die in einem warmen Gelbton gestrichen war. Tiago hatte den Bereich hinter dem Tresen Erinnerungsecke getauft, weil hier der rote Benfica-Schal über dem braunen von Sankt Pauli hing, daneben die ausgeblichenen Postkarten und die zahlreichen Fotos ihrer weit verzweigten Sippe.

Stella trat näher an die Wand. Was für eine Ehre, dass ihr Gruppenfoto jetzt genau neben dem Bild von Bento hing, auf dem er einhändig ein Baby und mit der anderen Hand ein Schnapsglas in die Höhe hielt, flankiert von einem um Jahre jüngeren Tiago. Seltsam, wie sehr ihr der alte Portugiese und all die anderen in den letzten anderthalb Jahren ans Herz gewachsen waren. Wie eine Familie. Sie strich ihr Kleid glatt. Als sie sich umdrehte, sah sie in sieben lächelnde Gesichter. Und draußen auf der Straße hupte das Taxi.

Das Wasser der Alster glitzerte und sprenkelte vor dem Fenster des Taxis, Segelboote schipperten in der untergehenden Sonne. Vor der glänzend weißen Fassade des Hotel Atlantic stoppten sie.

Stella schüttelte den Kopf an Max' Brust. »Du bist verrückt.«

»Eine Nacht. Morgen fliegen wir.« Er drückte ihr einen Kuss ins Haar.

Ein Mann mit Zylinder kam an ihre Seite des Wagens und öffnete ihnen die Tür. Ohne einander loszulassen, stiegen sie aus und liefen über den roten Teppich und durch die Glastür mit den goldenen Griffen. Stella hatte das Gefühl zu schweben. Sie bekam es gar nicht richtig mit, wie ihnen die Jacken abgenommen wurden, wie der Portier ihre Koffer auf einem Wägelchen zum Fahrstuhl schob und Max am Empfangstresen ihre Schlüsselkarte in Empfang nahm.

Als er unterschreiben musste, ließ er ihre Hand los, aber nur um sie stattdessen in die hintere Tasche seiner Anzughose zu schieben. Durch den dünnen Stoff fühlte sie die Wärme seiner Haut. Max warf ihr einen kurzen Blick zu. Er sah wirklich unverschämt gut aus in diesem dunklen, perfekt sitzenden Anzug, den sie noch nie zuvor an ihm gesehen hatte, mit dem weißen Hemd, den kantigen Gesichtszügen, den Bartstoppeln und den wie immer ungekämmten Haaren. Er legte den silbernen Kugelschreiber ab, nahm ihre Hand wieder in seine und zog sie in die weitläufige Lobby.

»Max?«

»Ja?«

Sie wusste gar nicht, was sie sagen wollte.

Er drückte ihre Hand. »Und ich erst.«

Unter den kristallenen Kronleuchtern waren dunkle Ledersessel um niedrige Tische herum gruppiert, am Ende der Halle loderte ein Feuer unter dem riesigen Bild irgendeines Herrschers, das aus blaustichigen Kacheln zusammengesetzt war. Gläser klirrten leise, Flaschen wurden in silbernen Schalen auf Eis gelegt, in der Halle herrschte ein gedämpftes Flüstern und Murmeln, nur gelegentlich lachte jemand kurz auf.

Ein Mann im schwarzen Smoking lotste eine Gruppe von Gästen die breite Treppe mit dem goldenen Geländer hinauf. »Vor über hundert Jahren«, sagte er gerade, »verbrachten Erste-Klasse-Passagiere hier ihre letzte Nacht an Land, bevor es mit dem Schiff über den Atlantik ging.«

Stella schmiegte sich an Max, unter der meterhohen Decke der Lobby, wie im geräumigen Rumpf eines Luxusdampfers. In ihrem Bauch machte sich ein angenehmes

Kribbeln breit, als wären sie wirklich auf hoher See und ließen sich von den Wellen schaukeln.

Max zog sie noch enger an sich. »Wir genehmigen uns noch einen Drink an der Bar, und dann will ich dich ganz für mich haben. Okay?«

»Das hast du dir so vorgestellt.«

»Genau so.« Sie hörte das Grinsen in seiner Stimme.

Die Bar schloss sich nahtlos an die Lobby an. Hier war es schummriger und der Klangteppich ein anderer: Eiswürfel fielen krachend in Becher aus Edelstahl, Pianomusik umspülte die Stimmen der Gäste, die etwas lauter waren als im Foyer, lauter und gelöster.

Stella und Max ließen sich auf zwei ledernen Hockern nieder, die dicht nebeneinander standen. Sekunden später stand ein glatzköpfiger Barkeeper vor ihnen, dessen Miene nicht den Hauch einer Regung erkennen ließ. Sie bestellten Wodka Martini und sahen dem Mann dabei zu, wie er den Drink aus dem Rührglas in zwei ypsilonförmige Gläser goss.

Max ließ seine Hand ihren Nacken hochwandern. »Mann, fühlt sich das gut an.« Er fuhr er durch ihre kurzen Haare. »Dass du das wirklich gemacht hast.«

Sie hatte es nicht einmal geplant. Ganz plötzlich hatte sie die Schere in der Hand gehalten, und wenige Minuten später waren ihre Haare in den blauen Müllsack gefallen.

Er fuhr mit den Fingerspitzen über ihre Kopfhaut. »Ich hatte die ganze Zeit Angst, dass du dir das alles doch noch mal anders überlegst. Sogar noch im Taxi.«

»Ich bin mir vollkommen sicher, Max.« Noch nie im Leben war sie sich bei irgendetwas so sicher gewesen.

Er lächelte. »Danke.«

Ihre Blicke trafen sich im Spiegel.
»Wahnsinn.« Max kniff die Augen zusammen.
»Was?«
»Ich hatte für einen Moment das Gefühl, ich würde dich zum ersten Mal sehen.« Er betrachtete sie im Spiegel. »Hallo, ich bin Max«, sagte er.
Sie lächelte. »Stella.«
Sein Gesicht entspannte sich. »Darf ich dich auf einen Wodka Martini einladen?«
»Gerne.«
Der Barkeeper platzierte die Gläser vor ihnen auf kleinen Servietten. Während sie an ihren Drinks nippten, sahen sie sich weiter im Spiegel an. Sie sah nur Max' Augen, die rauchig wirkten in dem gedimmten Licht. Wie konnte etwas so unwirklich, so neu und zugleich so selbstverständlich sein?
»Möchtest du tanzen?« Seine Stimme war nah an ihrem Ohr.
»Ja.«
Er nahm ihr das Glas ab, stellte es auf die Bar und führte sie in die Mitte des Raumes, wo zwischen den dunklen Tischen eine kleine Fläche zum Tanzen war. Bauchige Vasen mit roten Anemonen standen auf den Tischen, und in tropfenförmigen Petroleumlampen züngelten Flammen. Stella legte Max die Arme um den Hals, und er zog sie dicht zu sich heran und drückte seine Nase in ihr Haar. Der Pianist spielte eine alte Jazznummer. Sie standen nur da, eng umschlungen, wie früher, als sie bei Cords Geburtstag Blues getanzt und es gar nicht mitbekommen hatten, dass alle anderen schon längst im Kreis auf dem Boden saßen und Flaschendrehen spielten.

»Ich mag dein Kleid«, flüsterte er ihr ins Ohr und fuhr über ihren Rücken. Er ließ seine Hand auf ihrem Po liegen. Sie konnte es kaum aushalten, dass seine Hand dort lag.

»Vielleicht ist es unpassend«, er bewegte seine Hand mit leichtem Druck, »aber ich kannte mal ein Mädchen, das hatte auch so ein Kleid. Es saß in diesem Kleid auf der Rückbank im Bus, mit dem ich immer zur Schule gefahren bin. Das Kleid war nass, weil es geregnet hatte. Das Mädchen sah wunderschön aus.«

Stella schloss die Augen.

»Ich hatte das Mädchen sechs Wochen nicht gesehen, aber andauernd an sie gedacht. Und dann saß sie da in diesem weißen Kleid, das ein bisschen aussah wie ein Brautkleid, und ich dachte: Das hat sie für mich angezogen. Und wenn ich mich getraut hätte, wenn ich nicht so ein Idiot gewesen wäre, dann hätte ich sie schon damals gefragt ... dann hätte ich sie gefragt, ob sie meine Frau werden will. Und es wäre mir vollkommen egal gewesen, dass ich erst fünfzehn war.«

Das Klavierstück verklang in einem langen Akkord.

»Max.« Ihre Stimme war nicht mehr als ein Flüstern.

»Wie war noch mal dein Name?«, fragte er.

»Max!«

»Du heißt wie ich?« Er schob sie ein Stück von sich weg. »Du bist ein Mann?«

Sie schlug ihm auf die Brust. Er drückte seine Wange an ihre. Irgendwann würde sie Max heiraten. Der Gedanke machte ihr überhaupt keine Angst. Sie wiegten sich weiter, obwohl der Pianist aufgehört hatte zu spielen. Die Stimmen der Menschen um sie herum wurden lauter, Stella wurde immer ruhiger. Es war ein Wiegen in völligem Einklang miteinander und mit der Welt und mit allem, was war und was kommen würde.

Irgendwann fassten sie sich an den Händen und verließen die Bar über die große geschwungene Treppe mit dem goldenen Geländer. Sie liefen über einen meerblauen Teppich mit einer eingewebten Weltkugel, über schwarzweiße Fliesen und öffneten die Tür zu ihrer Suite.

Sie drückte sich mit dem Rücken an ihn und ließ sich von ihm umfassen. Der Raum war riesig, bestimmt vierzig Quadratmeter groß mit einer hohen Decke, Stuckelementen und einem Kingsize-Bett mit blütenweißer Bettwäsche, vielen Kissen und einer Tagesdecke, blau und champagnerfarben. Der große Kleiderschrank sah aus wie ein alter Überseekoffer, seine Tür stand offen, und Stella konnte in seinem Inneren eine Espressomaschine erkennen. Große Stehlampen tauchten alles in ein warmes Licht.

Der Raum öffnete sich zu einem zweiten, beinahe ebenso großen Zimmer, in dem sich ein Schreibtisch und eine Sitzecke mit Sofa und Sesseln befanden, bezogen mit einem edlen Stoff, ebenfalls in Blau und Champagner. Die weiß gerahmten Fenster waren bodentief und gaben den Blick frei auf den dunklen See und die vielen Lichter der Stadt. Kurz war sie wie benommen von der schieren Größe und Eleganz dieser Suite, aber als Max sie aufs Bett zog, war dieser Augenblick schon verflogen. Sie war bei Max.

Er legte seine Hände an ihr Gesicht. »Kannst du das glauben, dass wir ab jetzt immer zusammen sind? Also, ich meine nicht jede Minute, aber dass wir zusammenwohnen und all das?«

Sie schüttelte den Kopf und nickte im nächsten Moment. Max lachte. Er öffnete seine Hose. Wie beim ersten Mal. Und wie damals zog er erst dann den Reißverschluss ihres Kleides auf.

Später hob Max sie hoch, um mit ihr zusammen die Champagnerflasche zu holen, die der Zimmerservice vor die Tür gestellt hatte. Er hob sie hoch, damit er nicht aus ihr herausglitt, sondern sie noch eine Weile ineinander blieben. Sie waren beide nackt, und ihre Haut feucht, sie klebten aneinander. Zusammen schauten sie in den Gang, Max schnappte sich mit einer Hand das Tablett mit der Flasche und den Gläsern und drehte sich so, dass er mit Stellas Po die Tür wieder zuschob. Sie lachte. Er bückte sich und zog etwas aus dem Seitenfach seiner Kameratasche, während sie sich weiter mit den Beinen an ihm festklammerte. Hüfte an Hüfte fielen sie zurück aufs Bett.

»Das ist für dich.«

Max lehnte den braunen Umschlag gegen ihre Brust. Im selben Moment hustete er und rutschte aus ihr heraus. Stella legte ihm die Hand auf den Rücken. Er zog die Beine im Sitzen an und legte Arme und Kopf auf den Knien ab. Stella strich ihm weiter über den Rücken. Sie konnte es kaum aushalten, wenn es Max schlecht ging, das war schon früher so gewesen. Sie sah ihn vor sich, wie er auf der Aschenbahn die anderen Jungs abhängte, wie seine Lunge dabei zischte und pfiff und er eine Hand gegen seinen Brustkorb presste, wie er trotzdem weiterlief, auch dann noch, als Frau Kiwatt sich ihm in den Weg stellte. Max hob den Kopf von den Knien und streckte die Beine auf dem weißen Laken. Endlich ließ sein Husten nach, und auch sein Atem ging wieder gleichmäßiger.

»Alles okay?« Sie ließ ihre Hand noch an seinem Rücken.

»Ja, es geht wieder.« Max bückte sich nach dem Umschlag, der zu Boden gefallen war. »Hey, guck nicht so. Es ist wirklich alles in Ordnung.«

Stella setzte sich auf. Es war nur ein ganz normaler Husten gewesen. Davor konnte sie ihn nicht beschützen, auch wenn sie alles getan hätte, damit es ihm gut ging.

»Okay.« Sie küsste ihn, schmeckte seine warmen Lippen.

Wieder lehnte Max den Umschlag gegen ihre nackte Brust. Mit der Fingerspitze fuhr er die Kanten ab. »Ich weiß nicht, was du davon hältst, aber es ist das Größte, was ich besitze. Es soll für die Zukunft stehen. Für unsere Zukunft.«

Sacht nahm sie das braune Papier in die Hand. Ohne sie aus den Augen zu lassen, zog Max die Flasche vom Tablett und den Draht vom Korken. Langsam schob sich der Korken aus der Flasche, feine Tröpfchen perlten am Glas. Der Korken knallte bis hinüber zur Sitzecke, Max schaffte es gerade noch, den überschäumenden Champagner in die Gläser zu gießen. Mit einem leisen Klingen stieß er sein Glas gegen ihres.

Der Champagner prickelte Stella im Mund. Den Umschlag hielt sie noch immer in der Hand. Er kam ihr vor wie eine Schatztruhe, die sie erst noch ein wenig betrachten und betasten wollte, bevor sie den Deckel hob. Sie räusperte sich. »Ich mach ihn morgen im Flugzeug auf.«

Für heute legte sie ihn auf den Nachttisch, wo sie ihn die ganze Nacht über ansehen und immer mal wieder anfassen konnte.

13. Juli

Als sie aufwachte, fühlte sie die Helligkeit auf ihrem Gesicht. Sie kuschelte sich tiefer in die Decke und stellte sich den Raum vor, in dem sie lag, das breite, blütenweiß bezogene Bett, die beiden bodentiefen Fenster, hinter denen sich die Alster in der Morgensonne räkelte und streckte. Sie rollte sich auf die Seite und öffnete die Augen. Max war schon aufgestanden. Sie schob ihre Hand auf sein Kopfkissen, das mit dem Emblem zweier Frauen bestickt war, die eine Weltkugel trugen. Es war noch warm.

Abrupt setzte sie sich auf. Ein Kribbeln lief durch ihren Körper. Heute! Sie sprang aus dem Bett und zog das Fenster auf. Frische Morgenluft strömte in die Suite. Draußen sah sie nur Blau und Grün. Sattes Sommergrün. Einige Boote glitten an diesem Morgen schon über das Wasser, Wind füllte ihre weißen Segel. Heute war es so weit!

Sie lief hinüber in den zweiten Raum und öffnete auch hier das Fenster. Die erste Zeit in Spanien würden sie zusammen in Max' Ein-Zimmer-Apartment wohnen und sich dann eine größere Wohnung suchen, mit einem Extrazimmer für Marta. Sie würde jeden Morgen neben Max aufwachen. Sie würden in ihrer kleinen Küche am Fenster sitzen, auf Palmen und Orangenbäume und vielleicht sogar aufs Wasser blicken. Wahrscheinlich würden sie sich die ganze Zeit gegenseitig kneifen, damit sie glaubten, dass das alles nicht bloß eine Illusion, sondern Wirklichkeit war. Stella war sich nicht sicher, ob sie das tatsächlich irgendwann glauben könnte.

Sie ließ sich auf das champagner-blaue Sofa fallen, stand aber gleich wieder auf. Sie wollte Spanisch lernen, das würde sie schon hinbekommen, und für eine Weile konnten sie von ihrem Ersparten leben. In den letzten Jahren hatte sie so viel gearbeitet und so wenig ausgegeben. Was sie auf der hohen Kante hatte, reichte ziemlich weit. Und dann, mal sehen, irgendetwas tat sich schon auf. Jetzt aber erst mal unter die Dusche.

Sie zog sich Max' T-Shirt über den Kopf und wollte gerade hinüber ins Bad, als ihr Blick auf den braunen Umschlag fiel, der noch immer auf dem Nachttisch lag. Sie nahm ihn in die Hand und drehte ihn zwischen den Fingern. Er war nicht zugeklebt, die Lasche war einfach eingesteckt. Sie schob ihren Finger darunter. Eigentlich hatte sie den Umschlag ja erst im Flugzeug öffnen wollen. Warum eigentlich?

Stella zog die Lasche heraus und fuhr mit der Hand in den Umschlag. Sie fühlte Fotopapier, zwei Lagen. Sie zog das erste, das größere Foto aus dem Kuvert und sah sich selbst. Grell zuckte der Blitz vom Himmel über ihr wie eine fein verästelte Wurzel. Auf dem Wasser lag eine helle Spur, die sich über das Boot und ihre nackten Beine zog. Die Füße fest im Faltboot, die kurzen Haare wie ein Leuchten, in der rechten Hand den selbstgebauten Anker, den Arm in die Höhe gereckt wie die Freiheitsstatue. Furchtlos sah sie aus, kraftvoll, glühend und unverwundbar. *Es soll für die Zukunft stehen. Für unsere Zukunft.* Tief atmete sie ein. Er hatte das Foto all die Jahre bei sich gehabt.

Wie von selbst glitt ihre Hand ein weiteres Mal in den

Umschlag. Das andere Bild war klein und an den Rändern knittrig, als hätte es lange Zeit in einem Portemonnaie gesteckt. Sie zog es heraus und sah wieder sich selbst, nackt im Zelt. Sie hielt das Bild sehr fest und betrachtete es. Da stand sie in der Mitte des Zeltes wie unter einer blauen Kuppel, sanft angestrahlt vom Schein der Taschenlampe. Ihre langen Mädchenbeine, ihr Bauch und ihre kleinen Brüste schimmerten im Licht. Ihre Augen sahen groß aus, ihr Blick war vollkommen offen, ohne jede Pose. Sie sah direkt in die Kamera, voller Vertrauen. Stella musste schlucken. Sie war schön.

Es ist das Größte, was ich besitze. Sie drückte das Bild an ihre Brust. Mit einem Mal wollte sie nur noch zu Max. Aber vorher ... vorher musste sie noch eine Sache tun.

Sie kniete sich vor ihren Koffer und ließ die beiden Schnallen rechts und links aufschnappen. Zielsicher griff sie hinein und zog das hölzerne Kästchen heraus. Ihre Schöne-Tage-Box stand auf dem flauschigen Teppich des Hotel Atlantic. Es war seltsam, sie woanders zu sehen als im hintersten Winkel der Kommodenschublade oder bei Schummerlicht auf dem Holz ihres Schlafzimmerbodens. Der Hotelteppich hatte die Farbe von Milchkaffee, hier war alles hell und weit, und auch ihr Kästchen mit der goldenen Schrift schien zu wachsen. Es war richtig, dass ihre Box nicht länger ein eingepferchtes Schattendasein führte. Stella drehte den winzigen Schlüssel im Schloss und öffnete den Deckel.

Die Karten waren noch immer so weiß und ihre Kanten so glatt, als wären sie erst gestern in diese Box hineingestellt worden. Mit dem Finger fächerte sie den Kartenstoß auf, ungefähr da, wo sie das heutige Datum vermutete. Seit fast zwei Jahrzehnten hatte sie nichts mehr aufgeschrieben, jetzt war es so weit. Sie nahm den silbernen Hotelkugelschreiber vom Schreibtisch, auch das kam ihr richtig vor, und zog die Karte für den 13. Juli heraus. Sie hatte bereits eine Eintragung, und Stella musste sie zweimal lesen, bevor sie glaubte, was da geschrieben stand. Sie hatte nie besonders an so etwas wie Schicksal geglaubt, aber wenn das kein Zeichen war, dann wusste sie auch nicht. Mit einem Lächeln zückte sie den Stift.

13. Juli

1989: Mit Max zusammen abgehauen. Der schönste Tag meines Lebens. Für immer.

2006: Ich sitze auf dem Boden des Hotelzimmers und bin der allerglücklichste Mensch auf Erden! Mein halbes Leben habe ich auf diesen Moment gewartet – jetzt ist er da. Ich bin endlich da, wo ich hingehöre. Bei Max.

In der Lobby herrschte viel Betrieb. Koffer wurden hereingetragen, Jacken abgenommen, Gäste checkten ein und aus, nur die Stimmen klangen noch genauso gedämpft wie am Abend zuvor. Stella durchquerte das Foyer, warf einen Blick in die Bar und in den Salon, wo gerade das Frühstück serviert wurde, aber Max konnte sie nirgends entdecken. Etwas ratlos stand sie am Fuß der Treppe.

»Kann ich Ihnen helfen?« Ein beleibter Mann mit zwei goldenen Broschen aus gekreuzten Schlüsseln rechts und links am Revers seines Anzugs trat an ihre Seite.

»Ich suche meinen Freund. Max ...«

»Ah, Herrn Stormarn«, sagte der Mann, als könnte kein anderer Gast gemeint sein. »Er hat sich bei mir erkundigt, ob wir portugiesisches Gebäck zum Frühstück anbieten. Leider musste ich verneinen.«

Stella würde das Lächeln heute bestimmt nicht mehr los. Zeitungen raschelten, Kaffeetassen klirrten auf Untertassen, kaum hörbar klapperte eine Laptoptastatur. Jetzt, da ihr Raquels Natas in den Sinn kamen, brauchte sie unbedingt eins. Oder zwei. Oder ...

»Ich danke Ihnen.« Sie drehte sich um, lief die Stufen hinunter ins Freie und über die Straße zur Alster hinüber. Der weiße Stoff ihres Kleides flatterte und hob sich bis auf die Höhe ihrer Oberschenkel. Sie fühlte sich ganz und gar leicht und frei.

Die Sonne schien, und das Wasser war tiefblau. Die Bäume rund um den See schillerten. Menschen mit Hunden, Radfahrer und eine Rudermannschaft zogen an ihr vorbei, es roch nach Flieder und Frühling. Vielleicht würden sie gleich hier am Ufer mitten auf der Wiese frühstücken. Sie pflückte ein Gänseblümchen und zupfte ein Blütenblatt ab. *Er liebt mich.* Abrupt ließ sie die Blume fallen und rannte los, in die Richtung, die Max genommen haben musste. Im Laufschritt überholte sie Spaziergänger und Familien mit Kindern, bevor sie am Jungfernstieg in die Straße zwischen den Kanälen einbog. Wasser und Häuserwände wechselten sich ab, parkende Autos, Geschäfte, Geländer, Laternenpfeiler. Und da, an einer schmalen Brücke, hielt sie inne.

Sonnenstrahlen lagen auf dem stillen Wasser des Kanals. Stella schirmte ihre Augen mit der Hand ab. Im gleißenden Licht erkannte sie die Bewegung der Silhouette drüben, auf der anderen Seite des Kanals. Sie sah die prall gefüllte Papiertüte, die an seiner Hand schlenkerte. Sie erkannte das Strahlen auf seinem Gesicht, das immer stärker wurde, je näher er kam. Sie roch das Wasser, das Holz und hörte das Quietschen der Gummisohlen seiner Turnschuhe.

Und dann lief sie los. Zu Max.

Danksagung

Ohne diese Menschen hätte es »All die schönen Tage« nicht oder nicht in dieser Form gegeben. Ich danke von Herzen:

Petra Hermanns, Martina Wielenberg und mit ihr dem Team von Bastei Lübbe. Lisa Kuppler. Anne-Kathrin Schwarz und Hinrich Hamm. Katrin Kaufhold, Inga Kaufhold, Julia Buhk und Nadia Al Kureischi. Alexander Häusser. Der Hamburger Kulturbehörde für den writers' room. Heidi Ditschke und Cay-Uwe Ditschke. Stephan Ditschke und Fridolin.

Ihr habt mich unterstützt, wo es nur ging, praktisch, moralisch, liebevoll. Ihr habt gelesen und kommentiert. Ihr habt mich an eurem Wissen teilhaben lassen. Ihr habt euch mit mir ausgetauscht, übers Schreiben und die Liebe und die Liebe zum Schreiben. Ihr habt mir Raum gegeben und Zeit geschenkt. Und auch wenn es nicht immer gut aussah, habt ihr an mich geglaubt.

Ein hinreißend schöner Roman über einen Mann, eine Frau und die wirklich wichtigen Fragen im Leben.

Charlotte Lucas
DEIN PERFEKTES JAHR
576 Seiten
ISBN 978-3-404-17620-5

Was ist der Sinn deines Lebens? Falls Jonathan Grief jemals die Antwort auf diese Frage wusste, hat er sie schon lange vergessen. Was ist der Sinn deines Lebens? Für Hannah Marx ist die Sache klar. Das Gute sehen. Die Zeit voll auskosten. Das Hier und Jetzt genießen. Und vielleicht auch so spontane Dinge tun, wie barfuß über eine Blumenwiese zu laufen. Doch manchmal stellt das Schicksal alles infrage, woran du glaubst ...

Bastei Lübbe

Nirgends hörst du dein Herz deutlicher als in der Stille zwischen Himmel und Meer

Kati Seck
DIE STILLE ZWISCHEN
HIMMEL UND MEER
Roman
304 Seiten
ISBN 978-3-404-17590-1

Die Nordsee im Herbst. Nirgendwo ist der Himmel weiter, die Luft klarer und das Meer beeindruckender. Genau deswegen ist Edda hierhergekommen. Aber die junge Frau ist nicht wie andere Touristen. Sie fürchtet sich vor dem endlosen Himmel und dem unbeherrschten Meer. Doch sie ist fest entschlossen, sich ihrer Angst zu stellen und dem Himmel ins Gesicht zu lachen. Gerade erst am Meer angekommen, begegnet sie einem Mann, der genau wie sie mit seiner Vergangenheit kämpft. Eine Begegnung, die beide verändern wird …
Poetisch, gefühlvoll und ergreifend – ein Buch für alle, die sich schon einmal verloren gefühlt haben.

Bastei Lübbe